喜嫁 陸

目次

壹之章◆蒙眼陪產亂心窩

侯夫人一連三個月都沒在眾人面前露過面。

大房的院子也徹底被封禁，守門連婆子幾乎都不用，而是侯府侍衛把守。

二房搬離侯府，被攆到城外的一個莊子上，侯府中只剩下三房、四房和魏青岩、林夕落這幾人，反倒是過得平靜，而且侯府的管事之權已經在姜氏手中。

魏青羽得世子位，她管得名正言順，魏青羽唯獨一件事做得讓眾人哭笑不得，那便是他現在不肯直接承世子位，說是侯爺在，他就只當個跟班兒跑腿的，什麼位子不位子的，壓根兒不去想。

林夕落聽著姜氏說完就忍不住笑，侯爺要是不在了，那直接承爵位就行了，世子位豈不是形同虛設，只成了一個名號？

姜氏也無可奈何一笑，雖說名位不在，但權都握於手中，她也心滿意足了。

林夕落的肚子是越來越大了，眼瞧著如今冰雪融化、樹枝露芽、鳥兒鳴啼的農曆三月，林夕落也快生了。

魏青岩這些時日也著急奔走，不但有喬高升在守著，更是請了宮內最好的接生嬤嬤在此護著，整日裡看著林夕落的肚子就覺得好像隨時要生一樣的緊張，擾得林夕落都有些安不下心來。

姜氏忙完侯府中的事便來看林夕落已經成了日常的定例，一早進門就見林夕落躺在躺椅上，魏青岩在一旁仔細地看。

「五弟，別看了，你越這般急，弟妹心裡也跟著急，這可不行。」姜氏忍不住訓他，魏青岩卻是一笑，「讓三嫂見笑了。」

「都一樣，當初我生仲嵐的時候，你三哥也這樣。」姜氏坐下來，林夕落笑著道：「三嫂忙著就是了，不必每天都來看我。」

「如今這府裡還有什麼可忙的？沒人算計了，就那點兒瑣碎事，吩咐完了事。」姜氏這話不是說假，卻真是如此。

林夕落笑著點頭，世子位一定下，眾人也沒了心思，有心思的都被侯爺給清出侯府，魏青山是絕對不會動這份念頭，齊氏即便有私心，也比不過魏青山的蠻橫，何況她如今也是個孕婦，能起多大作用？

妯娌兩人聊了半晌，有人來找姜氏請示事，雖然事不大，姜氏卻怕林夕落聽了煩，便將人帶出院子去吩咐事，魏青岩請的接生嬤嬤與喬高升此時也正來此地待命。

姜氏吩咐完，看到屋內一陣忙碌，魏青岩站在門口看著屋內的林夕落，不由低聲道：「五弟。」

魏青岩立即轉身，「三嫂。」

「你也該好好為夕落和孩子想一想了，世子位讓了你三哥，這事兒誰都明白，可你總要為自己打算，為孩子打算，如若與尋常一樣只有你一人，那你樂意悶頭為侯府出力不要這些虛名也就罷了，可如今不是你一人，而是一個家了！」

姜氏說的可是心裡話，她與魏青羽談過幾次，魏青羽只能苦笑，這等話他在魏青岩面前還不等張口說，就被魏青岩兩句話給頂了回來，可姜氏是嫂子，縱使魏青岩不願聽，也得由著姜氏說完。

魏青岩沒想到姜氏會忽然提及此事，心中也明白，這定是魏青羽與她商議好的……

「三嫂放心，我自有打算，已經安排好了。」魏青岩說完，姜氏不信，訓斥道：「還是這一句，五弟，讓嫂子說你什麼好？唉！」說罷，轉身進了屋，魏青岩卻是苦澀地嘀咕著：「我是真安排好了……」

接生嬤嬤姓曹，是福陵王從宮中尋來的，林夕落一直想打探出曹嬤嬤背後跟隨哪位貴人，可福陵王只讓她放心，不必有這麼多的顧慮。

林夕落不信，對於福陵王這種人，她始終沒有半點兒「信任」的感覺，而是魏青岩確定曹嬤嬤可放心任用，她才鬆了口氣。

喬高升診完脈，曹嬤嬤上前摸了林夕落的肚子，「依著老奴之意，應不足一月便會誕下小主子，不知喬太醫何意？」

「與嬤嬤所想相同，但每日前來請脈也疏忽不得。」喬高升對林夕落這麼大的肚子也甚覺棘手，對婦科他不內行啊！

林夕落看他二人如此說，鬆了口氣，「如今倒沒什麼反應了，也不踢、不踹我，不似之前反應很強烈。」

曹嬤嬤恭敬道：「五奶奶，這就說明您離誕子之日不遠了。」

林夕落輕輕拍著肚子，道：「快出來吧，娘的心臟快被你壓得喘不過氣了。」

曹嬤嬤會心地笑，剛來侯府時，聽說過這位五奶奶的脾性極其暴躁，可親眼見她的人，卻知道這位五奶奶是良善人，只要你對她好，她對你更好；如若你對她不好，她便像個刺蝟一樣。

這樣的人自當是好相交，從她的丫鬟身上就瞧得出來……

喬高升也跟著笑，「五奶奶，我想請一天的假，您看成嗎？」

「你幹什麼去？」林夕落問得直白，倒不是她不肯放人，而是近期魏青岩已經開始幫他運作太醫院的復職之事，可不能讓他再因為拈花惹草鬧出事來。

喬高升見林夕落一臉的懷疑也是苦笑，言道：「錦娘有喜了，所以我想去林府看一看。」

「有喜啦！」林夕落眼前一亮，心裡琢磨林政辛還挺厲害啊，這剛成婚多久……

喬高升也忍不住笑，「是啊，也是昨晚林大總管特意來傳的信兒，我尋思今兒給您請完脈，如若無事，我就去看看她。」

「冬荷，」林夕落當即喊著：「去把我的那些補品都拿給喬太醫，讓他送去給錦娘！」雖然喬錦娘嫁給林政辛，林夕落從輩分上應該叫她十三嬸，可她怎麼都喊不出口，就依舊稱呼錦娘。

冬荷應下便去取，喬高升立即道謝，取過東西就匆匆離去，他快當外祖父，這也是個喜事。

魏青岩在院子中一直未進來，林夕落聽到細聲議論的聲音，聽著甚是耳熟。

「誰在外面？」林夕落喊一聲，院中的聲音戛然而止，有人邁步進門，林夕落看到他，臉上喜意更濃，「哥哥！」

李泊言不敢走得太近，只站在門口道：「妳可要多注意身子，今兒一來是與大人回事，二來也是看一看妳。」

林夕落也沒讓他過來，李泊言就是個骨子裡仍守著文人規禮的武夫，這種矛盾體也讓人沒轍。

「我還好，爹和娘怎麼樣？你的婚事籌備得如何了？」林夕落問著此事，李泊言點點頭，「一切都好。」

「仲恆怎麼樣了？」林夕落又問起魏仲恆，他自過完年後便回了麒麟樓，她本是要求他將傷養好再說，可這孩子就是死擰，說看到那些木頭石料便能好一大半兒。林夕落無奈，只得點頭答應了。

其實林夕落知道，他是在逃避侯府，逃避這個讓人堵心的年，不過他既然已經做出棄掉世子位的決定，林夕落便讓李泊言開始教他雕字，總要在侯府有個地位，不能再似以前那樣可有可無。

李泊言聽她問起魏仲恆，點頭道：「學得很快，也很刻苦，只是體力不夠，我每天只允他練一個時辰，另教習他練一些拳腳，不為能打仗，只為能強身健體。」

林夕落點了點頭，「那事兒也是個體力活兒，沒個好身子可不成。」

李泊言甚是認同，最初連他這種習武之人都會覺得渾身疲憊，何況一個病弱的孩子？

林夕落看到李泊言，不知為何腦子裡忽然蹦出了林豎賢的影子，他許久都沒音訊了，可是復職入朝了？

「先生最近怎麼樣？哥哥與他可有聯繫？」林夕落忽然問起林豎賢，讓李泊言一愣，下意識地看向魏青岩，魏青岩沒有不悅，只擺手道：「跟她說吧，她如今哪兒都動不了，習慣於刨根問底兒。」

林夕落撇嘴瞪魏青岩，李泊言苦笑道：「他已經復職，其實還有點兒早，不過林老太爺的身子已經是極限，能從過年挺至現在已經是不容易了！」

說至林忠德，林夕落的神情略有失落，「那大伯父與三伯父最近就在爭家主之位？」

李泊言點頭，「打得頭破血流，不可開交。」

「那父親呢？可有被他們揪住不放？」林夕落又開始惦記，李泊言終於體會魏青岩剛剛的「刨根問底兒」，只得答道：「的確是被纏得不清……」

「真是過分！」林夕落嘟嘴抱怨，李泊言立即安慰道：「此事妹妹不必擔心，有大人在，他們不敢胡來。且林豎賢如今重新上朝，他這言官第一人無人敢惹，誰找他，他就彈劾誰，絲毫不顧忌臉面。」

林夕落只得嘆了口氣，不過這等事也只有林豎賢能做得出來……

正當三人在議林家事時，門外陡然有一個大嗓門子在嚷嚷著：「魏崽子，你快出來，本王有喜事告訴你！」

這不是齊獻王？他怎麼闖進來的？

片刻過後，林夕落瞠目結舌，魏青岩的神色也多出幾分古怪，李泊言壓根兒去一邊兒悶頭不語，只拚命地往嘴裡嚥唾沫，剛剛一聽這話，他差點兒把舌頭咬下來。

林綺蘭懷孕了，齊獻王要當爹了！

這件事在林夕落聽來，比母豬會上樹還稀奇。

他……一個喜好男風之人，居然能讓女人懷孕？

夫妻兩人盯著齊獻王，齊獻王略有不滿，指著魏青岩便罵道：「把你這副德性收起來，本王怎麼了？本王是能文能武、能上能下、能出能進！呸，魏崽子，還不替本王樂一個？」

「我為何要樂？生的又不是我兒子。」

魏青岩撇嘴擠兌，齊獻王也不生氣，反倒是更樂了，「你小子不服不行，你有的本王也得有，而且比你更多，比你更好，怎麼，這回你該乖乖投至本王麾下了吧？」

「我又沒病！」魏青岩輕輕一嘆，齊獻王嘴角抽搐，「早晚你得服本王！」

「我一向對王爺崇敬之至，怎有不服？」魏青岩挑眉，齊獻王拍桌，「你服的是王爺二字，不是本王！」

「有何區別？」魏青岩攤手，齊獻王無奈，而此時林夕落仍驚詫難信，如若齊獻王要生子的話，為何不是秦素雲，而是林綺蘭？

秦素雲才是正妃，而林綺蘭不過是側妃而已……

林夕落不敢多想，對於她來說，秦素雲與林綺蘭無論是誰能為齊獻王誕下孩兒都無妨，林綺蘭雖然也姓林，可她的心中比齊獻王還巴不得自己死了。

看著林夕落的大肚子，齊獻王覺得礙眼，拽著魏青岩與李泊言至一旁的茶室相談。

未過多久，魏青岩獨自歸來，林夕落看著他，「齊獻王走了？林綺蘭有孕是真的還是假的？我怎麼就不敢相信呢！」

魏青岩點了頭，「真的，否則他不會來。」

「為何不是秦素雲？」林夕落問完，也覺得這問題有點兒怪，魏青岩哪裡能知道？

「秦素雲身體不好，不能生育，否則她出身東南大族，族長是寧死也不會將這位嬌女嫁給齊獻王的。」魏青岩說完，林夕落吐了吐舌頭，怪不得她一直覺得秦素雲親和友善，內心卻透著股子與生俱來的傲氣。

或許她早已將自己當成了局外人，更能看得清，望得遠……

「王爺也不遮掩幾分，如此明目張膽地要你跟隨他，他就不怕有人對林綺蘭下手？」林夕落心中還有腹誹，那便是齊獻王揪著魏青岩不放，會不會有什麼別的想法？

魏青岩見林夕落眼神中狡黠古怪，捏了一把她的臉，「想什麼壞事呢？眼睛裡都透著壞！他怕什麼？越是張揚得歡，越無人對他下手，他如若遮遮掩掩，反倒是容易讓人鑽空子。」

「還真是心眼兒夠多的！」林夕落揉著臉，捂著自己的肚子，心中嘆氣：我到底什麼時候才能生啊！

林綺蘭有孕的消息很快便傳遍各地，這倒不是眾人耳朵長聽來的傳聞，而是齊獻王挨家挨戶地去通知，不但要顯擺，而且還要賀禮。

眾人恭賀之餘還要奉上一份禮品，禮品不合這位王爺的心意還不行，可是折騰得幽州城內的官員們雞飛狗跳，巴不得趕緊跟吏部官員勾搭一二，到了年際外放出去任一地方官員，不但山高皇帝遠，也可不煩這等糟心事。

福陵王跑到侯府來，見到魏青岩與林夕落便道：「齊獻王側妃有孕了？這事兒真的假的？」

林夕落看他一張俊顏扭曲得好似歪瓜，忍不住笑道：「怎麼，福陵王嫉妒了？」

「這麼說是真的了？」福陵王扇捶手心，咬牙道：「他不會是故意放出風來，隨後從哪兒掏個孩子來裝門面吧？要不要尋個機會看一看？」

林夕落翻白眼，魏青岩沉默片刻，道：「假倒不見得假，他也不是不行……」

「他剛剛去了麒麟樓，愣是搶了本王最喜歡的那一塊血翡麒麟，說是本王給他孩子的禮物！這孩子還沒生出來呢，卻先搶了東西走！」福陵王捶胸，「本王也得搶他點兒東西找補回來才行！」

林夕落看他這副模樣，不由得道：「這般演戲有意思嗎？」

福陵王與齊獻王兩人搭夥地鬧，這不明擺著是在給太子周青揚看？皇上能抱孫子自當高興，而福陵王揭了齊獻王貪財的短兒，皇上也會覺得這兩人就是狗咬狗地瞎胡鬧，不會往其他方面想。

可周青揚就不一樣了，他當初不將齊獻王放在心上就是因為他無後，但若林綺蘭誕下孩子，這事兒可就變質了。

福陵王被林夕落戳一句，愣了下，隨即笑道：「五弟妹，這般聰明作甚？小心用腦過度！」

「也是你們演得太假，怨不得被我看出。」林夕落撇嘴不理，福陵王湊到她身邊，曖昧道：「旁人都看不穿本王，唯獨妳……哎喲！」

話沒等說完，福陵王便被魏青岩推個跟頭，冷言道：「離我女人遠點兒！」

「至於嗎？」福陵王一副不在意的模樣，抖抖身上的灰土，「本王也不是無事登門，告訴你們，五弟妹那位婕妤姊姊又升品級了。」

婕妤？林芳懿嗎？

林夕落心頭一驚，「她不會也有身孕了吧？」不會這麼巧吧？

福陵王搖頭，「沒有，憑空晉級，太子擺明了是要跟齊獻王奪林家，如今林婕妤升為林昭儀，這可不是隨便誰都有此殊榮的。」

魏青岩皺了眉，「他們搶得還挺熱鬧，不過一個林家而已，至於如此爭鋒？」

「這話就不對了，你不當回事，可太子與齊獻王都不肯放過，林家三女，你們三人各摟一個，兩個都身懷有孕，太子怎能不把林家的殊榮再添一級？站得高，死得快，林老太爺如今也病入膏肓，他可還要決定接掌林家家主的人選，這可不是小事。雖說林家那幾位四品、五品的官職都不特別顯眼，但還有一個林豎賢。」

福陵王提及林豎賢，笑得更冷，「他可是林家拖著的當朝第一言官，誰不想拉攏過來？不求他有多本事，起碼他別添亂。」

福陵王的話雖難聽，卻是實話，林夕落辯駁不了半句，只得看向魏青岩。

魏青岩沒什麼反應，「那就讓他們爭吧，我瞧著就是。」

「別啊，你要是在此只瞧著，那咱們的銀子可就減少大半啊！」福陵王口中說的是銀子，魏青岩卻不這般認為，「怎麼，你想拉攏他？」

福陵王看向林夕落，「那位可是五弟妹的先生，本王怎敢擅自動手？」

他眼神曖昧，那一雙眼睛都快飛出去了，讓林夕落直犯噁心，不停地嘔著……

魏青岩即刻叫了喬高升，冬荷與秋翠也過來幫忙。

林夕落又是乾嘔，又是喝水順氣，折騰半天才緩過來。

喬高升盯了半天，這也不像是要生了，而且要生了也不會嘔成這樣啊，怎麼回事？

曹嬤嬤也急急忙忙過來，摸了半晌回道：「王爺、五爺，還不到時候。」

魏青岩一臉擔憂，林夕落拍著胸口順氣道：「沒事兒，王爺，您身上太香了，我和孩子聞不了，您站遠點兒！」

福陵王一怔，隨即滿臉鐵青，嘴角抽搐，他總是被女人捧於掌心上，居然這時候被她嫌棄。

沒等福陵王還嘴，魏青岩直接將他拽出門外，「咱們去園子裡細聊。」

「冬天，你不怕冷，本王還怕！」

「冷點兒去味兒！」

兩人一前一後離去，林夕落忍不住笑，不過想起林綺蘭有孕、林芳懿被提品級，老太爺如今恐怕是真的難下決定了。

林府，書閒庭。

林政武、林政齊、林政肅、林政孝及林政辛等兄弟幾人全部都在，林忠德硬撐著起了身，吩咐林大總管：「取紙筆來。」

「父親，您還是好生歇著……」林政齊一副孝子嘴臉，林忠德不願搭理，「快去！」

林大總管不敢拖延，立即取來筆墨，「老太爺，您這是要做什麼？」

林忠德也不回話，仰頭舒了一口氣，隨即哆哆嗦嗦地潤筆行字，一口氣寫下幾個大字，隨後吹乾，將這張紙工工整整地疊好，放在自己的懷中。

眾人全都看傻了，老爺子這是要做什麼，忽然來這一齣？

林忠德由林大總管扶著躺回病床，閉上眼睛口中道：「老夫寫的乃是家主承繼之人的姓名，如今就在我的身上，何時我死，何時由林大總管念出此人的名字。如若你們有心想知道，那就掐死老夫的脖子，然後將此張紙搶走，否則在我死之前，誰若再爭家主的位子，老夫就將他趕出林家，永遠不允許他再踏入林家半步！」

林忠德這話說出，讓眾人一愣。林政武與林政齊兩人對視一眼，顯然都看到對方目光中的陰狠，這個家主之位……他們搶定了！

三月中旬已是綠草盈盈，小花綻放，柳芽冒出，湖面上的冰也已融化開來，偶有鳥兒從湖面輕啄再飛於天空，如此美景讓人心也跟著暖了起來。

林夕落一早起身就看著窗外的僕婦們清掃院子，商議著換裝和領月銀的花銷用途。眾人喜氣洋洋，讓沉在侯府的陰霾之氣散去。

林夕落的心情特別好，雖說胖得好像個球，但即將身為人母的體驗讓她曾經破碎的童年在慢慢彌補，起碼她知道，她絕對不會讓自己的孩子經歷那番苦痛的人生折磨。

魏青岩一早陪著她在院子裡走了一圈，許久沒有接地氣，林夕落只覺得踩在地上好似棉花一般軟軟的，若非有魏青岩和冬荷扶著，她還真有些害怕。

「奶奶如今也知道害怕了。」秋翠在一旁拎著椅凳調侃，林夕落嘟嘴道：「自當知道，因為這不是我自己一個人了！」

魏青岩極是細心，走了五十步便讓她停下歇一歇，「不能一次逛太久，畢竟是快至臨盆的日子，何況妳許久都沒有出過屋。」

林夕落聽著這冷面男人說她的肚子便不由自主笑起來，如若在外，誰能想到魏青岩會是如此細心體貼的男人？

魏青岩自知她在笑什麼，當即捏了她的小鼻子一把，林夕落「哎喲」一聲，冬荷與秋翠嚇了一跳，連剛剛進院子的曹嬤嬤都連忙跑了過來，「五奶奶覺得不妥了？快進屋去！」

魏青岩尷尬地轉過身，林夕落羞赧地道：「沒有，只是剛剛鼻子酸了，讓嬤嬤擔心了。」

曹嬤嬤一看這兩人的表情便知道不是大事，拍拍胸口放了心，卻還是堅持要林夕落進屋去，「春風刺骨，五奶奶還是進去吧，這樣容易著涼。」

林夕落乖乖地聽話，魏青岩跟隨在後，可還未等走多遠，就聽身後嘰喳的聲音響起，轉身看去，卻是魏海一手拎著林天詡，一手拎著魏仲恆，正往這院子走來。

林天詡看到魏青岩，伸手大喊：「姊夫，救命！」

魏仲恆忙掙扎幾下，從魏海的手中掙脫出來，行禮道：「叔父。」

魏海將林天詡往地上一撂，笑著道：「這兩位相約逃家，也沒跟林大人交代，仲恆少爺更是偷跑出麒麟樓，躥到咱們侯府門口要見五奶奶，我便將兩人拎來了。」

魏仲恆有些不好意思地撓頭，「叔父，我是出來急，忘了說……」

「姊夫，我要看大姊！」

魏青岩冰冷的臉讓兩人有些害怕，想這般嬉笑巴結過去好似是不太可能了。

沒等兩人想出招數安撫這位姊夫，就聽門口一聲厲喝：「踢這兩小子幾腳，竟敢偷跑出家門？明兒將你們的腿都綁了，看你們還跑不跑！」

林天詡與魏仲恆面面相覷，兩人自都聽出是林夕落的聲音。林天詡嬉笑地要往屋裡跑，卻被魏青岩一把揪住，扔至魏海那方，「罰他揮拳一千次。」

「啊？」林天詡看著魏仲恆，魏仲恆有點兒不知所措。

他雖然沒受罰，可不陪著林天詡，便不夠義氣；可陪著揮拳一千次，小胳膊甭要了……

正在琢磨之間，林夕落在門口露了面，朝著魏仲恆招手道：「仲恆，過來。」

魏仲恆立即跑過去，林天詡的小臉更苦，義氣是個什麼東西啊！

林夕落上下打量魏仲恆，隨後笑道：「怎麼樣？喬太醫吩咐的藥可都按時服了？感覺如何？」

雖然三個多月過去了，可喬高升也說了，調養是個慢功夫，起碼要半年才能看出效果。

魏仲恆笑道：「嬸娘放心，已經無事，喬太醫的吩咐侄兒都照做，不敢有半點兒馬虎。」

「跟著天詡偷跑？越學越壞了！」林夕落故作冷臉斥他兩句，魏仲恆卻不怕，「這是想來看看嬸娘，侄兒想您了。」

這一句想，讓林夕落的心裡甚暖，吩咐冬荷拿果點給魏仲恆。魏仲恆接過道謝，拿著東西跑到門外陪著林天詡練拳。

林夕落坐在屋裡看，魏青岩吩咐幾句也從外走了進來。

「可是派人去通知母親和麒麟樓了？」林夕落惦記著，胡氏若知道林天詡偷跑出家門，指不定有多著急。

魏青岩點頭道：「不用擔心，魏海早已派人去告訴岳母大人和李泊言了。」李泊言如今專門帶魏仲恆習雕字，若魏仲恆出了事，他也是有責任的。

林夕落哭笑不得，「孩子大了，現在就開始偷著四處亂跑，你可得管管！」

「我？」魏青岩抽了下鼻子，「這事兒不會管。」

「怎麼不會管？」林夕落看他，魏青岩道：「己所不欲，勿施於人。我像他們這般大的時候，侯府的牆已經當門檻兒走了，我怎麼教他們別逃家門？不過倒應該教一教防身技巧。」

林夕落怔住，隨即翻了白眼，「就不教點兒好的。」

「那妳來？」

「我也不會……」林夕落說完自己都笑，她的童年還是上一世，整日裡玩刀、跟男孩子打架，被囚在屋中練雕木、刻石，她能教出什麼來？

夫妻兩人相視而笑，未過多久林天詡就開始求饒，說吃飽了再揮剩下的七百拳。

林天詡在一旁吃吃喝喝，林夕落一邊問著話：「也不與爹娘說一聲就偷跑，這膽子也太大了！再有下次，我可不輕饒你！」不會教歸不會教，嚇唬還是會的……

林天詡有點兒不樂意，「姊，怪不得弟弟，爹娘帶著我回了林府住，如今都鬧成一鍋粥了，那幾個長兄和弟弟整天合夥兒來欺負我，開始我忍了，後來我把他們都揍了，他們找娘告狀，娘就訓我，那家裡頭我實在待煩了！姊，要不然我跟仲恆一起住麒麟樓去吧？」

「休想！」林夕落知道他的話裡有點兒水分，可林府亂成粥這倒是有可能的。

「祖父的身體怎麼樣？」林夕落問著，林天詡答：「不知道，他們也不讓我過去見。」

魏青岩在一旁道：「下次他們再告狀，就往嘴上打，告一次狀打掉一顆牙，告兩次狀，打掉三顆，告三次，打掉五顆，你看看是他們的牙多，還是你的拳頭硬！」

「姊夫說得好，下次我就這麼幹！」林天詡嘻嘻樂，林夕落翻了白眼，「你這是想把他教成個土匪啊！」

「將來兒子也要這般教。」魏青岩拍著林天詡的小腦袋，其實他是拿林天詡當了育兒試驗品，不過瞧這法子不錯。

林夕落瞪魏青岩一眼，又問了他林政孝與胡氏身體。問及這種事，林天詡倒能說上幾句，好在他兩人無恙，林夕落略微放了心。

魏仲恆在一旁聽著，待林天詡說完，這才開了口：「嬸娘，前些天李千總說要去西北，不能教侄兒了。」

「去西北？他去西北幹什麼？」林夕落看向魏青岩，「他要去西北嗎？」

魏青岩皺了眉，「此事我也不知。」

林夕落更奇怪了，如若連魏青岩都不知道，那能是什麼事？

「他說要去西北做何事了嗎？」林夕落問魏仲恆，魏仲恆搖頭，「不知道，只說要去，便教了侄兒雕字的技巧，讓侄兒專心地練。」

「這是怎麼回事？他可要成親了的。」林夕落想起李泊言與唐永烈之女成親的日子就在五月，距今也不過只剩一個多月的時間，這要是去西北，哪裡還能回得來？

魏青岩已經起了身，「我會找他親自問一問，妳不要擔心。」

當著孩子的面兒，他們兩人也不能說得太多，林夕落也沒再繼續商議下去，帶這兩小子吃夠、喝夠，他們又在這院子裡好一通玩鬧，直至深夜，林夕落便讓魏海送他們各回各地。

魏海剛送林天詡和魏仲恆走，李泊言便從外進來，魏青岩看他的神色略有緊迫，知道這不是一件小事了。

林夕落坐於一旁聽，李泊言也沒避諱，直接道：「去西北是福陵王吩咐的，而且卑職也發現，他在那一方有許多動作，所以也想過去看一看。知己知彼，他對大人的事情知曉不少，可對他卻只知一人。」

「西北之地乃皇上欲建行宮之地，他在那邊有動作？這是要作何事？」林夕落輕聲探問：「難不成他覺得將來會去那裡？」

「他的野心不小。」魏青岩道：「這是想把我拉下水了。」

李泊言一驚，「怎麼，是卑職不該答應他？」

「無妨，既然已經應了便跟著去，只多聽、多看、不言。」魏青岩這六個字，李泊言默念一遍，點頭道：「卑職記住了。」

「成親的事怎麼辦？」林夕落提起這個，李泊言撓頭，苦笑地道：「還能怎麼辦？只得再與唐家商議下，將婚事往後推遲些時日了。」

「不能推遲。」林夕落有些急，「讓福陵王想辦法，他若不想出辦法，你就不許去西北！壞事的總是他，這次看他怎麼圓！」

林夕落關注著福陵王要派李泊言去西北之事，可這事還沒結果，卻來了一位不速之客。

而這位不速之客還是她不喜之人，林芳懿。

林芳懿這次並沒有與周青揚同來，而是太子允了她單獨出行，目的是特意來探望林夕落。

「看見我連笑都沒了，至於嗎？」林芳懿與林夕落對視半晌，忍不住抱怨了一句。

林夕落冷笑，「笑不出來！無事不登三寶殿，來幹什麼直說吧！」又朝屋外看一眼，因她們是姊妹相見，魏青岩便在屋外飲茶沒有進來陪同，可冬荷、秋翠、秋紅、青葉外加曹嬤嬤共五人，將她圍在其中，明擺著是怕她出意外。

林芳懿也隨著她的目光往外看一眼，狀似敷衍地道：「我能有何事？我來了，見了妳，就算完成太子殿下的交代了，如今也就是跟妳再說一說話，待足了時間。」林芳懿沒有絲毫的遮掩，看著林夕落那圓滾滾的肚子道：「妳如若累了就躺著，不用坐在此處陪我。不過我是真的羨慕妳，卻不知何時我才能有當娘的時候，即便懷了，也不見得能容我親自養育。」

林芳懿這話說得甚是苦澀，她深居宮中，若真誕下一子，說不定會被太子妃給抱走，或交給別人養……

林夕落輕咳一聲，「這條路是妳自個兒選的，何必在這裡訴苦？」

「是，我心比天高，可我不見得命比紙薄。」林芳懿看著林夕落笑，那笑容讓林夕落發冷，「如今林綺蘭有了身孕，齊獻王極是寵她，皇上幾次犒賞，連齊獻王的母妃也跟著受寵，風頭極盛，皇后娘娘都要讓其三分，太子殿下的身子本就不好，如今這一悶氣，反倒身子更虛了。」

林芳懿在這裡說，林夕落恨不得捂住耳朵，「少說這等窩火的事，妳提了品級還有什麼好抱怨的？林綺蘭懷孕，妳提成昭儀又親自來侯府探望我，這明擺著是給老太爺施壓，還有沒有良心了？」

「那怎麼辦？難道讓大房占了家主之位，投靠至齊獻王麾下？那老太爺豈不是死不瞑目？」林芳懿說這話臉上仍舊帶笑，好似說著別人家的閒言八卦與她絲毫無關。

「讓三伯父占了，老太爺恐怕也難瞑目。」林夕落接這一句，林芳懿卻不在意，「這事兒我也不與妳計較，我只聽太子殿下的吩咐就是了。」

「妳倒是真聽話，改日讓妳殺了林家人，妳也照做不成？」林夕落隨意嘀咕，林芳懿卻點頭，「怎不可以？他下令，我自當照做。」

「六親不認！」

「誰管我死活了？」林芳懿說著，不由得抱怨：「妳也別站著說話不腰疼，姊妹三人，就妳過得最好了。」

林夕落沒搭理，林芳懿說得也的確無錯，她嫁給魏青岩，起碼比林綺蘭、林芳懿過得都強。

「待夠沒有？待夠了就快些回宮，我這兒不管飯！」林夕落有意攆人，林芳懿也沒生氣，看向一旁的隨身丫鬟，「什麼時辰了？」

「回林昭儀的話，已經是巳時三刻了。」

「我要用了飯再走。」林芳懿笑著看林夕落，「妹妹，妳不會這麼絕情吧？助我攀個好位子，將來太子殿下榮升高位，咱們姊妹也都有照應，豈不更好？」

「這話說給鬼聽，鬼都不信！」林夕落冷笑，「七姊姊，給自己留點兒顏面，有何不好？」

「在妳面前，我不需要有任何遮掩，我這張臉可是被妳抽過的。」林芳懿說完，也不等林夕落再開口，直接起身至門外，看著魏青岩便笑著敘話，無非是說想與林夕落多敘姊妹之情、留此用飯、感謝妹夫照應等等。

林夕落翻了白眼，吩咐冬荷去告訴陳嬤嬤多準備一席飯，冬荷應下便去，秋翠在一旁道：「奶奶，您居然讓著她？」誰都知道林夕落與林芳懿之間的糾葛，可這一次林夕落居然沒直接發火將她攆走，這件事實在是讓人驚訝。

林夕落低聲道：「五爺沒吭聲，顯然是默認了。去準備吧，這等話回頭再說。」

秋翠立即閉了嘴，主子們想的事她們是想不明白，既然不明白，那照做就是了。

陳嬤嬤準備了一席飯，林芳懿與林夕落一同用完便離去。

臨走時，林芳懿看著林夕落道：「我倒是發自內心地希望妳能生一個男嬰，還是那一句話，妳我是姊妹，打斷骨頭妳也分不開的事，對外稱妳我關係融洽總好過讓外人看笑話，是吧？」

林夕落只有翻個白眼以示回答。

林芳懿帶著人離去時，笑容越發真切，太子只讓她來探望林夕落，而她不僅探望，還與妹妹、妹婿一同用了飯才走，這豈不是會更加得到讚賞？

林夕落轉身吩咐冬荷再煮一碗粥，「看著她在，我都沒吃下去，再弄一碗粥填填肚子。」

冬荷立即下去吩咐，林夕落看向一旁自始至終沒說過三句話的魏青岩道：「你可是覺得齊獻王風頭太過，讓太子殿下朝外鼓動一番才好？」

「我這是幫他。」魏青岩如此說，林夕落倒是驚訝，幫他？是覺得齊獻王近期風頭太過，容易遭人妒恨？

林夕落懶得問這些事，她只想安安穩穩地度過一日又一日，讓孩子平平安安地出世。

福陵王沒能想出既讓李泊言去西北，又不耽擱他成親的辦法來。

其實說這件事，福陵王略有冤枉，哪裡是他故意壞事？

貴人多忘事，他壓根兒就不記得李泊言還有一月餘的時間便要成親，他提起此事時，李泊言也沒有婉拒，一口就答應下來。

他都答應了，福陵王哪裡還會多想？可魏青岩與他說起林夕落的不滿，更斥他是最常壞事的人時，福陵王苦笑，「五弟妹始終對本王懷有戒心，這事兒本王真不是故意的啊！」

「是與不是您已經說不清楚，也不必再狡辯了。李泊言不能去西北，您換個人。」魏青岩看著他，「再說，您不怕李泊言去了之後，再看出點兒您身邊的貓膩兒？」

「跟你，本王無須隱藏。」福陵王話語說得痛快，可他並沒有再堅持讓李泊言離去，「那依著你的意思，換誰合適？」

「我再考慮，回頭給您答覆。」魏青岩沒有即刻回答，福陵王也不急，「無妨，本王又不是急得不成，實在不行，等他成親過後再議。」

說完了正事，福陵王要去探望林夕落，「這眼瞧著到臨盆之時，本王要去探望一下。」

「不行。」魏青岩直接拒絕，福陵王皺眉，「為何不成？連太子身邊的人你都接待了，本王為何不能見？」

「你要跟女人比不成？」

「本王是來賠罪的。」福陵王這般說辭，魏青岩轉身就走，福陵王依舊跟在他的身後，直接奔去林夕落的屋子。

林夕落知道今兒福陵王來尋魏青岩，故而看到他進門也不意外。

福陵王燦笑如花，一身淡青色的襖袍外披著銀狐大氅，梳著高髻，看去便有王者之氣。

可林夕落太熟悉他的本色，故而只上下打量了一番便道：「這大氅真好看。」

福陵王被噎一句，連忙道：「本王都比不得這件大氅？五弟妹這也實在太傷本王的心了。」

「這事兒賴不上我，都是腹中的孩子瞧不慣王爺這番模樣。」林夕落知道他又在抬槓，自不會讓著他。

福陵王皺眉，「五弟妹，妳這話就歪理了吧？還未出世就說看不慣本王？」

「那是，您都把麒麟樓的血翡麒麟送齊獻王了！齊獻王側妃剛有孕，而我這孩子都快生了，至今連一個銅子兒都沒瞧見，能看您順眼才怪了！」林夕落說完，福陵王苦笑，「五弟妹這是戳本王的心啊，妳當本王樂意給，那是搶啊！」

「不管，終歸我們沒得著，不樂意！」林夕落獅子大開口：「王爺如若不給比血翡麒麟更好的物件，也不樂意！」

福陵王看著魏青岩，「本王這是何苦來哉？追著來探五弟妹，反倒成如今這模樣。」

「您自找的。」魏青岩話語清淡，只在一旁看書，壓根兒不理他。

福陵王表情更苦，「那五弟妹說吧，本王得送點兒什麼妳才滿意？」

「血玉麒麟。」林夕落一說，福陵王道：「那物件已經被齊獻王要走了啊！」

「再弄一件，而且品相要比齊獻王爺那塊更好、更潤、更大！」林夕落帶點兒孩子氣，她如今坐著動不了，早已悶得不行，有福陵王找上門，她為何不給一錘子？

「料本王送，物件五弟妹自己雕。」福陵王咬牙認了，其實也是他自己樂意，誰讓這人就愛犯賤呢？

林夕落笑著讓冬荷和秋翠上茶和點心給福陵王。

而與此同時，侯夫人正與宣陽侯對峙叫喊：「你說啊，仲良如今到底在何地？他可還活著？」

魏仲良死了。

這是宣陽侯告訴侯夫人的話，也是壓垮侯夫人內心的最後一根稻草。

那是她最疼愛的孫子，就這樣沒了……

難不成她這輩子要這樣孤老一生，無後人嗎？

花嬤嬤終究忍不住勸慰道：「侯夫人，您還有仲恆少爺。」

「不要提那個畜生！」侯夫人歇斯底里，「他不是我的孫子，他是個養不熟的白眼兒狼！」

花嬤嬤無話可說，難不成之前對孩子刻薄冷漠她沒有責任？如今孩子自尋前途也成了白眼狼，何處能講道理？

侯夫人不再開口，就這樣整日窩在筱福居不出門，時常半夜哭醒，花嬤嬤更在納悶思忖：如若侯爺沒了，夫人也會這樣哭嗎？

她哭的不是孫子，而是手中的權勢和她身上的傲氣，如今這些浮誇的東西蕩然無存，她的眼淚才會不止……

傲了一輩子，鬥了一輩子，卻終究鬥不過子女無能，這種感覺恐怕是她隱藏在心底的痛。

林夕落快生了。

離預計她臨盆的日子越來越近，曹嬤嬤整日裡陪伴在她的身邊寸步不離；喬高升也不敢任意離開，就在後側院的小罩房中先將就幾日，隨傳隨到；冬荷與秋翠兩個沒有經驗，曹嬤嬤如何吩咐，她們便照做。

魏青岩每日都守在林夕落的身旁，看著她昏昏入睡，看著她睜眼，比她這要生的人還急。

「第一次看你急成這個模樣。」林夕落調侃，魏青岩苦澀一笑，「我不是擔心孩子，我是擔心妳的身體。」

林夕落心中一暖，此時的醫療條件差得很，雖然他們當面不說，可背地裡對她如此大的肚子都有些擔心，生怕孩子太大出不來，母子的性命都有危險。

看著自己胖成球的手，林夕落握著他的大手，「放心，我一定無事。」

她正說著，額頭有點兒冒汗，魏青岩嚇得即刻叫來曹嬤嬤，曹嬤嬤也不管什麼規矩不規矩的，直接上手便摸，隨後道：「還要等。」

「這得等至何時？」魏青岩忍不住問，之前的那位夫人生子時他在外征戰根本不知情，而林夕落自從有孕至今，他日夜守著，自能感覺到她的辛苦。

「魏大人，這事兒老奴也說不準，要看五奶奶的身子和小主子是否想早些出來見您了。」曹嬤嬤故作輕鬆，可她也緊張，只盼著可別生個多少天，五奶奶的身子再堅強也挺不住……

魏青岩無奈。

沒過多久，姜氏與齊氏也過來看她。

「四嫂怎麼也來了？」林夕落沒想到齊氏這有著身孕的也跑這裡來了。

齊氏至今還有些尷尬，扶著腰坐於一旁，輕聲道：「惦記著，四爺也擔心，可他覺得自己是個大男人不好露面，故而讓我來看看弟妹。」

姜氏已生了三個孩子，對此倒是懂一點兒，看著林夕落的肚子和她這副模樣，笑道：「別急，看這樣子，還得幾天。」

「那不是過了最初預計的日子？」魏青岩皺眉問出這一句極其滑稽的問題。

姜氏只看他笑道：「五弟，晚生是福！」

一屋子女人，魏青岩有些待不住，尋個藉口去門口透透風，身旁有曹嬤嬤陪著，他並不擔心。

屋中算上丫鬟一共六人，其中兩個都是大肚子孕婦，話題自然離不開孩子。齊氏也是有經驗的，與姜氏你一言我一句地講育兒經，林夕落起初是認真地聽，隨後發現她們講完的事，她轉眼就忘了。

「三嫂、四嫂，先別說了，我一樣也沒記住。」林夕落說完，姜氏笑道：「瞧我這記性，說半天卻忘了這時候妳能聽進去什麼？」

「都是如此，忘得快著呢，要生子之後慢慢地調養恢復。」齊氏也補一句。

林夕落道：「反正曹嬤嬤在，我也不著急。」

林夕落看著曹嬤嬤，這位是福陵王送來的人，魏青岩也說她可信，林夕落便有心將她留下……

曹嬤嬤也聽出林夕落話中之意，福身道：「老奴自當盡心盡力侍奉五奶奶。」

林夕落只笑著道謝，並沒有說出心中所想，那些事都等孩子生了再說也不遲……

齊氏的身子也怕累，故而她與姜氏沒待多久就走了。

林夕落在床上睡去，魏青岩也靜靜地等待孩兒降臨，與此同時的皇宮當中，齊獻王正與陸公公敘談，其中也離不開孩子二字。

陸公公率先恭賀齊獻王側妃有孕，更是笑著道：「皇上大喜！」

齊獻王的笑意也濃，「多謝公公道賀，不過孩子還得數月誕下，如今本王只一心為父皇效力，不知父皇可在？」

「皇上剛剛休歇，但留了一封摺子給王爺。」陸公公拿起一旁的一封，展開來看，忽然發現拿錯了，便將此摺放於一旁，另外取一份看清楚才遞給齊獻王。

「王爺？」

齊獻王正盯著剛剛的那一封，萬分震驚。

在陸公公無意翻開之時，他看到了摺上的幾個字……「魏」、「郡」？

這兩字看似不起眼，可依著齊獻王的聰明卻能聯想出無數的事來。

「魏」，豈不是宣陽侯府的人？而「郡」字所代表的不是郡王就是領地，宣陽侯府之中誰能有資格與這兩個字沾邊更不用問，自當是魏青岩。

這摺子明顯是皇上備了許久沒有下發，那豈不是在等著魏青岩的女人生子？

郡王是什麼？那可是王位的第二等爵，僅僅次於親王，縱使歷史上有過將朝臣封為郡王的例子，可如今要把魏青岩與此掛上鉤，實在太古怪了。

他爹也不過是個侯爵，郡王可堪比一等公爵了。

如若不是郡王而是領地，他一個堂堂武將去郡地作何？這事兒更匪夷所思！

齊獻王僵滯在原地，而陸公公忍不住再喚幾聲：「王爺？」

「啊！」齊獻王反應過來，接過摺子便往外走。

陸公公眉頭皺緊，有些奇怪，這是怎麼了？

離開皇宮，齊獻王這一路上都被「魏」、「郡」二字糾纏得心不在焉。

雖然知道皇上甚寵魏青岩，魏青岩軍功顯赫也實屬應當，但不至於寵到如此程度吧？

如今是要等這摺子頒布了，還是提前去想辦法打探打探或做點兒手腳？

齊獻王行至王府門口，猛然拽住馬韁，立即道：「本王再去皇宮一趟！」

此時，林夕落正看著眼前福陵王送來的血翡原石，高興得不得了。

本尋思他也不過說一說便罷了，誰想到居然真在這個時候送來。

「五弟妹，本王沒有失言吧？特意在小侄子臨盆之前將此物送到，這可花費了本王好大的力氣才尋到，不信妳可以問一問麒麟樓中的雕藝師傅們，本王侍衛將此物抬進去，這群人都瘋了，恨不得用牙啃一塊下來了！」

福陵王在一旁炫耀顯擺，林夕落也沒刺他，他雖然言辭中有吹噓成分，但這一塊原石也果真是不容易尋到。

「那就先謝過王爺了。」林夕落說完，福陵王笑意甚濃，「五弟妹，本王對妳的心意，妳可終於有體會了！」

魏青岩在一旁輕咳，「我幫妳把這石料先放一旁？」

林夕落不肯，「讓我再摸一摸……」

「妳身子不適，待康癒後再由妳隨意把玩。」魏青岩勸著，林夕落卻撇嘴，「我再看一會兒。」

魏青岩沒轍，有身孕的女人不能與平常女人比，脾性大，這個他深有體會，可林夕落離預計生子之時僅一天，他怎能不擔心？

福陵王見魏青岩吃癟，忍不住大笑，「走走走，就由五弟妹好生稀罕一會兒，你陪本王喝一杯茶，下一盤棋，我們也商議商議西北的事……」

魏青岩見林夕落仍稀罕物件壓根兒不看他，略有挫敗，只得跟著福陵王往門口行去。

看到魏青岩出門，林夕落望著他的背影，召來冬荷道：「拿塊棉布來！」

「奶奶，您要做什麼？」冬荷有些焦慮，她不是要盤養石料吧？

「棉布和小刀，快點兒！」林夕落催促，冬荷不肯去，「您這身子哪裡能把玩那等物件？若被五爺知道了，還不要了奴婢的命。」

林夕落噘嘴，「妳去不去？」杏眼兒一瞪，冬荷苦了臉，「那只拿棉布。」

「行。」林夕落笑著答應，卻從枕頭後的百寶閣裡取出一把小雕刀，已經在原石上開始比比劃劃地玩上了。

而這一會兒，門外有人急忙跑來，林夕落只聽到院子裡雜亂吵嚷，而最清楚的一句便是：「喬太醫，快去林府，林老太爺不行了！」

林夕落一聽，登時嚇了一跳。

手裡雕刀落地，讓屋中的丫鬟們嚇到。

林夕落只聽著門外的人匆匆離去，心裡為林忠德祈禱，這可是她的祖父……雖然為人老奸巨猾，可也是她的祖父啊！

而正值這一會兒，秋翠忽然尖叫：「奶奶，您……您怎麼流血了？」

秋翠這一聲叫嚷，嚇得林夕落連忙低頭撩起衣裙看看肚子，卻並沒有什麼問題。

這哪兒來的血？

腳上一疼，她才發現腳旁有一柄雕刀，剛剛外面傳來「林老太爺不行了」的叫嚷，雕刀落地之時割在了她的腳上。

冬荷即刻過來幫著包紮上藥，林夕落鬆了口氣，幸好不是孩子出事。

可還未等緩過多久，林夕落忽然皺了眉，一旁守著的秋翠大驚，「奶奶怎麼了？」

「不行，曹嬤嬤，我……我不行了！」林夕落連忙躺下，連手都開始跟著顫。曹嬤嬤匆忙而來，上前摸了摸林夕落的肚子，叫道：「快準備物件！燒熱水、催生藥，快！」

「要生了？」秋翠喃喃之後忙朝外大喊：「五爺，奶奶要生了！」

魏青岩與福陵王往外行去，可行至門口就見林家人匆忙來請喬太醫，剛安頓完喬高升上馬離去，這又傳了林夕落要生了的消息。

魏青岩噎住，福陵王即刻道：「快讓喬太醫回來！」

「這時來不及了，估計已經快到林府！魏海，去林府看一眼，如若喬高升對林老太爺的病無能為力，立即將他帶回！」魏青岩邊說邊往侯府的後側院奔去。

福陵王站在侯府門口也覺得有些邁不動步，這時候回去？倒不如在一旁幫一幫忙，也讓魏青岩賣他一個好？

這般想罷，福陵王慢慢悠悠地往後側院行去，可行至一半忽然想起這事兒不對，他要是想讓魏青岩賣他的好，他如今就應該進宮。

魏青岩行至後院，已經聽到林夕落尖叫呼喊，他衝了進去，卻被曹嬤嬤一把推出來，「大人不能進去，在外等！」

「我要進……」

「不行！」曹嬤嬤喝斥，讓其餘的婆子丫鬟準備好，自己堵在門口道：「如若是尋常之事，老奴也不會如此阻擋大人，這可不是規矩不規矩的事，女人生子，男人就是不許進！」

曹嬤嬤說完，轉身進了屋，而秋翠與冬荷兩個人也跟著忙碌開來。

此時，侯府中也已經全都驚動，姜氏第一個跑了進來，看到魏青岩呆若木雞地站在門口，便上前道：「五弟，你在這裡站著作甚？」

「我等。」魏青岩有點兒發懵，姜氏苦笑道：「這還不知要多長時間，你以為只是一盞茶的功夫？該幹什麼幹什麼去，有了消息，嫂子再派人去找你。」

姜氏說著也進了屋中，魏青岩快步要跟進，卻又被曹嬤嬤給擋在外面。

未過半晌，宣陽侯與魏青羽也來至此地，看到魏青岩這模樣，宣陽侯有心諷刺：「沒出息！」

「我願意！」魏青岩還了一句，讓宣陽侯冷哼一聲，不再回答。

魏青羽拽著魏青岩道：「五弟，坐著等，這事兒說快也快，說慢指不定要幾天。」

「怎麼這麼久？」魏青岩皺了眉，宣陽侯斥道：「你以為這是打仗？一刀剖了肚子拽出個娃子不成？讓你等你就老老實實地等，別在這裡廢話！」

魏青岩看他一眼，心裡有些焦躁。

親眼目睹自己的女人生子，讓他腦中猛然憶起了許多人、許多事。

有他的生母，有他的前任夫人，這兩人不過是累積的夢魘，而林夕落的叫喊聲才是最刺痛他的心。孩子，不就是個孩子嗎？何必豁出命去要他？

魏青岩的心思極亂，宣陽侯倒鎮定，與魏青羽談起朝事，其實也在講給魏青岩聽，可現在的魏青岩哪裡有心管這等事？他一顆心都在林夕落的身上……

「……行宮修建已經停止，天暖了，南邊又開始蠢蠢欲動，咸池國與烏梁國結盟，輪番騷擾，前些時日將南邊的守衛軍三千餘人全部屠殺，皇上大怒了！」

宣陽侯說完看向魏青岩，他卻絲毫反應都沒有……

魏青羽也知宣陽侯是故意讓他接話，只得道：「就不知此時會派何人為大將軍率兵出征了。」

「都在搶這份功勞。」宣陽侯輕咳兩聲，「前些時日，本侯主動請戰被駁回，齊獻王也有心率兵，但他目的是要奪本侯手上的軍權，太子更是推舉他手下的吳棣。」

「吳棣也是頗有本事的人，只可惜他為人太過狂傲。」魏青羽看向魏青岩，「而且屢屢與五弟針鋒相對。」

「人家願意主動請戰，這個被一個女人給牽制住，難怪人家瞧他不順眼。」宣陽侯看著魏青岩，那目光如刀刺一樣投去，可魏青岩仍沒反應，只焦躁地聽著屋中的叫嚷聲逐漸消去。

此時秋翠從屋中出來，魏青岩即刻道：「她怎麼樣？」

秋翠忙搖頭，「奴婢還要去煮催產藥，五爺別擋著！」

魏青岩下意識地躲開，秋翠衝至外面，眨眼就沒了影兒。

曹嬤嬤剛剛不是吩咐了催產藥？怎麼這時候還要煮？

魏青岩心煩意亂，朝著屋門就嚷：「曹嬤嬤，為何還要煮藥？」

「別搗亂！」

一聲輕斥，讓魏青岩閉了嘴，這時候他可什麼脾氣都沒了，只在門外來回踱步，焦慮不已。

宣陽侯看他這副模樣甚是生氣，冷斥道：「本侯剛剛之言你聽到沒有？」

「您說什麼了？」魏青岩這一句，讓宣陽侯徹底無語，合著他與魏青羽唱了一齣雙簧，這位壓根兒一個字都沒聽進去？

宣陽侯要發火，魏青羽連忙安撫：「父親，五弟初為人父，您體諒一些。」

「哼！」宣陽侯一口將茶灌進嘴裡，起身出門道：「本侯不在這兒看著了，憋屈！有消息再去通知本侯！」

魏青羽將宣陽侯送出門外，看著魏青岩道：「五弟，你何必如此傷父親？回他兩句也無妨。」

魏青岩並不是一個字都沒聽見，魏青羽是最清楚的。

「他不就是在逼著我出征？他怎麼不把這個機會給四哥？夕落生子我就出征離去，卻不知這一次征戰需要多少時間。有可能幾個月，有可能是幾年，他覺得我離不開女人，我就是離不開女人了，不去！」魏青岩焦急中話語冰冷。

魏青羽嘆了氣，「他是怕青山魯莽丟了軍權。」

「他倒是不擔心兒子丟了命。」魏青岩補了如此一句，魏青羽無語。他不是武將出身，如今又被推舉為承繼世子位之人，自不能在這時候說得太多……

魏青岩也覺話重，看著魏青羽道：「三哥，我不是針對你。」

「我知道。」魏青羽拍著他的肩膀，「別擔心，五弟妹定當無事！」

魏青岩剛一點頭，就見秋翠急匆匆端著藥進門，未過多久，屋中又傳出林夕落的叫嚷，嚇得魏青岩手一哆嗦。

魏青羽也有些納悶，怎麼這麼費勁？

林夕落的確很疼，倒不是肚子疼得厲害，而是她的腳……

剛剛雕刀戳下將她的腳戳了很大一個傷口，如今又要生，腳一跟著綳勁兒，傷口就裂開，血流得就更多，而新傷口撕裂之餘，刺痛實在難忍，她就忍不住叫喚。

「五弟妹，別喊太久，不然稍後沒力氣生大侄子了！」姜氏在一旁不停地安撫，林夕落瞪眼，「是這樣嗎？」

姜氏立即點了點頭，林夕落便閉上嘴，一聲都不再吭，可憋紅的小臉和腳上包紮的棉布被滲透的血紅，無一不在宣示著她的疼痛程度。

曹嬤嬤與姜氏對視一眼，這位五奶奶還真是……

可這時也無暇再多顧忌她性子裡的堅毅，只得接手等著這位孩子的降臨。

此時，喬高升已經行至林府，林忠德在床上已昏厥過去，可微微的呼吸表示他仍然健在。林政武、林政齊、林政孝等眾多子子孫孫全都在旁守著，林政武與林政齊的目光則瞄向老爺子胸前的那一封遺囑，他們都想知道承繼家主之位的人到底是誰。

林政辛見到喬高升到了，立即將人迎了進來，「岳父大人，您快看一看老爺子能否救過來！」

喬高升雖然聽這句岳父甚是欣喜，可他也知道此時不是敘情分的時候，忙進到屋中，開始為老爺子探脈，眉頭緊擰，明擺著林忠德的病情已至無法救回的程度，可喬高升口中沒說這一句話，眾人誰都不敢先將此事出口。

喬高升心中猶豫，可他知道這種話不能當著眾人的面兒說，只得看著林政孝向他投去私下敘談的目光。

「我要尋一本醫書上的方子，林大人來幫一幫我。」喬高升找了個藉口，林政孝當即點頭。

兩人行至一旁，喬高升便道：「林大人，可下一副藥救急，但只有兩成的希望讓林老爺子度過此關，可也不會延續太久，頂多延續十日，不過我擔心若這藥沒起作用，您和姑爺兩人就都要承擔責任，難保不被他人埋怨，還背一身罪，家主之事您二人更沒有機會了，您說這藥我是下還是不下？」

喬高升的問題讓林政孝一時發懵，嘴唇哆嗦幾下，卻不知該如何回答。

如若依照他的本意，定當即刻點頭答應喬高升下這一副猛藥，可如今他這一決定恐怕牽扯的人不止是他自己。

他的身後牽扯到林夕落、魏青岩，如若再泛指一些，或許牽扯到宣陽侯府。

喬高升是林政辛的岳父，這件事與林政辛也脫不開關係。

倘若真的出事定罪，恐怕惡意謀殺老爺子的罪名也會被人嚷出。

大周國以孝治國，但凡不孝之人都會被言官彈劾得連骨頭渣子都不剩，可這幾個人當中，誰不怕背上這無謂的罪名？

即便查明真相並非刻意謀害，但這種惡名聲落下，仕途之路恐也無望。

可難道因為這種種原因，就把老太爺多活些時日的期望放棄了嗎？

林政孝心如刀絞，慌忙煩亂，喬高升催促：「林大人，您得快做決定，否則來不及了！」

喬高升的催促倒沒尋思孝與不孝，他只怕出事，而見林政孝這般焦慮，心中已經有些後悔剛剛不說此事便罷，老太爺過世與他有何關係？

林家頂多換了家主，他的閨女和姑爺如今也不指望老太爺吃飯，指望的是魏五爺與五奶奶。

「救！」林政孝咬了牙，「下藥吧！」

喬高升正懊惱，而聽林政孝如此堅定，險些咬了舌頭，「後果您都想清楚了？」

林政孝點頭，「我已想明！喬太醫，拜託您了，如若不幸出事，一切後果都有我來承擔，定不會讓您的身上沾半點兒罪責！」

喬高升有些羞愧，不再說什麼，親自去藥庫裡拿藥。

藥很快熬好，喬高升端來站在門口卻沒遞給林政孝，而是看向林政辛，「姑爺，還是你來！」

「這是什麼藥？」林政武與林政齊率先攔截，喬高升陡然硬氣地道：「能救命的藥，能有幾分希望讓老爺子續命的藥，你們難道不讓林老爺子喝？」

這一句反問讓林政武與林政齊噎得啞口無言，他們怎麼回答?周圍的丫鬟僕婦家丁全都守著，喬高升這一句也不知哪兒來這般多底氣，大嗓門子一嚷嚷，院子裡的人全都聽到了。

此時林政辛也不管這麼多事，急忙將藥端過去，一口一口灌進林忠德的口中……

魏海也已趕到，眼見此地的狀況也知不應張揚，快步行至喬高升身邊道：「五奶奶臨產了！」

喬高升登時一腦門汗，怎麼都湊一起了！

魏海使了眼色，喬高升只得立即跟著走，而此時林政辛餵完了藥，轉頭就看到魏海等人出門，即刻道：「岳父大人，您不能走！」

這一聲叫嚷可急死了喬高升，心裡只念叨著這事可不好辦了！

而林夕落此時已經能夠感覺到生子的不易，心中猛然想起她「曾經」的媽媽。因為難產誕下她而過世，故而她的父親才憎恨她，恨她奪去母親的生命……

如今切身體會這等艱難，才覺得她能感受到身為一個母親的無私和愛，即便此時為了腹中胎兒要奉獻她的命，她心裡也隱隱覺得值了。

放鬆心思，她感覺到口中一股濃重的血腥，因咬牙忍痛，牙床都已開始滲出血。她想往肚子裡嚥，卻因一下撕心裂肺的疼大喊出聲，一口血直接噴出口外。

「奶奶！」

秋翠忍不住大喊，魏青岩再也忍不住地從外衝了進來。

「夕落！」魏青岩看著她這副模樣，驚得不知所措，曹嬤嬤要推他出去，魏青岩卻不肯，「妳們繼續，我就在此地！」

「五弟，這不合適。」姜氏過來勸，可見魏青岩滿臉的緊張也知道她們誰勸都沒有用。

林夕落朝他伸出手，魏青岩拽過椅子坐在一旁，用布帶子將眼睛蒙住，大手握住她，「疼，妳就咬我！」

這一句說出，林夕落的眼角流了淚，她也沒有客氣，果真將他的手臂塞入自己的嘴中。

曹嬤嬤與姜氏對視一眼，也知不得耽擱，可喬高升怎麼還不來？如今只能依靠曹嬤嬤一人了！

「四指了！」曹嬤嬤念叨著：「小主子太健壯，要繼續等！」

姜氏嘆口氣，「五弟妹，妳可要挺住啊！」

喬高升來不了，喬高升的夫人被帶來此地。

喬夫人終歸是跟隨喬高升多年，耳濡目染也懂一些，曹嬤嬤說了狀況，她便道：「快讓廚房備吃的，要流食，五奶奶需要補充體力繼續等！」

「已餵了一碗粥。」曹嬤嬤又說了其中放了多少的補品，喬夫人立即搖頭，「不夠，繼續！」

冬荷按照兩人吩咐的療譜去讓陳嬤嬤做，有喬夫人在，曹嬤嬤心裡多少有了些底氣，姜氏雖然也生育過孩子，可她不懂接生，喬夫人更能幫得上忙。

林夕落的臉色蒼白，身子已經酥軟得沒有了力氣。

喬夫人親自動手為她放鬆僵緊的肌肉，魏青岩只能通過她時而微微輕動的手來感受她的清醒，而他的大手傳來的溫暖，也能讓林夕落感受到他……

或許是這樣讓林夕落增添了力量，她在心裡不停告誡自己，要挺過去，她一定要挺過去！

魏青岩衝進了產房，讓魏青羽愕然無言，只得苦笑離去，他來此地一是為了等消息，二是為了幫魏青岩緩解緊張，可如今看來，他已經不用在此，只好出門去向宣陽侯回稟此地之事。

宣陽侯雖然離去，可早間趕來時，明擺著對此事看重，只是與魏青岩談不攏罷了……

侯夫人也正聽下人回報林夕落臨產，侯爺及眾人都匆匆探望，她的面色極冷。

花嬤嬤見這婆子絮叨個不停，狠瞪她一眼道：「五奶奶院中的事妳知道得倒是清楚！」

婆子一怔，抬頭就見花嬤嬤在狠瞪著她，只得連忙道：「老奴也是聽人說的……」

「非親眼所見，不過是聽個傳聞，妳也跑來與侯夫人回稟？」花嬤嬤朝外一指，「出去！」

婆子立馬匆匆離去，可臨走時看侯夫人，卻見侯夫人臉上滿是怒意，不敢再說什麼討好的話，否則豈不成了出氣筒？

花嬤嬤在一旁道：「侯夫人，可是要過去看看？」

「看什麼？我巴不得她死！」侯夫人如此咒罵，花嬤嬤沒了說辭，對於侯夫人這番做派，她始終不能認同。可侯夫人是主，她是奴，她能說什麼？

主僕沉默許久，侯夫人道：「我不去了，妳去看一看。」

花嬤嬤一怔，看向侯夫人，侯夫人冷笑，「我的確是恨魏青岩那個小野種，也厭惡他的那個女人，可我是侯夫人，終歸要有一點兒表示。」

侯夫人從妝奩盒子中取出一串鑰匙，「妳將大藥庫中第三格的藥都帶去，這都是多年的珍貴藥材，侯府的大藥庫都不如本夫人這裡的藥全。」

將一大串鑰匙給了花嬤嬤，花嬤嬤卻驚了。

「可是都拿去？」花嬤嬤忍不住又問一遍，侯夫人點頭，「對，一樣藥都不許剩，全都送去給她，也算圓了本夫人的一片心意。」

花嬤嬤腳步躊躇，侯夫人神色陰冷，「怎麼還不去？妳是不是以為本夫人要害那個女人？妳開始向著外人了？」

「老奴沒有。」花嬤嬤嘆了口氣，拿了鑰匙去藥庫，而侯夫人的目光一直注視著她，看她取完藥出了筱福居，目光才收回，只盯著鏡子中一張蒼老褶皺的臉，盼望著她想要得到的消息快些傳來。

花嬤嬤的腳步極沉，她跟隨侯夫人幾十年，怎會不知道這藥庫中的藥是什麼？藥，醫病便是藥，如若不是醫病便是毒，而侯夫人居然讓她親自送去給林夕落，侯夫人顯然已經開始瘋狂了，如若林夕落出了問題，她也別想活了。

或許，侯夫人的心裡早已看破了生死，她的大兒子過世，孫子沒了，一個庶孫更是跟著她最恨的人，且二兒子一家被攆出幽州城，在一個農莊子裡被囚禁，與死了沒什麼分別，侯夫人怎能不恨？

可這件事該恨誰？

該恨即將要誕下孩兒的五奶奶嗎？

花嬤嬤捧著這些藥，忐忑不安，她跟隨侯夫人多年，而侯夫人這也是準備帶著她一起死了。

另一邊，曹嬤嬤與喬夫人正一個幫著撫林夕落的肚子，另一個不停地掐算著時機。

林夕落不敢再叫喊消耗力氣，只得狠狠地咬著魏青岩的手臂。

他透過手臂的疼能夠清楚地感受到她生子的痛苦，心裡不由泛起一股厭惡感，他居然厭惡這個孩子的出生？

林夕落一聲叫喊，曹嬤嬤即刻道：「五奶奶，您撐住了！」

「頭出來了，您忍住！」

林夕落又是狠狠地咬了一口，她能感覺咬破他的手臂，那股血腥的味道浸滿了她的口，而他的陪伴或許是她最大的依賴……

伴隨著一股撕心裂肺的疼，響亮的嬰兒啼哭聲傳來。

生了！奶奶生了！

冬荷興奮得在一旁看著姜氏抱著的小嬰兒，連忙端過水來洗身子。

秋翠笑著就蹦高，口中大喊著道：「生了！爺，生了！」

魏青岩沒有動，他雖然聽到嬰兒的啼哭卻沒有鬆開林夕落的手，儘管手被她咬出幾道傷，也沒有鬆開她的手。

曹嬤嬤為林夕落這方處置好，喬夫人便將屋中凡是帶了血漬的東西全都收走，洗淨、收拾妥當，也是怕魏青岩看到心中犯了忌諱。

林夕落見曹嬤嬤朝自己點頭，笑看魏青岩手上的傷，輕聲道：「你眼睛上的布條可以摘了。」

魏青岩用另外一隻手拽下，這隻手依舊沒有放開她。

他看著林夕落蒼白的小臉，嘴唇乾破得皮翹起，露出滲紅的血色，可她是在笑，看著他笑。

魏青岩的神色更緊了一分，甚至帶著點兒莫名的氣，林夕落知道他心裡如何想，瞪一眼道：「幹什麼呢？這副表情好像我要死了一樣！」

「妳、妳還疼嗎？」魏青岩摸著她的小胖臉，卻又怕自己的手過寒涼到她，這模樣林夕落心中雖暖，可姜氏和曹嬤嬤、丫鬟們都在，他這神情豈不是讓人笑話？

「有了孩子你還不笑一笑，好像生離死別似的！快把孩子抱給我，是兒子還是閨女？」

魏青岩怔住，隨即自嘲一笑，也轉頭去看孩子，姜氏在一旁抱著孩子半晌，「這麼半天才見你們兩人問我們一句，這爹娘當得可不合格！」

「這不是沒來得及嗎？」林夕落目光中甚是期盼，魏青岩則問道：「是不是帶把兒的？」

姜氏也無心再逗他們，喜色極濃地道：「是小侄子，可愛的小侄子！」

兒子！

林夕落很高興，她對生男生女沒有要求，可對魏青岩來說，能有一子對他是相當大的助力。

姜氏把孩子抱過來，魏青岩雖然臉上也有笑意，可林夕落剛剛生子疼痛叫嚷時，他對孩子的厭煩還有一點兒掛在臉上。林夕落看在眼中，狠狠掐他一把，口中道：「別把怨氣放在孩子身上，人家又沒惹你？還不是你給招來的？」

這一句貌似玩笑之言卻戳中了魏青岩的心。是啊，他何必跟孩子過不去？孩子是他要生的……

姜氏也忍不住笑，魏青岩起身道：「我來抱一抱。」

可大男人哪裡會抱孩子？他就兩隻大手捧著，孩子一直在睡，根本不睜眼搭理。

「他怎麼這樣輕？」魏青岩忽然一句：「妳懷他的時候不是肚子很大？」

林夕落翻了白眼，「天知道！」

「長得像我！」

「像我才對！」

姜氏與曹嬤嬤、喬夫人對視，都對他們兩人的反應感到好笑，而曹嬤嬤心裡更是驚訝，進到屋中蒙眼陪著妻子誕子的人，大周國恐怕就魏青岩一人吧？

夫妻兩人的感情還真不是一般的深。

而此時，侯府中的人也都得到林夕落誕下一子的消息。

宣陽侯的表情很複雜，生了兒子，多了個孫子，他怎麼就笑不出來呢？

有心提筆取個名字，不知為何腦中空白，魏青羽在一旁提醒：「父親，是否要先通稟宮裡？」

「對，這件事最急，本侯這就進宮！」宣陽侯撂下筆便要出門，可行至門口卻猛然回頭，目光中的審度之色嚇了魏青羽一大跳。

宣陽侯沉了片刻才快步離去，魏青羽卻覺得渾身冰冷，侯爺的目光怎麼好似要殺了他一樣？

魏青羽找尋不到原因，也顧不得再多尋思，先去後側院看一看魏青岩再說。

行至門口，卻見到後側院附近有一個人影在來回地走動，背影略有幾分熟悉，可其腳步躊躇焦慮，這是在做什麼？

聽見身後有腳步聲傳來，花嬤嬤下意識地回頭就看到了魏青羽，「給三爺請安了。」

花嬤嬤行了禮，魏青羽也認出了她，上前道：「花嬤嬤來了，怎麼不進去？」

「老奴本是得了侯夫人之命，將一些備用藥品送來，怕夫人這方一時急用尋不到，可此時五奶奶已經誕下小主子，這藥就用不上了，老奴正要回去向侯夫人回稟。」

魏青羽點了頭，「勞煩花嬤嬤了。」

花嬤嬤腳步仍躊躇，可見魏青羽有意進去，只得退後兩步連忙告辭。

魏青羽沒有多想，花嬤嬤心裡哀嘆，她沒有依照侯夫人之意把藏有毒的藥送去，她於心不忍，當初魏青岩前任夫人誕子時便失去兩命，而侯夫人如今又要做這等動作，豈不是要鬧得家破人亡？

花嬤嬤跟隨侯夫人多年，她知道這番回去後，侯夫人定當要斥罵她，指不定會趕她出門，可她實在無心再做這等窩火之事，何必為了不可解去的仇恨再害多條人命？

這一包毒下去，死的恐怕不止是那個孩子……

花嬤嬤仰頭長嘆一聲，便往筱福居而去。

魏青羽到來，魏青岩也離開產房，林夕落得好生休歇便睡下了，魏青岩也沒再打擾，逕自出門等候。

「恭喜五弟了！」魏青羽見到魏青岩便是道：「如今你也心安了！」

魏青岩笑道：「謝謝三哥！」說罷朝外望去，魏青羽知他是在尋思宣陽侯，便是道：「父親進宮去了。」

魏青岩嘴角輕撇，卻沒有喜意，甚是認真地道：「三哥，世子位你要承繼下來，不要想著讓給我，即便生了兒子，這個位子我也不會接手。」

魏青羽被他戳中心事，不由道：「五弟，就這樣堅定？我擔負不起侯府的重責。」

「我早晚會離開侯府。」魏青岩今日的心境有很大的變化，「所以你必須把世子位坐穩。」

魏青羽沒想到他忽然來這樣一句，臉上滿是震驚，「五弟，你這是要作何？」

「聽弟弟的！」魏青岩說完，臉上喜笑顏開，「要開始籌備洗三禮以及滿月宴了，這好時節不能耽擱，要好好利用才行！」

魏青羽無奈搖頭，他實在琢磨不懂魏青岩，離開？他去哪兒能脫離開宣陽侯府的印記？不還是要姓這個「魏」字？

姜氏此時從屋中輕手輕腳地出來，見魏青羽與魏青岩兄弟都在，略有擔憂地道：「喬太醫呢？這急時他不在，歸來時定要讓他再為弟妹診脈下藥。這次甚是兇險，如若不是曹嬤嬤經驗豐富，還有喬夫人在，換成其他人恐難度過這一關，而且弟妹的身子太虛弱了。」

魏青岩想起了喬高升，卻不知林忠德是否熬過去了？時至現在都沒有音訊傳來……

喬高升此時正在忐忑不安地盯著林忠德。

那一碗藥下去，林忠德吐出大半碗，他又發狠地下方子再熬一碗，這一碗藥餵下，林忠德依然沒有任何反應。

這種狀況讓喬高升沒了底，額頭上的冷汗涔涔地冒，林政孝也越發緊張起來。

雖然只有他與喬高升知道這藥的兇險，可眾人都在盯著林忠德，責備怪罪的話只在耳邊沒有說出，那陰狠責備的目光卻已極是明顯。

林政辛則沒這等私心，一直都守在林忠德身邊。

他是發自內心希望父親多活幾日或幾個時辰也好，哪怕是再開口罵他兩句「兔崽子」也行。

時間一點一滴地過去，魏海也在焦急等待，正在猶豫是否先將喬高升帶回去，侯府的侍衛駕馬來至林府通報：「魏統領，五奶奶誕下一子，母子均安。」

魏海驚喜，奔進屋中，走至林政孝身邊道：「回林大人，魏五奶奶順利誕下一子，林大人可以安心了！」

「啊？夕落生了？」林政孝還不知道林夕落臨產。

魏海笑道：「五爺知道此地事急，卑職也怕林大人難做，故而沒與您說。」

林政孝笑容滿面，喬高升也在一旁高呼：「謝天謝地，怎麼都趕在這一時了！」

眾人正在興奮之時，林政辛忽然高喊：「父親！父親！」

林忠德滿面通紅，口吐鮮血，緊緊地攥著林政辛的手，目光卻看向林政孝，一雙眼睛瞪得碩大無比，林政孝腿一軟，連忙奔去，「父親！」

「夕落誕下一子，您安心養病！」林政孝將喜訊告訴他，林忠德的眼睛微瞇，顯然是露出愉悅欣慰之笑容，隨後倒去，躺在床上一動也不動……

「爹！」

魏青岩與魏青羽、魏青山兄弟三人正為他得一子而欣喜之餘，侯府的侍衛匆匆趕回，稟告道：「回幾位爺，左都御史林忠德林大人歿了，林府吵鬧起來，怪罪林政孝大人與喬太醫合夥毒害，存心不孝，要以族規處置，棍杖責罰攆出林族，魏統領在那裡控制場面，讓卑職快些回來稟告。」

魏青岩的喜意頓消，他兒子誕生、林老太爺過世，這是命運的交換嗎？

魏青岩略有不放心想要前去幫忙，可又惦記林夕落，但林家的事也要處置好才行，只得與魏青羽道：「我先去林府，夕落醒來先不要告訴她這個消息。」

「別魯莽！」魏青羽勸慰，魏青岩冷笑，「兒子出世，我不介意用血慶祝，也不介意用血祭奠林忠德歸天！」

而林府現在就好像一鍋雜亂無章的粥，噁心、噁心，還是噁心。

林政孝氣得渾身發抖，連話都說不出來，如若沒有魏海率領宣陽侯府侍衛護著，他恐怕就要被林政武下令棍杖刑罰攆出林府。

雖然這等事情林政孝早已經在心中想過，可真的發生時，他心裡也無法承受這股親離的痛苦。

如若換作是外人，林政孝不會如此啞口無言，不會如此彷徨失措，正因為是親人，是同姓族人！

難道家主之位就這樣有意思嗎？

就能讓留著同一血脈的人手足相殘嗎？

林政孝說不出話，而林政辛也被這幕驚到了。

怎麼可能是自己的岳父和林政孝來故意害人？藥明明是救人，怎麼可能是害人？

可林政辛還沒等開口就被林政武給拽至一旁，「十三弟，你剛剛新婚，弟妹也有孕在身，還是不要摻和進這等事中！雖說有你岳父在，但他定是聽老七妖言蠱惑才會做出這等齷齪事來，你沒參與，便是無錯！」

林政辛沒等開口，林政齊補言道：「十三弟，你如今可不是一個人，要顧忌著你的妻子了！」

這話便是挑撥和威脅，林政辛當即斥罵：「放屁！老子就是不信，有本事把我也攆出林府！」

林政齊一怔，氣惱地道：「不識好歹！魏統領，這是林家的事，你快些讓開，別沾惹是非！」

魏海一句話不回，一個字不說，就是不允他們動林政孝與喬高升一個指頭。

眾人僵持在此，外方家眷卻沒有一個為老爺子過世落淚之人……

林政武心中焦慮，他已經派人去了齊獻王府，有意趁著林綺蘭懷了身孕奪得林家家主之位，齊獻王定當會支持他上位，可這半天功夫了卻一點兒音訊沒有，怎麼這樣慢？

而林政齊心中也在想，他早已派人去告訴林芳懿，讓她尋太子拿主意，也是還沒有回話……這到底是怎麼回事？

眾人各有心思，拿不得林政孝便只能等，可兩人想等的人沒等來，卻是魏青岩先到了。

林政武與林政齊俱是一驚，林政武率先上前道：「你幹什麼？帶如此多侍衛前來，你這是想要幹什麼？」

魏青岩沒有說話，而是看一眼已經被抬入棺木中的林忠德，磕了三個頭後起身道：「岳祖父的臨終遺囑在何處？」

林政齊聽他問及此事，上前道：「九侄女婿，這是林家的事……」

「你既然叫我一聲侄女婿，那我就是林家沾親，臨終遺囑在何處？」魏青岩的聲音甚是霸氣，讓所有人都感覺到他身上散發出的冷意，不由得退後幾步，心生膽怯。

不單是林家人如此，連林政孝都微微一驚。

之前因有林夕落在，魏青岩見到林家人都十分和氣，可他們卻都忘了他是個什麼樣的人。

征戰沙場、手刃數人的魏青岩，怎麼會被眾人幾句指責嚇倒？怎麼會被林家的族規阻攔？

魏青岩提及遺囑，林政辛才想起此事，即刻道：「父親說是放置身上，剛剛換下來的衣服呢？你們拿到哪裡去了？」

林政辛這般說辭，讓林政武記恨。

他一直都沒拿出遺囑宣讀，怕的就是林忠德沒有將位子傳給他，而根據林政武的觀察，老太爺最有可能將家主之位給林政孝，故而他們才齊心合力地想要將林政孝逐出林家，而後再爭家主之位。

可如今魏青岩提及此事，讓林政武心虛，只得硬著頭皮阻攔道：「遺囑再議，現在說的是老七害死老爺子，這件事必須馬上解決！」

林政武有此心，林政齊自當也附和：「大哥說的對，這是要事！」

林政辛要去找遺囑，卻被林政武攔住，無論他如何叫嚷都無用：「畜生，你們才是畜生！」

魏青岩冷笑，朝向身後侍衛擺手，「給我搜！」

「你要幹什麼？」林政武急了，上前道：「魏青岩，你敢如此胡鬧？我要面聖控告你！」

「去！」魏青岩一把將他拽至門外，「去啊！」

林政武被扯出門外，他的小廝見魏青岩還要往前走，手中舉著一根長長的鐵刺，意圖從後方攔住他。

刷！轉頭一刀揮下，人頭落地，鮮血潑灑，魏青岩毫不猶豫便殺一人，目光掃過眾人冷言道：「我已說過，我不介意用鮮血慶賀兒子出生，也不介意用鮮血為岳祖父祭奠！誰不怕死，就再往前走一步試試！」

這一幕著實嚇壞了所有人，連林政孝都有些頭暈目眩，連忙轉身不看。

他本欲上前阻攔，卻被喬高升一把拽住，他的姑爺在為他出頭，他怎能胳膊肘朝外拐？何況若無魏青岩出現，他早就被這些人給拖出去棍杖打死，還要背一身罵名。

可林政孝從來沒見過如此狀況，他……他實在不知該如何是好。

魏青岩清冷的刀上沾滿的血不停滴在地上，留下一道血痕，目光掃過眾人，所有人都在往後退，生怕被誤解為阻攔被他一刀砍死。

這把刀可不是嚇唬人的，而是真要命啊！

「還有誰要攔著？」魏青岩一聲怒吼，卻無人敢應，魏青岩冷笑，走到病床前，將林忠德換下的衣物翻了一遍，卻根本沒有什麼信。

他回頭道：「遺囑呢？在誰那裡？交出來！」

眾人無聲，誰都不肯回話。

「不交出來，我血洗御史府！」魏青岩的刀刃劃在地上，那刺耳的聲響讓所有人都腿軟心驚，一旁的林政齊連忙看向林政武，出言道：「大哥，你還不拿出來？」

「不……不在我這裡！」林政武嚇得連忙後退，可他下意識拍了下袖子，被魏青岩看到。

魏青岩快步過去，林政武連忙後退，魏青岩舉著刀看他，「交出來！」

「七弟，你怎麼一句話都不說？這是你的姑爺，你難道要背離林家？」林政武連忙看向林政孝，這屋子裡也只他能與魏青岩說話。

林政孝也想明白了，愣的怕橫的，橫的怕不要命的，他這等遵規守禮的人就是被人欺負的。

「我剛剛不是已經被你扣上罪名攆離林府？恕我不能認同，也無話可說！」

林政孝這話說出，卻是讓林政武嚇得連忙後退，可一路退至牆角，無地再退，只得硬著頭皮道：「有本事你殺了我！」

魏青岩冷笑，卻橫刀指向林政武，刀鋒飛快抖轉，刀尖散發的光芒嚇得林政武大叫，而身上片片衣布飛散在地，被削成一條一條，只片刻功夫便赤身裸體，身上卻沒出現半點兒傷痕，而那封遺囑也隨之飄落在地。

魏青岩收刀取信，林政武已呆若木雞，連捂住羞處都忘至腦後……

「……傳家主之位於十三子林政辛。」

魏青岩念完，林政辛嚇了一大跳，怎麼會傳位給他？這怎麼可能？

所有人都愣了，這個結果是他們完全想不到的，本尋思林政孝是最大的障礙，孰料老爺子傳家主位給一個毫不起眼的林政辛，而他才年僅十五歲。

「還傻愣著幹什麼？拿家主服，為岳祖父擺靈堂！都是死人嗎？快！」

魏青岩怒吼，所有下人四散而去，魏海帶領侍衛幫著布置，其餘的人都膽怯地看著魏青岩，好似他不離去，眾人便不會邁步走路一般。

林政武瘋了，赤身裸體地瘋了。

林政齊咬牙憎恨，卻不敢在此刻上前，只心裡記恨著要讓林芳懿向太子告他一狀，更尋思如何拉攏林政辛來控制住林家。

魏青岩不願搭理，而是走至林政孝面前，恭恭敬敬地行禮道：「岳父大人。」

林政孝哀嘆一口氣，「勞煩姑爺了。」

「夕落誕下一子，很順利，您也成為外祖父，這裡不妨交由他們管，您與岳母、天詡先隨我去探望夕落，此地之事再議。」魏青岩如此說，林政孝便看向一旁的林政辛，「我擔心十三弟。」

「我已派人去叫林豎賢和李泊言，由他二人在此幫忙，另派二十名侍衛在此駐守，岳父大人不必擔心。」魏青岩如此說，林政孝連連點頭，他們爭執了兩個多時辰的事情，姑爺到此不用一炷香就解決了，他還有何可說的？

「都聽姑爺的。」

魏青岩點了頭，讓人備馬車，胡氏帶著林天詡上了馬車，林政孝沒有騎馬，他的心太亂了，他需要靜思。

貳之章◆御旨賜爵彌咎過

林府的事很快便被眾人知曉，魏青岩等人還沒回到宣陽侯府，皇上那裡已經得到了這個消息。

宣陽侯剛剛還在說他得了孫子，轉而便聽到魏青岩血刃林府，一張臉都快扭曲得變形了。

孰料皇衛回稟，肅文帝卻哈哈大笑，讚道：「好！朕就喜歡他這股桀驁霸氣，如若大周國良將都有如此英武果斷的性子，邊境小國還敢侵擾大周國嗎？」

宣陽侯啞口無言，不知該說何才好。

「臣有罪。」

「你無罪，他也無罪，堂堂百年大族為一家主之位鬧得人仰馬翻，不該警告嗎？一個下人也敢在大周國的名將之前指手畫腳，不該死嗎？」肅文帝輕咳兩聲，隨即笑道：「賞！朕要好好地賞他！不僅賞他，也要賞他的女人、他的兒子，賞！」

魏青岩帶著林政孝、胡氏和林天詡歸家，林夕落已經醒來。

胡氏笑著看小傢伙兒的模樣，抱著便不肯鬆手，笑得合不攏嘴地道：「這眉眼好看，沒像姑爺那麼冷，可怎麼也不像妳呢？比你們兩人都好看！」

林夕落吐了舌頭，「還真是隔輩兒親！」

她看出胡氏的心不在焉，也看出林政孝僵硬的笑容，不由問道：「娘，老爺子到底怎麼了？」

胡氏也知道瞞不住，只得道：「老爺子已經走了。」

走了？林夕落呆滯片刻，沉嘆口氣，「我早已有心理準備，只是沒敢說。」

喬高升被帶走這麼久都沒回來，豈會是好事？可一件白事、一件喜事疊加在一起，她實在不知道這張臉是該哭還是該笑了。

胡氏也在悶著，她雖然沒親眼見到魏青岩在林府殺人，可聽說林政孝差點兒被杖刑攆出府，她氣得要命，如若不是姑爺去，自家老爺豈不是要被弄死？

可這等事她心裡清楚就罷了，自是不能告訴林夕落，否則還不嚇壞了她？

母女兩人正在敘談著，門外響起了侍衛的回稟之聲：「五爺，侯爺讓卑職通稟您皇賞即刻就到，讓您與五奶奶收拾妥當準備接賞！」

這麼快？聽到「皇賞」二字，林夕落苦笑，「我這模樣怎麼接賞啊？」

胡氏也有些納悶，正欲出門去問一問，魏青岩進了屋中來，手上被林夕落咬的傷口赫然在目，嚇了胡氏一跳。

剛剛聽林夕落說咬著魏青岩的手，可卻沒尋思這丫頭下這麼狠的口。

胡氏有些不好意思，起身道：「姑爺，怎麼不把手上的傷包紮起來？」

「無妨，留個疤，當作紀念。」魏青岩也不去看孩子，只走到林夕落身邊道：「頒賞妳在屋中即可，不用出去。」

林夕落點了頭，而此時李泊言前來回稟處置林家的事，更是將魏仲恆給帶了來。魏青岩出門與李泊言相談，魏仲恆則與林天詡嘻哈了一陣兒，便進了屋中看小弟弟。

「嬸娘，他叫什麼名字？」魏仲恆看著他，小嘴兒小手粉嫩得很，不由得放輕了呼吸，生怕吹壞了他一般。

林夕落道：「還沒有名字，哪能這般快？」

魏仲恆撓頭，「『仲』字輩兒後面能接什麼字呢？最好是個好記的名字，不然都弄混了。」

說及此事林夕落也無語，她一直都對宣陽侯所起的名字甚是擔憂，雖說要祖父命名，可若是得個難聽的名字，她得多窩火？

魏仲恆見林夕落神色不豫，以為是他說錯了話，連忙道：「弟弟無論是什麼名字，仲恆都不會忘記他。」

這話雖然說得童真，林夕落卻是開心。許久才能見到魏仲恆一次，每一次都能夠感覺到他的變化，他越來越懂事了。

院子中，丫鬟婆子們開始擺香案，布置接皇賞的規禮。

宣陽侯府的老老少少也都聚集於此，林夕落則獨自坐在屋中守著孩子，心裡則在思忖，這份皇賞會有多重呢？

侍衛向侯夫人通稟稍後皇賞便到，宣陽侯請侯夫人去接旨，侯夫人聽到這個消息火冒三丈，氣恨不已，瞪著花嬤嬤道：「妳為何不把藥給她？妳為何讓她生下那個孩子？皇賞，她憑什麼生個孩子就能得到皇帝的賞賜！」

花嬤嬤從拿了藥歸來，侯夫人就陰沉不語，如今得知林夕落安穩誕子、皇賞即到的消息，她心中那一層薄弱的自尊徹底坍塌，更是歇斯底里地發洩。

「您是侯夫人，是這個孩子的祖母，您難道還不明白嗎？」花嬤嬤終究忍不住心裡的抑鬱，開口勸說道：「五爺雖說不是您的嫡子，可他是您名下的兒子，他有多麼高的戰績您就有多麼高的榮譽，何必要他一家子過不舒坦，您也跟著身敗名裂？」

花嬤嬤說完，就見侯夫人一怔，「他不是我兒子，他害死了我的兒子！」

「夫人！」花嬤嬤再勸，侯夫人卻看她：「妳如若再說一句，就給我滾！」

花嬤嬤閉上了嘴，而侯夫人靜思片刻卻依舊沒有出去接賞。

對於侯夫人未到，宣陽侯沒有任何反應，就好像身邊少了一隻蒼蠅一樣正常。

魏青羽卻有些忐忑不安，忍不住與魏青岩道：「侯夫人不來，這事兒會不會被挑剔怪罪？」

魏青岩冷笑，「喜事，挑什麼？那豈不是跟皇上過不去？」

魏青羽點了點頭，「說得是，我看問題又狹隘了。」

「三哥說的並無錯，如若不是宣陽侯府而換成另外的府邸，侯夫人不到必定要被言官們彈劾，但說不準皇上就樂意看到宣陽侯府不安寧。」

魏青岩這話讓魏青羽怔了片刻，雖然不懂他話中的意思，可卻能感覺到魏青岩心裡有股子彆扭勁兒。

等候許久，遠處浩浩蕩蕩的頒賞隊伍朝宣陽侯府而來，路上的行人都閃開站至路旁，議論紛紛，連之前侯府的種種閒雜亂事都挖出來再溫習一番，極是熱鬧。

林夕落在屋中聽著門口鑼鼓喧天的聲音，胡氏與林政孝也至門口接旨，連魏仲恆和林天詡也得去門口迎候，只有林夕落一人守著孩子躺臥在床上，待稍後宣旨時她跪地聽候便可。

看著小傢伙兒吧嗒著小嘴，睡得香甜，林夕落忍不住摸他一把，他的小眉頭皺了皺，明擺著不滿，嘬了幾下嘴，便又繼續睡去……林夕落臉上湧現出笑意，真逗！

前來頒賞之人依舊是皇上身旁的陸公公。

陸公公進了門，率先拱手向宣陽侯道賀：「恭喜侯爺！賀喜侯爺！」

宣陽侯回禮，「勞煩陸公公了。」

陸公公與其寒暄也不過是客套，真正要恭喜之人是魏青岩。

「魏大人終於得償所願，也沒白費您一直守護著五奶奶這片心！皇上得知您有了子嗣甚是高興，這可是魏大人的福氣啊，咱家這一路前來都笑得合不攏嘴，特意向皇上請示來恭賀魏大人！」

陸公公說罷，魏青岩朝皇宮方向拱手，「謝皇上恩典！」又轉身道：「也要謝過陸公公了！」

「哪裡哪裡，咱家喜與魏大人相談，爽快！」陸公公說罷，看見林政孝與胡氏也在，破天荒地走過去，臉上笑意收斂，感慨地道：「林大人，節哀順變吧。」

林忠德之死已經被林夕落誕下子嗣之事給掩蓋過去，幾乎無人去過問此時的林家。

而林家鬧的那一樁醜事，林政孝不願多言，即刻道：「多謝陸公公，今日乃是小女大喜，侯府是喜宅之府，不提這傷心事了。」

陸公公點了點頭，隨即請了聖旨，與魏青岩道：「五奶奶不必出門，只在屋中聽旨即可。」

魏青岩再次道謝，陸公公才開始宣旨：「奉天承運，皇帝詔曰：魏青岩年少習武從軍，為大周國立下汗馬功勞，從區區小兵以軍功為階升至大將之職，朕心甚慰，如今家休一年，幸得一子，仍未褪將領之風，朕更高興，特此賞魏青岩行衍公之爵，林氏一品誥命夫人，賜魏青岩之子名為『文擎』二字，封地百畝、錦綢千匹、奴僕百人……」

陸公公宣讀聖旨之時，宣陽侯府所有人全都震驚不已。

行衍公？公爵之位豈不是比宣陽侯還高上兩等？子越父爵，這可是從來都沒有過的事！

宣陽侯的心裡甚是糾結，區區一個侯爵的世子位，魏青岩拱手讓給魏青羽，而轉眼他便得了一公爵之位，這讓他情何以堪？

他是自己的兒子，卻比自己的功績還高，如此便罷，如今連孩子的名字都由皇上特賜，而且宣陽侯府的第三輩兒名「仲」，而皇上賜名「文擎」，魏文擎，這不是明擺著告訴所有人，他高看此子，而此子……沒有宣陽侯府的印記嗎？

宣陽侯的手在顫抖，可魏青羽與魏青山兩人除卻驚詫之外沒有任何反應。

魏青羽心裡苦笑，他這一世子位是魏青岩拱手讓的，雖說知道五弟不爭此物，可如今他得公爵之位，比自己高出不知多少等，想起當初的魏青石與魏青煥兩人為一個世子位打得頭破血流、家破人亡，而如今呢？

一道聖旨就得行衍公爵，若他二人得知，心中會如何想？

魏青山除卻高興之外就是高興，胡氏更是喜上眉梢，林政孝則有些納罕皇上的封賞，連連看向魏青岩，卻見他的神色平淡，好似早就知道此事一般。

林夕落跪在屋中抱著孩子聽頒賞，眼珠子都快瞪了出來。

行衍公？一品誥命夫人？魏文擎？

不過生個孩子就有如此多皇賞？林夕落摸著自己還肉滾滾的肚子，詫異著皇上如此高的賞賜到底是好是壞？

魏青岩極是淡定，淡定得讓人覺得陸公公宣讀的聖旨好似假的一般。

所有人都覺得魏青岩是驚喜得傻了，可卻無人知道他心中在想什麼……

魏青岩誕子、血刃林府卻被皇上封為行衍公的消息，很快便傳至幽州城內各家各戶。

孩子剛出生，「文擎」之名便已被眾人知曉。

尋常百姓人家將此當成茶餘飯後的談資，可眾官員及皇親國戚們，對肅文帝這一舉措卻是瞠目結舌，開始思忖他的真正用意。

即便是皇親，也不見得皇上欽賜名字，而魏青岩的孩子，皇上如此看重？

魏青岩是宣陽侯之子，如今子比父貴，這種狀況實在詭異，在大周國的歷史上從未發生過。皇上縱使有心讓魏青岩去平邊境之亂，也不用如此大力地費心吧？

一道旨意頒下，給點兒恩惠就夠了，何必將他封為行衍公？哪怕是個侯爵之位也可啊！

這往後宣陽侯見了魏青岩，是行禮還是不行禮？

爹拜兒子，哪兒說理去啊！

眾人疑惑難解，宣陽侯府中的歡慶愉悅並沒有因夜晚的降臨黯淡下來，依舊一派喜氣洋洋，可在宣陽侯的書房之中，父子二人都沒有笑意。

「往後見到你，本侯也要尊稱一聲公爺，再行大禮，你可是早就在盼著這一天了？」宣陽侯心裡極不是滋味兒，連看魏青岩的目光都甚是複雜。

魏青岩的神色平淡，「我從沒這般想過，莫用狹隘之心探他人，方中窺不見圓，何必呢？」

「哼！」宣陽侯悶哼一聲，「莫以為你爵位更高便可訓斥本侯，你沒這個資格，縱使封地、府邸都有，也不允你離開侯府半步！」

魏青岩站起身，「府邸還需修繕，暫時我也搬不了，您不必著急。」

「你……」宣陽侯的拳頭緊攥，「你以為封為行衍公就能不可一世了？你以為皇上為你兒子賜名就榮寵無邊了？邊境之戰你休想逃！」

「我從不做逃兵。」魏青岩也有些火，「您對皇上拒您帶兵出征不滿，您對皇上封我更高的爵位不滿，但這都與我何干？您為何不進宮去斥去罵去吼？我不離開宣陽侯府，三哥怎麼承繼世子位？有些事您心裡比任何人都清楚，何必攥著不放？」

宣陽侯冷眼看他，「你此話何意？」

「我話中何意您的心中最清楚！」魏青岩欲轉身離去，待至門口之時，宣陽侯叫住他：「你如今有了兒子就是多了一枚任人操控的把柄，你好自為之。」

魏青岩頓了一下，便離開宣陽侯的書房，而宣陽侯獨自坐在屋中沉思了許久許久……

林家的事終究要解決，林政孝將胡氏與林天詡送回景蘇苑，便由魏海陪伴回到林家。

有魏青岩今日的揮刀濺血，林家人想必也不敢再對林政孝有別樣的心思，林政孝只覺得這一顆心是不知該喜該悲，極是不好受。

曹嬤嬤帶著魏文擎，喬高升給林夕落診了脈更是開了方子，起碼要補上些許時日才能將這一次消耗的精氣神給緩回來。

「這小傢伙兒怎麼也不哭不鬧的，就是閉著眼睛睡。」林夕落在一旁納悶地看他，「肉滾滾的一個球，怪不得懷他時肚子那麼大。」

曹嬤嬤陪著笑道：「還是五奶奶有福氣，連小主子都知道不吵鬧您。」

林夕落輕輕一笑，說起曹嬤嬤往後的去向：「福陵王將嬤嬤從宮中請來，五爺也信任您，往後不知嬤嬤有何打算？如若不嫌棄，不如就留在我身邊。您也瞧見了，我身邊丫鬟婆子不多，能管得了孩子的卻一個也沒有，如今再外請，一來費神，二來也不放心。」

「公爺夫人不嫌棄老奴，老奴就跟隨夫人……」曹嬤嬤說著就要大拜，林夕落連忙道：「您還依舊稱便可，畢竟還在侯府裡頭，什麼公爺夫人、一品誥命的，還是少提為好。」

曹嬤嬤雖贊同，但林夕落如此交代，她只得點頭應下，「五爺與五奶奶都是不喜歡規禮之人，在侯府之中不提此事為孝道，可洗三禮與滿月禮，老奴覺得還是要好好籌辦，不遵大禮，起碼也不能含糊了事，畢竟皇上如此高調賞賜，您也要做出讓皇上欣慰的表現。」

曹嬤嬤如此說辭，倒讓林夕落不得不深思。

「嬤嬤說的對，待五爺歸來，自要與五爺好生商議一番。」林夕落看著曹嬤嬤，「往後我有何處漏了空子，還望曹嬤嬤多多提點。」

「老奴本分之事，應該的。」曹嬤嬤說罷，魏青岩也從外歸來。

雖說早知魏大人除了夫人之外再無侍妾通房，可如今五奶奶在月子裡，他也不離去嗎？

「這小子鬧嗎？」魏青岩先看了看林夕落，隨即走至孩子身邊，見他悶頭熟睡，分毫反應都沒有，不由道：「從見到他就是在睡，如今還是在睡，都未見他睜過眼。」

林夕落笑道：「吃飽睡，睡醒吃，這不挺好的嗎？」

「睡成個肉球一樣。」魏青岩坐在床邊，一手摟著林夕落，一邊看著孩子，曹嬤嬤和冬荷等人已識趣地離去，將這屋子留給一家三口。

淡淡的溫馨氛圍，不用言語即能體會，林夕落靠在他的肩膀上，「我覺得你不安心，可是因為爵位的封賞？」

魏青岩攥著她的手，看著兒子口中道：「之前皇上曾有過承諾，可卻沒想到動作這麼大。」

「承諾？」林夕落有些不明白，魏青岩卻沒有細說，只是道：「無妨，有妳、有他，我有了拚爭的動力！丫頭，妳辛苦了！」

魏青岩將她抱在懷裡，林夕落喃喃道：「這話怎說得讓人心裡酸酸的呢？」

「那換一句，等妳休養好了，再給爺生七八個兒子！」魏青岩說完，林夕落就嘟嘴，「我才不當母豬！」

魏青岩哈哈大笑，輕吻她的唇。林夕落也喜歡他這股無聲的親暱，只享受著一個家的溫暖。家，她終於有一個完完整整的家了！

齊獻王此時聽著手下人的回稟，雖對行衍公的爵位略有驚詫，可他更驚詫的是當初無意中看到的摺子難道不是給魏青岩的？

他這些時日一直都在等，更是尋了幕僚細細詳究，那摺子有九成是給魏青岩的，可偏偏這意外出現了，給魏青岩的封賞與「郡」字毫無關係，這是皇上又有了別的心思，還是他搞錯了？

齊獻王沉思半晌，隨後去後院尋找秦素雲，此時林綺蘭也在，秦素雲正在關照她吃食用度，林綺蘭的臉色不太好看。

「王爺。」

秦素雲看到他來有些意外，「妹妹今兒又有些不舒服，妾身有心想去請前太醫院醫正喬高升來給診一診脈，可那位太醫如今被魏青岩供養起來，妾身想趁著洗三之禮與五奶奶說一說。」

「人家現在是公爺夫人了，肯定架子大得很，還沒被封公爵呢，就拎著刀去林家砍人了，成何體統？嚇得……嚇得婢妾的父親到現在還瘋癲著……」

林綺蘭說著便開始吧嗒吧嗒掉眼淚。

魏青岩去林府把林政武收拾一頓，那刀挑衣飛，讓林政武丟死人了，家主之位沒搶到不提，人也瘋了，林家大房還有什麼可爭的？

林綺蘭這輩子最恨的就是林夕落，如今更恨魏青岩，可如今她就是一個大肚子的孕婦，她只能尋齊獻王哭訴，求他出面撐腰。

這事兒齊獻王也聽說了，見林綺蘭一臉的怨念，只得道：「爭不過人家還有何抱怨的？別整天哭哭啼啼的，否則生出的娃子也是個軟蛋子！妳爹也是灘扶不上牆的爛泥，林家那點兒破事輪不上妳操心！」

齊獻王半點兒安撫都沒有，反而還一通斥罵，林綺蘭心裡委屈更甚，秦素雲則道：「王爺，您好好說。」

「好好說什麼？老老實實生孩子，女人懂個屁！」齊獻王冷哼一句便背手離去，秦素雲無奈地搖了搖頭，看著哭啼不止的林綺蘭也是煩躁不安，可為了她肚子裡的孩子，她還能怎麼辦呢？

周青揚得到消息後與皇后私談了一個多時辰便對此沒有半句怨詞，反倒是讓太子妃等人準備貴禮，待滿月宴時，他要親自去恭賀行衍公魏青岩。

而此時的林府大門飄著喪白的掛飾，淒涼且毫無生氣。

林政辛坐在家主的位子上，如坐針氈。

他怎麼都沒想到老爺子最後選的人會是他，他是什麼人？吃喝玩樂、狗屁不懂的一個紈褲子弟，選他當家主幹什麼？林政辛自嘲，抬頭問著一旁的小廝道：「什麼時辰了？」

「回家主，近子時了。」

林政辛看著書閒庭中坐著的林家族人，第一次正經起來道：「再等一刻鐘的時間，如若六房還不肯到，便家規處置。」

話音剛落，門外傳來了喧嚷的叫喊：「家主之位不服！」

「家主無能！」

「偽造家主承繼之信件，該殺！」

一句又一句的話湧起，林政辛有些氣急，林政齊在一旁聽著甚是開心，這的確都是他一手策畫的，無論從嫡庶還是從長幼，他都比得過林政辛這個小崽子，老爺子居然把家主之位傳給他，如今他怎能不再掀起波瀾等著林政辛出錯？

只要他出錯，縱使再有魏青岩出面撐腰，也無濟於事了。

林政辛雖然心裡沒底，但他不是傻子。

他能得到這個家主之位恐怕與魏青岩脫不開關係，否則也不會讓眾侍衛和李泊言在此撐腰。

林豎賢聽著門外的叫嚷沒什麼表情，李泊言邁出門口三步，手一揮，叫嚷的人立時消失。

不用問，這是被侯府的侍衛帶走。

林政齊有些厲色，「李泊言，這兒是林家的地兒，你滾出去！」

「奉命辦事，恕不能從。」李泊言站在一旁，林豎賢看他一眼，便開了口：「表叔父可知宣陽侯見皇上時，皇上說了什麼？」

林政齊看他，「何意？」

「皇上說『堂堂百年大族為一家主之位鬧得人仰馬翻，不該警告嗎？一個下人也敢在大周國的名將之前指手畫腳，不該死嗎』，表叔父，您覺得皇上剛剛把侄兒叫過去，讓陸公公親口告訴侄兒這話是何意？」

林豎賢的話說完，林政齊頓時啞口無言。

他覺出老太爺的英明之處，更覺出脖頸冰涼。

這明擺著是皇上不願看到林家落入太子與齊獻王之手，而魏青岩敢持刀血濺林府，更合皇上之意，是他們大意了……

子時已到，林政辛即刻起身道：「我們開始商議一下老爺子的守喪之事吧……」

林夕落這兩日甚是忙碌，倒不是魏文擎折騰她，而是因為被封為一品誥命夫人，陸陸續續藉口來恭賀的官夫人大有人在，裡裡外外寒暄客套，說白了不過一句話：送禮攀交情。東扯西拽的，她憑空多出來不少親戚。

什麼父親表弟的二舅母的三哥、表叔父的小妾的三嬸娘的外甥，林夕落心裡算計著，如若按照這種方式排輩兒算親戚，整個大周國全是一家人了。

魏青岩本有意攔著不允林夕落見任何人，可曹嬤嬤與胡氏都覺得如今風頭太過，若再把人直接攆走，樹大招風，還是坐了床上說兩句話便罷。何況伸手不打笑臉人，人家一車一車的禮往府裡抬，還能把人家攆出去不成？

魏青岩拗不過宮嬤和岳母大人的絮叨，只得點頭答應，而他也不出門，就在屋中一坐，來此探望的夫人們說不上兩句話便全都離去，前些天這位爺剛砍完人頭，誰敢輕易招惹他？

林夕落寒暄累了，就去看一看魏青岩板著的臉，他這兩天做的最多的一件事就是觀察魏文擎，還露出疑惑的目光——這孩子怎麼就只知道睡呢？

送走了最後一位前來探訪的夫人，冬荷歸來道：「奶奶，都送走了，不過臨走時特意留了滿月禮時的拜帖。」

「滿月還要來？」林夕落將拜帖收好，「洗三禮我也想好了，反正不能出這屋子，索性就家裡人來聚一聚便罷了，滿月禮時再大辦。」

「都聽妳的。」魏青岩如此說，林夕落心中歡喜，捏捏自己的肉臉，又捏捏魏文擎的小臉，「都這麼肉！」

「這小子就是個肉滾兒！」魏青岩看著他，心裡有幾分複雜和迷茫，林夕落知道他是在想幼時的他是何樣，也在想那時的侯爺對他是什麼心思，可這些都已是過往雲煙，回憶傷心，何必多想？

林夕落拽著他的手轉移話題道：「林家這些時日怎麼樣了？」

提及林府，魏青岩還有幾分說辭：「林政辛家主之位坐穩，妳三伯父、六伯父不滿，大房如今是妳大伯母代表出面，喬錦娘因身懷有孕，暫時還不能接府中中饋，林政辛交由林大總管操辦。」

「倒是一切都順當了。」林夕落想起林忠德，「可惜祖父出殯，我卻不能參加了。」

「侯爺、三哥和我會出面，妳不用擔心。」魏青岩見她的小臉掛上了憂傷，反倒安慰起來：「想什麼呢？人早晚都有這一日。」

「討厭，剛生了文擎就說這話？」林夕落不知為何，想起林綺蘭，「你被封了如此高的公爵之位，太子與齊獻王沒反應？」

魏青岩微微搖頭，「沒有。」

「這倒是稀奇了。」林夕落心中詫異，他們倆不是都厭惡魏青岩嗎？雖說是皇親，魏青岩與他們根本比不上，可宣陽侯府的軍權未動，他們都在惦記著。

魏青岩一笑，隨後嘆氣道：「皇上老了。」

林夕落睜眼沒多說，只發愣地看著他，魏青岩摟著她小聲道：「人老必疑，做事毫無章法，特別是萬人之上的存在，所以林家的事，太子和齊獻王都脫不開干係，他已經滲出了火，故而封我一高爵位他們也不敢輕舉妄動。齊獻王在等待，太子在隱忍，也是在等待，齊獻王在等著他是否能留有一後，而太子在等著順利上位……」

「以前的明搶現在變成了暗奪，如若惹了高座之上的那一位，誰知會有什麼變化？」魏青岩自嘲地道：「這一次咸池國與烏梁國的結盟讓皇上很震怒，可他既沒有答應齊獻王統兵，也不理太子推舉的人選，更是駁回了侯爺的請戰，三大軍權之人他都給駁了，估計是在等我自動請戰。」

「他要讓侯爺的軍權歸至你手中？」林夕落的腦中蹦出如此念頭，連她都不知道為何這麼想。

「我的背後是福陵王，他是在保福陵王有後路。」魏青岩看她，「如今我們也要求自保。」

「讓你一說，我心裡頭還真沒了底。」林夕落看著魏文擎，「他還這麼小，起碼等他能跑啊！」

魏青岩捏她一把，「讓妳這一尋思好似明兒就得逃似的，時間雖然還早，但我們也要提前籌備了，無論那兩人誰上位，我都沒有好結果。」

林夕落心思沉下，半晌才道：「我才不想，我只想孩子快快長大。」

「說的對，我也只想妳再生幾個……」魏青岩在她耳畔旁呼氣，林夕落渾身一顫，連忙閃開。

夫妻兩人這般膩了半晌，依舊是分床而眠。林夕落這一夜疲憊，只盼著早早出了月子，好能離開這張躺臥許久的床舒坦舒坦。

四月十五，魏文擎的洗三禮。

這一日雖然已經對外說了是侯府和林府等親眷前來小聚慶賀，可仍有不少外來的夫人也前來添盆兒。

林夕落清早就換上一身乾淨的衣裳，她身子還是豐腴肥圓，這衣裳是她有孕時魏青岩特意尋料子為她趕製的，如今再上身覺得分外喜慶。

下了床，坐在梳粧檯前仔細看著自己這張臉，這就是當了娘了？

林夕落忍不住一笑，冬荷輕輕為她挽著頭髮，曹嬤嬤在一旁道：「餵過小主子了？」

林夕落點頭，「剛餵過。」

曹嬤嬤笑著道：「今兒可是洗三的日子，小主子卻仍是睡得這般香。」

「我到現在還沒見過他睜幾回眼！」林夕落也是納悶，這孩子什麼脾性？只有上一次餵他到一半兒時，忽然鬆了他的小嘴兒，他才睜眼可憐兮兮地看著她，那一雙晶亮的大眼睛讓林夕落更是喜歡。

可奶又喝到嘴裡，這小子立即兩眼兒一閉，當沒事兒人一般，吃完了就睡，只在要噓噓和便便的時候才會哼唧幾聲，隨後一點兒動靜兒都沒有。

她自己不是個老實性子，魏青岩也不是啊，這孩子的性子到底像誰？

胡氏與林政孝是最先到來，雖說林忠德是白事，但他二人是外祖父與外祖母，自不能離了洗三的場合。林天詡也來了，老太爺的過世對他來說並沒有很深的感覺，也是接觸的時間短暫，沒體驗過祖孫之情。除卻年禮磕頭就是見面磕頭，沒有其他的印象，故而林天詡一到，就拽著魏仲恆去一旁嘻哈玩耍，侯府是喜慶禮日，胡氏也沒拘管著他。

自個兒都哭不出來，又何必難為孩子跟著一起哭喪？

胡氏進門就對魏文擎又摟又抱，更是用嘴使勁兒地親。曹嬤嬤見了略有不悅，可這是外祖母，她也不好多說話。

「小主子就是個沉穩性子，到現在還是吃了睡，醒了再吃，老奴尋常跟著他，他連眼皮都不搭理，如今您到了，他才多少有點兒表情了。」曹嬤嬤說的話胡氏自沒多想，只笑道：「自當如此，這可是我的外孫！」

眼見胡氏沒搭理，曹嬤嬤只得退後不再多說，未過一會兒，羅夫人也帶著羅涵雨一同來到，看到林夕落沒得多說，除卻笑還是笑，羅涵雨也準備訂親，就快到了正式納采的日子。

眼瞧著人已到，也用過了午飯，特意請來的收生姥姥將物件都籌備齊了，只等著林夕落發話便開始。

冬荷來問，林夕落道：「五爺還沒來呢？」

冬荷不知情況地搖了搖頭，而此時，魏青岩正在大門口盯著前來探望的齊獻王，因為齊獻王帶來一個他不得不從重考慮的重要消息。

「這事兒本王告訴你了，信不信由你，雖說本王最見不得你好，可也不樂意你就這麼早完蛋，那日子過得多無聊？」

齊獻王說罷便道：「本王的王妃今兒本是要來，得知今日來為你兒子慶洗三禮的都是家人，便說滿月再到！還有，我要帶那個叫什麼的太醫走，你兒子也生了，他在此地也無用，交人吧！」

「喬高升不能走，可以送去借你用一次，用完馬上要還。」魏青岩不再細想齊獻王說的那件事，將注意力收了回來。

齊獻王瞪了眼，魏青岩認真地道：「你說這件事一不知真假，二王爺也沒說是交換，即便說了我也不答應，喬高升還要護著我女人出月子，而且林家當今家主的妻子也懷有身孕。再說了，萬一你賴上是我指使他壞了你女人肚子裡的孩子，我豈不是好心成了驢肝肺？」

「本王要是拿這事賴你，生兒子沒屁眼兒！」齊獻王大罵，讓周圍的人忍不住跟著笑。

魏青岩斟酌了下，讓人去叫喬高升，當面就囑咐道：「記得，診脈後即刻歸來，方子要抄寫兩份，請王爺在兩個方子上都按上手印，一巴掌要全拍在藥方的字跡上，免得有人從中做手腳。」

喬高升立即道：「聽到了，公爺放心，一點兒都不會出差錯。」

魏青岩點了頭，便讓喬高升跟著齊獻王離去，還派了四名侍衛跟隨。

齊獻王一走，魏青岩的臉色便沉了下來。

齊獻王剛剛告訴他，太子已經開始有動作，卻不知道具體動向，目標卻是對著他的家人……如若是以往，魏青岩或許不會在意，他只有夕落在身邊，大不了帶著她走，可如今呢？如今他有了兒子，不由想起前兩天宣陽侯所言，他又多了一個任人可捏的把柄。

魏青岩正在躊躇之間，魏海來催：「五爺，人都到齊了，連侯爺也到了，只等著您開禮了。」

魏青岩應了一聲，暫且將此事撂下，往後側院而去。

後側院熱鬧非凡，侯府的家眷們到齊，林家雖然只有林政孝夫婦，可羅大人、羅夫人與羅涵雨也都前來，另還有幾位新客女眷。

魏青岩先進屋探了林夕落，隨即朝著收生姥姥擺手。

產房外間擺了香案，供奉了雲霄娘娘、催生娘娘、送子娘娘等十三座神像，香爐裡的香灰是用小米替換，燭臺上還有一對羊油小紅蠟，下面壓著元寶等敬神的錢糧。

林夕落的床頭上供著的神像前也特意擺放了貢品，按說應該是侯夫人出來上香叩首，可侯夫人不肯來，這過程便直接由收生姥姥上前拜了三拜了事。

眾人開始添盆兒，這便是看出了侯府賓客的貴氣，金銀錁子、珠寶玉石一大堆，把收生姥姥樂壞了，拿著棒槌攪拌著，嘴裡頭念叨著吉祥話兒。

胡氏心裡略有不滿。

即便侯夫人對魏青岩與林夕落不滿，可在這等重要場合她都不肯出頭露面，這是給誰難堪？林家雖然沒臉，可侯爺不也是臉上無光彩？魏青岩被封了行衍公，自家閨女又是一品誥命夫人，她卻連個影子都沒有，實在不成體統，哪裡如之前所說的遵規守禮的高貴婦人？

胡氏心裡頭在埋怨著，收生姥姥這方已經開始給孩子洗澡。

按說涼水碰碰孩子屁股，孩子一哭，姥姥便喊兩句「響盆」的吉利話，可這小子卻是怎麼拍涼水都沒動靜兒，只閉著眼睛睡，誰也不搭理。

收生姥姥的吉利話噎在嗓子眼兒裡就是說不出來，可心裡急得就像長了草。

大戶人家都很重視這「響盆」的頭一嗓，也有說孩子叫得越響亮，將來的本事越大，可這位小爺不但不喊，眼睛都不睜，一副沉睡的模樣讓收生姥姥不知所措了。

胡氏的臉色落下來，眼瞧著收生姥姥還要往孩子身上拍涼水，忍不住道：「別晾著了，繼續。」

收生姥姥連忙一縮脖子，嘴中念叨著：「先洗頭，做王侯；後洗腰，一輩倒閉一輩高……」艾蒿熏過了腦門，又用雞蛋在孩兒的臉上滾了滾。可雞蛋還沒等滾到臉上，這小傢伙兒忽然大眼睛一睜，看著雞蛋伸手就想抓，口中亂喊亂叫，小手也不停地朝著雞蛋抓。

收生姥姥拿著雞蛋在他臉上滾了滾，雞蛋放置一旁，離開小傢伙兒的視線，小傢伙兒似是愣了一下，又閉上眼睛繼續睡。

胡氏還是初次見這孩子睜眼，那一雙碧波的大眼睛甚是靈活，忍不住道：「這孩子真好看！」

姜氏也跟著喜慶地道：「多俊啊，都幾天了，我還是頭一次見他睜眼呢！」

「性子也怪，不似尋常人家孩子那般哭鬧，也不搭理人。」齊氏在一旁補了一句，卻被魏青山給拽住，她才連忙閉嘴。

魏文擎誰都不搭理，收生姥姥便又取了一根大蔥，朝著他的身上輕輕拍了三下，將蔥扔到房頂上，隨後又是秤砣、鎖頭繼續比劃，口中念念有詞，最後用備好的小金元寶塞到他衣服裡……

這收生姥姥看賞錢多，故而一樣又一樣的禮沒完沒了地出，夫人們也樂，不停地賞。

這一來二去的折騰卻讓林夕落有些擔憂，這孩子還小，別給折騰病了。

可她在屋中，夫人們都圍著，沒過多一會兒就聽收生姥姥一叫：「哎喲！」

林夕落心中一驚，忙道：「怎麼了？」

秋翠匆匆跑來笑著道：「小主子拉了，都拉了盆兒裡的金銀錁子和珠串玉器上了，這收生姥姥可有得煩了。」添盆兒裡的東西都是賞給收生姥姥帶走的……

林夕落忍不住一樂，「時間太長了，剛餵過他就去行禮，這麼久了，時間正好。」

一群人都在外看著，收生姥姥也訴不得怨氣，只得把後續的禮節匆匆弄完，而男人們也離開此院子去別處談事，夫人們則都至旁處喝茶談天。

收生姥姥捧著那一盆子黏了屎的金銀物件到林夕落的面前道：「給公爺夫人請安了，您大吉大利，連生出的小主子都與眾不同，可是讓老婆子開了一回眼界了！」

這話說的無非是想再得點兒賞賜，林夕落笑著道：「我們家這小肉滾兒向來脾氣不好，何況這禮節規矩走一遍也就罷了，時間長了他怎能不煩？」

收生姥姥一怔，隨即道：「是老婆子耽擱小主子安歇了。」

「妳明白就好！」林夕落看著供臺上香爐中的小米、圍布，還有掛件、喜糕，道：「秋翠，這物件都收了賞給收生姥姥，來一趟也著實不容易。」

收生姥姥臉色尷尬，這點兒東西就把她給打發走？這位行衍公夫人不是向來手大的？而且還與麒麟樓有關，怎麼不賞個玉石雕件的，那一家子都可以吃喝不愁光享福了！

似是看出收生姥姥的心思，冬荷使了眼色給秋翠，秋翠將物件放至她手裡道：「按說收生姥姥應該是接生嬤嬤來擔當的，可曹嬤嬤不搶這份兒功勞才選了妳來，這一盆金銀錁子不夠還想要多少？物件拿回去洗洗還能用，妳又不會扔了！」

收生姥姥見此，連忙推脫說著不敢就立即退下，林夕落從曹嬤嬤懷裡接過魏文擎，手指悄悄地按了他的小嘴一下道：「你這小子，脾氣還挺大！」

他小嘴兒吧嗒吧嗒兩下，睜開眼四周轉了轉，又閉上眼睛睡。

「除了知道吃，現在什麼都不懂。」林夕落笑著將他放到床上，曹嬤嬤則道：「小主子才生下幾天啊，都是這般過來的。」

胡氏在外應酬著羅夫人，兩人彆彆扭扭地想要進來，卻又不進來，林夕落讓冬荷過去迎，兩位夫人才一同進來，身後還有羅涵雨。

胡氏笑著道：「她要進來看看妳，可又怕今兒妳太累了，說滿月了再來。」

「有什麼不方便的？我這如今除了養著就是養著了。」林夕落看著羅涵雨，「可是選定了哪一家人了？」

羅涵雨臉色一紅，小手扭著帕子不肯說，羅夫人自是道：「選定了，涵雨也快過十四歲了，納采、納吉這一套禮下來也需要些許功夫，我也想讓她多留家裡些時候。」

林夕落點了頭，「那是應該早早地定下來，免得您再為此事操心費神的了。」

羅夫人只是笑，胡氏連忙道：「嫁了也一樣操心，急著抱外孫。」

眾人喜樂地說笑著，胡氏與曹嬤嬤說起魏文擎的事來，羅夫人則私下與林夕落道：「這兩日朝議魏大人得行衍公爵位一事，他可告訴妳了？」

林夕落一怔，「沒有啊，怎麼回事？」

羅夫人沒想到她不知道，「新任左都御史曾是右都副御使，林老太爺沒了，他剛剛接任，第一封摺子便是魏大人不應得行衍公之爵位，因爵位高於侯爺，而且還是庶子出身。」

林夕落瞪了眼，「庶子怎麼了？庶子就不是人了？」

羅夫人趕緊拍他道：「我家老爺說，這在逼著魏大人出征！」

林夕落的心裡一涼。

上一次魏青岩也與她提及過皇上在等他自請出兵，而如今外方也在施加壓力，看來魏青岩是不得不去了？

如若是她獨自一人，林夕落或許會豁出去跟著他上戰場，可如今家中有子，他們只能留下了。眼見林夕落臉色越發難看，羅夫人忙呸了幾口道：「都說不讓我告訴妳，瞧我這張嘴！」

「您說的對，否則我蒙了鼓裡，到時候忽然告訴我這個消息，我心裡更難受。」林夕落說罷一笑，「我想這般多作甚？興許他離開更好，否則在這裡總是眾人的眼中釘。」

羅夫人見她說出這話，便拍她肩膀安慰道：「就知道妳能想得通！」

「可我想他怎麼辦？」林夕落鼓著小臉，羅夫人無奈笑道：「夫妻甜蜜得還離不開了？」

林夕落羞赧一笑，卻見羅涵雨也在偷著樂，吐了舌頭擠兌道：「笑話我？將來妳也這樣！」

羅涵雨被調侃，臉瞬間紅透，好似熟透的蜜桃，眼中埋怨卻又有點兒期待，一副小女人的模樣甚是動人。

胡氏此時從外進來，羅夫人與林夕落立即停了這個話題不說，兩人都知道胡氏是擔心的性子，生怕她知道點兒什麼事心裡頭放不下想不開。

姜氏送了所有的賓客離去，羅夫人也帶著羅涵雨早早地回了。

林夕落剛準備歇下，姜氏又回來，林夕落驚訝地看著她，「三嫂怎麼不歇著去？」

「剛準備歇了，妳三哥被侯爺叫了去，叮囑了滿月禮要大辦，如今這宴請的帖子和席禮、流程，包括林府前來的賓客如何招待，都要跟弟妹商議一下。」

姜氏絮絮叨叨說完這一通，林夕落頓時覺得頭大，「怎麼這般多事？」

「弟妹，妳如今是公爺夫人，這該遵的禮都要學，待滿月過後妳要進宮還禮，都要有宮嬤特意來教。」姜氏嘆了口氣，「這誥命夫人也不是那麼容易當的。」

林夕落手拄著臉，「要學的東西還真多。」

「早晚都要學，為了五弟，妳也得讓他顏面上過得去。」姜氏這般說辭，林夕落無話可駁，想起今兒羅夫人前來提醒的事，看來她真要將該學的東西學會，該正視的東西要好好思忖，而不是如今這般得過且過，懶一天是一天了。

她與姜氏大概說了下滿月禮，發現自己忘掉很多人和事，包括曾經幫侯府出面管魏青石喪禮時見過的官夫人也鮮少能記得。

姜氏看她一副茫然的模樣，便道：「妳先歇兩天我再來說也不急，剛生完孩子沒幾天，記性都差著呢，等好好地補一補再說。」

林夕落心裡知道她哪裡是生孩子忘了，是壓根兒沒把這些人和事往心裡記，從來都不打算來往的人家，她記這般多作甚？看來要學的東西不止一點兒，她要抓緊了。

姜氏安慰幾句便先離去，魏青岩兄弟幾人也議事而歸，他看著林夕落傻坐在床上，捏了一把她圓乎乎的小臉道：「想什麼呢，如此入神？」

林夕落看著他，指著自己鼻子問：「我是不是特別笨？」

魏青岩一愣，摸摸她的腦袋道：「沒病吧？」

「你才病了！」林夕落嘟著嘴，拽他坐在床邊，魏青岩皺了皺眉，「可是三嫂與妳說什麼了？」

「不是她們，是我自個兒心裡頭彆扭。」林夕落看著魏青岩，「現在我想知道任何事都要從別人嘴裡問，你卻不肯親自告訴我，是不是嫌我笨？」

林夕落自嘲的抱怨讓魏青岩心裡一疼，摟過她道：「是怕妳擔心。」

「你不說我更擔心。」林夕落這話說完，魏青岩坐了她的對面，道：「丫頭，我沒什麼惦記的人，只有妳。」

林夕落心裡酸溜溜的，「你是要出征了，對嗎？」

「朝堂爭鬥不似妳的雕刀一般，劃下去就是一道刃。」魏青岩沉了片刻，也知道不說一點兒細節林夕落不會甘休，只得認真道：「羅夫人應該告訴妳，近期朝上對我得行衍公爵位的非議，可皇上沒有任何反應，不駁不斥也不收回皇命，在等著所有人爭搶，可即便爭來這個握兵之權，就一定能勝利而歸嗎？他們懂什麼？他們懂咸池國與烏梁國的兵力、人力？糧草供應？軍事裝備？弓箭多少、長矛多少、騎兵多少？刀刃多鋒？他們根本不懂。我的確會出征，但不是現在，起碼要有一批去送死的人嘗到苦頭，我才會順勢解圍。這就好像一盤棋，我們每個人都是棋子，而皇上是觀棋者。」

林夕落是初次聽他提起軍事，可她所想的卻與魏青岩不一樣，沉思片刻便道：「你是覺得時機不成熟？」

魏青岩對她問出這樣一句很驚詫，林夕落繼續問：「你打算留一條後路？」

「丫頭，」魏青岩走過去摟緊她，「妳懂我。」

林夕落摟緊他的手臂，卻聽魏青岩說道：「等妳出了月子，兒子滿月時，我帶你們兩人去為生母掃墓。」

生母……那不是生魏青岩時死掉的姨娘？

林夕落不知他為何忽然提起此事，認真地點了點頭。

這一夜魏青岩沒有離開她的床，就這樣摟著她入睡，感覺到林夕落半夜時眉頭微皺偶爾呻吟出幾許不悅的夢魘之聲，魏青岩只悄悄地輕拍她入睡，而他也第一次要好好考慮後續的安排了。

因為有些事，隱不住了……

林夕落月子裡休養得甚是認真。

齊獻王也沒有挽留喬高升，在喬高升開了方子之後便派人將他送回。

喬高升很緊張，回到侯府時已經渾身是汗，林夕落問了他林綺蘭懷孕之事，喬高升私下與林夕落和魏青岩密談了兩刻鐘，而後魏青岩讓他開了調養的方子，便讓他先回修好的喬宅休息幾天，然後繼續赴任太醫院醫正之職。

喬高升甚是高興，他也知道如今林政辛成為林家家主，他自當要有一份有顏面的差事才說得過去。雖說之前在侯府好吃好喝，可對外實在無顏提自己是做什麼的，說是前任太醫院醫正？實在是說不出口。

喬高升離去，林夕落關注起林政辛當家主後的事。

雖然她暫時不能出屋，但已經讓秋翠在中間來回地傳話和送信，秋翠忙得不亦樂乎，更是每日都帶來林政辛與喬錦娘的事。雖然說出口時略有點兒酸，可這些時日她也明白了，林夕落不會放她走，而她的良人也不會是林政辛。

林政辛成為家主，錢莊之事他自當不能再管，林夕落便交給了春桃。

春桃為魏海生了一個兒子，如今已是當娘的人，自能出面幫林夕落攏平許多事，而侯府之中用不著她，她便去做了錢莊背後的人。

林老爺子出殯的那一日，林夕落沒能出去，卻也在屋中齋戒三日，算是悼念。

魏青岩與宣陽侯、魏青羽兄弟幾人前去，更是對林政辛成為林家家主給予了大力的支持，故而林政辛算是在這個位子上站住了腳，可背後的陰謀不會在此事暴露，畢竟林忠德過世，林家幾兄弟全是丁憂之期。

守孝三年，皇上也未下旨挽留誰，林政齊與林政肅、林政孝全部卸職在家……

時間一天一天過去，轉眼已經是五月初五，魏文擎已經出生二十三天，再七日便是滿月宴。

這二十來，天林夕落已習慣叫他「小肉滾兒」，因為他除卻吃就是睡，二十來天長胖了八斤。他出生時個頭就不小，如今胖的八斤全在臉和屁股上，整個宛如小肉球，看起來極是可愛。

林夕落擔心這孩子營養過剩，餵得太好，曹嬤嬤卻不同意，「這是小主子有福氣，才不到一個月就如此白胖且越來越俊，多討人喜歡。」

林夕落捏了他臉蛋上的肥肉，「小肉滾兒，給娘樂一個，不然不給飯吃！」

魏文擎眨著兩隻大眼睛看她，目光中滿是茫然之色，林夕落捂住胸口不餵，他小手伸過來不停地抓。

林夕落逗他，「不樂不給吃！」

魏文擎咧嘴要哭，林夕落即刻指著他道：「不准哭，你是個男人！」

他嚇到更要哭……

曹嬤嬤連忙抱過來，「哎喲，五奶奶，他才二十多天！」

「自小就要教！」林夕落也知道逗得過了頭，抱過來便餵他奶，之前曹嬤嬤還要再尋奶娘，可林夕落覺得自己能餵為何不餵？故而堅決不允尋奶娘，曹嬤嬤這才甘休。

魏青岩從外進門，正瞧見林夕落在餵魏文擎，看到妻子與孩子，他臉上本是繃緊的神色略有緩和，曹嬤嬤與冬荷識趣地先離去，屋中只有一家三人。

林夕落看著他，「眉頭皺得這般緊，怎麼了？」

「孩子的滿月禮，太子也要來，齊獻王也要來，而且攜帶家眷，這事兒略有棘手。」魏青岩嘆口氣，「妳要護好自己和小肉滾兒，他們做事向來沒有分寸。」

林夕落正心中沉著，卻見懷裡的魏文擎聽到「小肉滾兒」這名兒便朝著魏青岩擺了擺小手。

為了孩子，她要處處小心了……

因已經得到太子與齊獻王、福陵王在滿月禮當日要出席的消息，宣陽侯府要做的準備增加一倍，下人們更是忙得腳不沾地。

林夕落雖然不能出屋，卻也要幫著姜氏參詳菜品和諸位王妃休歇的房間所需擺設的物品。

「前來參加滿月宴的人太多了，尋點兒什麼樂子好呢？」

姜氏有些擔憂，「若就這麼乾坐著聊，豈不是太尷尬了？這其中派系不明，難免會出差錯。」

「問問侯爺能不能請戲班子來，侯府的戲園子許久都沒用過了。」林夕落想起花園角落中有一個空蕩蕩的庭院，曾問過魏青岩，他說那是最早的戲樓。

姜氏有些僵，半晌才道：「那戲樓可是侯爺下令封的……」

「封了？為何？」林夕落納悶，姜氏也搖頭，「我也不知道，這事兒還是三爺提起過，我也沒敢細問。」

林夕落吐了舌頭，只得道：「我再問問五爺，回頭再說。」

姜氏應下，妯娌兩人又說起了侯夫人。

「洗三她未出現也算說得過去，但如若那一日太子和眾王爺、王妃到來她還不露面，這可不是小事了。」姜氏臉色微苦，皺眉道：「昨兒我與妳三哥說起，妳三哥說這件事還得看侯爺，侯爺不親自去請，侯夫人恐怕仍不會出面。」

林夕落雖不願見侯夫人，但她好歹代表著侯府的女主人，既不是死了也不是重病，如若被人揪著此事，難保會傳出宣陽侯府家事不寧一說。

家事不寧的原因？自會牽扯出魏青岩來，如今朝中正對魏青岩被封行衍公爭議極大，這卻又是迎頭一棒，對他不利。

這事兒魏青岩不會插手，他對侯夫人向來只有冷眼冷語，而侯爺……這卻作不得準了。

「如今我也還不能出去，否則我就親自去見一見她。」林夕落看著姜氏，「莫不如三嫂幫我先通個信兒，我要見一見花嬤嬤。」

「花嬤嬤？」姜氏略微驚詫，「她勸得動侯夫人嗎？」

「她是侯夫人身邊最得力的人了，起碼先問問她此事是否可行，然後再尋侯爺商議。」林夕落如此說，姜氏點了頭，「那我派人過去遞消息，弟妹等著就是了。」

林夕落應下，心中思忖這件事情如何辦才好……

晚間魏青岩歸來，林夕落與他說起戲樓的事。

魏青岩笑道：「妳想聽戲？」

「不過是三嫂覺得人多事雜，怕眼睛太多了照顧不過來生是非。」

「那戲樓曾出過命案，後期也無人願在那裡聽戲，侯夫人不喜歡戲子一類的花哨歡愉，戲樓便一直封著。如今過去多年，妳如若想用，我就去尋侯爺說。」魏青岩這般說，林夕落嘟著嘴，「出過命案……」

「怎麼，妳也忌諱？」魏青岩看她，林夕落側眼道：「忌諱什麼？還是得開戲樓，否則這麼多王妃、夫人們，哪裡應酬得過來？」
魏青岩看她，「那如若我告訴妳，小肉滾兒出生那一日，我殺了人呢？」
林夕落瞪眼，「真的？」
「妳怕嗎？」魏青岩反問，林夕落摸著他的大手，「我怕什麼？你衝去林府的事我已經知道了，以血祭奠祖父過世吧？怪不得生個貪睡貪吃的兒子，這樣怪癖的爹，怎能生出正常的兒子來？」
魏青岩大笑，「可惜小肉滾兒的娘也不是一般的女人。」
林夕落吐舌頭一笑，魏青岩摟上她的腰，林夕落連忙躲開，「一身肥肉，摸什麼？」
魏青岩道：「豐滿。」
「明明就是胖。」
「那我也喜歡。」
翌日清晨，魏青岩被魏青羽叫走去福鼎樓訂滿月宴酒席的事。
林夕落剛在屋中收拾妥當，餵過了小肉滾兒，冬荷忽然前來回稟：「奶奶，花嬤嬤求見。」
「請進來。」林夕落沒想到花嬤嬤這麼快，看來她對此事也上心。
花嬤嬤進了門，林夕落卻看得出她面上的憔悴和焦慮，之前臉上淺淡的皺紋如今都深了幾分，好像寫著憂愁的印記，讓人看去心情也跟著失落幾分。
「花嬤嬤快坐吧，冬荷，拿一杯暖茶來給花嬤嬤。」林夕落吩咐著，花嬤嬤謝過後坐了一旁的椅子上，「得知公爺夫人召喚老奴，老奴一早就來了，不知夫人有何吩咐？」
「花嬤嬤還是莫客氣，依舊稱我五奶奶即可。妳我也不是接觸得少，妳懂我的性子，向來不喜這一番規禮。」林夕落這般說，讓花嬤嬤多了幾分親切，臉上的笑也緩和些許，「也要恭喜五奶奶，您如今得了一品誥命夫人的身分，連小主子都是皇上賜名，您也算出頭了！」

林夕落笑著點頭，隨即吩咐道：「冬荷，把小肉滾兒抱來給花嬤嬤瞧一瞧。」

花嬤嬤沒尋思林夕落對她如此親近，急忙起身去迎，魏文擎依舊是曹嬤嬤抱出來的，而花嬤嬤見到曹嬤嬤一身宮嬤之裝略微一愣，隨即笑著看向魏文擎。

那一雙滴溜溜的大眼睛甚是有神，圓圓的小臉蛋好似新剝的蛋殼般潤白，花嬤嬤抱入懷中，臉上也是欣喜，跟隨侯夫人這麼久，心中壓抑許久，如今入得這笑語連連的地方，她的心裡也忍不住跟著喜悅起來。

「小主子看著便是有福氣之人。」花嬤嬤不敢抱太久，又交還給曹嬤嬤。曹嬤嬤知道林夕落有話與花嬤嬤相談，便帶著魏文擎又退了出去。

眼見眾人全都退了出去，花嬤嬤也知道林夕落要談正事，便先開了口：「老奴今日出來並未與侯夫人說是您相邀，她近期身子不爽利，情緒也低落，如若五奶奶有意請她在滿月宴出席，這件事不好辦。」

林夕落還沒開口，花嬤嬤已先說了，只苦笑著道：「妳最懂我，連我要問什麼都想到了。」

花嬤嬤道：「昨日三奶奶派人來說您要見老奴，老奴就想到是這件事了。」

「原本我與五爺也沒對滿月宴如此上心，可前日他回來說，太子殿下及太子妃、齊獻王與齊獻王妃、福陵王及眾位公爵家眷、侯爵家眷全部要來，妳覺得如若侯夫人不露面的話，是否會遭人非議？」

林夕落這般說辭，讓花嬤嬤有些驚訝，「太子殿下也要來？」

「是，故而我對此事不得不慎重。」林夕落看著花嬤嬤，繼續道：「侯夫人向來是最講規矩的，可如若那一日單有侯爺出席，而不見侯夫人，這事兒難保不被人猜想侯夫人是否出了什麼錯兒被侯爺拘管起來。她向來是最要名聲的，外加如今大房與二房都不在府中，會否被人覺得侯夫人也是同謀？她也不願自己往身上潑汙水吧？妳跟隨侯夫人一輩子了，也不願她如今一個人在院子中苦哀哀地過日子吧？」

花嬤嬤一愣，林夕落根本不提這件事會否牽扯到五爺，只提侯夫人的名聲，這是讓她以此話題逼著侯夫人出席？而名聲和顏面，恐怕是侯夫人這輩子最大的軟肋了……

林夕落看著花嬤嬤，瞧著她的眼神就能感覺出花嬤嬤心中明白這件事或許會牽扯到魏青岩，可她跟著侯夫人窩在筱福居許久，對朝事想必不知，故而還想不通這件事對魏青岩的影響有多大。可單純提及侯夫人的名譽，想必她也要多思忖。

林夕落也不催，只由著花嬤嬤慢慢想，半晌花嬤嬤才道：「這事兒老奴也只能側面與侯夫人說一說，可就怕沒個臺階，侯夫人不好露面。」

「她若點頭，我自會勸侯爺出面。」林夕落斬釘截鐵，花嬤嬤點頭，「那老奴就試試看！」

花嬤嬤一走，林夕落派人去請姜氏來。

這件事還得魏青羽去與侯爺相商，畢竟他是世子的承繼之人，也最能心平氣和地與侯爺談。

而花嬤嬤回至筱福居，尋了晚間的功夫與侯夫人閒談。

「今兒老奴聽說過幾日小公子的滿月宴，太子、太子妃、齊獻王與王妃以及眾位公爵、侯爵家眷全都要到。」花嬤嬤忽然如此說道，侯夫人臉色一沉，「與我說這些作甚？」

「夫人，老奴還是那一句勸，您如若不肯，我一輩子都不再多說一句。大爺、二爺已經都不在府裡，三爺得繼世子位，如若您還不出現，您這一輩子的名聲豈不是毀了？就不怕外人戳您的脊樑骨嗎？」

花嬤嬤這話說得極狠，侯夫人翻臉道：「我不出現，戳得到我的錯？讓我去恭賀他們，沒門！」

「這些人哪一個不是與侯府針鋒相對的？您不出現，這是小事嗎？」花嬤嬤勸道：「您這一輩子的傲氣呢？」

侯夫人被提及名聲與傲氣，臉色軟了幾分，「傲氣？我憑什麼而傲？我還有什麼傲的本錢？」

「您是侯夫人！」

「他都不肯認了，我還是什麼侯夫人？」侯夫人正嘀咕之間，門外有了聲響，花嬤嬤即刻過去，只聽侍衛道：「侯爺晚間要與侯夫人一同用飯，要侯夫人準備一下。」

花嬤嬤轉頭看向侯夫人，侯夫人沉了片刻，微微點了頭……

侯夫人與宣陽侯一同用了飯後，便開始籌備魏文擎滿月宴時的穿著裝扮。

髮髻兩鬢的白讓她略有遺憾，花嬤嬤一晚上都在為她敷面、洗髮，更是將表層的白髮一一拔掉，一直忙碌至翌日天亮，侯夫人依舊精神得很，絲毫倦意未有。

花嬤嬤也知道，她沉寂了許久，休息得也夠了……

侍奉侯夫人用過了早飯後睡下，花嬤嬤才鬆了口氣，可她又不敢這時候離開侯夫人去尋林夕落，否則被侯夫人知曉，定會懷疑她與林夕落有私交。

如今的侯夫人疑心過重，她不得不慎，只得尋鶯兒讓她去傳話。

林夕落早晨醒來用過飯，正逗著魏文擎在玩，曹嬤嬤無奈，在一旁勸道：「夫人，小主子正睡著，您偏偏把他逗醒……」

「他睡得太多了，總不能任著他的性子來，白天睡，晚上精神得很，妳豈不是也跟著操勞？瞧妳這些時日都陪著他晚上玩，我瞧著也心疼妳。」

林夕落明目張膽地尋藉口，曹嬤嬤哭笑不得，明明是五奶奶自己想逗孩子玩，卻成了心疼她？

可這話曹嬤嬤也只能心裡想一想，嘴上還得道謝道：「老奴謝過五奶奶體恤，可您也別將小主子逗弄哭了……」

林夕落轉眼就見魏文擎開始咧嘴，立即伸手指道：「男人不許哭！」

魏文擎兩隻大眼睛滴溜溜地看著她，最終大嘴一咧，開始嚎，嗓門響亮，眼淚兒也吧嗒吧嗒往下掉。

曹嬤嬤連忙過來抱起他哄著，林夕落在一旁聽著笑，曹嬤嬤心中埋怨：沒事兒就把孩子逗哭了玩，這是什麼娘啊？

林夕落見曹嬤嬤的眼神不對，偷偷地吐著舌頭，而後起身輕微地運動幾下，盼著能讓略肥的腹部瘦下去一些，此時門外有丫鬟前來，秋翠進門道：「奶奶，是花嬤嬤派了人來傳話，您見嗎？」

「叫進來。」林夕落對花嬤嬤很慎重，雖說昨兒也聽說侯爺去與侯夫人一同用飯，但她還不知道結果。

鶯兒進來，向林夕落行了禮隨即道：「回五奶奶的話，花嬤嬤讓奴婢來傳話說雖然天氣暖了，但侯夫人近期身子一般，就不過來探望小主子了，等小主子辦滿月宴時再見也不遲。」

丫鬟說完，林夕落笑著點頭，吩咐冬荷道：「給賞。」

冬荷取了個小香囊遞過去，鶯兒接過道謝，林夕落便讓她離去。

秋翠在一旁納罕道：「怎麼會忽然提起侯夫人來？這可真是奇怪。」

林夕落淡笑道：「這是花嬤嬤要告訴我，侯夫人滿月宴時會出席罷了。妳去告訴三奶奶一聲，她要多做一些準備，免得被挑理。」

秋翠仍舊有些不明白，嘀咕著往外走：「那何必繞著彎子說？真累！」

冬荷在一旁笑她，林夕落也無奈，秋翠這些時日腦子都用在林家那裡，可是不在侯府了……

林夕落斟酌許久，依舊沒把秋翠給林政辛，這種事她無論如何都做不出來，這可不是成全秋翠，而是毀了一個家。

魏青岩午時歸來就讓人去收拾戲樓，林夕落知道他這是與侯爺談妥了，心情愉悅，「侯爺這麼痛快就答應了？」

「他對太子與齊獻王同時出現很慎重，此時也沒什麼可顧忌的了。」魏青岩逗著孩子，這小子跟爹親，被逗得咯咯樂，讓魏青岩本是冷漠的臉也露出溫馨的笑。

林夕落噘嘴道：「倒是瞧不出來，這孩子居然跟你親，我一逗就哭！」

曹嬤嬤插話道：「小主子哭，您就笑，他怎會跟您親？」

「瞧妳說得，好似我是繼母那麼惡毒。」林夕落鼓著嘴，也跑去逗孩子，他咧嘴又要哭，魏青岩連忙將林夕落拽了懷裡道：「怎麼跟孩子還較勁兒？來說一說請什麼戲班子？」

林夕落知道他是心疼孩子要轉移話題，只得沉思道：「請碧波娘子？」

魏青岩臉色沉了下來，「不能換成別人？」

「別的戲班子也沒他那無人可比的名聲。」林夕落面露壞笑，「何況齊獻王要來，也尋點兒事讓他們分散注意力，否則不全都盯了我與孩子身上？」

魏青岩沉思片刻，終究點了頭，林夕落笑道：「那我親自寫帖子請他。」

「妳對這戲子還挺上心？」魏青岩微微皺眉，林夕落笑道：「哎喲，我除了你，誰都不喜歡，就喜歡五爺這樣面冷心熱的……」

魏青岩面色緩和幾分，林夕落便寫了帖子派人送去，很快便有了回帖，且附了戲碼，還告知此次前來侯府分文不收，是為小主子慶生。

林夕落有些意外，不過點了戲後，也讓人送了幾匹綢緞和裝飾送去，算是為戲班子置辦戲服的物件，她不願欠這份人情。

事情籌備妥當，越靠近滿月禮，侯府中人越忙碌。

此時，林綺蘭卻正在齊獻王府與秦素雲哭著訴苦：「……那也算是婢妾的小外甥，婢妾有心想去參加他的滿月宴，可王爺卻不允婢妾去，王妃，您是最懂婢妾的，婢妾實在是想去，而且前些時日身子不舒坦，那位喬太醫為婢妾開了方子，婢妾覺得身子有好轉，想必那一日喬太醫也會出席，婢妾去了也可以讓他再請一次脈，這也是為了王爺，為了王妃……」

林綺蘭慢悠悠地說著，眼淚兒還吧嗒吧嗒往下掉，秦素雲頭大如斗，心裡只納悶她有了身子怎麼這般愛哭？

「王爺也是惦記妳的身子怕出去不妥，妹妹的心意想必公爺夫人也心領了，如若妳想要那位太醫來診脈，本妃再去請他一次不就得了，何必要妳跑出去？」

秦素雲話語雖柔，可柔中帶著股子無奈，林綺蘭眼淚兒掉得更凶地道：「婢妾就是想去……」

「那也是要王爺發話才行，本妃也不敢擅自作主！」秦素雲沒轍，只得把齊獻王搬了出來，林綺蘭起了身，「那王妃就允婢妾去求一求王爺。」

「只要他同意，本妃就同意。」秦素雲看出林綺蘭的私心，她恐怕是想要告知外界她才是為齊獻王生子的女人，並非是她這位正妃……

林綺蘭千恩萬謝，帶著丫鬟離去。

秦素雲沉嘆口氣，心中莫名酸楚，她這輩子就這樣平平淡淡地過嗎？想到林夕落，她開始羨慕她多姿多彩的生活了。

林綺蘭與齊獻王磨了一夜，最後齊獻王發了火，但也同意她在滿月宴跟著出席。

與此同時，林芳懿今晚得太子傳見，正帶著隨身的宮女朝向太子的書房而去，行至門口見有侍衛在把守，她便站在一旁靜靜地等候。

書房的門並沒有關嚴，微微透出一個縫隙，而裡面的議論之聲徐徐傳出：「……那一日本宮就看你的表現了。」

「太子殿下放心，他對微臣向來信任，微臣一定不負太子殿下期望。」

「嗯，本宮會親見你的表現……」

「……」

過了半晌，書房門開，其中走出一個人，林芳懿的眼睛瞪大，這人正是田松海，那個桀驁跋扈的兵部的人？

那他……他剛才說的是什麼事？

林芳懿躊躇思忖半晌，才吩咐皇衛前去通稟太子殿下，得到召見，林芳懿緩步進去，一雙妖媚的狐狸眼兒看向周青揚，卻見他神色凝重，口中道：「過幾日妳跟隨本宮與太子妃前去參加行衍公之子的滿月宴。」

行衍公？那不正是魏青岩？

林芳懿心中驚詫，而周青揚也看出她臉上的奇怪，「怎麼，妳不知道嗎？妳的妹妹被封為一品誥命夫人，妹夫成為行衍公，難道妳不想去慶祝一下？」

林芳懿連忙道：「願侍奉太子與太子妃左右。」

「行了，去準備一下，陪著本宮去看一場好戲。」周青揚說完便讓林芳懿離去，而林芳懿雖然打扮得花枝招展，卻也無心獻身，因為她著實震驚。

田松海……他不會是要對林夕落和她的孩子下手吧？

太子居然讓她跟著去，那是為了讓魏青岩與林夕落放鬆戒心？還是要她纏住何人打掩護？

林芳懿的心中雜亂無章，離開太子書房便匆匆而回，她要好好地想一想做這件事她能得到什麼好處？是能被太子更賞識，還是成為一個犧牲品？

晚間，魏青岩正陪著林夕落用飯的功夫，門口有侍衛前來回稟傳話。

魏青岩直接讓他進來，侍衛回道：「大人，田松海田大人遞了拜帖，正在門口等候，過幾日小主子的滿月宴他要來參加，魏統領讓卑職來問一問，他送的禮是否要收？」

田松海？林夕落對此人的名字甚是熟悉，可前些時日不是聽說他投靠於太子？

魏青岩的心思很沉，他這是要有什麼動作？

滿月宴的籌備都由魏青羽與姜氏負責，宣陽侯親自督檢。

魏青岩這幾日除卻陪著林夕落與孩子之外，便調集侍衛嚴密把守宣陽侯府，特別是侯府花園後側院的樹木也要一一修剪，不留任何一處能夠遮擋避人之地。

林夕落這幾天在聽曹嬤嬤講宮中的規矩。

過完滿月宴她便要去宮中謝恩，而進宮之前雖然會有宮嬤前來教習宮規，但畢竟不如曹嬤嬤這般相熟，故而她早早地先了解一二，免得宮嬤們到時，讓她慌忙抓瞎。

「……奶奶雖是去宮中謝恩，皇后娘娘也不會留您太久，頂多是留您說上幾句話，如若您有意與皇后娘娘交好，進宮敬獻的禮就要多多斟酌，在宮中能多留上一刻鐘，外人都會另眼相待。」

曹嬤嬤最後一句是試探，林夕落笑道：「禮是要送的，空著手進宮就是不對，不過我有意交好也要看皇后娘娘是否願意，這事兒得看五爺是否有心。如今林老太爺過世，林家對於我來說沒了依仗，單純的公爺夫人恐怕還不足以令人高看一眼。他們有意拉攏五爺，我就能被待見；他們排擠五爺，我這兒就會被處處挑錯兒。」

曹嬤嬤尋常見林夕落性子跳脫愛鬧，卻沒想到她對這事兒看得如此透徹，「奶奶能如此想已是不易，倒是老奴多嘴了。」

「妳這也也是在提醒我，事雖是這樣，他們若要雞蛋裡挑骨頭是他們的事，但咱們該做到的禮數都不能虧，否則就成了咱們的錯兒，妳說呢？」

林夕落有意對曹嬤嬤重用，單是聽曹嬤嬤說起宮中的各項規禮便能想得到在深宮之中「派系」二字的威力。而且連林芳懿都被磨成如今這樣八面玲瓏、利字當頭，更是不顧「情」字的性子，可見那裡就是人間煉獄，她不得不慎重些。

雖然不知道曹嬤嬤過去在宮中是做什麼職務，可她畢竟在宮中多年，凡事都能捉個影兒……

曹嬤嬤即刻點頭，「奶奶說的是，老奴定為奶奶盡心盡力。」

「妳總是這般客套，多累！」

林夕落笑著撇嘴，便又去逗弄魏文擎，昨兒她發現一拿起雕刀和小石頭，魏文擎就會瞪著眼睛看，這卻是讓林夕落尋到個逗他的好玩意兒。

但她這愛好可是嚇壞了曹嬤嬤，在孩子面前拿著雕刀玩，這若是要碰到孩子怎麼辦？可林夕落是主，她是僕，她只能在一旁瞪眼睛守著，不敢出言埋怨。

魏青岩從外進門正瞧見林夕落拿著小雕針在魏文擎的眼前晃悠，小傢伙兒居然瞪眼睛看得認真，一旁無論是冬荷還是秋翠都心驚膽顫地瞧，見魏青岩進門立即道：「五爺回來了。」

林夕落將雕針放在一旁，曹嬤嬤長舒口氣，立即朝著冬荷使眼色，讓她把雕針拿走。

魏青岩一身塵土，卻過來抱魏文擎，在他的臉上蹭了好些泥巴，曹嬤嬤一張臉瞬間又沉了，本還打算與魏青岩說一說，讓他勸勸五奶奶別在孩子面前玩刀，可如今看來……她還是別多這個嘴了，這兩口子並非一般人……

魏青岩逗夠了魏文擎，曹嬤嬤即刻將孩子抱走，秋翠打來清水，魏青岩用棉巾擦了擦臉和手，「後日便是滿月宴，妳可準備好了？」

「早就準備好了。」林夕落起身道：「如今就等著到了日子，我能出去走一走，在這屋裡已經悶得快發霉了！」

魏青岩寵溺地摸著她的長髮，「即便能出去也要先悠著點兒，畢竟整月都沒有出去吹風。」

林夕落挽著他的手，「身子瘦不下去了。」

她這些時日雖然刻意運動，可臉和身材還是圓潤得很，雖然不是剛生了孩子時那麼胖，但與未孕之前是截然不同了。

「不用減了，回頭生了還得胖。」魏青岩一本正經，林夕落翻了白眼，還生？

未過多久，魏海來稟，林政孝與胡氏等人被接來，林夕落驚喜，立即到門口去等著。

這一個月，林政孝跟著忙碌林府的事，臉上盡顯疲憊，胡氏也跟著操心勞神，眼角的幾道細紋都深了些。

林天詡進門就奔著魏文擎跑去，曹嬤嬤擋著，他只能遠觀不能伸手去摸，嘴裡不停念叨著：「我當了小舅父了！」

林夕落與林政孝閒談幾句，魏青岩便與林政孝行至一旁談林府之事，胡氏則過來看著魏文擎，臉上喜意甚濃，「這才多久沒瞧見他，如今變得更俊了！」

曹嬤嬤之前對胡氏親摟魏文擎略有不悅，可如今看到胡氏就像見到了救星一般，「林夫人可到了，您得勸一勸奶奶，她時而就將小主子逗哭……」

胡氏一聽瞪了眼，「逗哭？」

曹嬤嬤也不顧林夕落頻頻搖頭，當即點頭，「是的，是逗哭。」

胡氏回頭瞪著林夕落，林夕落立即道：「小子不能嬌生慣養的。」

「才滿月的孩子，哪裡有嬌生寵溺一說？」胡氏瞪了她，林夕落沒轍，可見曹嬤嬤一臉認真，不吝自己告了狀，害她被責怪……

胡氏抱夠了孩子，林夕落接過來餵了奶，曹嬤嬤便哄著他去側間睡下。

林夕落見魏青岩依舊在與林政孝詳談，便問起胡氏林家的事來：「滿月宴時，可提到誰來參加了嗎？」她如今是行衍公夫人，林家必須要出席足夠的人來撐顏面。

胡氏嘆了口氣，「都吵著要分家呢，哪裡還顧得上正事？」

「分家？」林夕落皺眉，「這是誰提的？」

「自當是妳大伯母。」胡氏忍不住冷笑，「如今妳大伯父瘋瘋癲癲也不出門，她有林綺蘭在背後撐著，便要跟林府分家。他們是林家的嫡系又是長房，按照嫡庶、長幼來看，他們自然能分的多，而妳十三叔是幼子，又是庶出，雖然如今得了家主之名，可真分家的話，那是最少的一份……」

「大伯父是真瘋了嗎？」林夕落甚是懷疑，「不會是因為太過丟人，不好意思再露面，便背後出鬼主意吧？」

「這事兒難說。」胡氏道：「妳父親與妳三伯父都不同意，現在一直僵持著。妳三伯父並非不同意分家，而是不同意大房的分法。如今老爺子百日還沒過，便鬧出這等事來，妳父親也有意與姑爺商議，弄不好還得讓姑爺出面。」

「這事兒青岩會管的，林家終究是我的娘家。」林夕落無奈，「那林豎賢呢？他沒出面？」

「皇上不允他卸任丁憂，畢竟他雖在林家，可無直系血緣的關係，滿月宴他應該也會來。」

胡氏這般說，林夕落心裡略微有譜，如今她成了一品誥命夫人，也算是林家出了風頭，林政辛這個家主之位必須要坐穩，林家在此時也不能鬧事，這件事要好生思忖一番了。
晚間魏青岩摟著林夕落在床上躺著，林夕落問起他道：「父親與你說了林家的事？」
魏青岩輕應一聲：「小事，好辦。」
「瞎說，怎麼可能好辦？」林夕落撇嘴，「他們這是想拆十三叔的台，老爺子還沒過百日林家大族就散了，這可成了十三叔一輩子的汙點了。」
「他們也不過是鬧一鬧，不敢鬧出大事。」魏青岩神色清淡，就好像是在說晚間吃的菜滋味兒不錯一般，「背後也是有人想看我們的笑話罷了。」
「那又如何？頂多我顏面上不好看……」林夕落不願細想，魏青岩則道：「林家可不單是牽著妳，別忘了宮裡也有，齊獻王府也有。」魏青岩提及宮裡，林夕落想到林芳懿，「你是說這背後興許是太子之意？可鬧事的是大伯母，並不是三伯父啊！」
「可事兒卻是妳三伯父挑的頭，只是他現在又退後不提罷了。」魏青岩見林夕落一臉的不悅，親了她的小嘴道：「哄著兒子就好，這些事有我。」
林夕落將頭枕在他的肩膀上，閉著眼睛喃喃嘀咕道：「整日裡哄著小肉滾兒，我這身子都養成肉滾兒了。」
魏青岩的大手從她衣襟下摸上去，柔膩的皮膚極是滑潤，生育過孩子的林夕落比之以前更有幾分少婦的風韻，看著她眼眸中透出的晶瑩，都能讓他身下微微湧動，竄起一陣火熱之慾。
林夕落雖也想與他親近，可畢竟還不足月，只得道：「還不行……」
魏青岩一怔，「忍不住了。」
「那怎麼辦？」林夕落狡黠壞笑，「再忍幾天……」
「不忍了。」魏青岩大手握住她的小手便往身下去，「妳想辦法吧。」

「我抱了一天小肉滾兒，手好酸。」林夕落握著那股子堅挺想逃。

魏青岩按住不允她尋藉口，「這個肉滾兒也需要妳……」

滿月宴的清晨，天上的霧月剛有褪去之意，侯府的下人們便都起身，開始忙碌起來。

林夕落起身後先是去了側間，孩子依舊悶頭在睡，連曹嬤嬤為他洗身子換衣裳都未睜眼。

她抱過小傢伙撩起衣裳，小傢伙的小手摸了摸便自動噘起了嘴，「咕嘰咕嘰」吃得痛快。

曹嬤嬤在一旁道：「奶奶還是再尋兩位妥當的奶娘備著比較好，稍後您如若有事不能將小主子帶在身邊也有人替換，何況這才滿月的功夫，怕您的營養供不上了。」

「妳不說我也想了，這小子太能吃了，是得再尋兩位奶娘。這事兒我會吩咐下去，到時候請曹嬤嬤幫著選一選。」林夕落說完，曹嬤嬤心裡暗喜，福身應下：「老奴定會好好挑選，絕不虧了小主子。」

林夕落也不多說，曹嬤嬤等人在宮中已經習慣了動不動行禮、動不動磕頭，雖然在此已略有改善，但說得越多，她的禮就越多……

餵過孩子，林夕落回到正屋，魏青岩還在床上看書，見林夕落從側間進門，那側邊的衣襟因餵了奶沒有繫好，豐腴媚態讓魏青岩又蠢蠢欲動了。

林夕落瞧著他那目光便覺出不對，可沒等躲就被魏青岩一把拽上了床，林夕落連忙推他，「不行，這就趕著要起身準備了，晚間的……」

「我不怕等。」魏青岩朝著她的小嘴兒親幾下，「也要等喬高升過來為妳診脈確定可同房後再說，爺不急。」魏青岩嘴上說著，大手卻在林夕落的身上來回摩挲。

「還要找喬高升？這事兒怎麼找？」林夕落瞪了眼，雖說這是魏青岩疼她，可那是男太醫……

「不用妳出面。」魏青岩揪著她親暱半晌，門外魏海來傳話，魏青岩不得不起身出去。

林夕落本是興高采烈準備滿月宴，忽然被他抓住親熱片刻，心裡又犯了懶。

冬荷已經打好沐浴的水，林夕落便開始沐浴更衣，今兒是魏青岩得公侯爵位，也是她晉升一品誥命夫人的初次露面，何況還有太子妃與秦素雲要來，她也要靜心地準備應付了。

沐浴過後，林夕落選了一套翠色雲紋暗花緙絲的大袖衣，下著烏金裙，牡丹髻上依舊插著她與魏青岩一人一半的銀針木條簪，後側是牡丹雙紅寶滴珠鎏金步搖簪。

原本清秀的臉胖成了圓臉，一雙杏核吊稍眼也多了幾分婦人的神韻，雖然性子仍古靈精怪，可明顯比之前多幾分沉穩和深邃。

當娘了，就是不同了……

胡氏從外過來，她是外祖母，今兒孩子滿月宴也要精心裝扮，進門瞧見林夕落這副裝扮立即點頭讚道：「本來還不放心要過來看一看，看來是不用我操心了。」

「娘用過早飯了？」林夕落也甚是欣喜，胡氏挑剔得很，能讓她瞧過眼實為不易。

「還沒有，妳父親與姑爺、天詡、仲恆在一起，我就過來陪妳。」

「仲恆也回來了？」林夕落埋怨：「也不知先回來看看我這嬸娘，沒良心。」

「他是被天詡拽著走不開，稍後定會來的！」胡氏說著便去側間看孩子，林夕落吩咐陳嬤嬤多做一份早飯，母女兩人一同用過後，姜氏匆匆而來，湊至林夕落的耳邊道：「侯夫人出來了，要過來看妳。」

「她？」林夕落靜了片刻，也知道這事兒推不得，她不過是走個過場，以免旁人問起，她在這之前連孩子都沒見過難免說不過去。

「那就請她來吧，冬荷，去備好茶點和熱飲，侯夫人不用涼品。」林夕落如此說，姜氏也鬆了口氣，叮囑道：「今兒是特殊的日子，弟妹讓著點兒……」

「三嫂放心，今兒是五爺與我的重要日子，不會讓她攪和了。」林夕落淡笑，姜氏只得出門去迎侯夫人，林夕落雖已滿月，但她不會離開這個屋子。

何況林夕落如今是行衍公夫人，可比她這位侯夫人還高上兩階……

林夕落去側間叫了胡氏，胡氏聽說是侯夫人要來便提了口氣，終歸是道：「寒暄幾句即可。」

「娘心裡比我明白得多。」林夕落挽著胡氏往門口走，未過多久，姜氏隨著侯夫人進了門。

參之章◆太子登門挑怒火

時隔許久再見面，侯夫人見到如此多人也難免有些尷尬。

林夕落是豐腴榮華，渾身上下透著貴氣，而她呢？髮鬢斑白，滿臉皺紋的老婆子，除卻骨子裡依舊堅持的傲氣還在，她一無所有。

「母親來了，快坐吧。」林夕落率先上前打破了尷尬，侯夫人點了點頭，也知道林夕落給了她臺階，她也要有回報。

可向林夕落行禮問好她始終做不出來，便走至胡氏身邊道：「親家母近日裡身子可好？我身體不適都要妳們來照料小孫子，實在是勞煩您了。」

胡氏也沒尋思侯夫人會這般客套，心中驚詫，嘴上寒暄道：「這也沒什麼勞煩的，倒是侯夫人要多注重身體，如今天氣暖了，也讓孩子們陪著出來走一走。」

侯夫人笑著點了點頭，把話揭過，林夕落張羅著讓侯夫人坐下品熱飲，隨即讓曹嬤嬤把孩子抱來給侯夫人看。

瞧著如今侍奉魏文擎的是宮中之人，侯夫人面色僵硬幾分，也沒有伸手去抱，只看著熟睡的魏文擎道：「倒是個俊俏的孩子。」說罷，看向花嬤嬤，讓花嬤嬤取出贈送之禮，卻是一個長命鎖，「算是作祖母的送給他的小禮吧。」

曹嬤嬤沒尋思侯夫人連手都不伸，只得看向林夕落，林夕落接過長命鎖道：「謝過母親了。」

姜氏見場面尷尬，立即說起稍後要來的各府夫人。

有的是侯夫人熟知的，也有是陌生的，話題說至府外，侯夫人對這些夫人們一一提起：「福永公是皇后娘娘的娘家，是文官之首，其族中各有幾位在朝中有實權之人；襄勇公是齊獻王母妃德貴妃的娘家，都在北方軍中任職，也是一軍大族，其餘的妃嬪和子嗣便不足為慮，今兒也不見得會到，即便到了，也不過是侯伯爵位，比不得妳如今的一品誥命的公爺夫人。」

後一句帶了刺兒，林夕落心中翻白眼，面上卻笑道：「多謝母親提醒，到時還要您出面逢迎，我是最不懂得這些人情世故了。」

「也要親家母多多幫襯，只有我一人實是力不從心。」侯夫人不忘將胡氏拽住，胡氏一愣，沒等回話，侯夫人繼續道：「聽說太子殿下與太子妃、齊獻王與齊獻王妃也都要到？」

「的確如此，也正是因為他們要來，侯爺才格外上心，這些時日府中都快忙成一鍋粥了。」林夕落提及這兩人，侯夫人的眉頭也皺緊，「他們除卻皇上召見和要事之外，幾乎沒有同行同席之時，更沒有同時帶家眷出席之時，要慎重。」

林夕落的心中更緊，連侯夫人都如此說辭，顯然今兒的事不是那麼容易敷衍，看來真的要小心謹慎了……

抬頭朝門外望去，林夕落心底蹦出個念頭：這天怎麼還不黑？索性早過了這天算了！

侯夫人沒有待多久便離去見侯爺，姜氏陪送她走，花嬤嬤一直跟著沒有多言，臨走時她與林夕落對視一眼，各自看得出對方眼中的親近之意。

待她們離去，林夕落嘆了口氣。

胡氏在一旁道：「我怎麼看她如此心中便發慌？如若在路上相見，簡直不敢認了！」

「喪子喪孫，她要是還能笑得出來，便是見鬼了！」林夕落撇嘴嘀咕，胡氏面露複雜之色，「她也是難為……」

林夕落盯著胡氏，嘴上未說，目光卻透著奇怪之色，胡氏連忙道：「我也就是說說，哪還能去同情她？」

「這才對！」林夕落挽著胡氏去一旁坐著，未過多久便有賓客陸續登門。

先來的人都由侯夫人與姜氏應酬著，林夕落在後側院精心準備，這個院子略小，故而稍後要回到郁林閣去。

侍衛們準備好暖轎直接抬進了屋中，林夕落抱著孩子上轎回郁林閣，此時魏青岩早已吩咐人收拾妥當郁林閣的正屋，見妻子與兒子到來，他親自撩起轎簾子，伸手將母子倆一起抱進屋中。

回到之前的院子，林夕落心裡多了幾分喜意，丫鬟婆子們跟隨而回，將屋中的物件重新擺好，待全部收拾妥當之後，林夕落才鬆了口氣。

還未等與魏青岩說話，門外有侍衛前來回稟道：「回大人、回夫人，齊獻王與王妃、側妃已到門口，侯爺請大人前去相迎。」

側妃？林夕落驚愕不已，林綺蘭大個肚子跟著來做什麼？她這又安的什麼心？

魏青岩帶著林天詡與魏仲恆一同前去，林夕落與胡氏則在院子中靜候。

胡氏皺了眉頭，顯然也是在思忖林綺蘭之事，林夕落拍她肩膀道：「無妨，稍後您只與齊獻王妃一同敘話即可，不用搭理她。懷了孩子還出門，估計是為了挑刺和炫耀，這種做派不招人喜，秦素雲恐怕更是厭惡她。」

胡氏皺緊的眉頭絲毫沒有舒展，嘀咕道：「我現在提起林家大房就生厭，跟嘴裡吞了蒼蠅似的，之前他們並非如此，如今卻變本加厲。」

雖然這般抱怨，胡氏依舊起身迎齊獻王妃與林綺蘭……

齊獻王這次並非只率王府侍衛同來，而是浩浩蕩蕩馬車都跟了幾輛，頭一輛車自當是秦素雲，後一輛是林綺蘭，再後方的車便是王妃與側妃所需用的物件。

侯府侍衛卸掉門檻兒，兩輛王妃的馬車直接奔向郁林閣，齊獻王下了馬，見到魏青岩便一巴掌拍過，嚷嚷道：「魏崽子，你厲害了，如今都成了公爺了，不過見了本王你依舊要行禮！別以為你生了兒子就牛氣沖天，本王也即將有後！」

齊獻王說罷哈哈大笑，魏青岩沒什麼好臉色，淡言道：「今兒可是喜日子，別這時候挑事。」

齊獻王湊至他的耳邊道：「本王絕不挑事，但不見得那一位不挑事，今兒本王定與你站在同一條線上！」

魏青岩不理他這副做派，只回兩字：「笑話。」

齊獻王也不生氣，反而笑著去與宣陽侯打招呼，隨後便跟著魏青岩與宣陽侯進了正廳之內。

王府的馬車先進了侯府的院子，陸續便有其他官員和家眷進門，遞上帖子和禮單，女眷們直接被侯府的侍衛引去郁林閣，下人們抬著禮箱子至一旁，另有侯府的侍衛抬去郁林閣的銀庫中。

這次的滿月宴所需花銷全由宣陽侯出，但收到的禮金則都交由魏青岩與林夕落自行支配，這是宣陽侯特意做出的姿態，也是希望魏青岩能在侯府長住。

與林夕落不太熟悉的夫人們都由侯夫人在前廳接待，秦素雲與林綺蘭到此時，侯夫人露個面之後便退下，林夕落親自相迎。秦素雲臉上的笑意甚濃，看到林夕落便道：「洗三那日就想來看看妳，可說是家眷慶賀，本妃便沒來叨擾妳，今兒可算見到了。」

「是看我還是看我們家小肉滾兒？」林夕落引著她坐至正位，便是道：「這事兒可要說清楚。」

「就妳是個刁蠻的，本妃都要見一見還不成？」秦素雲說著，看向了林綺蘭，林綺蘭一臉沉悶，顯然是因為沒人搭理她這個孕婦而自覺煩躁，坐在一旁嘀咕道：「這椅子太硬了……」

「鋪上了最厚的羊毛毯子了，還硬？」林夕落直接頂了一句，林綺蘭捂著肚子道：「正是最難受的時候，妳又不是沒經歷過。」

「這倒是，我有孕的時候也沒到旁人家去，都在自家床上躺著，自然沒這憂慮。」林夕落話中帶刺，林綺蘭即刻瞪眼吵道：「怎麼？我來看看妳和外甥，還成了我的不對？不識好人心！」

「來看我跟小肉滾兒就別到處生事，今兒可沒空伺候妳。待得住就忍著點兒，待不住就讓王爺送妳回去。」林夕落起身吩咐道：「再去抬兩床毯子來給側妃鋪上。」

秋紅立即帶著丫鬟們去取，林綺蘭瞪林夕落幾眼便不再多話，秦素雲也見不得這姊妹兩人爭吵，尷尬地自尋臺階道：「妳們姊妹兩人不見還想，見了就吵，可真讓本妃不知說何才好。」

胡氏在一旁接話逢迎道：「是啊，自小就這樣，都讓王妃笑話了。」

「本妃倒是豔羨她們有姊妹做伴，不似本妃孤單一人，連尋個說話的地界都沒有。」秦素雲道出心中實言，娘家離她許遠，在幽州城內只有她一個人……

「若不嫌棄便常來我這裡敘話喝茶，不過王妃也是忙碌的人，不似我這般閒著無事。」林夕落臉上雖笑，可誰都看得出她目光中對林綺蘭的厭惡，秦素雲點頭道：「不知喬太醫可在？也想尋他為綺蘭探一探脈，前些時日用過他的方子，綺蘭已經不再如之前反應那般重了。」

林夕落看向林綺蘭，見她也有此意，便道：「即便診脈，妳們也不許將喬太醫搶走。」

「自不會搶人，否則也不必來此地與妳商議了。」秦素雲多了調侃之意，緩言道：「如今妳這當了娘的人越發厲害，連顏面都不顧了，以前見到本妃還知道寒暄幾句，如今可是直接挑刺，就怕說得不合妳心意直接攆人了！」

林夕落笑道：「讓王妃這般一說，我倒覺出自己的不對勁兒來，怪不得這幾天五爺瞧我都眼神奇怪，原來就是這原因！」

眾人齊笑將這話題揭過，林夕落吩咐冬荷去尋喬太醫，林綺蘭也算合了心意，將話題轉至她的肚子上來。眾位夫人們你一言我一語地誇讚著，快把林綺蘭誇成了一朵花，好似翌日就能誕下一子，為齊獻王添了後裔，將來大富大貴一般。

胡氏聽不慣，便與秦素雲敘談養生之道，林夕落聽林綺蘭炫耀得有些煩，起身道：「姊姊隨我去另外的屋子等候太醫診脈吧。」

林綺蘭說至一半正燦笑如花，被林夕落一打斷，當即冷了下來，「太醫還要我去等？」

「當著這般多的夫人讓太醫瞧病，妳覺得合適嗎？」林夕落一臉疑惑和諷刺，卻讓林綺蘭鬧了個大紅臉，只得悶聲道：「待他來了我再過去也不遲。」

「妳去不去？」林夕落絲毫不理她擺架子，「妳若不去，我就先去看看孩子醒了沒。」

林綺蘭皺了眉，秦素雲則道：「隨著去吧，今兒是妳小外甥的滿月之日，妳也去瞧一瞧。」

這話算是給了林綺蘭個臺階，林綺蘭只得咬牙認了，由丫鬟們扶著起身，緩緩地跟著林夕落朝著側間走。

行至外間的屋子，只剩她二人時，林夕落是壓根兒不理林綺蘭，坐在一旁忙著吩咐丫鬟們做事，林綺蘭見不慣便嚷道：「太醫何時來？不會是妳特意吩咐不允再給我探脈瞧病吧？」

林夕落不理她，林綺蘭更惱，「妳聾了？聽到我說話沒有？」

「少在我面前挑刺，小心我踹了妳肚子！」林夕落咬牙瞪眼，林綺蘭嚇了一跳，「妳瘋了？」

林夕落站到她面前道：「妳不就是想在眾人面前顯擺妳有了齊獻王的孩子嗎？妳也不怕目標過大，有了孩子又怎樣？妳娘鬧著要林家分家產，妳就不覺得臉上臊得慌？林家如若四分五裂沒了百年的名號，妳這腰桿子就硬得起來嗎？」

林夕落的話戳了林綺蘭的心窩子上，讓她一句話都答不上來，只能道：「我硬不硬得起來又怎樣，不就是個生孩子的工具嗎？林家如若不分家產，還不都被妳給占了去？林政辛也向著妳，林豎賢也向著妳，妳想過得舒坦？休想！」

「妳是瞧我過得好就心裡不舒服吧？」林夕落看著她，林綺蘭冷笑，「那又如何？」

「那妳就盼著肚子裡的孩子是個兒子，否則就是做白日夢。」

喬高升此時從外趕到，見林綺蘭也在，額頭冒汗，這可是齊獻王側妃，不會又要逼問他是否是男丁吧？

林夕落只坐在一旁不理，喬高升為林綺蘭探脈，而後寒暄逢迎，就是一句正題不說，把林綺蘭急得不得了，「到底是男是女，你就瞧不出來？」

「恕卑職無能，看不出來。」喬高升如此說，餘光瞥見林夕落眼角帶笑，心中鬆了口氣，顯然這事兒是做對了。

林綺蘭冷哼地別過頭，林夕落便道：「喬太醫既然沒這本事，妳何必強人所難？喬太醫去吧，別在這兒給人當出氣筒了，你好歹也是十三叔的岳父，我們攀親戚的話，你還高我們兩輩人呢！」

這話算是抬舉喬高升又諷刺林綺蘭不懂事，林綺蘭怎會顧忌這事，只冷笑著道：「十三叔不過是庶出罷了，與我攀得上何親？妳倒是還真重情分，這等親戚都樂意認！」

「我是有心的，總比沒心的好。」林夕落嘴上不饒人，擺手讓喬高升先離去。

林綺蘭看她道：「妳別以為現在成了行衍公夫人就了不得，王爺不會讓你們高興太久！」

「怎麼，還要弄死我們不成？」林夕落目光挑釁，林綺蘭忽然一怔，臉色僵持一下便冷笑不語，一副有本事妳猜的模樣。

林夕落壓根兒不理，心中卻是驚訝，快速地盤算思忖，不會讓他們高興太久？林綺蘭無意之中露出這樣一句話，難不成齊獻王背後又有什麼打算了？

林綺蘭似也覺出自己的話多了，更不願與林夕落單獨待得太久，她雖心裡忌恨林夕落，可骨子裡也怕她。她可是個毫無顧忌的女人，如若真惹急了她，她什麼事都做得出來……

林綺蘭捂著自己的肚子由丫鬟扶著便往外走，而此時各府夫人們全都到齊，湊在一起與秦素雲談天。秦素雲也覺得人多事雜，怕林夕落厭煩，故而便起身先去了前廳，帶著眾人與侯夫人相見敘談。
胡氏也跟隨而去，因稍後的滿月儀式要由外祖母來掌事，來至此地的夫人們她也要答謝。
林夕落琢磨著林綺蘭剛剛的話，未過多久，魏青岩從外進門，行色匆匆，顯然有事。
「怎麼了？」林夕落納罕地問，魏青岩將屋中之人都清了出去，隨即召喚了薛一。
薛一出現，跪地回稟道：「回大人，田松海帶了家眷正往此處趕來，並未有外人相隨，卑職在侯府四周也有查看，並無異常。」
魏青岩眉頭深皺，「那就繼續盯著，但凡他有分毫舉動立即動手，你急信傳我是何事？」
「吳棣也正往此處趕來，可是要攔住他？」薛一說完，魏青岩並不吃驚，淡言道：「無妨，他今兒是跟著太子一同前來，我自有打算。」
薛一應下後便離去，林夕落看著魏青岩道：「怎麼了？這些人有問題？」
魏青岩點了頭，「田松海前些時日屈膝來向我認錯，因為之前有意投奔太子，而今日攜家帶眷出席，得防上三分，吳棣則是太子麾下的一位武將。」
林夕落不懂這些，便是道：「我要注意下這兩人的家眷？」
魏青岩點了頭，摸著她的小圓臉道：「我會派人盯著，妳也要小心些，薛一不適合在這種場合露面，但若出現緊急情況他會動手。妳心中有數便好，不要受到驚嚇。」
林夕落點了頭，「你放心，我會叫著秋翠和秋紅在身邊守好。」
兩人敘話沒有多久，魏青岩又被宣陽侯派人叫走，原是太子周青揚與太子妃在路上，要眾人齊去相迎。
林夕落聽了這般多的雜事，不由看著小肉滾兒嘀咕道：「臭小子，你今兒可不許出事！」
魏青岩與齊獻王、宣陽侯一同在門口迎接太子的車駕。

遠處車行隊伍越近，齊獻王的臉色越發難看，因為誰都沒有想到周青揚不僅是帶了太子妃到，隨行的還有林昭儀和十幾名宮女，儀仗隊伍左右護衛，還有百名皇衛護隨，聲勢浩大，顯然是刻意要引人注目。

齊獻王凝眉諷刺道：「魏崽子，他這是給你提氣呢，太子、太子妃駕到，連昭儀都跟隨出行慶賀，你兒子的臉面可真大，本王和眾位大臣可是失了禮數，你可別挑理啊！」

魏青岩餘光掃他一眼，「今兒風大，王爺別閃了舌頭。」

齊獻王冷哼地瞪他一眼，卻有些心浮氣躁，「福陵王怎麼還不來？他不應該更早到嗎？」

「他為何要最早到？又不是他兒子過滿月！」魏青岩諷了一句，齊獻王拍著肥碩的肚子道：「你跟他不是一夥的？寧可要他那種白臉子，也不肯跟本王搭夥兒，誰知你這心眼子是怎麼長的！」

魏青岩不語，而此時太子的車駕已經進了侯府大門。

依次停下之後，太子與太子妃從馬車上下來，眾人齊齊行禮，周青揚笑道：「本宮今日前來為行衍公之子滿月慶賀，眾人不必多禮。今日是個喜日子，大家輕快些許，不必顧著規矩。」說罷，轉身看向齊獻王，「皇弟也到了？」

「只比皇兄早到不久。」齊獻王不鹹不淡地回著話，明顯是敷衍之詞。

宣陽侯將眾人引進正堂之中，其上早已擺好了主次之位，周青揚自然要坐第一主位，齊獻王的眼色極是難堪，只在位子上沾了下屁股便道：「本王談不慣風花雪月，還是去戲樓看戲，稍後滿月禮時再派人去尋本王。」

齊獻王欲率眾離去，魏青岩卻道：「還未開場。」

齊獻王只得又坐下等候，周青揚只淡笑看他，臉上絲毫不悅之色都沒有，只與魏青岩道：「如今你貴為公爺，又誕下一子，本宮也不知該送你什麼了。」

「殿下能登門前來便已是慶賀，不敢收禮。」魏青岩語氣依舊平淡，周青揚卻搖頭道：「不，這份禮本宮要送，不單是送你，也是送給你的兒子。」

魏青岩皺了眉，周青揚卻對此不再提，而是與宣陽侯說起滿月禮之賓客來。魏青岩有意先離去，卻被門口正進門的吳棣堵住，「怎麼，我來你就走，行衍公的架子這般大？」

「青岩，別走，與吳大將軍好生談一談烏梁國的事，父皇對此事甚是上心，你也要多多出力。」周青揚將皇上抬了出來，魏青岩只得止步，可他心裡已經知道，周青揚沒有在他這裡下手，而是奔著林夕落那方而去了。

林夕落及眾人在郁林閣的院中等候太子妃與林昭儀到。

這是林夕落第一次見到太子妃，心裡有些打鼓。

秦素雲見到她這副模樣，在一旁提醒道：「此人向來是遵太子的吩咐做事，她不作主，為人冷淡得很，妳見了就知道了。」

林夕落沒想到秦素雲會這般說，而看到一旁等候的林綺蘭便道：「回去等著吧，妳挺著肚子在這裡站著作甚？稍後累著了，還得怪我們沒照料好。」

林夕落話雖難聽，卻是這個道理，林綺蘭在這裡站了有一刻多鐘，也實在有點兒疲憊，冷瞪她一眼後，便看向秦素雲，秦素雲點頭道：「先去屋內等，有我在，她不會挑理。」

林綺蘭道謝後便先進了屋，秦素雲笑道：「妳還是關心妳這位姊姊的。」

「我只怕她在此地出事，我可禁不住齊獻王發的火，僅此而已。」林夕落甚是堅定，倒讓秦素雲無奈地笑。

此時行至後院的馬車已經到了，林夕落看著太子妃與林芳懿下來，林芳懿更是先下馬車隨即去攙扶太子妃，一副諂媚奉承的乖模樣好似變個人一般。

林夕落嘴角輕撇，而胡氏也對林芳懿這做派也很驚訝。

眾人齊齊行禮道：「給太子妃請安。」

太子妃臉上沒什麼笑容，只輕言道：「都不必多禮，今兒是喜日子，本妃只是來恭賀行衍公夫人的。」看到秦素雲也在，她的嘴角微微上翹，「妳也來了。」

「給太子妃請安了。」秦素雲行了禮，太子妃上前搭了她的手，「身子可還好？聽說齊獻王側妃有孕了，妳可也要加一把勁兒了，總不能讓庶出的占了風頭，妳這位正妃往何處擺？」

這話可是當面挑撥離間，眾位官夫人無不瞠目結舌，秦素雲的臉色僵滯，只道：「王爺的孩子便是我的孩子，不分嫡庶。」

太子妃點頭，「妳能這樣想也是好事。」說罷，看向了林夕落道：「這位是行衍公夫人？」

「給太子妃請安了。」林夕落微微行禮，對此女沒有好印象。臉上故作寬容，可讓人一瞧便是假，她對秦素雲的擠兌毫不留情，明擺著太子與齊獻王不和，她也要占個上風……

太子妃上下打量著林夕落，道：「聽許多人提起過妳，今兒初次見，與傳聞倒是頗像。」

「太子妃見笑了，我的名聲一向不太好。」林夕落看著一旁的林芳懿，道：「給姊姊請安了。」

林芳懿沒想到林夕落會忽然轉向她，立即行一大禮，「給公爺夫人請安。」

太子妃餘光掃一眼，「行衍公的夫人都認妳這姊姊，妳又何必多禮？她不是向來不重視禮節？」

「這倒是，公爺夫人為人隨和得很，與本妃性情相投，本妃倒覺得這樣的脾氣更值得相交。」秦素雲與以往截然不同，話語中也帶了刺。太子妃露笑掩飾心頭的尷尬，可微皺的眉頭卻顯出她心中不滿，「怎麼，還不允本妃進去了？」

侯夫人上前道：「太子妃快請。」

林芳懿攙扶著太子妃向前而去，秦素雲與林夕落對視苦笑，可這笑容中帶著不屑和嘲諷，這其中微妙的關係讓林夕落頓時頭大，跟著進了屋中。

寬敞的廳堂擺了二進的座位，太子妃與秦素雲這等皇親與朝堂大員家眷自在最內的位子上，二進的院子則是普通官員家眷的席位。

眾人都鬆了口氣，更是對侯府的安排甚是讚賞，起碼如此一來便不必為了孰高孰低、孰前孰後而鬧出矛盾，都只坐下聽著太子妃與齊獻王妃等人閒聊即可。

下人上了點心和果食，太子妃看向林夕落道：「今兒來倒是有幾樣禮要送給行衍公夫人，妳可一定要收，不能落了本妃的面子，不知妳肯不肯答應呢？」

她這話一說，林夕落的心中微緊，這是要開始下招子了嗎？

太子妃的話語中帶了明顯的威逼和挑刺，林夕落的臉色也沉了下來。

這話她怎麼回？

收？可如若這禮上有怪，她還能把吐出的話吞回去？

如若不收，那就是當著眾人不給太子妃顏面，更是能找出她的錯兒。

林夕落如今的性子歷練得不似之前那般忍不住事，可儘管沒有當即反駁發火，她臉上的淡漠也讓所有人都看得出來。

侯夫人身旁的一位夫人道：「公爺夫人，妳這想什麼呢？太子妃所贈的禮妳還能不收？這可是天大的恩賞，妳還不快謝恩？」

林夕落目光看去，身後的人立即道：「這位是福永公夫人……」

林夕落心中清楚，侯夫人也提起過她，不過這時候插嘴，顯然是掀她的台幫太子妃了。

可她送的是什麼禮，至於做出這般的姿態來？

林夕落有些好奇，便笑著道：「太子妃所贈之禮怎敢不收？否則您親自賀上門來我卻拒之千里之外，在外人眼中卻是看不過去的，我也成了不懂禮數，所以您即便送來兩把大菜刀，我該收也得收，您說是這個道理嗎？」

林夕落當笑話說，倒是讓太子妃一愣，她本想給林夕落出個難題，孰料她給擺了面子上來，秦素雲也趁機插話道：「瞧妳說的，太子妃贈禮還能是那等粗鄙之物？妳就會逗人笑。」

「今兒是喜日子，怎能說喪的？自當要逗眾人一笑，哪怕我這顏面上虧點兒，大家高興就好。」林夕落搭腔，與秦素雲一唱一和，可她二人這番話語卻讓太子妃有些為難。

她想要送的禮本就是有些棘手的，這回可怎麼辦？

看向一旁的福永公夫人，福永公夫人開口道：「太子妃自不會如我等送些金銀物件當禮，她考量的是大局，公爺夫人如今得一品誥命的榮耀，又要照管孩子，這裡裡外外的怕是忙不過來，太子妃體恤，所贈之物自是要幫公爺夫人分憂。」

「自是如此，所以本妃特意選了兩位得力的奶娘還有四位侍女，幫著妳操持家事。」太子妃即刻擺手，後方便有六名女眷站了出來。

兩名奶娘從衣著上就看得出來，而另外四個清秀婀娜的小女子，瞧身段和臉色，這顯然是給魏青岩預備的。

送女人？林夕落暗笑，這事兒她還真是少見，不過事兒來了她也不能推辭，只笑道：「太子妃可真是心疼人，不過這四位貌美多姿、弱柳扶風的，我兒子才滿月，現在也用不上啊！等他長大了，這幾位也都老了，這可讓我怎麼辦？單是讓她們四個當丫鬟，可是有點兒委屈了，怪不得太子妃剛剛說我必須得答應收下，原來這四個在您那裡也成了難題！」

林夕落這話一出，眾夫人都啞口無言，嘴角抽搐。

給她兒子？是個人就能看明白是給魏青岩的，她居然說是給她兒子的？而且還歪理到太子妃不好處置所以送人，這簡直是讓人聽了哭笑不得。

如若換個人，定有人會覺得這人腦子缺弦兒不懂太子妃之意，可換成林夕落，誰都知道她這是故意的，就是擺明了不懂，有本事妳們直接說出來，否則就是不按照妳想的辦，誰又能有辦法？

想要大笑是不敢，可憋在心裡這股勁兒實在太難受了。

侯夫人本就在一旁覺得此事棘手，可太子妃與齊獻王妃壓根兒不朝她這方來，而是直接奔著林夕落而去，看著林夕落故意裝瘋賣傻，她也心中著實不是滋味兒。

以前她是局內人，如今是局外人，自看得出林夕落是故意抓了這幫人好臉面的弱項以求脫身，顏面？她們這些人不就是為了這張臉活著？

侯夫人悶聲不語，胡氏心裡焦急。

她早前就擔憂姑爺身邊沒個伺候的人，林夕落未出月子又要照管孩子，是否要立通房、抬妾，女兒沒吭聲，她自然不會挑這個頭。如今太子妃都送了人來，這人是必須得收了，但好事不能讓這等人占了先，還不如提身邊的人了。

眾人心思各異，林夕落卻淡然得很，那番話讓太子妃不知該如何回答，只得又看向了福永公夫人。福永公夫人這會兒也是沒轍，早前來此的時候曾特意得過囑咐要幫太子妃的忙，本尋思送個人這事如此輕鬆，還用得著她？

如今見了傳聞中的林夕落，她才知道為何是難題，因為這女人壓根兒就不順著正常人的思路走，可這等話要她直接說出來嗎？

太子妃的目光急切，這燙手的山芋福永公夫人只得接過，看了看那四個女子，而後與林夕落道：「說句不合時宜的，如今林家正是喪白之時，按說妳也應該守一陣子禮，可這卻要苦了公爺了，何況一位公爺，如今身邊除了夫人外，連其他侍奉的人都沒有，豈不是讓人笑話寒酸？妳也不妨將目光放遠了。」

「如此說來倒是我的不對了。」林夕落臉上依舊笑，可目光中的冷意卻絲毫不掩，讓福永公夫人只覺得渾身發燙，連忙道：「我這也是依著自個兒的想法多兩句嘴，妳可不要往心裡去。」

「多嘴還說，不知福永公身邊有多少侍奉的人？除了您這一位正夫人，有幾位側室？姨娘？侍妾？通房？您也別怪我問得多，我對此實在不懂，否則我們爺也不會寒酸到就我一個正室夫人了，您得教一教。」林夕落一副認真求教的目光讓福永公夫人頓時嘴角抽搐。

這女人……實在太會攪亂話題了，這一句話便頂了她的身上，讓她如何回答？說福永公有多少女人？這不是抽她自己的嘴巴子……

福永公夫人支支吾吾的，這場面就如此僵持住。

太子妃回不上話，林夕落也不吭聲，秦素雲在一旁看著林夕落笑，只覺得太子擺出這模樣實在太滑稽，魏青岩向來不好女色誰都知道，難道就單純的讓太子妃送幾個女人過來而已嗎？怎麼總覺得有點兒不對勁兒呢？

林夕落也在心中盤算，魏青岩今兒告訴她要多注意太子和齊獻王的動作，可單純送幾個女人這實在太小兒科了，簡直是俗氣得很，可她們暫時還沒有其他的舉動，她有些想不懂。

事兒總得有個由頭揭過，侯夫人此時出面道：「瞧這四個女眷都是不錯的，就留下吧，太子妃所贈之禮怎能不收？」說著看向花嬤嬤道：「妳先帶著，待她們熟悉和適應了侯府之後再說。」

花嬤嬤即刻應下，此事明顯不了了之。

什麼叫熟悉和適應，那還不是侯夫人說了算？眾位夫人都懂得此事，可誰都不在此時多嘴多舌，免得招人怨恨。

太子妃的臉色甚是難看，只看向了一旁坐著不語的林芳懿，昨兒太子將林芳懿特意叫去交代了些事情，她雖然不知道，但顯然是針對這位行衍公夫人的。

林芳懿極是乖巧，好似含羞草，面帶微笑，端莊得體，連尋常所露出的那一絲嫵媚都分毫不掛在臉上。

林夕落很佩服她變臉的本事，不過她深知林芳懿的本性，她就算變成灰兒林夕落也不會覺得香，反而心中更為警戒。

秦素雲此時心中倒是舒坦，太子妃沒得了好處，她是最高興的人，便挑起了其他的話頭開始閒聊，而眾位夫人你一言我一語開始附和，轉眼就將太子妃送來幾個女眷的事給忘了。

林夕落不知為何，心中總是不踏實，花嬤嬤帶著那四個女人離去也半晌未歸，她開始盤算著是否出了什麼事。叫過了秋翠，湊其耳邊吩咐幾句，秋翠立即不聲不響地退下去一探究竟。

稍後又有其他的夫人到場，胡氏去應酬，侯夫人則陪著太子妃與齊獻王妃在此坐著，眾夫人們聊天敘話之間，也瞧得出這派別之分。

秦素雲開口，自是武將家眷回應居多，太子妃開口，文官夫人們齊聲附和，林夕落在一旁聽了臉上微笑，心裡卻不舒坦。

而此時，她瞧著林芳懿在不停地看她，那目光中有幾分別樣的神色。

這是要幹麼？林夕落有點兒奇怪，可見林芳懿那急迫的眼神，她只得尋個機會先離場片刻。

太子妃與秦素雲正鬥嘴鬥得不可開交，眾位夫人們也你一夥我一夥的幫腔，無人注意林夕落。

林夕落走過林芳懿身旁時，林芳懿一直看著太子妃，沒看林夕落一眼，也沒有跟著她離開。

林夕落走至一旁的房間內，正心中納罕林芳懿到底要做什麼，一個不起眼的宮女悄悄走到林夕落身邊遞了張紙條後便匆匆跑開。

林夕落看紙條上所寫之字句，頓時大驚。

這紙條會是林芳懿的意思？

林夕落起了懷疑，如若是林芳懿的話，這種事為何她不親自來說，偏偏要派人送紙條？為了推卸責任，還是另有原因？

林夕落心中七上八下，有些沒底，再次展開紙條看了看上面「禮、襲」二字，她第一個反應便是去尋魏青岩。

魏青岩此時正被太子與田松海、吳棣三人揪著不放，針對咸池國與烏梁國的軍事上談個沒完沒了。齊獻王雖然表情淡漠，可也在豎著耳朵聽，這些人中只有魏青岩曾接觸過咸池國與烏梁國邊境之地，其餘人只有耳聞沒有親見，如今藉了魏文擎過滿月禮堵魏青岩在家中相問，想必魏青岩也不會翻臉。

這是一個刨根問底的好時機。

魏青岩的神色清冷，嘴上卻依舊將咸池國與烏梁國的概況分毫不藏地說了出來，吳棣與田松海在聽，周青揚與齊獻王心中卻納罕不明。

兩人本以為魏青岩會遮掩隱藏，卻不料他真的願意說，難道他真是不想主動出戰，不要這一份軍功嗎？

皇上此次已經下令調二十萬大軍征戰邊境地區，糧草、軍械的供應隨時可提，這才引得太子與齊獻王全都動心，這無疑是到手的軍功，除非征戰之人瞎了眼，否則高出敵方四倍兵力怎能輸？

何況皇上已經老了，這等機會如若不善加利用，實在是遺憾……

周青揚目光複雜，齊獻王則有些忍不住了，他本想私下與魏青岩做個交易，孰料他侃侃而談全都說了。

「魏崽子，你先歇歇，本王這腦子都反應不過來了。」齊獻王出聲打斷，吳棣與田松海二人的目光乍然一冷，魏青岩正說到咸池國的軍械要事，這一打斷，他不再說了怎麼辦？

齊獻王冷瞪二人道：「看什麼看？本王累了，本王要聽戲！」

眾人無話可答，這位王爺莫說他們，連太子都要讓三分，魏青岩只是淡然一笑，而此時魏海過來道：「大人，福陵王稱酒席已經備好，他要稍後才到，道是滿月禮時不必等他，他稍後再來賠罪。」

魏青岩點了點頭，齊獻王卻叫道：「這小子在搞什麼呢？還稍後再來？什麼事會比行衍公兒子滿月重要？派人去告訴他，本王就在這兒等他了，他不來，本王不走！」

齊獻王擺明了耍賴，其實是在給魏青岩暗示，他有私事要談。

魏青岩故作不知，而這一會兒，又有侍衛前來回稟：「大人，夫人那方有事請您過去一趟。」聽及林夕落有事，魏青岩當即起身，齊獻王念叨著：「一群娘們兒，怎麼這般多事？」

「失禮，稍後便來。」魏青岩面色上沒有表示，可心中卻對林夕落尋他略有急迫，不知是否發生了什麼事。

周青揚看著他離去，目光中閃過一絲不安，朝向身後的吳棣看了一眼，吳棣點頭跟隨而去。

齊獻王見到此景滿是不屑，朝向身後之人問道：「戲班子開了沒有？」

「開了，碧波娘子已到。」

「本王去看戲。」齊獻王起身便走，周青揚面上的淡笑驟然消失，微眯的目光帶著陰狠的深邃，卻無人知道他在想什麼。

魏青岩行至郁林閣後間，見到林夕落正在魏文擎的屋中，可她並非是在看孩子，而是在等他。

「怎麼了？」魏青岩見到她無事，隨即又看了看孩子，母子倆安然無恙，他也鬆了口氣，緩言道：「出什麼事了？」

林夕落將字條拿給他，「林芳懿不停使眼色給我，我離開正屋後便有人送來這樣的字條，你覺得會是何意？」

魏青岩打開看，不過是兩個字而已，他的眉頭深皺，口中道：「今兒的確要多多注意，吳棣與田松海的家眷也都到了，不過當著眾人的面應該不敢下手，只怕是背後……」

「太子妃送了兩個奶娘給小肉滾兒，還送了四個女人來，被侯夫人身邊的花嬤嬤帶走了，我怎麼覺得她這般做有些不對勁兒呢？太子會用這種方式收買人心？你又不是個貪戀女色的，這是噁心人，而非討好了，莫非是你爵位高了，有心再納二房了？」

林夕落說至最後一句，目光中帶了幾分調侃，魏青岩捏了一把她的小鼻子道：「休拿此事逗我，小心我辦了妳！」

林夕落媚瞪他一眼，魏青岩摸著她的髮髻道：「這事兒就當不知道，看她們還有何動作。滿月禮時我會在，之後妳便一直守著小肉滾兒即可，不必顧忌旁人挑剔禮數之事。」

「真不用顧忌？」林夕落見他甚是認真，忍不住心中猶豫。

這太子妃是初次前來，而且擺出高人一等的姿態，如若她不顧忌，豈不是等同於把人直接攆走？會不會因此而挑魏青岩的麻煩？

魏青岩明白她心中所想，便是道：「的確不用顧忌，聽我的就行，妳如若讓她們滿意了，或許還會讓人覺得奇怪。」

「我這名聲啊……」林夕落哀嘆一聲，魏青岩將她擁入懷中抱著安慰片刻，禁不住外面不停催促，夫妻兩人只得先離去招待應酬。

林芳懿等人瞧見林夕落與魏青岩一同從院中出來，她的心裡則是一緊。

難不成她遞給林夕落的消息，她絲毫不在意？

她在紙條上所寫的「禮、襲」並非是假，而是她真的知道此事。昨日周青揚將她叫去，讓她盯著吳棣與田松海兩人的夫人，如若兩人需她配合，她要全力幫忙。

林芳懿將這事與前兩天周青揚吩咐田松海的事情結合起來，納悶這兩人的夫人要做什麼。

至今為止，她們連句話都沒有說，只是在一旁聽，可瞧著她們的神情各異，顯然是都有準備，她從心底裡希望林夕落過得不舒坦，但不是現在。

她如今在周青揚的眼裡就是林家的一顆釘子，更是牽著魏青岩與林夕落的一根繩子，對外她自當宣稱與林夕落的姊妹關係好得不得了，而上一次她留在宣陽侯府用飯才走，太子也確定了此事並不虛假，對她也高看幾分。

她知道自己不過是太子前來探魏青岩與林夕落虛實的一個工具，那麼她就要讓自己的作用更大，所以她特意提醒林夕落要多注意，如若他們出了事，她林芳懿在太子面前還有何用？

周青揚可不是一個念情分的人，他的心中只有「權」字。

魏青岩對眾位女眷沒什麼表示，與林夕落分開便直接走出屋外。

過了半晌，秋翠匆匆趕回，與冬荷耳語片刻，冬荷尋了個藉口將林夕落從眾人面前請走，秋翠便立即說起那四個被太子妃帶來的女人：「花嬤嬤帶著她們去了筱福居，被安排在筱福居的後側院居住，更是每人配了一個丫鬟、兩個粗使婆子侍奉，夫人，侯夫人不會真是要把這四個人給五爺吧？」

林夕落皺了眉，「花嬤嬤可是回來了？這四個人來時沒有帶侍奉的人嗎？」

「每個人來時各帶了一個貼身丫鬟，花嬤嬤才又配了一個粗使丫鬟。奴婢去時，花嬤嬤正在幫著安頓日用之物，說是太子妃賞的人，顏面上自要過得去才這般安排。」秋翠的眉頭擰緊，只等著林夕落下令。

林夕落沉默片刻，吩咐道：「去尋魏海，從他那裡調出十名侍衛將這四個丫鬟的院子看管起來，如若花嬤嬤問，就說是我安排的。」

秋翠一怔，連忙問道：「侯夫人會答應嗎？」

「我會親自與她談此事，妳先去找魏海。」林夕落說完，秋翠立即又去忙，林夕落心中斟酌著林芳懿的那張字條，暫時又先回到院子當中。太子妃還在，秦素雲已經去戲樓陪齊獻王聽戲，跟著她離去的也有不少夫人，顯然都是齊獻王麾下的官員家眷。

太子妃與林芳懿仍在此地，侯夫人在一旁候著相陪，瞧見林夕落歸來，眾人都看向她，福永公夫人道：「公爺夫人還真是忙碌，難道說侯府之事都由您來操持？」

話語中有挑撥之意，林夕落只笑道：「您這話說得好似挑撥離間，也幸好侯夫人寵溺我們不會往歪處想，否則還不心裡記恨我們？」

林夕落一句戳破，絲毫不留情面讓福永公夫人當即一怔，只得呵呵笑著算把此事揭過不提，太子妃卻看著林芳懿道：「妳們姊妹之間沒有話要說嗎？」

林芳懿淡笑道：「太子妃在此，臣妾精心侍奉才對，妹妹如今成為公爺夫人又誕下外甥，臣妾只心中為她高興，不必在言語上多說。」

太子妃聽她這說辭不由冷笑，而此時有小丫鬟從外跑來給侯夫人回話，侯夫人目光立即瞪向林夕落，驟然變冷的目光讓所有人都瞧在眼中，又有人來此道：「回夫人，吉時即到，要準備滿月禮了！」

滿月禮的吉時是依著魏文擎的生辰八字而定，而這一次觀禮的人極多，便在郁林閣的前堂院中舉行。魏文擎也是初次被林夕落從屋中抱出來，似是從未感覺過陽光的奪目，外出時眼睛不停地眨著，更是因睡得正香被喚起來，吭哧幾聲抱怨不滿，便將頭扭了過去，扎在林夕落的懷裡。

秦素雲見到魏文擎，瞧見他這副小模樣，臉上喜意甚濃，而太子妃卻沒什麼反應，只跟在太子身後不聲不語。

林芳懿與林綺蘭各自一副姊妹情深的模樣過來為小外甥遞上了祈福墜子，周圍的夫人們挨個過來探看，卻只看到了小傢伙兒的後腦勺，沒看到他的臉，這樣子更是讓眾人樂道。

請來為魏文擎施禮的全福夫人是懷州總兵夫人，懷州總兵與宣陽侯是多年朋友，這一次是宣陽侯特意請他的夫人來為魏文擎洗禮。

盆中是早已煎好的香湯，其中有果子、彩線、蔥蒜等物，預示著吉祥如意。林夕落將孩子遞給總兵夫人，自是要去掉他的衣裳，光溜溜的小人露出滾圓的臉蛋和肥嘟嘟的屁股，甚是討喜。

魏文擎被眾人吵嚷聲驚醒，瞇著眼睛左看右看，便要咧嘴大嚎，林夕落指著道：「不許哭！」

魏文擎頓時閉嘴，林夕落取了個甜糖果在他小嘴唇上抹了抹，魏文擎吧嗒舔著，再無哭意。

總兵夫人笑著道：「這小傢伙兒還真是個不吃虧的性子！」

因孩子年幼，不敢太過耽擱，洗禮進行得很快，而後便是要落胎髮。

這一禮是要由林政孝、胡氏這外祖父、外祖母來主持，由總兵夫人抱著孩子坐在中央，請了剃頭的匠人為小傢伙兒剃去胎髮。而剃掉的胎髮不能扔掉，搓成一團，裝在胡氏親自用金絲打的絡子裡掛在床頭保存起來。

為小傢伙兒剃頭的人是魏青岩請來的清音寺住持。

對請此人前來剃頭，林夕落與魏青岩還曾有過爭執，她就不明白為何要請個和尚來，她兒子又不是出家。魏青岩卻執意如此，而後告知這是皇上私下的安排，林夕落便再無語，心中只對皇上感到好奇。

而後去問過許多人才知道，請和尚在滿月禮來剃髮是種風俗，並不是要孩子皈依佛門，這等大師還不是隨意請得到的，林夕落才放了心。

洗禮、剃髮完畢，清音寺的方丈贈與孩子一串佛珠。魏青岩大手一揮，侍衛們端上百兩黃金，算是贈與清音寺的香火。

送走了這些和尚，齊獻王才嚷嚷道：「快把這小子抱來讓本王看看，要是長得好看，本王就認作義子！」

眾人自當是玩笑話，可聽在有些人的耳中便多了一份心，譬如太子周青揚。

認義子？魏青岩會答應嗎？周青揚看向魏青岩，卻見他沒什麼反應，秦素雲則親自走至林夕落身旁，林夕落也安心地讓她抱了孩子。

這舉動讓太子妃極是不悅，她是女眷之中等級最高的，林夕落居然先讓秦素雲抱孩子，這是在擠兌她這位太子妃嗎？

秦素雲對孩子可愛的模樣愛極，抱著去給齊獻王看，「王爺，您瞧瞧這小寶貝兒多可愛？」

齊獻王看了幾眼，心中嫉妒，捏了一把孩子的臉蛋，卻被秦素雲給抱著閃開，目光中略有不悅，可因眾人都在，她自不會說出埋怨的話來。

這一幕卻是讓齊獻王心酸，看著一旁大了肚子的林綺蘭那咬牙切齒的模樣，嘿嘿一笑，「本王也快有兒子了，不稀罕抱你這個！」

魏青岩沒反應，秦素雲正要將孩子送回去時，太子妃卻道：「本妃也要看看這個孩子，不知行衍公夫人可允？」

這話說出卻讓周青揚一怔，「這小傢伙兒也被折騰累了，還是讓青岩的夫人抱回去睡吧。」

太子妃沒想到周青揚會阻攔，訝異的目光投了過去，周青揚卻不理。

林芳懿忽然道：「太子妃也累了，不如臣妾陪您去歇一歇？」

這話雖是客套，可太子妃覺得刺耳，這是想攆她走嗎？

「無妨，看一下小傢伙兒也不會耽擱太久，本妃不累。」太子妃說著便往林夕落那方行去，林夕落看向魏青岩，魏青岩沒有反應，林夕落心中明白他的意思，只抱著孩子給太子妃看。

太子妃伸手要接，卻見林夕落不肯鬆手，她目光中帶了點兒脅迫，皺眉道：「怎麼，本妃比不得齊獻王妃，連抱一抱妳的孩子都不行了？」

林夕落皺了眉，太子妃卻執意要接過孩子，可接至懷中，小傢伙被這番爭吵一鬧，睜大了眼睛，一股暖流滴答而下，卻是尿了……

太子妃見這孩子睜眼便已心驚，這一尿，她當即尖叫一聲，順手將孩子拋了出去。

林夕落驚愕，魏青岩早已將孩子接住，可太子妃驚愕退後之時，撞到了林芳懿。林芳懿心思一動，心中一狠，朝著一旁倒去，撲在了林綺蘭身上。

林綺蘭驚嚇一嚎，兩人雙雙倒地，林芳懿的腿硌出了血，林綺蘭捂著肚子不停地喊叫：「疼！孩子……孩子……」

一瞬間的功夫，眾人大亂，齊獻王與秦素雲兩人立即朝林綺蘭跑了過去，林夕落當即喊喬高升：「喬太醫，快來！」

周青揚與田松海對視，也顧不得招嫌，低聲說了幾句，田松海便朝一旁的侍衛吩咐，侍衛頓時消失在人群之中……

太子妃在原地呆傻不已，她不過是抱一下孩子，怎麼惹出一連串的事情來？

她的確是撞到了林芳懿，可她至於倒在地上硌得腿血流不止嗎？

喬高升來到此地，卻額頭冒汗，一位是太子的人，一位是齊獻王的人，他是先看哪一個的傷？

林夕落與林芳懿異口同聲：「先看齊獻王側妃！」

喬高升便往那方跑去，林夕落與林芳懿對視一眼，林夕落又吩咐秋翠道：「扶林昭儀進屋去，曹嬤嬤幫忙清理傷口，等喬太醫開傷藥。」

秋翠與曹嬤嬤等人迅速行動，魏青岩抱著孩子未動，侯夫人先進屋中看林芳懿，宣陽侯見齊獻王滿臉怒火，卻不知該怎麼辦，只得行至魏青岩身旁道：「此事你來處理。」

「不用你管。」魏青岩拍一拍懷中的小傢伙，這小子尿了一潑卻是精神了，一雙大眼睛瞪得溜圓溜圓，咬著手指頭玩得高興。

魏青岩鬆了口氣，孩子無事才是最重要的……

林夕落接過孩子，魏青岩則在齊獻王脾氣正要爆發時按住了他，「出了門怎麼鬧我不管，在此地鬧事不行。」

齊獻王冷哼一聲，「本王給你小子面子，但如若本王側妃腹中孩兒出事，本王饒不了她！」這後一句是說給周青揚聽的。

周青揚一臉愧疚地上前，「這是本宮的疏忽。」又看向太子妃，道：「如此魯莽，怎能成大事？妳可知錯？」

太子妃正呆愣著，她到現在都沒反應過來，她不過是輕退一步便招出如此多事？下意識地看向屋中，指責道：「是林昭儀大驚小怪撞了人，與本妃有何干？」

「依妳之意，是林昭儀的錯了？」周青揚咬牙切齒，平淡的目光中有幾分狠意，太子妃忽然要抱魏文擎已是壞了他的事，如今鬧出事更是攪了局，還在此地與他頂嘴？

周青揚即便對林芳懿撞到林綺蘭心中存疑，可如今無暇調查這事，而是得要嚴懲太子妃。

太子妃顧忌臉面，直言道：「誰知道她是不是故意的！」

「放肆！」周青揚大惱，「來人，將太子妃送回宮中帶去向母后與貴妃娘娘認錯，稍後本宮再親自去向貴妃娘娘賠罪！」

太子妃驚愕之餘，不敢再多說，只得咬牙跟著侍衛離去。

齊獻王的目光更冷，他知道周青揚是為了護著太子妃才先將人給攆走，冷言道：「想這樣就作罷？沒那麼容易！」

周青揚回不上話，此時喬高升出門道：「回王爺，側妃娘娘與孩兒都無礙，您盡可放心。」

眾人皆是舒了口氣，可曹嬤嬤卻從屋中跑出來道：「喬太醫快來，林昭儀出紅了！」

出紅？林夕落錯愕，抱著孩子也跟著跑進屋中。

林芳懿小產？

這個消息傳出來，卻讓齊獻王哈哈大笑。周青揚滿臉鐵青，拳頭攥得緊緊的，他怎麼不知道林芳懿有孕？他為何不知道？

林夕落看著林芳懿，卻見她輕笑著，沒有絲毫的遺憾和失落。

喬高升去開方子，秋翠跟著去熬藥，屋中只有林夕落與曹嬤嬤，林芳懿抓著林夕落的手，嘀咕道：「我一定會晉升品級，一定！」

林夕落聽了林芳懿的話，除卻震驚之外，還有恐懼。

一個女人居然為了晉升品級，發狠小產不要腹中的孩子？

這要多麼狠的心才做得出來？

曹嬤嬤甚是鎮定，瞧見林夕落有些呆滯，便上前扶著道：「夫人，秋翠的藥熬好了，讓老奴來侍奉林昭儀用藥。」

曹嬤嬤說完，林夕落下意識地點頭躲開。林芳懿端著苦藥俐落飲下，好似在品味甘甜的暖露般愉悅。

林夕落覺得渾身汗毛豎起，只得離開了屋中。

周青揚得知林芳懿保住了命，便鬆了口氣，這種場合他待不住，有心先離去。

此時侍衛上前，在魏青岩的耳邊小聲回稟，魏青岩的目光直接看向了周青揚，隨即吩咐侍衛幾句，便當作無事發生。

周青揚待不住，林芳懿服了藥，不能馬上跟著回宮，只得道：「讓她在此地休養片刻，本宮回去立即吩咐宮婢前來侍奉。」

魏青岩當即拒絕：「不可，殿下還是將林昭儀帶回宮中，侯府不留。」

周青揚眉頭輕皺，「本宮會給她一個答覆，但現在……」

「不留！」魏青岩語氣中帶了幾分不從和堅硬，周青揚只得冷哼一聲轉身就走，宮女們進去抬著林芳懿上了暖轎，隨後跟著太子車駕一同離去。

本是一場喜慶的大禮卻鬧得人心惶惶，誰都沒了好心情。

林夕落懷中的小傢伙倒是樂得很，似是之前抹在他嘴上的蜜糖合了心意，小舌頭吧嗒吧嗒舔個不停，小手還揪著林夕落的扣子。

林夕落看著他那小肉臉，心中嘀咕：你這小子真是個禍害，你一出生，林老太爺過世，你滿月，連太子都丟了子嗣，這命硬得還真是像你爹……

事情瞧著發生得慢，可過程卻格外得快，在場的人都把嘴閉得嚴實，被宣陽侯和侯夫人請到戲樓去聽戲喝茶。

雖說親眼瞧見整件事的人不多，可終究有外人在，除卻齊獻王一家，還有福永公夫人及田松海、吳棣幾家人，其餘的人早在剃胎髮過後便已退去，故而所知不多。

院外喜氣洋洋，院內則一片陰沉。

齊獻王甚樂，秦素雲有意帶著林綺蘭先行離去，齊獻王卻執意不肯走，「走什麼？讓她在此養養肚子，妳跟著本王去聽戲！」

秦素雲無奈，留下身邊的嬤嬤照看林綺蘭，自己跟隨齊獻王往戲樓而去。

太子離去，齊獻王這位親王自是最尊貴之人，他一路上哼著曲兒極是高興，吳棣與田松海本欲隨同太子離去，卻被齊獻王給按住，只得跟著齊獻王去戲樓，如坐針氈。

周青揚上了馬車，行至半路才有身邊的太監前來回稟：「殿下，行衍公送了一車禮，說是還您的禮，您要不要先看一看？」

「什麼時候抬來的？」周青揚吩咐停車，太監道：「剛剛有侯府侍衛追來送到的。」

周青揚下了馬車行至儀仗之後，皇衛撩開車簾之後，周青揚滿臉震驚，瞬間暴怒。

這一馬車全是屍體，一共二十三具，全都是屍體。

連太子妃送去的那四個女人也沒有例外……

周青揚眼前眩暈，渾身顫抖個不停，這是田松海身邊的近衛，居然……居然一個都沒剩，還有偽裝成官員小廝、馬夫，更是有那麼幾個女刺客是裝成了田松海夫人與吳棣夫人貼身的丫鬟，居然也被揪出斃命。

周青揚有些不敢置信，踉踉蹌蹌回到自己的馬車上，半晌才吩咐道：「回宮。」

「那輛車怎麼……」

「燒了！全都燒了！」

周青揚歇斯底里，太監立即吩咐皇衛去辦事，此時魏青岩正聽著剛到侯府的福陵王敞開話匣子誇讚自己：「怎麼樣？還是本王聰明吧？告訴你稍後才到，你就知道定然有事，連送給你的那四個女人都是刺客出身，這要是你真收了屋裡頭……」

福陵王朝著魏青岩的褲襠處掃幾眼，隨後奸笑幾聲，極是猥瑣。

林夕落捂著孩子的耳朵，埋怨道：「亂說！」

「他才滿月的孩子，懂什麼？」福陵王嘴上說著，又上前逗弄小傢伙，小傢伙卻不知怎麼著，一看到福陵王就哭，哭聲震耳欲聾，連院子外都聽得清清楚楚。

魏青岩當即攆他出門，「出去說，別在這兒嚇壞了孩子。」

「真是什麼人生什麼孩子，本王這等良善之人哪裡可怕？」福陵王一臉的不悅，可也只得跟著魏青岩離去，今兒的事還沒完，需要處置得更乾淨才行。

林夕落坐在屋中沉默著，心裡思忖著林芳懿，她的那一句話比今日出現的事更讓她從心底發寒，猶如噩夢一般。

她怎麼會變成那個樣子？

想起之前在林家族學一同習學的日子，林芳懿雖然張揚，卻沒有這等深不可測的心機。

這才多久？她居然會變得如此可怕……

宮中的生活就那樣吸引人嗎？品級的高低就能讓人不顧忌「情分」二字？

林夕落不敢苟同，更不願相信，她緊緊抱著孩子，今兒如若魏青岩沒有抓住他，他恐怕就會被太子妃摔在地上，如若是那樣的話，她會怎麼樣？

林夕落思緒雜亂，秋翠與冬荷不知道該如何勸慰，可看著小傢伙又尿濕了衣裳，林夕落卻分毫感覺都沒有，曹嬤嬤只得上前道：「奶奶，小主子該換衣裳了。」

林夕落緩過神來，讓秋翠取來清水和衣褲。

曹嬤嬤看出她神色恍惚，知道她是為了林芳懿的事所驚，不由上前道：「奶奶，人與人所追求的生活不同，您也不要對林昭儀此舉太過在意了。」

林夕落一怔，看向曹嬤嬤道：「那……那可是她的孩子！」

曹嬤嬤淡笑道：「林昭儀也知道那是她的孩子，可她心中沒有安全誕子的心，您讓她怎麼享受當母親的快樂？或許她覺得此時有孕會害她丟了命，所以才做出這樣的選擇，宮中之人的手段，不是一般人能想的。」

林夕落閉了眼，曹嬤嬤這番話語讓她的心更酸，「就要這樣狠嗎？」

曹嬤嬤微微點頭，「如今她不僅讓太子妃莫名受過，還會因小產受恩寵晉升品階。雖說沒了孩子，可她自己往前踏了一大步，這或許才是她想要的。」

「真是可怕！」林夕落的心在哆嗦，曹嬤嬤則感嘆道：「人，不都是為了活著嗎……活著……」

林夕落口中念叨著這兩個字，長舒一口氣，「可這般無情無義地活著，還不如死了。」

「您如今過得比眾人都好，有行衍公疼您，還誕下了小主子，眾人都是打心眼兒裡豔羨，您何必為此事思忖太多？」曹嬤嬤道：「路都是人選的，您覺得這樣的日子便知足，可對林昭儀來說，她所求的只有權勢，而非情分。」

林夕落點了頭，林芳懿的變化她早有體會，可卻沒有今日這般刻骨銘心，早先她來到此地時的種種行為和言談便已讓她吃驚，人與人不同，而她選了那一條路，就任她這般走下去吧。

曹嬤嬤又陪著林夕落敘談了宮中些許瑣事，林夕落的心情逐漸轉好，時辰過了許久，她也要出去應酬賓客。

戲唱罷了，酒席用過了，賓客散去，魏青岩才回到院子裡。林夕落想去住花園的後側院，魏青岩卻吩咐侍衛備好馬車，帶著她們母子行至後側院居住。

秋翠與冬荷、曹嬤嬤忙碌著屋中的收整，林夕落帶著孩子在床上歇著，魏青岩到後側院還未等落穩腳步說上兩句話，宣陽侯便派人來將他叫走，應是談論今日太子與齊獻王之事。

夜深人靜，林夕落餵過了小傢伙，曹嬤嬤便將孩子抱走，她獨自在床上躺著，卻不知何時睡了過去，待聽得屋中響起窸窸窣窣的聲音時，天色已經濛濛亮。

「青岩？」林夕落隨意嘀咕一聲，一雙大手將她抱入懷中，「醒了？」

「嗯。」林夕落窩在他懷裡，這一宿她睡得極不安穩，連夢境都離不開那驚心動魄的場景。

「再躺一會兒，稍後帶妳進宮。」魏青岩為她拽上了被子，林夕落猛然起身，驚愕道：「今兒就要進宮？不是要有宮嬤先來教習宮規？」

「昨晚已有宮監傳信兒，皇后傳見妳與小肉滾兒。」魏青岩的話語中也帶了幾分無奈，「不必害怕，有我在。」

林夕落點了頭又閉上眼睛，心卻在怦怦跳，皇后召見，可是與滿月宴發生的事有關嗎？

這又是一場考驗……

林夕落未能合眼多久便不安地起了身。

沐浴過後更衣裝扮，更是請了曹嬤嬤過來幫忙挑選儀容衣飾。

能否裝扮得端莊富貴林夕落並不知，但衣著配飾上不出錯才是最主要的。

曹嬤嬤也很用心，特別是在衣裳的選料和配飾的圖案、花紋上仔仔細細地打量，待確定無誤之後才鬆了口氣，「老奴用這條老命擔保，奶奶這身行頭絕對不違任何宮中的禁忌。」

「瞧妳說的，動不動就搭上命，人命可是值錢的！」林夕落笑著抱過孩子出了門，今兒這小傢伙兒也是特選的裝扮，著了一身團錦外套，就好似用料子包了一個肉球，甚是可愛。

魏青岩在外備好馬車，車上特意備了個搖籃，可以將小傢伙放進去。

馬車上晃晃悠悠，這小子睡得更香，魏青岩護著母子二人一同乘馬車，還讓林夕落先往腹中墊一點兒吃食，「稍後不知道要等多久，還是先用點兒吃的，免得餓著。進宮之後吃喝都要注意，能不碰就不碰。」

林夕落微微頷首，口中卻道：「連杯水也不可用？」

魏青岩果斷地搖頭，「不可以。」

「妾身知道了。」林夕落如此自稱，讓魏青岩有些驚訝，林夕落俏皮吐舌，「曹嬤嬤特意提醒的，讓我在外人面前要自稱妾身，否則容易被挑理。」

魏青岩笑著調侃道：「私下就不必如此稱呼了，與妳的性子實在不搭。」

林夕落冷哼地咬他一口，卻讓魏青岩哈哈大笑，連小傢伙都驚醒，睜了睜眼又睡過去。

馬車行了快一個時辰才至皇宮門口，魏青岩遞了腰牌，便在大門外等候傳召。

未過多久，便有太監傳召林夕落與魏文擎進宮，卻沒有提魏青岩的名字。

「我就在此處等你們出來，別怕。」魏青岩擁著她的肩膀送母子二人上了小轎，魏青岩拿過一個巴掌大的囊包塞入太監手中，小太監不敢收，連忙道：「這使不得……」

「拿著，有勞公公了！」魏青岩面色平淡，小太監只得連連道謝，當面吩咐其他人往小轎中墊了棉毯子，隨後吩咐人抬著往皇后的祈仁宮而去。

皇后此時正與太子妃在宮中說著昨兒在宣陽侯府的事。

太子妃哭成了淚人兒，自昨日被周青揚先行送回之後，她便在皇后的宮中跪了一個多時辰。

周青揚歸來之後，皇后與他私談許久便派人去送信兒道是今日要召見行衍公夫人與她的兒子，太子妃便在祈仁宮中侍奉一晚。

皇后思忖了一宿，今兒才開口問了太子妃昨兒的細節，可話匣子一開，她便哭個不停，訴著委屈：「……都是殿下吩咐的，臣妾抱那孩子看了看，那孩子卻正這時候出毛病，不過是嚇了一跳往後退一步罷了，孰料卻撞在了林昭儀身上，而她明明應該是後仰，卻往一旁倒去，臣妾是冤枉的！」

「依著妳的意思，她還有意給自己肚子裡的孩子摔沒了來嫁禍妳了？」皇后的語氣不鹹不淡，太子妃也不敢再說，「可那行衍公夫人可不是個規矩的人，臣妾依照殿下之意送了人過去，她還與臣妾直接頂撞，就是不肯收。」

「事情做得荒唐還有臉說？你們不知道皇上極是寵著行衍公嗎？那位行衍公之前是什麼名聲，跑到侯府上去跟他的家眷耀武揚威，本宮看妳這身分也擺不正了！也不是沒當過母妃的人，居然抱著孩子還能嚇一跳！」

皇后如此斥責，太子妃立即跪地道：「母后，並非是臣妾驚慌，而是……而是臣妾看那孩子嚇了一跳！」

「妳嚇什麼？那麼點兒的孩子！」皇后目光中透著不滿和厭惡，太子妃立即道：「那……那孩子的鎖骨處，有一個與太子殿下一模一樣的黑痣，臣妾當時看到便慌了，這……怎麼會長得一樣呢？」

太子妃這話說出，皇后呆愣一下，隨即如觸電似的，震驚地看著她，「妳確定？」

「臣妾哪敢對母后說假，千真萬確！」太子妃說完，皇后呆滯半晌，而此時外面的公公前來回稟：「回皇后娘娘、回太子妃，行衍公夫人到。」

皇后的手揚起，卻是猛然撂下道：「讓她在門口等著。」

公公一愣，隨即轉身去吩咐，太子妃有些不知所措，「母后，這……」

「此事本宮心中有數，但妳將太子的孩子給弄沒了，這事兒無論如何都是妳的錯兒，如若是林昭儀早已查出懷有身孕妳就是大罪，閉門思過三個月再來尋本宮說話。」

皇后一句話將此事定下，太子妃只得無奈告退，可轉身之餘她手中帕子絞成了結，心中咬牙道：林昭儀，本妃不會饒了妳！

太子妃離去，皇后卻還有些心驚。

魏青岩的孩子鎖骨上有一顆黑痣，周青揚也有，但讓皇后震驚的是……皇上的鎖骨上也有一顆黑痣！

這到底是怎麼回事？

皇后的腦子有些凌亂，魏青岩軍功卓越，軍權在握，肅文帝每次提及他都極為讚賞，她身為皇后自要多加重視，爭取為太子拉攏住人脈，否則德貴妃與齊獻王兩人雖不得文官之喜，但其手中軍權在握，她與太子也不敢輕易招惹。

可……可如今這魏青岩到底怎麼回事？

這件事讓皇后心中緩不過來，可沉寂之餘，林夕落在外抱著孩子等候召見的時間越來越長，已經快一個時辰過去，她還沒有得到皇后傳見。

祈仁宮中的太監們也覺奇怪，按說遞了腰牌皇后就傳了，應該早就召見了，怎麼行衍公夫人帶著孩子來許久，皇后還沒有動靜兒？也不見出什麼事啊，難道說是故意給行衍公夫人下馬威？可行衍公的爵位剛剛冊封，皇后不該這樣啊，這豈不是跟皇上過不去？

林夕落抱著孩子一個時辰，小傢伙倒是乖巧還睡著，除卻中途由宮女幫忙換了一次尿布之外，並沒有其他事，可架不住抱的時間太久，林夕落只覺得胳膊已酸麻不已，一旁的宮嬤取來了軟墊子，林夕落才將孩子放上，輕輕揉了揉手臂，心中也在納悶。

這是怎麼回事？依照魏青岩與曹嬤嬤所講，來向皇后謝恩不過是召見後問上幾句便罷，可如今看來，莫說是召見，單單晾她母子在此地一個時辰恐怕就不是個吉兆。

難道是為昨日太子與太子妃的事故意懲戒？

林夕落左思右想也只有這個理由才能對如今的狀況有解釋，否則還能為何？

太子與太子妃心胸真是狹隘，林夕落已在心中將此二人翻來覆去罵了不知多少遍……

外方忽有聲響，側殿角屋中的宮女與太監趕去門口磕頭迎候，林夕落有些迷糊，一旁的小太監連忙提醒：「是皇上駕到。」

林夕落嘆了口氣，她這又要等多久啊！

如若不是門口太監宣到，皇后還沉浸在思緒中，忽聽皇上駕到，慌亂之餘，即刻起身前迎，臉上的笑容都帶了幾分不自然。

肅文帝雖已年邁，可其直挺的脊背、鷹銳的眼眸所透出的王者氣場讓人不自覺地生出敬仰之心，皇后上前請安，肅文帝點了點頭，目光朝周圍看去，則是道：「不是說魏青岩的兒子在這兒嗎？人呢？」

魏青岩的兒子？皇后忽然呆傻，她剛剛為那件事沉思太久，忘了召見……

皇后立即看向身邊的太監，皺眉斥責：「行衍公夫人到了？怎麼沒有告知本宮？」

太監額頭冒汗，只得硬著頭皮當這個替罪羊，「剛剛奴才見皇后娘娘頭痛，便讓公爺夫人稍等片刻……」

「胡鬧！本宮今日特意召見，怎麼還不通傳？快去！」皇后一聲令下，太監匆匆退下。肅文帝並沒有在意，而是緩步進了屋中，皇后親自上前沏茶，心中更是驚愕。

皇上日理萬機，鮮少到後宮來，如今得知魏青岩的夫人帶著兒子進宮，卻好奇趕來，這……這件事讓皇后不敢再深想下去，可她心不在焉的模樣卻讓皇上看在眼中。

林夕落得了太監傳見，再次抱起小傢伙兒只覺得這胳膊快不是自個兒的了。

她跟著太監進宮，心裡只想著曹嬤嬤教習的規禮，皇宮偌大，走路不能抬頭亂看，小傢伙兒這會兒還恰恰醒來，伸著小手不停地抓著林夕落的衣襟要吃奶。

林夕落苦笑，什麼時候醒不好，偏偏趕在這個時候？這小祖宗還真是個添亂的胚子！

進入側殿之中，太監唱名，林夕落抱著孩子進去，只覺得面前高位上坐有兩人，跪地道：「臣妾林氏叩見皇上，皇上萬歲萬歲萬萬歲，叩見皇后娘娘，娘娘千歲……」

其上一聲蒼老的聲音命令道：「把孩子抱上來給朕瞧瞧！」

林夕落一怔，有點兒奇怪，皇后心中更驚，皇上來此一句話都不多說就要看這孩子？這……

陸公公從皇上身邊親自下來行至林夕落身旁，笑著道：「夫人，賞咱家個顏面，由咱家抱小公爺，可好？」

林夕落已見過陸公公多次，而每次魏青岩對他也甚是熱絡，自沒什麼不放心的。

將孩子放到陸公公懷中，林夕落輕聲囑咐道：「這小子脾氣渾……」

「夫人盡可放心。」陸公公沒有多說，而是捧著孩子就往正位上去。

肅文帝看到襁褓中的小腦袋，臉上笑意甚濃，待看到那雙大眼睛正滴溜滴溜地看著他，那股威嚴的氣勢減弱，好似呵護孩童的年邁老人。

皇后眼見如此，不由多打量了幾眼林夕落，見她跪在地上還未起身，也將目光看向小傢伙。

小傢伙餓，小傢伙很餓。

本是應該到了吃奶的時辰，卻有幾張陌生的臉孔在眼前晃來晃去，臉上多了幾分不耐煩，小手揮來揮去，嗓門嗷嗷地亂嚷，這小模樣倒是把皇上逗樂了，「這小子脾氣還挺厲害，才滿月的功夫就跟朕喊上了！」

林夕落驚悚不已，只聽陸公公道：「小公爺也是跟皇上親，在喊皇上萬歲呢！」

「哈哈，給朕抱抱！」皇上欲伸手接孩子，卻是把皇后嚇了一大跳，「皇上？」他可是連自己的孫子都沒抱過幾回……

肅文帝不理，陸公公將孩子放到他手中，小傢伙又被換了地兒，小手一伸，正拽了肅文帝的鬍子，肅文帝卻是在笑，伸手碰碰他噘起的小嘴兒，小傢伙拿他的手當成吃的，小嘴吧嗒吧嗒舔個不停。

皇后心裡很複雜，可看著肅文帝心情如此好，也不敢出言破壞這氣氛，只得道：「皇上，讓臣妾也看看這孩子？」

肅文帝點頭，「可他不放開朕的手了。」

皇后有些不是滋味兒……

小傢伙舔半天依舊沒吃的，不由得扯嗓門兒大嚎幾聲，小身子拚命地扭，倒是讓肅文帝有些手忙腳亂，卻仍老懷欣慰。

皇后連忙將孩子接過，可肅文帝沒鬆手，她這一拽，直接將外面包裹的被子給扯掉，小傢伙好似認準了皇上的鬍子，一把拽了好幾根。

肅文帝「哎喲」一聲，陸公公連忙上前去抱，可肅文帝沒鬆手，正把小傢伙的衣裳扯開。

陸公公心中一驚，只見肅文帝的笑容消失，因為他看到了小傢伙鎖骨處的那一顆黑痣。

皇后眼見如此，心慌跪地道：「皇上，孩子年幼難免失禮，請皇上不要怪罪……」

林夕落也嚇了一跳，她就跪在這裡等著的功夫，這小子又幹什麼壞事了？

耳聽皇后如此說，林夕落也顧不得什麼規禮，下意識抬頭看著，卻見皇上舉著小傢伙盯著看，這模樣讓林夕落的心從嗓子眼兒裡蹦出來，即刻道：「皇上恕罪！」

「都起來吧，有什麼錯。」肅文帝將孩子遞給了陸公公，口中道：「……這孩子合朕的心意，朕很喜歡他。」

皇后心中冰冷，心思雜亂，肅文帝看向林夕落已有些顫抖，緩緩言道：「起來吧，聽說妳喜好玩雕刀一類的物件，前些時日福陵王送了朕一件『吉祥如意』的紙鎮，朕很是喜歡。」

林夕落沒想到肅文帝會忽然提及雕藝，連忙道：「臣妾罪過，也正在修習禮規、德言容功，公爺寬容大度，容得臣妾做這等違禮之習……」

林夕落這番話卻讓肅文帝笑了，「行了行了，不必把教條禮規擺上來，魏青岩的性子朕最清楚，遵規守禮的宅院閨女他不見得喜歡，妳縱使再跋扈潑辣，不守教理，但妳為他誕下個好兒子，這就是大大的功勞！」

「謝皇上體諒。」林夕落這一說，皇后插話道：「妳倒是會順桿爬……」

林夕落一怔，連忙道：「謝皇后體恤。」

皇后一怔，無奈無語，皇上逗了逗魏文擎，便是道：「帶著孩子去吧，行衍公在宮門外等了近兩個時辰，也等煩了，如若再不放你母子出去，他要闖進宮來向朕要人了。」

肅文帝這話一出，卻讓皇后嚇了一跳，難不成……難不成皇上是特意來祈仁宮的？

不理皇后臉上的驚慌之色，肅文帝擺手讓陸公公送她母子二人離去。林夕落鬆了口氣，抱著小傢伙向肅文帝與皇后謝恩之後便起身離去。

皇后有話想解釋，孰料未等開口，肅文帝已道：「皇后，妳與朕許久沒對坐單獨吃上一頓飯了，妳今兒陪一陪朕，朕老了，不知還能喜樂多久，只想多笑一笑，不想再理那些煩躁的事。」

「皇上身體康健，長命百歲，能陪伴皇上是臣妾的福氣。」皇后驚喜、複雜交織，吩咐人去籌備午膳，心中感嘆，要叮囑周青揚好生拉攏魏青岩了……

林夕落抱著孩子離開祈仁宮，陸公公一直送母子到宮門口，在小轎上林夕落便已餵了小傢伙，下了小轎之時，小傢伙已經睡了過去。

魏青岩在宮門外等得焦急難耐，已經不知問過魏海多少遍時辰，心中打定主意，如若在午時還不出來，他便要尋個理由進宮去找，正盤算之餘，宮門打開，見陸公公出來，魏青岩立即衝了上去，毫無寒暄之詞，只道：「陸公公，夫人和孩子可好？」

「哎喲，您輕點兒，咱家的老骨頭要被您晃悠散了！」陸公公這一說，魏青岩忙鬆手，一旁的小轎撩起了簾子，魏青岩看到林夕落抱著孩子出來，一顆心猛然放下，卻是讓陸公公笑了，「剛剛皇上還說，若再不放夫人和小公爺離去，您就要闖進宮要人了，皇上果然慧眼如炬！」

「嗯？」魏青岩沒反應過來，「皇上？」

林夕落走過來，魏青岩接過孩子，林夕落笑著向陸公公行了禮，隨即道：「皇上正在皇后宮中，見到孩子了。」

魏青岩的臉色有些複雜，陸公公則道：「小公爺的脾氣可真是厲害，還拔掉了皇上好幾根鬍子，將來定是一員大將，青出於藍而勝於藍，行衍公好福氣啊！」

陸公公的話讓魏青岩明白其意，即刻道謝，陸公公也不再多敘，只道回去侍奉便已離去。

林夕落也是剛剛聽陸公公說起才知道這小子拔了皇上的鬍子，忙拍著胸脯道：「這小子，就沒個不闖禍的時候！」

魏青岩看著孩子，笑容有些不自然，「累壞妳了。」

「不累。」林夕落瞧出他神色不對，便道：「你怎麼了？」

魏青岩嘆口氣，擁她入懷，「上了馬車再說。」

林夕落點頭，在宮中等了許久又跪了許久，她這兩條腿已有些浮腫，一邁步險些摔了。

魏青岩連忙扶住，更是心疼，大手一揮，將她扛了身上，往馬車處走去。

「快放下……這麼多人！」

林夕落餘光看著皇宮側門處的皇衛和侯府的侍衛全都在笑，一張臉如紫茄子一般。

魏青岩的手更緊，直接將他們母子二人全都送上了馬車，才吩咐道：「出城，去玄花谷。」

肆之章◆身世隱祕難分說

玄花谷是幽州城外一處景致優美之地，因四面環山，山上翠松綠林，每逢春季二月，整個山谷會開滿淡紫色的玄花，故而命名為玄花谷。

魏青岩的生母便葬在此地。

這一路上，魏青岩都沉默無語，林夕落只覺得這幾日的事情讓人無法理解，今日得見皇上與皇后更是奇怪，但她沒有開口相問，只等著魏青岩自己來說。

他是個心思很重的人，若不想說，怎麼問他都不會開口。

在馬車上用了點兒糕點和暖飲，魏青岩才抱著兩人下了馬車，又讓魏海率侍衛在周邊守護，便帶著林夕落母子往山谷中的墓地而去。

團花叢中豎起一個高大的墓碑，其上名諱沒有出身，只有「母：董氏」題字，落款為：「子：青岩」，卒日乃是魏青岩的生辰之日……

林夕落看著他高大的背影略有些顫抖，隨後跪地磕了三個頭，口中道：「娘，我帶著媳婦兒和兒子來看您了，兒子不孝，不能為您正名，您……您不要怪兒子。」

魏青岩的話讓林夕落吃驚，不能正名？這是什麼意思？這不是宣陽侯的姨娘嗎？還有什麼正名之事？

林夕落納罕之餘，魏青岩回身道：「夕落，帶著孩子磕頭吧。」

林夕落沒有多問，抱著孩子跪地磕了三個頭，還用帕子掃去墓碑上的塵土，撒上花瓣兒。

魏青岩一直跪在墓碑之前，半晌才道：「妳一直很奇怪為何我與侯爺之間無父子之情，也可說好似仇人，我現在就告訴妳，因為我的生母便是他親手殺的。」

林夕落心中大驚。

他……侯爺親手殺的？他的生母不是因難產而死嗎？

「青岩……」林夕落輕喚一聲，魏青岩的雙拳觸地，沉默不語。

她不敢再開口探問，只由他獨自靜思。她的心中很亂，這到底是怎麼回事？

魏青岩沉默許久，大手伸向背後，攬過這母子二人於自己懷中，坐在玄花谷的花叢之中，講述著他的身世。

「我的生母出身於邊陲地區，外祖是邊陲之地的守將，因跟隨過侯爺，故而將生母送與他為侍妾。未過多久，侯爺立下軍功，正在等候封賞，那時皇上便選他護駕出巡，他帶了我的生母隨侍。」

魏青岩看向林夕落，「生母歸來便已有了身孕，侯爺將她禁在院中，只命數人看管，待生下我之後，侯爺親手處死了我的生母，以難產為由，將所有隨侍的丫鬟婆子全部處斬，然後由著我自生自滅，只有一個年邁的老人照看著我。」

「沒有吃的，沒有喝的，也不允我讀書，更不允我習武，就好像這草叢中的一隻螞蟻，已經懶得踩死我。我一直以為因我是庶子才會這樣，直至我拚出侯府，得見皇上，屢屢以命去搏戰功，以為能就此揚名，活出一片自己的天地，孰料前任夫人有孕，我在戰場上只得了個死訊，連屍首都未能見到。」

「我一直懵懂不明，在苦苦尋求答案，可這些答案，卻是在撫育我成長的那位老人過世時才得到一個解釋，因為我不是侯爺的親生兒子。」

魏青岩這話一說出，林夕落的眼睛險些瞪了出來。

不……不是侯爺的親生兒子？那……那是誰？

見林夕落驚詫，魏青岩的臉上湧起自嘲的淡笑，「妳怕了嗎？」

「不要說了。」林夕落的眼眶有些紅潤，他說出這樣的話，豈不是拿刀在剜自己的心？

魏青岩搖頭，「讓我說完。」

林夕落攥著他的大手，他磁性的聲音帶了股子滄桑疲憊的沙啞：「那時我很迷茫，我覺得自己就是被孤立之人，開始自閉，開始癲狂，只求身死沙場尋一英烈之名，而不是在侯府窩囊等死，可有一次我任皇上的貼身護衛，隨他御駕親征負傷，皇上親自探望我時，便盯著我不放。那一次，他連夜派人將侯爺傳召而去，談了一夜，翌日開始我就得到重用，可我不知道為何得到重用，於是開始宣揚跋扈，誰都不放於眼中。」

「起初會覺得是自己有本事才得皇寵，而後我發現，無論我做什麼，皇上都會包容我、包庇我，即便我將太子與齊獻王不放在眼中，他也縱容，我便開始迷茫了，開始探查我的身世，可是知道的人，除了侯爺之外，全都死了……」

「全都死了……」魏青岩重複這句時，表情極為凝重，「如今我不需要再去探知自己的身世，因為不言而明了……」

林夕落呆傻在原地。

如此解釋，她終於明白宣陽侯為何對魏青岩甚是苛刻，也明白他們父子之間出現的種種異於常人的關係。

依照魏青岩所說，能讓宣陽侯髮髻染綠仍不敢下殺手之人恐怕只有肅文帝了……

魏青岩居然是皇上的私生子！

想起肅文帝對魏青岩的大力封賞，想起肅文帝見到孩子時的種種情景，林夕落只覺得這一切都能解釋得通，可一切又好似是一場夢一樣，不敢相信，可事實就是如此。

想起最初跟隨魏青岩時，他淡漠地跟著自己家人一同用飯時所透露的期待，他任由自己與他爭吵也不厭煩，無非就是孤寂的人在尋求平淡的生活。

他喜好教習林天詡，因為他頭腦簡單，只有喜與不喜；他喜歡聽胡氏喋喋不休的嘮叨，因為他期待體會母親的照料；他喜歡與林政孝談古論今，因為他期待一個父親的慈愛……

這一切不也曾是她渴求的嗎？這一世她得到了，可他，卻是一個處在迷霧中不能自拔的人。

他的人生已經沒有了方向……

「青岩，你有我，還有孩子。」林夕落不知能說什麼，心中只有這個念頭。

魏青岩將她抱於懷中，淡笑道：「我有妳有他，你們為我指明了方向，否則我寧肯做一刑剋嗜血的人，也不願苟且無助偷生。」

「可……可太子知道嗎？齊獻王知道嗎？」林夕落猛然想起這幾個人，他們都是威脅魏青岩的人，如若知道事情的真相，魏青岩豈不是很危險？

魏青岩搖頭，「應該不知道，但也會對皇上寵我頗有微詞，所以，我要出征了。」

「你還是要出征？」林夕落心驚，揪著他的衣襟道：「我怎麼辦？孩子呢？封你為行衍公是皇上之意，他們心中不滿為何不去與皇上說去？何必要你用命去搏？」

魏青岩淡笑，摸著她白皙的面龐，掐了一把孩子的肉臉，「我的出生由不得我自己，我活下來由不得我自己，可現在我要為自己活一次，也為妳為臭小子搏安穩的生活。丫頭，妳跟他是我這輩子唯一的親人了。」

林夕落的淚珠掉了下來，拳頭捶了他的肩膀幾下，「討厭，又惹哭我！」

「別哭。」魏青岩抹著她臉上的淚珠兒，眼中滿是寵愛，「這輩子有妳，我已經知足了，妳不要離開我……」

團團花海之中，遍地芳香，他、她，還有襁褓中的小傢伙兒，就這樣依偎在一起。

鳥兒傾訴著豔羨，在空中盤旋鳴啼；微風拂過，花瓣飄起，好似一場淡紫色的雨，紛紛揚揚，甚是絢麗。

她第一次走進他的心底深處，儘管氣氛憂傷，可她卻篤定，這輩子她一定要成為修復他心中傷痕的女人。

就在魏青岩帶著林夕落於玄花谷祭奠生母與講述身世的同時，皇宮之中，與肅文帝一同用過午膳的皇后急忙將周青揚叫了過去。

母子二人談了片刻，她雖沒有告訴周青揚事情的真相，可千叮嚀萬囑咐地讓他拉攏好魏青岩，不要再私下動手，以免惹怒皇上。這番說辭卻讓周青揚迷茫了。

按照周青揚最初的想法，他的麾下文官當重，缺的唯獨是武將官員，如若能得到幾名手握軍權之人，他的太子之位自當穩牢，可皇上行巡西北修建行宮讓他任監國之時，他的確蠢蠢欲動待不住了。

那時操之過急，逼迫宣陽侯未成，如今又與魏青岩劃開界限，如今再去拉攏怎能輕易辦到？可瞧著母后對此事極為看重，周青揚也只得答應下來，而後尋身邊幾位幕僚好生詳談。

齊獻王對此事卻沒有半點兒反應，仍是盯著林綺蘭的肚子，更是各地尋人診脈看是生男還是生女，他如若無後，那一切都是扯淡，再能握住軍權又有何用？

德貴妃的娘家雖然是手握軍權的重臣，可他光桿一個，連繼承王位的人都沒有，但凡是長了腦袋的人都要換一扶持的人選。

齊獻王被德貴妃揪去訓斥多次，他也逐漸意識到這個問題，所以他現在的任務就是三個字：生兒子！

故而，齊獻王對於魏青岩的事也不太放在心上，凡事都在等生了兒子之後再議不遲。

宣陽侯府之中，侯夫人心浮氣躁，已是氣得不行，昨日太子妃送來的奶娘和女人，她本是讓花嬤嬤全都帶去筱福居訓導，孰料林夕落派了侍衛去把守，而後直接將人帶走，連個招呼都沒有與她打，還把她這位侯夫人放在眼中嗎？

如今林夕落成為一品誥命，又是行衍公夫人，比她這位侯夫人的品級高上兩等，可她如今不還是住在宣陽侯府嗎？

有魏青岩橫在這裡，宣陽侯府哪裡還有出頭之日？但凡是個人過得就尷尬，想著剛剛訓了魏青羽一頓，這卻是一灘扶不上牆的爛泥，只說都是兄弟，魏青岩榮耀他們臉上也有光。

有什麼光？所有的光彩都被他給壓了下去！

侯夫人連喘著粗氣，只覺得心口好似有一塊大石堵著，這件事他如若不尋宣陽侯說個明白，實在難受，便讓花嬤嬤相陪，朝向宣陽侯的書房而去。花嬤嬤著實無奈，侯夫人要麼就隱忍不動，這才出了院子沒幾日，已無法忍住虛華的傲氣，又開始不消停了。

行至宣陽侯的書房，侯夫人也沒讓侍衛通稟：「誰在裡頭？」

「侯爺與三爺。」

侯夫人點了頭，「不必通稟，我自己過去即可。」

侍衛領命，侯夫人由花嬤嬤攙扶著往前走，可行至門口未等敲門，就聽宣陽侯的聲音傳出道：「不能讓他出征，如若他出征的話，本侯手中的軍權會被皇上下令調走。」

「父親，這又有何不同？」

宣陽侯的聲音甚是沉悶：「不一樣了，皇上今日召我入宮，已經問起了行衍公府修建之事，這是在逼著本侯讓位了……」

侯夫人站在門口半晌，沒有進去見宣陽侯。

雖然心中懵懂他所遇上的困惑，可再去說規禮二字又有何用？

何況侯夫人不是傻子，她聽得出宣陽侯不願讓魏青岩離開侯府，也是不願意讓位。讓位？侯夫人想不明白，但她知道魏青岩如若出征，宣陽侯手中的軍權會有鬆動，她要仔細地想一想這事情該怎麼辦了。

林芳懿在三日過後被提為康嬪，雖是嬪級最低的一等，但在太子的女人之中已經位列在前。

林夕落聽了這個消息之後，心裡莫名惆悵，腦中想著林芳懿小產時攥她手說的那些話，她的確是做到了，成功了，可……

身不由己並非命中註定，也是她自己尋的吧！

對林芳懿的事，林夕落不願多想，滿月過後，她可以離開屋子在外活動了，而此時已陰曆五月，進入初夏時節，丫鬟婆子們在籌備著換新裝，當初坐月子的屋子也要重新收拾一番。

秋翠看著窗邊上的床，偷偷地問曹嬤嬤：「這個是不是可以搬走了？」

見她臉色羞紅，帶著點兒少女的懵懂，曹嬤嬤笑道：「這事兒老奴可不知道，要問問喬太醫。」

秋翠吐了舌頭，「這我怎去問？」

「這事兒用不著妳急。」曹嬤嬤朝著窗外使了眼色，「自然有人更急。」

秋翠順著她的眼神往外看，正瞧見魏青岩與喬高升在院子中敘談，而未過多久，喬高升便跟進屋中為林夕落探脈。

林夕落的臉如同熟透的大紅石榴，連伸去請喬高升探脈的手都帶著紅潤的顏色。魏青岩眼中含笑地看著她，林夕落卻不敢抬頭，而小傢伙在床上咿咿呀呀地叫著。喬高升探脈沉了片刻，便是道：「夫人的身體恢復得甚好，但也仍需調養一番，過上三月……」

林夕落心一跳，還得三個月？她立即看向魏青岩，魏青岩的笑容也有些僵滯，催促道：「三個月怎樣？」

喬高升沒看到兩人臉上的尷尬，低頭斟酌道：「保險起見，還是五個月為好，五個月之後便可再考慮生第二位小主子了！」

魏青岩這一口長氣才喘過來，憋得咳嗽不止，為了掩飾尷尬便背過身去。林夕落擔憂的目光立即變為銳刺，想刺兒喬高升兩句，可這事又沒法開口，支支吾吾半晌，沒想好能說什麼，只憋出一句道：「我又不是母豬，誰這麼早就要生第二個！」

喬高升看向魏青岩，卻見他臉上沒什麼表情，隨即反應過來，連忙道：「那就不必算計時間了，奶奶如今的身子已經可以同房了，只是要注意力度……」

這句話沒等說完，魏青岩立即拽著喬高升往外走，「我們出去談。」

林夕落整個人傻在原地，如同煮熟的蝦子，而一旁冬荷、秋翠、曹嬤嬤也都忍不住笑，林夕落「嗷」的一聲便鑽進了被子裡，羞得再也不想出來了。

丟死人了！這個喬高升，就不能含蓄著說嗎？

中午與魏青岩一同用過午飯，林夕落的臉上的紅潤都未能褪去多少，可少婦豐腴之姿讓魏青岩忍不住蠢蠢欲動，如若是林夕落孕期之時，他看著她只有照料呵護，如今就好似在嘴邊上的美味佳餚，看著就忍不住想咬上兩口。

可青天白日，離黑天還有許久，總不能喬高升剛離去，他們就關門拉簾兒溫存吧？

如今也是有兒子的人了，要做出淡定的姿態，可這種姿態太難熬了……

餵過孩子，曹嬤嬤便哄著他去睡，魏青岩牽著林夕落的小手陪她在院子裡散步。

沒人說話，無聲勝有聲，林夕落也不絮叨，自前去玄花谷歸來之後她便如此。

若說之前對魏青岩時而遮遮掩掩不願說的表現，她心中的確有些小埋怨，可自從他說出那些陳年辛酸之事後，她只覺得不需再多問。

連那般隱祕的事，他都已經告知她，原本阻隔兩人的那一條線被徹底撕斷。她已能夠體會到他的喜憂，而此時這種淡淡的溫馨，更讓她感到滿足。

靜謐的祥和總要有人來打破，遠處傳來匆匆的腳步聲，讓林夕落從甜蜜的回味中拔身出來。

魏海見到兩人在此，立即上前回稟道：「大人，太子殿下送了信來，還派了吳棣在門口求見，您是見還是不見？」

魏青岩接過信，看過之後思忖一會兒，便道：「吳棣我不見了，告訴他我走不開，去取紙筆來，我遞一份摺子，你送去給侯爺。」

魏海即刻吩咐侍衛去辦，林夕落看他道：「可是要回去？」

「不必，就在此地行字即可。」魏青岩攥著她的小手和肉嫩的胳膊，「為我研墨？」

林夕落點了頭，而未過多久，桌椅筆墨已經擺好，魏青岩心中揣摩措辭，林夕落研墨潤筆，鋪好紙張之後，魏青岩提筆揮就。

他沒有避開林夕落，林夕落看到他所寫之事是上摺提請吳棣任大將軍，赴邊境與咸池國交戰。紙張晾乾，遞給了魏海，魏海則道：「大人，您還不肯上朝嗎？」

「皇上還未下令駁了我的休假之期，我為何要起早上朝？那不是吃飽了撐著？」

「可……」魏海端著摺子，「可皇上不是在等著您去請戰嗎？您要把戰功讓給吳棣？」

「侯爺怕我出征奪軍權，太子親自寫信致歉，攪和了我兒子的滿月禮，而吳棣就在侯府門前，我此舉不正合所有人之意？」魏青岩說完，魏海硬擠一句：「就是不合聖意。」

「去吧，別囉嗦。」魏青岩不聽他嘮叨，將他攆走，魏海也知勸慰不動，便送信而去。

林夕落聽著兩人敘談之事，不由道：「可是為了我與孩子？」之前他已經說過要出征，可今兒就變了心思嗎？

魏青岩搖頭，「時機不對。」見她抬頭看向自己的眼神中掛滿了擔憂，魏青岩如小雞啄米般在她嘴唇上輕吻一口，「也想多陪陪妳。」

林夕落臉上露笑，將小手伸進他的大手之中，拽著他繼續在園子中散步。

宣陽侯看到魏青岩上表的摺子，欣慰地嘆了口氣，即刻更衣進宮去見皇上。

而此時周青揚正聽著吳棣在抱怨魏青岩不給顏面，眉頭皺緊卻也無奈。

「連微臣親自去見他，他都不肯露一面，哪怕是寒暄兩句也是給殿下臉面，如今這事傳出，誰見了微臣都是嘲笑的面孔，這張臉徹底丟盡了！殿下，微臣明日早朝便親自請戰，皇上如若不允，微臣便跪地不起，這一口氣，微臣一定要出！」

周青揚也無心多想，只安撫道：「他就是那個脾氣，何必與他一般見識？」

「微臣也承認行衍公有幾分本事，早些年邊境大戰他屢屢告捷，可打仗又不是靠他一人就成的，如此恃才傲物，目中無人，實在欺人太甚！」吳棣火冒三丈，想起侯府侍衛告知魏青岩不見他，而後關門的情景，他就快氣炸了。

魏青岩，老子一定要你好看！

「吳棣，軍中一向以戰功說話，你也是軍中老將，為父皇立過汗馬功勞，父皇的脾氣你也知道，你越是威逼請戰，他……他恐怕越不會答應。」

周青揚也著實無奈，他雖身為太子，可手不能伸得過長，否則被皇上發覺，他沒好果子吃。

吳棣只覺胸口沉悶，捶了幾下道：「那微臣該如何辦？」

「本宮自會再請幕僚商議，稍後再給你答覆。」周青揚此時只想靜一靜，皇后已經千叮嚀萬囑咐他不要在此時跟魏青岩針鋒相對，可他又想讓吳棣在這一次征戰上擁攬兵權，在軍中為他拉攏一批人。

這事情不好平衡，他要仔細想一想。

「稍後？稍後魏青岩都已請戰離去，那些文官們的破嘴有個鳥用！」吳棣開始口無遮攔。

周青揚面色沉冷，當即斥道：「吳大將軍，注意言辭！」

吳棣覺出不對，立即拱手致歉，「微臣也是急火攻心，殿下不要怪罪。」

周青揚冷哼一聲，繼續思考，而此時有人前來回稟：「回殿下，皇上已經下令旨官擬旨，明日早朝宣吳棣大將軍率軍遠赴邊境征戰咸池國與烏梁國。」

「嗯？」周青揚驚喜，可更納罕為何皇上忽然變卦，不由問道：「可知是誰提議得皇上應允？」

「宣陽侯在宮中上奏摺，是行衍公建言。」

魏青岩？吳棣只覺得臉上火辣辣的疼痛，咬牙道：「我一定要大勝歸來，讓魏青岩在我的腳下為我慶功！」

而此時肅文帝也大怒：「他就是不肯合朕意，就是不肯！朕倒要看一看，他要等到什麼時候！」

儘管皇上大怒，但宣旨指派吳棣率軍出征，宣陽侯便很欣慰。

但皇上對魏青岩發了火，宣陽侯也說不明白自己心中是何種想法，極其矛盾。

可這種心情他只能隱藏心底，不敢與任何一個人說，甚至連說夢話都不敢透露。這種感覺實在是難以忍受，是他二十多年來的夢魘。如今要走出這個夢境，他卻十分害怕。

終歸是撫育了多年的孩子，他害怕魏青岩某日得知真相會恨他，雖說如今父子之間已經鮮少有

「情分」在，可他一直格外關注魏青岩。

他害怕魏青岩有成就，因為他的功成名就會讓肅文帝驕傲，更是懸在他脖頸上的一把刀。

可每當眾人在他面前誇讚魏青岩時，他的內心深處也有幾分自豪，因為在外人眼中，這是他的兒子。

肅文帝在多年之前對此並無私心，可如今他已年邁，逼迫宣陽侯退位，逼迫魏青岩脫離侯府遠離他，甚至與他情斷義絕才更合聖意，宣陽侯的心裡怎能舒坦得了？

魏青岩為人冷漠，可他為宣陽侯府的確增添了無限榮耀，但宣陽侯不敢將軍權交與他，肅文帝如今就是要讓魏青岩把控軍權，脫離侯府，可軍權交與魏青岩，他這侯府不就成為一個空殼子了？

雖說肅文帝不會與魏青岩相認，也不會承認這是他的兒子，但宣陽侯的內心深處已經察覺到魏青岩對自己身世的探究，故而他不會冒這個險。

即便魏青岩知道他不是自己的親生兒子卻仍力助侯府，他也不會冒這個險。

誰讓……誰讓他不是自己的骨血？

宣陽侯想到此不由嘆了口氣，當初他為何不直接將那個女人和其腹中之子全都處死？

本是怕肅文帝惦念這個女人而不敢下手，卻不知肅文帝不過一夜之情便棄之不顧，留下這樣一個孩子成為宣陽侯府的噩夢。

魏青岩就是個噩夢，否則他也不會葬送他兒子和孫子的命。

想到此處，宣陽侯對魏青岩的愧疚之心淡去，他要穩住宣陽侯府的軍權，為他的子孫後代立一片天地。

宣陽侯緩步離開皇宮，而此時魏青岩正在聽著魏海的回稟：「……皇上已經下旨，命吳棣為大將軍，副將與參軍等位也未用侯爺麾下之人，五品以下軍將之職允吳棣自行任命，只要勝之結果，如若戰敗，自盡謝罪。」

「齊獻王那方有什麼反應？」魏青岩問過後，魏海搖頭，「沒有任何反應。」

魏青岩不由輕笑，「那就等著聽消息吧，如此安排，眾人都滿意了，我也圓了太子的顏面，豈不都樂哉？」

「大人就這麼等著了？」魏海吃驚，魏青岩肯定地點頭，「等，等吳棣戰敗的消息！」

林夕落將喬高升新開的藥方所熬製的藥喝入口中，冬荷來回稟水已經放好，便侍奉林夕落去淨房沐浴。

前幾日沐浴更衣是為應承孩子的滿月禮，而今晚的沐浴卻是為了魏青岩。褪去衣物邁入水中，林夕落只覺得渾身發燙，連溫潤的水都消不去她心中的火熱。

想著魏青岩寬闊的背脊，林夕落的臉色不由得紅潤起來，可摸著自己胖圓了的胳膊和腰上贅肉，便翻了白眼，「怎麼還瘦不下去？」

冬荷在一旁道：「五爺說了，奶奶這樣豐滿，美。」

林夕落白她一眼，「妳這丫頭也開始嘴皮子耍滑了，改天尋個人把妳嫁出去，讓妳還不在這兒調侃我！」

冬荷不怕，「奴婢嫁了，您就沒有可心的人在身邊陪著了，您捨得嗎？」

「那也不能耽擱妳，妳不小了。」林夕落想起冬荷的年紀，「可有相中之人？我為妳作主。」

「沒有！」冬荷嚷道：「奴婢可不嫁人！」

「還能當一輩子姑子？」林夕落撇嘴，上下打量著冬荷，更是停留在敏感之處，把冬荷看得滿臉通紅，用手臂擋著。

林夕落狡黠一笑，「再不肯嫁，讓爺收了妳！」

「才不要，奴婢還是嫁了吧，可不做您記恨的人。」冬荷對林夕落玩笑般的話語可是入了心，仔細尋思著她也沒有逾越之舉，怎被惦記上了？

「那妳說，妳喜歡哪一個？」林夕落見她當了真，趕緊轉移話題。

冬荷面色羞赧，卻是搖頭，「還未遇上，如若遇上合適的，奴婢就請您作主了。」

「羞成這副模樣了，定是心中有人，不願說罷了，何時妳忍不住了再告訴我。」林夕落說罷便專心沐浴，冬荷的思緒飄至遠處，忽然憶起那一天晚間她起身時看到一黑衣人影在向五爺和奶奶回稟事。

那平淡的聲音、姿態和一雙犀利的眼睛讓她久久不能忘懷。

可她對誰都沒有提起，她根本不知道那個人叫什麼名字，也沒看清他的長相，能怎麼說呢？

如若林夕落知道冬荷心中之人是薛一，她一定會被嚇到。

但冬荷不提，林夕落也無心細問，只在沐浴過後披上外衣，緩緩朝著屋內走去……

冬荷收拾好物件行步出門外，又拿起了手中的繡籃，坐在門口舉著繡筆在一絲一絲地勾勒圖樣，殊不知她糊裡糊塗地便勾勒出腦海中的模樣。

她嚇了一跳，趕緊拆掉，孰料針腳細密，即便拆掉這塊布料也無法再用了。

冬荷心中惋惜，將其扔至一旁，繼續尋了新的圖案再勾樣子，卻不知那扔掉的布樣憑空消失，落入他人手中……

另一邊，魏青岩躺在床上，看到披著薄紗褶衫而來的林夕落，不由投去目光。

薄紗遮不住其內豔麗的抹胸，一對粉光潤彩、豐腴飽滿的雙峰隨著她腳步挪動也微微顫動著，光滑柔潤的肌膚半遮半掩，讓魏青岩情不自禁地嚥了口唾沫。

林夕落走得很慢，看著他炙熱的目光，臉上的紅潤更深一分，可這種奇妙的時刻她該說點兒什麼呢？

「啊！」未等思忖明白，她已被他拽上了床壓在身下，聽著他粗重的喘息和口乾舌燥的模樣，倒是笑了起來。

魏青岩的大手探入衣內，林夕落隨著他的動作發出低低的輕吟聲，雙手摟著他的脖頸，嬌斥道：「慢點兒……」

魏青岩輕應一聲，大手在她身上來回摩挲，覺出她胸前的紅豆挺立起來，熱吻越發向下，又將她身上僅存的薄紗扯去。林夕落驚呼，拽過手邊的被子遮住羞處，卻被魏青岩一把抓住扔至地上。

赤裸地晾著，林夕落全身羞紅，縮了起來，圓潤的曲線更激起魏青岩的慾望……

雖不是新婚之日，可時隔許久才得同房，猶如小別勝新婚，林夕落渾身酥軟，將腿盤在了他的身上，微眯的俏眼看著他炙熱的眼神，忍不住傾前輕啄一口。魏青岩雄昂挺入，合二為一。

嬌嗔的聲音蕩漾開來，帷幔輕搖，一曲良宵夜景奏響。

窗外，除卻清鳴的鳥蟲之外，還有一人在角落中看著門前的冬荷一針一針地繡著圖案，直至天色泛亮……

翌日清晨，林夕落醒來時已是太陽高升，雖不知是什麼時辰，但她賴著不想起來。

她不想，卻有人急，譬如等著吃奶的小傢伙……

曹嬤嬤見林夕落閉著眼睛餵奶，一臉疲憊的倦色中還透著未消去的紅潤溫存，不由笑著道：「得快些請個奶娘了。」

「嗯。」林夕落依舊沒睜開眼，「暫時還餵得了小肉滾兒，尋奶娘也得找到妥當的人，三嫂已經幫忙在找，卻都沒尋到合適的，也是最近府中事情多，顧不過來了。」

「老奴稍後就去和三奶奶再說一聲，估計三奶奶怕小主子挨餓，也會抓緊辦這件事。」曹嬤嬤說完，林夕落又「嗯」了一聲，而後反應「挨餓」？這是從何說起？

睜開眼睛看著曹嬤嬤，卻見到她臉上不言而喻的笑，林夕落登時紅了臉，鑽了被窩裡不出來。

冬荷端來早飯，卻見林夕落蒙頭不語，曹嬤嬤拽著被子道：「別悶壞了小主子。」

林夕落噘嘴道：「笑話吧，反正也是嫁了的人了，不怕笑話。」

冬荷不明說的是何事，目光中透著懵懂，林夕落見她小臉略憔悴，則是道：「沒休息好？」

「無事。」冬荷忙擺手，「只是這幾天小日子不舒服。」

「妳不舒服就讓秋翠、秋紅或者青葉過來，不必一個人忙碌。」林夕落開了口，冬荷即刻道謝，而未過多久，魏青岩從外歸來便召喚侍衛做事，林夕落見他臉上喜意濃濃地進入屋中，急問道：「何事這麼高興？」

「泊言後日大婚，妳忘了？」

「喲！」林夕落呼了一聲，隨即面色愧疚，「我還真給忘了，還缺什麼物事？」

「早已吩咐人籌備完畢，唐永烈也官復原職，大婚之日自當有眾人齊賀。」魏青岩看著她道：「岳父與岳母大人自然要去，我帶著妳和小肉滾兒也去！」

林夕落點了點頭，李泊言能順利大婚，她也算了卻心中之願了。

李泊言自從在麒麟樓接受了雕字一事，在官職上也有提升。

如今任兵部武庫清吏司郎中，正五品官職，掌管兵籍、軍器、武舉考試等事宜，而他專屬負責的事情乃是軍器軍械，雕字一事顯然與此密不可分。

一不足而立之年、無家世背景的青年，能在這麼年輕就任正五品官職是極少數。

李泊言心中清楚，他能走上這一步，最大的助力還是魏青岩。

沒有他的提拔推舉，他即便認了林政孝為義父，即便在福陵王身邊行事，也不可能走到這步。在軍職上，次五品升至正五品是一個大坎兒，而他輕鬆邁過，又娶得刑部侍郎大人之女為妻，這在旁人眼中簡直是做夢一般，而他李泊言做到了。

李泊言是一個聰明人，他明白自己應該做什麼。

故而對這樁婚事他格外上心，特意請了林政孝與胡氏與唐家商談嫁娶之事，唐永烈自然不敢怠慢，這可是行衍公的岳父岳母，他當初欲將小女與李泊言聯姻，為的就是搭上魏青岩這條船。

如今機會來了，唐永烈自然高興得很，諸事辦得妥妥當當，林政孝也真的承擔起父親的責任，他既是李泊言之師，又是其義父，這一層關係讓他極為重視，更是以林家的名號與魏青岩岳丈的臉面，邀約了朝中很多官員來作見證。

故而唐永烈嫁女、李泊言娶親便成為近期內幽州城內的一樁佳話。

對於這等事情，林夕落自然是不知道的。

魏青岩如今也不上朝，只偶爾吩咐魏海與薛一做事，或是跟著福陵王至麒麟樓商議些事罷了，除此之外根本不出屋，只陪著她與孩子。

小傢伙過了滿月，也未如以前那般貪睡了。

他經常瞪兩隻大眼睛，看著林夕落用小刀雕物件玩，小嘴吧嗒抿著，好似這東西能吃一般。

魏青岩沒有阻攔，更是經常帶著母子二人遊玩，特別是李泊言即將大婚，今日便要先回景蘇苑看看還缺何擺設的物件，也算是為李泊言撐場面。

李泊言已經在景蘇苑後方修建了一個小庭院，他娶親之後要長居在此，林政孝與胡氏也樂得院中熱鬧，否則就他們三口人外加一群丫鬟婆子，實在單調得很。

林夕落一早餵過小傢伙後便帶他上了馬車，因為多了一個孩子，故而隨行的人員中除卻有曹嬤嬤外，還另外配了兩個小丫鬟，隨行侍衛增加一倍。

車馬浩浩蕩蕩往景蘇苑行去，這陣仗讓百姓們圍觀議論，待得知是行衍公與夫人、幼子出行，圍觀眾人的隊伍逐漸增加，直至車馬離去還談論不止。

林夕落透過車窗朝外瞧去，心中苦笑，百姓們隔著侍衛、丫鬟和馬車板子能看到什麼？卻都喜氣洋洋地來看熱鬧，果真是百姓有百姓苦，百姓也有百姓福，就看這日子怎麼過了。

馬車直接駛進景蘇苑的內院之中，胡氏等人早已等候在此。

魏青岩先下了車，隨即抱過孩子，接著扶林夕落下來。林夕落朝向胡氏探去，立即跑過去摟著便道：「娘，我想死您了！」

「這丫頭，當了娘的人了，還這麼調皮！」胡氏笑斥，可心中也是喜，安撫地拍了拍，隨即將手伸向了孩子，「哎喲，我的外孫子，快讓外祖母抱一抱……」

林夕落登時覺得很受傷，怎麼多了這小肉滾兒以後，她成了被遺棄的人了？

她噘嘴站在原地，而林天詡從院子裡跑來，直接撲向林夕落，「大姊，我想死妳了！」

林夕落看著他臉上的燦笑，可算來了一個填補她心靈創傷的，可未等林天詡撲過來，魏青岩已揪住他的小衣領道：「騎射練得怎麼樣了？嗯？聽說你前陣子又氣走了一位師傅，膽子越來越大了！如若再敢如此囂張，軍法處置！」

林天詡被拽得嗆咳不止，撓頭嬉笑道：「姊夫……」

林夕落咯咯直樂，這時只聽一旁有人輕咳幾聲，林夕落轉頭看去，那不是林豎賢？

「先生也在。」林夕落笑著上前，先行了師生禮，林豎賢連忙退後，恭恭敬敬地行禮道：「公爺夫人安。」

林夕落當即白了他一眼，「怎麼著，在都察院升官了，成了右僉都御史了，提成正四品的大官了，清廉自制，開始不認親了？」

林豎賢被這話噎住，面紅耳赤，「沒……」

「沒有？那您在這裡沉著個臉作甚？小肉滾兒滿月我都沒瞧見先生的影兒，您到底是去了還是沒去？沒去我可是要挑理的！」林夕落瞪眼開始數落，林天詡在一旁捂著嘴咯咯笑。

這世上他怕的幾個人中就有林豎賢一個，而如今豎賢先生被他大姊給頂得面紅耳赤，結結巴巴，這實在太好笑了。

魏青岩輕咳幾聲，示意林夕落給林豎賢留點顏面，可林夕落卻沒聽見，依舊說個沒完。

林豎賢只覺得額頭冒汗，這到底誰是學生？誰是先生？這位姑奶奶可越來越惹不起了……

「哎喲，這丫頭，怎麼跟先生說話的呢！」胡氏看得越發尷尬，上前訓斥兩句，林夕落叉腰說夠了，也見林豎賢臉色繃得難看，便抱過小肉滾兒道：「還沒看過這小傢伙兒吧？這也是您的學生。」

林豎賢只想望天長嘆，想讓他認學生就說嘛，何必來這一通數落？

可他一個未成家的男人，哪裡抱過孩子？手僵了半天不知道該怎麼伸，林夕落直接將孩子往他懷中一放，小傢伙兒眼珠骨碌的轉，看著林豎賢，反倒是讓他的臉色更僵硬。

「此子甚好，甚好，待其長大些許，如若公爺仍覺微臣擔當得起先生重任，微臣自當教習小公子。」林豎賢已慣於如此談事，林夕落白他幾眼也無用，胡氏拽著她進屋去，魏青岩則與林豎賢、林政孝眾人在外敘話。

「妳這丫頭，怎麼與豎賢說話的呢？」胡氏忍不住埋怨，林豎賢之前與林夕落也算有緣無分，她如今還對人家如此刻薄，豈不傷人？

「如此對他才好，如若客套了，反倒讓人心中不舒服。」林夕落這般說，胡氏一愣，「妳這丫頭，心眼兒真多！」

林夕落吐舌頭笑，而一旁曹嬤嬤和幾個丫鬟已開始收拾床鋪，為小傢伙騰出睡覺的地兒。

「哥哥的婚事都準備妥當了？他人呢？」林夕落今兒來此就是為了李泊言成婚，而這時候人都在，唯獨缺了他一個。

胡氏笑著道：「唐大人剛剛派人來找他，他去唐府一趟，稍後就回。」

林夕落點頭，「明日您與父親要娶兒媳婦兒，您的衣著可是定下了？」

「這就等著妳過來再幫我參詳參詳。」胡氏興致頗高，讓丫鬟們把準備的物件全都拿過來，而林夕落也叫來了曹嬤嬤和冬荷、秋翠，眾女人你一言我一句地挑選，甚是熱鬧。

院子中，屋中女人嬉笑聲偶爾傳出，讓在此議事的男人們哭笑不得。

三個女人一台戲，胡氏與林夕落都不是計較等級身分的，故而丫鬟婆子們也可跟發表意見，這加一起不知多少位角兒，連他們在院中說話都要大點兒聲，否則旁邊的人聽不清。

提起這次吳棣率軍出征之事，林豎賢便道：「此人性子狂傲，已有多位朝官對其不滿，貪銀子不提，為人奸詐好色，還搶過旁人的妾室，著實不堪。都察院曾上過彈劾他的摺子，卻杳無音訊，我也不急，只等著他的戰報再定。如若他戰敗而歸，那不用彈劾也是死罪；如若他險勝，以多敵少，那也是敗，恐怕不止微臣，會有無數人找他的麻煩；如若他大勝凱旋而歸，那這摺子也不用上奏，軍功可抵。」

「如此說來，你這摺子成了廢紙了。」魏青岩淡然品茶，林豎賢則道：「的確是廢紙，但微臣也已詳細寫下，今日也想聽一聽公爺的意見。」

「我的意見很簡單，一個字：等。」魏青岩見林豎賢面露不解，繼續道：「你也知道他為人輕狂無恥，如今成為太子麾下唯一大將，太子一系文官眾多，文輕武，武鄙文，這是多年以來的狀況，縱使他大勝而歸，那一系的文官也不見得容得下他。」

「可有太子保著……」

「太子？太子受不得他的狂傲，而他也受不了太子的操控，都是一戰揚名的大將軍了，怎會不想顯一顯他的與眾不同？」魏青岩滿臉不屑，而他如此一說，林豎賢也明白了他的意思，嘀咕道：「合著我這份奏摺真成廢紙了……」

眾人正在閒聊，而這時門外有人跑來，到林政孝面前低聲回稟，林政孝面色一驚，轉身道：「泊言出事了！」

李泊言出事了？

林政孝這句話讓魏青岩眉頭緊蹙，明日便是大婚，今日他卻出事？

屋內眾女見外面出了事，停止了嬉笑，林夕落第一個走出來問道：「怎麼了？出了何事？」

林政孝搖頭，「妳義兄出了事，具體何事我還不知，只是跟著他的小廝回來說他被府尹請走，而且還有吳大將軍的家人。」

吳大將軍？這是誰？

林夕落看向魏青岩，魏青岩輕撇嘴角，「吳棣。」

「他不是率軍出征嗎？他家裡人在此時鬧什麼？」林夕落火冒三丈，「我去，我倒要看看這是怎麼回事！」

魏青岩斟酌片刻並沒有阻攔，此時林夕落一個女眷出面倒也合適，讓胡氏與林政孝留下照看好孩子，他便帶著林夕落一同往幽州城衙而去。

幽州府尹已不是之前的那一位，而是新調任此地的一位地方官，姓時名康。

歷經十載的地方官生涯，十載的上好官評才有今天出頭之日，可擔當此府尹一職還不足一個月，時康便遇上了如此棘手之事，著實讓他難受。

一位是大將軍的姨奶奶，一位是兵部高官，這兩人之間的糾葛哪裡是他能判得了的？可如今人已在此，他也無話可說。

芊氏本是一青樓名妓，而後因得吳棣喜愛，便納入家中為侍妾。芊氏能得如此喜愛是天大的福分，吳棣也被她的妖媚嬌氣迷惑得昏頭轉向。芊氏受寵，連正房夫人都不放在眼裡。

而今日，她是去錦繡緞莊挑選上好的紫狐皮護手和護領，孰料李泊言也在此地吩咐小廝將明日大婚時所準備的物件全都搬回府中。

李泊言離開，芊氏進門，可誰先誰後？

誰都知道李泊言是兵部五品高官，明日大婚，岳丈是刑部侍郎唐永烈，義父是太僕寺高官林政孝，而他跟隨行衍公多年，更是行衍公夫人之義兄，故而錦繡緞莊的小廝迎他先離去，請芊氏先讓一讓，這卻是點了芊氏心頭一股火。

她妓女出身，最忌諱別人看低了她，如今她的男人是率二十萬大軍出征而去的吳大將軍，是皇上欽點的大將，更是太子一系的重臣，她憑什麼讓？

芊氏不讓，李泊言得知此女的來歷，更是厭惡，只吩咐自己這方的小廝儘管離去，不必謙讓。

如此一來，芊氏更是火了，吩咐身旁的丫鬟攔著路，不允李泊言等人走，爭執之餘不免有些磕磕碰碰，芊氏當即坐地大鬧，硬是誣賴李泊言對她不敬，吵鬧至幽州城衙，請時康做主。

如若在以往，芊氏自己也就悶口氣罷了，可今日她身旁還有一位同行夫人，乃是吳棣下屬參將夫人。雖然參將是吳棣麾下，可參將夫人的出身卻比芊氏高出太多了。

在這等人的眼皮子下，芊氏怎麼可能忍氣吞聲？本就不是正室夫人，若不是因為受寵，她怎能得這些人的巴結逢迎？故而芊氏硬將此事鬧大，執意要讓府尹做主不可。

參將夫人勸慰幾句，便在一旁竊笑，她心中自然明白刑部侍郎與行衍公的權勢有多大，更明白芊氏這番鬧會產生多麼大的影響，可她的男人在吳棣麾下賣命多年，如今還被其壓制不給任何的提職賞賜，貪心貪色，對她也多有覬覦調戲，她這時候不讓芊氏出醜，又待何時？

一個窯子裡出來的女人也要她來巴結？算什麼東西！

對於女人的嫉妒心來講，「忠」字就好像烈日下的一片雪花，微有暖意便化成了水。

何況對參將夫人來說，自己的男人能否跟隨吳棣大將軍奪軍功，比不得旁人多給她點兒金銀田莊更為實在，而如今她一無所得，還不能看一場笑話了？

參將夫人在一旁琢磨著，芊氏卻氣勢洶洶，指著府尹便是道：「本夫人的男人為大周國征戰沙場，他還是兵部任職的人，卻欺負我們女眷的背後沒有依靠，這還有沒有王法？府尹如若不給一個說法，本夫人就去尋都察院的官員們說理去！」

芊氏說完，時康也頭疼，心中不恥這一個窯姐在此呼三喝四，可面子上卻道：「吳夫人，裡裡外外都是朝官，您這是何必呢？李郎中向您道個歉，您看這事兒……」

「我無錯，為何要道歉？」李泊言插了一句，卻讓時康險些摔個跟頭，面色焦躁不安，怎麼這位也跟著起鬨啊？

「李大人，您明兒大婚……」

「那又怎樣？」李泊言淡定得很，「大不了不結了，衣裳已讓這瘋女人給弄髒了，現在趕製恐也來不及了，結什麼結？」李泊言說完，芊氏一怔，弄髒了？她怎麼弄髒了？

參將夫人湊其耳邊道：「吳夫人，他侮辱您。」

芊氏陡然一驚，這……這不是罵她是個窯姐？當即大怒道：「我……本夫人跟你沒完！」

李泊言壓根兒不搭理，吳棣是太子的人，而他身後是福陵王與魏青岩，他如若對此事不了了之，讓一個窯姐占了上風，往後他還有何臉面在軍營露面？何況這個女人已經瘋狂，他一起身，她就要往上撲，簡直是不要臉至極。

時康只覺得這牙疼得厲害，他辛辛苦苦在地方上熬出頭，可這屁股還沒等坐熱，就鬧出這一檔子事，老天爺也別開這麼大的玩笑啊？他這顆小心臟可禁不住這般折騰！

「吳夫人，得饒人處且饒人，李郎中乃朝廷命官……」時康未等說完，芊氏當即吵嚷道：「你敢包庇他，我要讓吳大人上摺子彈劾你為官不正，你休想得好果子吃！」

時康啞口無言，登時閉嘴，太子麾下都是言官，如若有人參他一本，他還真沒好果子吃。

可這事兒怎麼辦呢？

時康在李泊言與芊氏之間來回徘徊，正值這會兒功夫，門外有衙役進門，「稟告大人，行衍公與行衍公夫人到。」

「快請！」

時康只覺得好似救命恩人到了一般，眼中閃爍出光芒，巴不得行衍公到把此局面給解了，這個難纏的女人實在讓他頭大如斗，他是誰都得罪不起啊！

時康親自下來到門口相迎，李泊言要起身，芊氏立即派丫鬟們將他圍住，稍一動步便會挨上，他明日是要娶親之人，如若被這等女子賴上，他的名聲就不用要了。

李泊言面沉如墨，芊氏趾高氣揚，可此時參將夫人卻有些呆傻，只覺得自己在這裡不合適。

芊氏不知道這位行衍公夫人，她可是清清楚楚，上一任的府尹不就是被她拿雞毛撢子打了出去？這個女人更惹不起啊！

這般尋思著，參將夫人連連後退，芊氏目光朝門口望去，心中也略有忐忑，拽著參將夫人道：「怎麼行衍公都出面了？這姓李的可是兵部的人，關行衍公何事？」

參將夫人只覺得她真是蠢笨如豬，愚不可及，可這等話她只能藏在心中，口中道：「行衍公夫人是李郎中的義妹。」

「不過是義妹罷了。」芊氏滿臉不屑，「關係比得過我是吳大將軍的夫人？」

參將夫人不語，不過是個妾罷了，稱之為姨奶奶都是敬言，還自稱是夫人……

此時魏青岩與林夕落已經下了馬車，時康上前見禮，魏青岩背手站在門口與時康敘話，林夕落則踏步進去，直接走到李泊言面前道：「哥哥，怎麼回事？」

李泊言沒想到林夕落來了，臉上也有些尷尬，「瘋子鬧事，不礙的。」

「明兒你大婚，先回去籌辦著，爹和娘都在為你著急呢。」林夕落今兒破天荒地忍了脾氣，倒是讓李泊言出乎意料，立即點頭要與林夕落離去。

此時芊氏慌了，立即上前道：「你們這是要去哪兒？事兒還沒處置明白呢！」

林夕落站在原地看著芊氏，上下打量一番道：「這是幹什麼呢？」

「我是吳棣吳大將軍的夫人，給公爺夫人見禮了。」芊氏微微屈膝，隨後道：「這位李郎中在路上對我有逾越之意，公爺夫人總不會包庇親眷，不聞不問吧？」

「吳棣？」林夕落冷笑，「妳是他哪位夫人？我怎麼沒見過？是姨娘還是哪兒買回來的妾？」

芊氏一怔，臉色如噴火般的難堪，「吳大將軍率軍出征，勞苦功高，我等女眷在家中孤苦伶仃卻受人欺辱，公爺夫人怎能如此霸道？如若吳大將軍戰勝歸來卻見家中女眷被欺負成如此模樣，他……他怎能忍受？難道公爺夫人就可以這樣為所欲為嗎？」

「他忍不忍得了，關我何事？」林夕落朝後擺手，秋翠立即上前，一腳將芊氏踹了跪下，按住不允她動。芊氏還沒等緩過神來，就聽林夕落淡言道：「本夫人霸道是出了名的，妳不讓我走？行啊，那妳就跪了地上向本夫人磕頭請安吧，何時我滿意了妳何時起來，起來後本夫人親自送妳去都察院上狀子告行衍公縱容妻室跋扈張狂，妳想尋哪一位言官，本夫人就給妳尋哪一位，現在妳就磕吧！」

林夕落的做法讓所有人都瞠目結舌地傻了眼。

時康張大嘴巴，驚得快連口水都流下來。

他顧不得看李泊言，目光只朝著魏青岩看去，可這位行衍公就在這裡站著，絲毫不往裡面看上一眼。

時康一顆心跳得極快，目光中帶了乞求之色地看向魏青岩，只求行衍公手下留情，可別讓他跟著吃不了兜著走啊！

魏青岩的嘴角輕微上揚，透出的陰狠笑意卻讓時康的心裡更冷。

他……也只有聽天由命了！

林夕落對待芊氏的狠辣並不是她就如此心狠，而是如今身分的要求。

魏青岩是皇上親封的行衍公，雖說私下他與皇上沾親，可在外人眼中他依舊是宣陽侯之子，與皇家不沾半分血緣關係，他身上所擁有的榮耀和皇寵有目共睹，而她成為行衍公夫人，一品的誥命夫人，她的言行舉止要對得起這個身分。

談個「禮」字，她做不出樣子，但最重要的是，她不能退縮和丟了顏面，她林夕落潑辣的名聲眾人皆知，總不能因為個誥命身分就讓她束手束腳起來。

而這個芊氏不過是吳棣的一個妾，見面不與她行禮為其一，說話大呼小叫為其二，如若她就這麼放縱下去，外人還不笑話死她？

她可以不遵規矩，但別人不行，起碼她看不上的女人就不行，誰讓這府衙站著的女眷之中，就她的身分最高？

芊氏被秋翠按著，心中驚駭，口中連連嚷道：「我是吳大將軍的夫人，妳怎能如此待我……」

「妳就是個妾罷了，還好意思自稱夫人？」林夕落看向秋翠道：「今兒吳大將軍的夫人不在，我就替她教一教這些妾室該怎麼樣做人！賞她二十個嘴巴子，不必手下留情！」

林夕落話語一出，秋翠立即動手。

芊氏是個弱女子，哪裡比得過秋翠有點兒拳腳功夫的丫鬟？兩個婆子上前將芊氏制住，芊氏便覺得臉上一疼，口中一股血腥味兒從牙根兒滲出，她驚嚎一聲，臉上便接著疼了下去。

林夕落到此的一番作為卻讓參將夫人也心驚膽顫。

她雖知道行衍公夫人的脾氣厲害，卻不知道厲害到如此程度。

可她如今該怎樣離開此地？總不會……不會是因她與這個芊氏在一起，便也跟著挨打吧？

參將夫人正心中忐忑不安之時，就覺得一股冰冷的目光朝她看來，卻是林夕落。參將夫人渾身一哆嗦，即刻上前道：「給公爺夫人請安了，我是征討大軍參將鄒僉之妻！」

「原來是鄒夫人。」林夕落輕笑，「那妳來說說，本夫人罰這女人二十個巴掌，有錯嗎？」

鄒氏一怔，連忙搖頭，「夫人無錯。」

「哦？為何無錯？不妨妳來給本夫人說一說。」林夕落上下打量了她半晌，鄒氏只覺得渾身上下汗毛都豎起來，害怕被按在此處挨一頓打不提，她也是兩方都得罪了。

這等蠢事她如若做出來，那……那她的男人還不休了自己？

鄒氏咬牙切齒，看著已經口嘔鮮血的芊氏，只得道：「芊氏對行衍公夫人無理，該打。」

「只是對我無理嗎？」林夕落話語清淡，可傳入鄒氏的耳中卻讓她心中火辣，「的確是無理，見到行衍公夫人沒有磕頭拜見，更是針鋒相對地頂嘴，此外……此外她因不肯為李大人讓路而鬧至城衙來，有損婦道顏面，也是丟了吳大將軍的臉。」

「妳說得倒是很有道理。」林夕落看著她，「那就稍後把這些話再與吳棣將軍的正室夫人說上一遍。」林夕落話罷，立即朝門口的侍衛吩咐道：「去吳府請吳夫人前來領人。」

侍衛駕馬便去，鄒氏嚇得雙腿一軟，險些跪了地上。

讓……讓吳夫人來，這不是要她的命嗎？她的男人可要跟著吳大將軍出征，如若被就此記恨上，隨意刁難苛刻，讓他葬死沙場，那……她豈不是成了寡婦了？

鄒氏只覺得天旋地轉，眼瞧著就快昏過去，林夕落冷笑，這女人剛剛躲在一旁臉色變幻，更夾雜著點兒幸災樂禍，顯然心虛得很，她是絕對不信鄒氏與此事無關的。

幸災樂禍怎行？林夕落的眼神甚是冷漠，她最討厭的就是被人利用。

府尹時康在一旁看得嘴角抽搐，又聽到林夕落去請吳夫人前來，差點口吐白沫，可魏青岩依舊淡然地在門口站著，時康忍不住拱手道：「公爺，吳大人終歸是率軍在外征戰，您看他家中出了事，他豈能不分心？皇上是否也會怪罪？」時康尋這個理由也只得期盼魏青岩會顧忌一二了。

「怕什麼？我女人是要親自餵孩子奶的，她義兄被誣陷，她定會氣不順，氣不順會有礙身體，身體出了毛病，我兒子怎麼辦？我兒子不高興，我就不高興，我如若不高興，麾下兵將就會受牽連，兵將如若受了牽連，士兵們恐怕也無好果子吃，所以我寧可讓皇上怪罪我縱容妻室，也不願為此讓士兵受委屈。」

魏青岩在一旁嘴皮子微動便說出這樣一番「道理」，卻是讓時康眼睛都濕潤了，只差嚎啕大哭，「道理」能說得如此大義慷慨，簡直天下奇葩啊！

他兢兢業業地為官十載，也沒幹過什麼壞事啊？雖說偶爾收點兒小賄賂，可沒有做過太大的惡事吧？老天爺為何要如此懲罰他，為何讓他遇上這位公爺啊？

魏青岩在門口守著，沒有任何人敢輕舉妄動，李泊言在一旁看著林夕落，也心中起伏不定。

怎麼都成了孩子娘，脾氣還這樣暴躁？魏青岩在一旁縱容不管，反倒是讓李泊言的心中多了幾分辛酸。

想起最初與林夕落的那一份婚約，他放棄確是解脫，自己這個義妹可不是一般男人能包容和壓制得住的，恐怕也就魏大人這一個奇葩能與之相配了……

未過多久，吳棣的夫人匆匆趕到，她剛接到來人回稟，待得知芊氏惹了行衍公夫人時，只覺得這腦袋一個比兩個大。

她怎能不知道吳棣的心思？他一直在心底記恨著魏青岩，臨走時更是與她敘談一晚，千叮嚀萬囑咐，在這段時間內千萬要讓家中安和平靜，不要出任何亂子。即便想耀武揚威，也要等他戰勝歸來才可。

吳棣雖然狂傲，可也不是傻子，否則也不可能在軍中混至如今的高位。

吳夫人是個聰明人，自吳棣離開之後，她便將府中之人全都叫去訓話，更是告知如若在外惹事便嚴令懲戒。可好日子沒等過多久，便傳來了芊氏出事的消息，而且她惹誰不好，偏偏招惹上行衍公夫人。

吳夫人曾經見過一次林夕落，是魏文擎滿月時跟著吳棣一同前去的，因顧忌著身分，她除卻送了禮、寒暄幾句之外，沒有上前親近。而如今她卻是要與其再次相見，這可怎麼辦是好？

吳夫人人心中忐忑，吩咐人備好馬車，即刻趕去。可當她趕到城衙之時，芊氏已經挨了二十個嘴巴子倒地不起，嘴角模糊的血跡讓她忍不住扭過頭去。

「給公爺夫人請安了。」吳夫人心不在焉，進門時都沒有看到魏青岩就站在門口，而是直奔著林夕落而去。

林夕落看她進門，對此人略有印象，「吳夫人快快坐下敘話，可是嚇到妳了？」

吳夫人道：「聽說府中一個丫頭惹惱了夫人，心中實在不安，都是我旁日裡沒能教好，還望夫人不要怪罪。」

芊氏一個妾在吳夫人口中陡然變成了丫頭，這明擺著是吳夫人在壓制此事。

林夕落驚訝地道：「是丫頭？不是吳大人的夫人嗎？」林夕落指著一旁的參將夫人，「剛剛她自己說是吳大人的夫人，參將夫人也是聽到的，對吧？」

鄒氏一驚，點了頭，而吳夫人則咬牙切齒地看向芊氏，自稱夫人？她個窯姐也配！

可此時當著林夕落的面，吳夫人只得露出苦澀道：「夫人不要惱，這丫頭是……是我家大人瞧上的，雖是寵愛，但一直沒有抬她的名分，可此女自以為得寵，平日裡在府中也欺上瞞下、恃寵而驕，讓夫人見笑了。」

吳夫人開始扮柔弱，也是想藉林夕落之手除掉芊氏。

這樣一個窯姐在府中如此張揚她早就瞧不慣了，如今有林夕落在此，她怎能不藉著這一雙手除掉此女？

林夕落看著吳夫人這樣子倒是笑了，「女人都有女人的苦處，我能理解。」

吳夫人故作感激，「夫人大義，此女就交給夫人處置，若夫君歸來有所怪罪，我一力承擔！」

「我來處置……」林夕落嘆道：「就怕吳夫人嘴上如此說，可心中有怨啊！」

吳夫人斬釘截鐵道：「心中無怨，絕不失言！」

「吳夫人確定不會怪我？」

「絕對不會！」

「既然吳夫人如此篤定地將此事交由我來處置，那我就接下這個事。」

林夕落說罷，轉向門口看著時康道：「時大人，借一下你的筆墨可行？」

「夫人隨意。」時康說話時已哆哆嗦嗦，牙齒上下打顫，林夕落也沒再寒暄，上前提筆行字，隨即掏出自己的那枚誥命夫人的印鑒蓋上，吩咐侍衛道：「拿著此封摺信去求見皇后，吳大人在邊境殺敵，其家中之事也是國事，應告知皇后娘娘，請皇后娘娘處置，更要稟告皇后娘娘，為了不讓吳大人覺得委屈，明日刑部侍郎大人嫁女、行衍公夫人的義兄娶妻一事盡可推後，如若皇后娘娘點頭，立即派人收回喜帖，改日再行這一份喜禮！對了，如若福陵王和齊獻王也在皇宮之中，別忘記告訴他們明日不必去參加喜禮了，這事兒不成了！」

林夕落說完，吳夫人當即呆傻原地。

什麼？把這件事通稟給皇后娘娘？這……這麼大點兒個事鬧得如此高調，而且還推遲朝官的大婚吉日，這要多少人記恨上吳家？

吳棣被冊封為征討大將軍時已有多人來賀，吳家也風靡一時。

高調也要有個極限，芊氏已經被說成連妾室都不如的女人，如若傳揚出去，此事自當吳家沒臉，這樣一個女人都敢仗著吳家的勢壓著兵部的官員，他們吳家也就快有滅頂之災了。

吳夫人的下巴已經開始打顫，她本尋思林夕落頂多會把芊氏處死了事，她也除去一個心腹之患，孰料她……她這一手段卻是比處死芊氏更狠毒，她是要弄死整個吳家。

絕對不能讓此事鬧至皇后娘娘那裡，否則吳家就完了……

吳夫人心中一想，立即大喊：「稍等！」

侍衛見林夕落沒有反應，便離開府衙，林夕落看向吳夫人，吳夫人吩咐家丁：「快攔住他！」

「吳夫人，妳這是作何？剛剛不是說了，此事交由我來處置？怎麼，妳覺得我這般處置對吳家不夠看重？莫非……要鬧到皇上那裡去？終歸是女眷，皇后娘娘母儀天下，對這等事定當能公平斷理，絕對不會偏袒任何一方。」

林夕落看著地上的芊氏，冷漠地道：「既然吳夫人覺得如此做不對，來人，將這個芊氏也抬去，看皇后肯不肯見吧。我自罰一封認罪的信，剛剛吩咐人打了吳家的人是逾越斷事，還望吳夫人莫怪。」

林夕落說完便要去寫，吳夫人攔住她道：「夫人，這事兒何必要勞煩皇后娘娘？不過是一件小事，那丫頭哪怕是打死了也無妨，不過是個丫頭對外說是吳家的人，給老爺和我身上抹黑罷了！」

「隨便的丫頭也是得吳大人寵的，否則面對著兵部李郎中，卻要五品官給她讓路呢！吳府的丫頭縱使膽子再大，也不會如此猖狂吧？」林夕落陰陽怪氣，意有所指，吳夫人這會兒也沒了藉林夕落之手的心思，只驚道：「居然敢如此放肆？來人，立即把芊氏杖斃！」

時康錯愕，有意上前阻撓，魏青岩使個眼色給他，示意他不要多嘴，由著吳府的家丁進去。

芊氏本是被抽打二十個嘴巴，又被吳夫人與林夕落那番對話嚇得呆傻，如今聽吳夫人下令要將她杖斃，忙掙扎著從地上爬起，驚叫道：「饒命，我是吳大人的寵……嗚唔！」

芊氏被堵上了嘴，家丁從衙役手中借來的板子只幾下狠打，芊氏已經七竅出血，小命休矣。

李泊言無奈地搖了搖頭，卻見林夕落臉上沒有分毫的表情，哀嘆道：「唉，紅顏薄命，算了，把侍衛叫回來吧，此事就不要驚動皇后娘娘了，否則吳夫人派家丁在城衙杖斃了丫頭，卻還不知道這丫頭到底是不是個死契的，時大人還沒有判決，別被外人知曉後給吳夫人添麻煩，如今人多嘴雜，誰知道會不會露出風去？」

林夕落目光掃過侯府的人，吩咐道：「你們對外可不許亂說，聽到了嗎？」

「遵命。」

林夕落看向吳夫人身後，淡言道：「這位……鄒夫人，妳聽到了嗎？」

鄒氏一驚，吳夫人也將目光朝她投去，那陰狠威脅的目光嚇得鄒氏連忙點頭哈腰地道：「知、知道，絕對……絕對不會多嘴，哪裡敢多嘴……」

鄒氏腿腳發軟，癱軟如泥，芊氏的屍首就在地上癱著，她怎能不怕？雖說手上人命不少，可都是拖出去打的，她是從未親眼見過杖斃的過程。

吳夫人此時心力交瘁，頻臨爆發的邊緣，她害怕驚動皇后，匆忙之間下令杖斃了芊氏，這個惡人她來當，孰料還被林夕落逮住芊氏沒有死契、時大人沒有下令的把柄。

如今冷靜下來再一想，林夕落肯定是故意唬她，此事驚動了皇后，她能有什麼好果子吃？可如今卻好，若對外宣揚吳家大鬧城衙，她乾脆尋根草繩子上吊算了。

把柄握於林夕落之手，她現在無論做什麼都要軟上一分……吳夫人心中念叨著：老爺，您可一定戰勝歸來，給我們出一口惡氣啊！

吳夫人還未等感慨完，就聽林夕落對著李泊言道：「李郎中，你覺得吳夫人這番做法可行？吳府的一個小丫頭敢與你頂撞，但不代表吳府的人全都如此，如今吳夫人已經杖斃此女，也算為你出了口惡氣，明日你可還要大婚，今日之事就不要再往心裡去，以免添了晦氣，也讓刑部的唐大人跟著焦急。你的婚事是福陵王保的媒，也要顧忌王爺的顏面才好。」

林夕落這話雖是與李泊言說，可也是在給吳夫人施壓。

一個兵部郎中、一個刑部侍郎、一個王爺，這三個人加一起，吳夫人腦中只蹦出了一個念頭：道歉！

吳夫人咬牙切齒，痛恨林夕落沒完沒了，卻還是故作愧疚，行步到李泊言面前道：「給李郎中賠罪了。」

「吳夫人多慮了，不過家中的奴才也要好生管教才是，壞了府中規矩，也是給吳大人身上抹黑，治家不嚴何以治軍？正是交戰之時傳出這等名聲，對吳大將軍來說可是致命的打擊！」

李泊言這話直指吳棣的弱點和命脈，吳夫人驚道：「多虧李郎中提點，否則險些出了大錯。」

「既然如此便罷了，勞煩吳夫人跑一趟了。」李泊言一張臉始終沒有什麼表情，此時說完也只得看向林夕落，示意她是否就這樣算了？

林夕落笑道：「吳夫人賢良淑德，自不會給吳大人添這等亂的。不打不相識，雖說如今鬧出了這等事，但也算是與吳夫人親近了，明日李郎中大喜的日子，吳夫人不妨也去沾一沾喜？」

看著林夕落像是拉攏關係，可李泊言卻眼角抽搐，這丫頭……還沒完沒了了？她不會是想藉此機會訛詐吳家吧？

李泊言沒等心思撂下，林夕落的下一句便接上道：「不為了禮金，只為了親近，吳夫人也不必籌備什麼喜禮，李郎中不會怪罪的……不過唐大人好像甚是重視，算了，您還是當了婆家親戚，這樣就少送點兒也無妨……也不行，福陵王算是婆家親友，今兒的事他定然知道了，吳夫人還是要備一份禮安撫福陵王，也就是他不在我才敢放肆地說，他是個小肚雞腸的，別對此事記恨上，對吳大人來說可不是個好事……」

林夕落喋喋不休，吳夫人的心裡越發沉重，終究答應去參加喜禮，林夕落才又寒暄幾句放她走。吳夫人匆匆忙忙離去，險些連芊氏的屍首都忘在這裡沒吩咐人抬，還是衙役們上前提醒，才又重新回來搬。

鄒氏在一旁意欲跟隨，可沒等邁步，就覺得背後有一道冰冷的目光在盯著她。

「夫人，明日是李郎中的大喜日子，不知夫人可有人相陪？我倒是樂意做綠葉配紅花，陪著夫人解悶共喜。」

這鄒氏是有了投靠之意……

林夕落微微點了點頭，卻也沒有很高興，只平淡地道：「行了，先去吧，明兒再說。」

鄒氏如蒙大赦，立即離去。

時康在一旁嘆了氣，看魏青岩一臉的笑意便是道：「公爺，您這位夫人可著實讓微臣開了眼界了，這……這哪裡是一個女人啊！」

「嗯？」魏青岩挑眉，時康連忙道：「不是，微臣之意是夫人是個聰穎的女子，與尋常小門小戶勾心鬥角的女人不一樣，有大智慧、大胸懷！」

魏青岩哈哈大笑，扯著時康往屋中走，「今兒勞煩時大人了，明兒不如隨我一同去喝喜酒，也與眾位同僚聚一聚。」

「微臣一定到！」時康神色大喜，心驚膽顫了一天，也算因禍得福，剛調入幽州便攀上了魏青岩這棵大樹，他可算心中有底氣了。

林夕落這一番動作可謂是一箭多雕。

讓芊氏丟了命，抓了吳府張揚跋扈的把柄讓吳夫人啞口無言，還敲了吳夫人一筆。此外鄒氏有投靠之意，魏青岩也將時康拉攏至麾下。

眾人離開府衙上了馬車，魏青岩直接將她按在軟毯上，狠狠地親了幾口，「小丫頭，這心眼夠多的了！」

林夕落被他摸到身上的癢處，忍不住咯咯的笑，「這也怪不得我，誰讓他們上趕著找麻煩？我本以為此事是有人故意想壞事，孰料就是吳棣的一個妾，她有不要臉的勁兒，我何必還給她留著？何況是吳夫人要了她的命，與我無關。這事兒說大可大，說小也就那麼回事了，本尋思你有意藉機動一動，你卻一聲不吭。」

林夕落嘆了口氣，有些厭惡地道：「一個窯姐也往家中帶，這位吳大將軍也真沒品！」

「他在軍事上很有天賦，只差在為人這一點，而這一點也是相當大的瑕疵，無人能容。」魏青岩看著她的胖臉，忍不住再親一口，「我這刁媳婦兒越發厲害了！」

林夕落看著他狹長眼眸中所透的引誘之色和那張微乾的嘴唇，不由抬起頭舔了一口，舌尖輕輕滑過，卻讓魏青岩慾火湧起，大手撫上她的翹臀，林夕落連忙扭身躲開，「這是馬車上！」

「馬車上又如何？」魏青岩不肯放，林夕落卻堅決不從，兩人掙扎嬉鬧，未過多大一會兒便到了景蘇苑。

見到李泊言安穩歸來，胡氏舒了一口氣，而此時唐家也派了人在此候著消息。魏青岩前去吩咐一番，唐家人便匆匆趕回，向唐永烈回稟消息去了。

林政孝有意慎重地談一談此事，魏青岩卻擺手道：「岳父大人不必多談了，這事兒夕落一人擺平，如今還是要快籌備下泊言婚禮短缺的物件了。」

聽到是林夕落出面，林政孝只是瞪了眼並沒有多說，即刻派管家去籌備新禮，林豎賢在一旁表情甚是複雜。

林夕落的脾性他是最了解的，兩人雖為師生，可不乏也曾有點情愫，否則他當朝最厲的言官也不會每次說話都被這丫頭給噎住。她的改變，他全部看在眼中。

本以為她嫁人生子之後，鋒芒會收斂許多，明白他曾經教習的道理，可如今來看，反倒是他這位先生越發迷茫起來，如今變成了朝堂之上的一根刺，誰都不敢靠近。

難不成，她是自己的先生？

林豎賢苦笑，耳中聽著李泊言說起在府衙發生的事，越發驚嘆，待魏青岩提起幽州府尹時康，林豎賢插話道：「對此人我知曉些許，公爺有意拉攏他？」

「多一人總好過少一人。」李泊言在旁接話：「明日我會特意關照他。」

魏青岩點頭，待林夕落這一方交代好瑣事之後，便抱著孩子回了宣陽侯府。

這一路上，林夕落都在想著吳棣麾下參將鄒僉的夫人，「你覺得這個人有用嗎？他這個夫人的心眼兒可不少，用不用我先試探試探她？」

「妳想怎麼試探？」魏青岩沒有否認鄒僉的用處，而是逗弄般的問著她。

林夕落撇嘴，「怎麼試探我還要想想，最好的方法就是不遠不近地晾著，何時她自己忍不住了，自會挑揀個重要的消息來投靠，否則單憑那一張會說的嘴，我何必要接納她？」

魏青岩捏了她的小鼻子，「越來越聰明了。」

「不要再捏我的鼻子！」林夕落看著懷裡的小傢伙，「不然我把你兒子的鼻子也捏歪！」

林夕落手指輕碰了小傢伙的鼻尖一下，這小子眼睛一瞪，碩大的眼睛甚是有神，小嘴吧嗒吧嗒地舔著嘴唇，發出好奇的聲音。

魏青岩忍不住笑，只抱著母子二人於懷中，這或許就是他最大的幸福了，可如何讓幸福的感覺延續下去，卻是他的責任了。

紙包不住火，吳家與林夕落之間的糾葛沒過了晚飯的功夫就傳入宮中。

周青揚聽了身邊人的回報，眉頭皺緊，而此時同在太子書房中聽聞此事的太子少師梁志先冷哼一聲道：「吳棣也太過分了，家中不寧，亂七八糟，殿下對此人可要多多戒備，他不可控。」

周青揚打發走回稟的人，隨即道：「如今也不得不用他。」

「武人就是這般粗俗！」梁志先想到魏青岩，目光中多了幾分猶豫之色，仍然出言道：「行衍公如今絲毫無動靜兒，不妨藉著此事以他夫人做一做文章？」

周青揚似也動心，最終卻搖了搖頭，「動不得。」

「為何？」梁志先是周青揚之師，他自當體會得到周青揚近幾日對魏青岩的轉變，不再似之前那般急躁地要奪軍權，而是縱容不管了。

周青揚嘆了口氣，他哪裡知道為什麼？只是想起皇后的囑咐才不得不做出這個決定，可見梁志先盯著他不放，只得尋個藉口道：「如今父皇對他甚有不滿，本宮若在此事踏上一腳，難免會被父皇埋怨，反倒是幫了他。」

這理由雖然不太充分，但肅文帝近些時日以來起伏不定的脾性也讓梁志先心有感慨，「既然如此，那就由著他們鬧吧，早晚要鬧出紕漏，那些帳都等著時機成熟，再一筆一筆地與他清算！」

周青揚微微點頭，也只能這麼著了……

翌日一早，林夕落與魏青岩便帶著孩子又去了景蘇苑。

這一次出行的隊伍較大，不僅有魏青羽與魏青山，連宣陽侯也來了。

唐永烈是刑部侍郎，官階在，面子也在，李泊言是林政孝之義子，不但是林家大族，也是親家，宣陽侯思忖再三依然跟著來，特別是昨日魏青羽與他說起吳棣家人鬧事的細節，他更篤定了心中的想法。

無論如何，魏青岩都是他的兒子，他自當要圓這個臉面，也給親家抬抬身價，其實最重要的一點還是放在了唐永烈身上。

刑部侍郎可不是一個小官，其中千絲萬縷的關係讓宣陽侯不得不動了心……

有魏青岩與宣陽侯坐鎮，還有福陵王主婚，幽州城內的大小官員幾乎全都來賣這份顏面。

先是去唐府慶賀，再跟著迎親的隊伍至景蘇苑喝婆家喜酒，上午一頓，晚上一頓，這一天的飯局酒局極為豐盛。

唐永烈今日也甚是高興，昨兒本是聽說李泊言出事，還是跟吳家不對盤，不免有些焦躁，而後得知行衍公夫人前去把事情解決了，這才放下心來，專心當他的丈人爹。

李泊言前來迎親的隊伍浩浩蕩蕩，眾官齊賀，而唐永烈之女唐鳳蘭今日也甚是喜悅。她當初親見李泊言背林夕落上轎嫁人，便覺得此男是一豁達的大丈夫，幻想著有一日身披嫁衣許與他為妻，孰料夢想成真，拜離母親時，她掉下的眼淚除卻不捨之外，也有激動的喜悅。

蒙上蓋頭由其兄長背著上了花轎，林夕落作為婆家的小姑子也親自上前撩轎簾子，讓唐家大喜，眾官驚訝。

雖然都知道李泊言是林政孝之義子，但這位行衍公夫人能親自前來撩簾子，讓眾人不免品味行衍公對李泊言有多看重了。

林夕落自當是故意對外宣揚李泊言的身分，幽州城是魚龍混雜之地，一背後無依無靠的五品官比不得背後有靠山的九品芝麻官更有話語權，這種事她心中明白，故而才會這樣做。

昨日她為李泊言親自前去城衙整治吳家人，今日又親自前來給這位嫂嫂撩簾子，但凡有人知道便都會琢磨下李泊言的分量，往後不會再小瞧於他，李泊言行事時也多了方便。

林夕落如此想，魏青岩也是贊同，故而今日兩人跟隨迎親讓唐家的臉上極有光采，折騰半晌才把迎親的隊伍放走。

鑼鼓奏響，隊伍準備朝景蘇苑行去。

唐永烈為岳丈，於禮節上自不能跟隨去婆家，眾官一一告辭前去景蘇苑喝喜酒，唐永烈有些心癢，可他一個丈人爹就這麼跟著去，實在讓人笑掉大牙。

「唐大人。」

後方一聲輕喚，唐永烈回頭一看，卻是魏青岩與林夕落的馬車停在門口，立即上前道：「公爺怎麼還沒去？」

「一同去喝喜酒，在這空府中守著作甚？」魏青岩如此說辭讓唐永烈心中一動，可嘴上仍道：「我今日是嫁女……」

「福陵王主婚，你這位丈人爹也要跟去道謝，否則還不被他挑理？」魏青岩說罷，唐永烈點頭應下，待魏青岩與林夕落的馬車離去，他便吩咐府中小廝道：「備馬！」

「老爺，您這要幹麼去？」唐夫人追了出來，唐永烈道：「去景蘇苑。」

「規矩……」

「行衍公親自相邀怎能不去？什麼亂規矩，又不是酸腐的臭文人！」唐永烈說罷便駕馬而行，唐夫人心裡更是傷感落淚，嫁了女兒不提，老爺也跟著跑了，合著就留她一人在府中傷感？

景蘇苑今兒是甚是熱鬧，自從林政孝搬至此地，這是初次辦喜事。

林夕落出嫁是從林府出門，李泊言成親，這是往家中娶媳婦兒，林夕落跟著成親的隊伍回去後，便開始應酬來此恭賀的夫人小姐們。

如今也不用旁人介紹，都前來自報家門，以往是武將家眷眾多，如今因魏青岩封公爵之位又是與唐家聯姻，文官中也有不少人家也前來賀喜，反倒是武將家眷少了許多。

這事兒林夕落細想也並不奇怪，文官靠筆嘴吃飯，武將以軍功升官，之前跟隨魏青岩的武將眾多是因他出征的次數多，取勝的機率大，跟著這樣的將軍自能有好的前程，可這一次，眾人爭出征的機會卻被皇上賞賜給了吳棣，自然前去投靠吳棣的大有人在，與魏青岩逐漸拉開了距離。

但這些都是牆頭草式的人物，魏青岩麾下的幾名重要將領依舊跟隨左右，所以對那些被「朝廷之風」一吹跑的人，魏青岩絲毫不在意。

林夕落回到府中應承著，就喚了冬荷問道：「吳夫人來了嗎？」

她既然有訛詐的心，就不會這麼輕易地甘休。

冬荷笑著道：「來了，一共抬來兩份大禮，一份是賀喜的，一份是孝敬福陵王的，如今在園子中與眾官夫人們聊得正歡。」

林夕落點頭，心中卻對吳夫人高看一眼，這個女人倒有心計，昨兒吃那麼大的虧，今兒就能歡歡喜喜地來送禮，還與眾官夫人相談甚歡，這恐怕不是一個簡單角色。

拋開了吳夫人不談，林夕落與眾人寒暄片刻，便有人前來通稟，齊獻王與王妃到了。

秦素雲親自前來，林夕落自當要去迎她。齊獻王近日與魏青岩走得近，卻是讓魏青岩有些哭笑不得。

帖子不送，齊獻王也不生氣，派人堵住李泊言，逼著他寫帖子邀請，莫說是李泊言了，就算是魏青岩恐怕也沒轍，人家王爺上趕著來給你面子，總不能真的將他趕出去。

故而魏青岩等到林夕落之後便率眾前迎，同行的除卻唐永烈與林政孝之外，還有福陵王。

福陵王今兒可是春風滿面，極是得意。

李泊言如今名義上為兵部之官，私下裡卻跟著福陵王行事，他的婚事是福陵王保的媒，如今又來主婚，前來恭賀的官員們也無非有衝著他的面子前來賀禮的，故而福陵王左右逢迎，甚是高興。

見到林夕落，福陵王湊上前，在她背後小聲問道：「妳讓吳棣的夫人也給本王送禮是何意？」

林夕落躲開，「偷偷摸摸跟做賊似的作甚？她送禮給您，王爺還不樂意？」

「樂意，自當樂意，可這禮總得有個說法吧？」福陵王滿臉堆笑，剛喝了幾杯酒，心生調侃之意，可被她一句「偷偷摸摸」說得興致全無，索性清了清嗓子談正事。

林夕落笑道：「什麼說法？如若王爺要說法，就當作我送您任主婚人的酬勞，您看可好？」

福陵王嘖嘖感嘆，今日他一早就聽說了昨天在幽州城衙鬧出的荒唐事，可聽過後仔細思忖，林夕落這女人果真不簡單，裡裡外外的便宜讓她占了不說，還讓人半句話都抱怨不出來。

這可謂是一棍子打七寸，其餘三寸讓人活活氣死。

福陵王聽林夕落這般說辭，不由道：「借花獻佛就想把本王打發了？」

「那王爺想怎樣？」林夕落輕皺眉頭，今兒福陵王是主婚之人，如若放在平時，她早一對白眼瞪回去了。

福陵王嘿嘿一笑，「妳得記著本王對妳的這份情。」

「咳咳……」

一聲輕咳，福陵王轉頭，卻是李泊言正在此地。

「你個新郎官兒不去守著新娘子，來此地作甚？」福陵王眉頭輕皺，李泊言則道：「天色還早，不到洞房花燭時，我守得著新娘子嗎？齊獻王駕到，總要前來相迎。」

「迎他駕到，你到本王這兒來作甚？」福陵王翻著白眼，李泊言嘿嘿笑，「不是卑職要打擾王爺，而是有人要找您。」

「誰？」福陵王一問，李泊言側身，遠遠望去，前方的長廊處有一個端莊女子正含情脈脈地朝著此處看來，那一雙水汪汪的眼睛中充滿了對福陵王的幽怨之色，看得林夕落都覺得發酸。

福陵王望了一眼便呆滯，笑意消失殆盡，咬牙道：「是誰帶她來的？」

「卑職怎會知道？」李泊言說完，福陵王的臉色變幻莫測，而此時齊獻王的車駕正好停在門口，福陵王即刻湊上前去迎接，暫且把此事躲了過去。

林夕落心中好奇，看著李泊言道：「那個女人是誰？」

李泊言沉片刻，「他的冤家！」

冤家？林夕落再往那方向看去，那女人已經走了，可秦素雲已到，她無心多想，即刻前去迎了秦素雲去後宅。今日林綺蘭沒有跟來，林夕落的心裡輕鬆許多，秦素雲臉上也多幾分姿彩，也有話要與林夕落私談。

齊獻王對福陵王今兒格外熱情心中存疑，看他忙前忙後的模樣，不由問著魏青岩：「他今兒吃多了吧？上躥下跳的，怎麼回事？」

魏青岩本不想說，可又覺得這事兒自己偷著樂不妥，不如說出來大家一起樂，便湊到齊獻王耳旁低聲道了幾句。

齊獻王驚了下，隨即哈哈大笑，看著魏青岩道：「你這小子也太損了，居然這樣坑他！」

「此事怪不得我，是天意。」魏青岩說完，齊獻王則意有所指地看了福陵王幾眼，嘀咕道：

「他也該成親了！」

伍之章◆紅顏韻事巧琢磨

林夕落陪著秦素雲在女眷中寒暄幾句，秦素雲便尋了個由頭與她私聊。

兩人在景蘇苑的側書房內喝著茶，秦素雲笑著道：「今兒真是熱鬧，妳這方的喜事是一件接著一件，真好！」

「再過幾個月，王府也要辦喜事了。」林夕落說完，猛然想起秦素雲不能生育，臉色略有尷尬，卻正巧被秦素雲捕捉到。

「無妨，對王府來說的確是喜事。」秦素雲說完忍不住輕嘆，其中的酸苦旁人不能體味，林夕落則在心中尋找話題來打破尷尬。

「對了，剛剛在門口福陵王看到一個女眷大驚，那個女眷我卻不認識，不知道王妃可知道她是誰？」林夕落拿福陵王當說辭，秦素雲聽後一愣，「女眷？是何模樣？」

林夕落想了想，「眼睛水汪汪的，小家碧玉的柔美女子，看著王爺的神情極其幽怨，不是他占了人家的便宜被找上門來吧？」

秦素雲愣片刻，恍然道：「原來是她！」

「這是何人？」林夕落見秦素雲都如此吃驚，好奇心更重幾分。

「此女名為聶靈素，她的祖父是前任平章政事聶懷遠。」秦素雲說完，林夕落連連嘆氣，原來又是一高官宅門出來的女眷，平章政事是從一品，手握實權，連她過世的祖父林忠德都不得與之相比。

秦素雲見林夕落反應過來，繼續道：「聶大人是輔佐太上皇、皇上的兩代重臣，福陵王年幼時曾跟隨皇上前去聶府私訪，巧遇當時聶靈素這位嫡長孫女出生，聶大人大喜，皇上也高興，有心與聶大人親近，故而便給福陵王訂了娃娃親，也是希望聶大人能幫福陵王一把。」

說至此，秦素雲笑道：「所以那時開始，聶大人便親自教導福陵王習學，福陵王也經常出入聶府，可聶大人年邁過世之後，福陵王就沒再登過聶府的門，這婚事皇上不提，福陵王也不提，如今聶靈素已是年過十八歲，皇上也不忍心讓這閨女這麼耽擱著，便開始催福陵王娶親。誰知福陵王卻不肯，屢屢拖延，聶靈素平時大門不出二門不邁的，看到他怎能不幽怨？」

秦素雲說完，林夕落的好奇心得到了滿足，「那麼好的一名女子居然被許給福陵王這樣的情種，可惜了。」

「妳這般一說，福陵王還不氣壞了。」秦素雲忍不住笑，「旁人誰敢如此對他？也就是妳。」

「我這也是沒轍。」林夕落的好奇心還沒緩過神來，秦素雲頓了片刻又道：「夕落，妳與我之間的情分不必多說，如今我就問妳一件事，還望妳能如實告訴我，讓我有一個心理準備，不知道妳是否能答應？」

林夕落一怔，她已經連自稱都改了，不再是「本妃」而是「我」，這是想要問什麼事，居然如此慎重？可會與林綺蘭有關？

「不知是何事？王妃先說一說。」林夕落沒有一口應下，秦素雲好似早就料到她不會輕易答應，斟酌片刻才問道：「綺蘭腹中的孩子到底是男是女，妳真的不知道嗎？」

林夕落嘆了口氣，她早預感秦素雲有一天會親自來問她這件事，畢竟喬高升是太醫院醫正，他不可能推斷不出，可她能就此告訴秦素雲是男是女嗎？

她不能，雖說她厭惡林綺蘭，也煩她，恨不得她趕緊在眼前消失，可她終歸是林家人。

林夕落管不著林綺蘭的死活，但是她也不會親自下手。

秦素雲看出林夕落目光中的猶豫，嚴肅地道：「我知道妳心中的顧慮，我以自己保證，我問這事絕對沒有加害於她的意思，反而會做出更有利於她的事情。」秦素雲說到末尾不由苦笑，「妳是聰明人，妳想得明白的。」

林夕落看著秦素雲眼中的無奈和苦澀，腦子裡陡然蹦出個念頭來，她不會是要提前做準備讓林綺蘭必須生男吧？

即便是個女孩兒……也可以換了！

「妳這是何苦呢？又不是妳自己的！」林夕落忍不住試探一句，心中暗自腹誹，這家中孩子多的，就會如林府這等大族一樣爭個你死我活，可這生不出孩子的，卻在想著沒男丁繼承……

秦素雲自不知林夕落的這些念頭，聽她試探自己，也沒有隱藏什麼，只無奈搖頭道：「我這麼做不為自己，也不為了她，只為王府。」

林夕落忍不住道：「什麼為王府，妳就是為了王爺的野心。」

這話一出，秦素雲驚嚇之餘連忙四處看看，見只有她兩人才鬆一口氣，略帶埋怨地輕聲道：「不要亂說，這也是為了自保而已。」

林夕落根本不信，可秦素雲那期盼的眼神讓她不得不正視，沉默半晌開口道：「我不會告訴妳答案，因為太醫也沒有十成的把握確定她腹中胎兒是男是女，但這種事不應該是妳來做！王妃，不應該是妳，也不能是妳！」

聽著林夕落這話，秦素雲低頭琢磨，林夕落這話是讓她縱著林綺蘭自己去做，如若是她來動手，那這個把柄就會被秦素雲握在手中，從主動轉為被動了。

「我聽妳的。」秦素雲輕鬆一笑，「妳這麼一說，我倒是鬆快了，妳這份情，我一定會還！」

林夕落笑著點頭，「待我需要時，也會追著妳還。」

「那我就等著。」秦素雲說罷，便開始與林夕落談起近期各府中的瑣事來。

說得最多的便是那位太子妃，林夕落也是挑揀著聽，將有用的消息都記於心中，看能否幫得上魏青岩的忙。

兩人敘談片刻，院子中的酒席已經擺上，女眷們興高采烈地熱鬧著，林夕落在席上看到有一人心不在焉，那便是昨兒在城衙見到的參將夫人鄒氏。

鄒氏今兒也是硬著頭皮前來，昨日回府後便即刻張羅著備了份大禮，今日興沖沖地前來觀禮，本想著先與行衍公夫人見個面，孰料還未等她尋機會去見林夕落，便被吳夫人瞧見。

吳夫人雖燦笑如花，可心中早已氣得七竅生煙，如今看到鄒氏也來，心裡更是恨。

昨天如若不是她跟著芊氏鬧出這檔子事來，她今日何必低三下四地前來送大禮？還要被行衍公夫人那番擠兌和恐嚇？芊氏已經死了，自不用再提，吳夫人看到鄒氏也沒好氣。

她想來巴結林夕落？沒門！

吳夫人笑著將鄒氏拽在身邊不允她四處走動，鄒氏笑得比哭還難看，她如今是兩邊不討好，裡外不是人了。

林夕落不打算搭理鄒氏，人只有到逼急了的分上才會拿出點兒真東西來保命，如今的鄒氏還沒被逼到那個地步，故而林夕落是絕對不會在此時拉她一把的。

吳夫人與秦素雲笑談著，而此時林夕落也注意到坐在文臣家眷席中的聶靈素，一副悵然若失、落寞幽怨的模樣讓她都不免生出憐憫之心來。

福陵王這個混蛋！

林夕落心中罵了一句，起身前去各個席位上敬酒道謝，待行至聶靈素這裡時，聶靈素規規矩矩起身，向她行了大禮，「給公爺夫人請安了。」

「真是個美人，長得真好看！」林夕落誇讚一句，聶靈素的俏臉一紅，滿是羞赧。

一旁的聶夫人，也是聶靈素的母親本以為林夕落會寒暄兩句便走，沒尋思她會停下與聶靈素敘話，即刻上前道：「給公爺夫人道喜了，小公子被皇上賜名是天大的恩惠，讓人豔羨不已。」

「聶姑娘也是個聰穎之人，於皇上拜訪聶府時降生，這才是個奇女子。」林夕落這般一說，聶夫人倒是愣了。

他們今日是跟隨唐家的親眷一同來喝喜酒，與宣陽侯府之間的關係並不熟絡，卻不知這位行衍公夫人居然連這等事都知道。聶老太爺過世多年，如今也無人再提起了。

說及降生，聶靈素臉上犯苦，降生便被指婚，可如今那個人卻不肯娶自己……

她循規蹈矩，大門不出二門不邁，到底是哪一點不合他的心意？

福陵王風流多才，在外快活，可即便娶了她，她也是大肚能容，不會干涉，可如今她連這個資格都沒有。她倒不是心繫王妃之名，只覺得自己活著就是「尷尬」二字，那還活著做什麼呢？

林夕落對聶靈素這柔弱女子心生好感，與她同類性格的人還有羅涵雨，可羅大人與羅夫人是一雙好父母，在為羅涵雨挑選夫婿上也極是盡心，不容女兒受委屈，可聶家卻不同。

已被皇上賜婚，許的還是一位王爺，聶家就是打掉牙也得往肚子裡嚥，這口氣還真就得憋在心中發洩不得，可時間過了這麼久，還不憋出內傷來？

林夕落笑著與聶夫人寒暄幾句，又看向了聶靈素，「聶姑娘聰穎，聽說妳喜好繪畫，我也喜歡，就是畫得太差，如若妳尋常有空，不如就來我府上坐一坐。」

林夕落這話說出，聶靈素即刻看向聶夫人，母女兩人都吃驚，可一想到福陵王與行衍公之間的關係，聶靈素便點了頭，「謝公爺夫人相邀，民女一定前去拜訪。」

林夕落意有所指地點了點頭便繼續去他桌敬酒，聶靈素的俏臉上更加紅潤。

聶夫人想得更多，看著女兒這副模樣，勸慰道：「靈素，爹和娘對不住妳，可這件事妳也不要全指望在行衍公夫人身上，她拉攏妳或許另有目的……」

「娘，我心裡清楚。」聶靈素不願多說，聶夫人只得閉上嘴，他們已經對不住這個女兒了，她不管說什麼都是傷了她。

太陽西垂，遠方天空現出紅霞，女眷陸續離席，可男人們興致更高，一直喝到天亮才散去。

魏青岩今兒為林政孝擋了不少的酒，由侍衛攙扶著回了景蘇苑後面的屋中歇息。

今兒太晚了，魏青岩與林夕落要在此住上一晚明日再歸，宣陽侯與魏青羽也至散席才走，瞧著幾人臉上的笑意，顯然這頓喜酒之外，在人脈上也有不小的收穫。

魏青岩躺在床上喘著粗氣，林夕落讓冬荷倒了一杯濃茶來，掰開魏青岩的嘴倒了進去。

「咳……」魏青岩嗆咳，朝著林夕落的屁股便是拍了一大巴掌，「丫頭，妳倒是慢著點兒！」

「都喝成爛泥了，自是要讓你快點兒醒酒才行！」林夕落為他褪去衣衫，連光溜溜的身上都沾滿了酒味兒。

魏青岩坐起身晃悠著腦袋，懷裡抱著林夕落，柔聲道：「不如我們也洞房一次……」

「怎麼著？你娶了兩次媳婦兒都不夠，還想再娶不成？」林夕落斜眼瞪他，魏青岩大手又打了她屁股一下：「胡說！」

「怎麼又是我胡說？是你自己說要洞房的！」林夕落皺著眉，心裡嘀咕著，這打屁股的習慣還不改了？

一杯濃茶灌下，魏青岩略微精神許多，「那我們就敦倫……」

「一身酒氣，少在這裡胡說八道！」林夕落掙脫著要躲，魏青岩卻不肯，將她抱在懷中一同起身，朝著淨房而去，「嫌爺身上酒味大，那妳就幫爺洗乾淨！」

「無賴！」

「就無賴了，怎麼著！」

「嗚嗚……」

景蘇苑在喜氣中度過，福陵王被扶回麒麟樓之後卻比之前還要精神，並非是他不醉，而是他不知怎麼了，只要一閉上眼睛，腦中就閃現聶靈素那雙幽怨的眼睛……

夢魘了！他不敢睡了！

這可怎麼辦？

福陵王躺在床上頭大如斗，他閱女無數，可如今就怕兩個女人，一個是林夕落的潑辣，還有就是聶靈素的幽怨。

林夕落這女人他是欣賞其才華，可聶靈素，他是對不起人家。

他不是不想娶，而是娶不得……

成家立業，可在他的心中，業不成，何以為家？

先保證能活到老死，再提「家」這個字吧……

翌日清晨，李泊言與唐鳳蘭前來向林政孝與胡氏敬茶，見魏青岩與林夕落未走，自得又坐下敘談片刻。

胡氏一來曾受過婆婆氣，二來她終究只是義母，故而唐鳳蘭要立規矩時被她一把按住坐下，「這府中哪來那麼多規矩，看著都累，踏踏實實過日子就是了！」

唐鳳蘭福禮一笑，顯然不能忘卻唐府繁重的規矩，也覺得胡氏如此說辭不過是客套。

林夕落看她目光中對李泊言的癡心之色，不由笑著看向李泊言。

李泊言被林夕落這麼一看反倒是尷尬得很，自與魏青岩道：「我還是先去向福陵王致謝，昨日他親自來為我主婚，這份人情算是欠下了！」

「應該去。」林政孝贊同，魏青岩也只得點頭。

李泊言應下後便出了門，唐鳳蘭則跟著胡氏與林政孝等人一同用飯，見眾人不分老幼男女全都坐了一張桌，林夕落還喋喋不休地說著，林天詡這位小叔子只差滿嘴噴飯了。

魏仲恆也在，雖不如林天詡那麼跳脫，可也悶笑得滿臉通紅。

胡氏無奈地揉額，緊接著將兩孩子給攆出去。他們反倒輕鬆，一溜煙兒就沒影了。

唐鳳蘭滿臉茫然，不知怎麼辦才好。

林夕落看她道：「這府裡就沒規矩兩個字，住久了妳就習慣了。」

唐鳳蘭點頭，這府裡……還真沒什麼規矩了，看著一旁目光中略有異色的陪嫁嬤嬤，唐鳳蘭狠瞪了她一眼。嫁雞隨雞嫁狗隨狗，她既然跟了李泊言，那就要守此地的規矩，看來要跟陪嫁的人好生囑咐一番才行了。

魏青岩盯著林天詡打了一套拳，便將魏仲恆送去麒麟樓，隨即帶著林夕落與孩子回了侯府。

林夕落剛回到侯府，姜氏就前來尋她。

「三嫂，什麼事這麼急？」林夕落見姜氏哭笑不得的模樣，立即吩咐丫鬟們上茶。

姜氏坐下喝了一杯茶，遞給林夕落一張帖子，「本是一早就來拜見，得知妳不在就留下一張帖子等信兒了，妳怎麼跟聶家還有瓜葛了？」

聶家？林夕落拿起帖子，卻正是聶靈素遞來的，有意要來此見她。

「這丫頭還真急。」林夕落忍不住一笑，姜氏更是納罕，「怎麼回事？」

「沒什麼，與聶家無關，她這是奔著福陵王來的。」林夕落如此說，姜氏的眉頭皺得更緊了，「聶家老太爺曾經是國相重臣，可他離去之後，聶家便有衰落之相，如今的聶家幾人都投靠了太子，這聶家小姐找上門來，妳可要多思忖。」

姜氏如此說辭，林夕落倒是嘆了口氣，怪不得福陵王一直躲著了……

「三嫂提醒得對，可也不見得聶家跟隨太子便不能接觸，說不上倒是另有用處。」林夕落讓冬荷收了帖子，「這丫頭我還是要見的。」

姜氏點了頭，「妳心中有數我就放心了。」

拋開此事不談，姜氏與林夕落說了近期府中的事，包括行衍公府已經開始動土修建，工匠百人，爭取在今年過年之前竣工。

「妳三哥捨不得你們走，但侯爺也是沒轍，皇上已經幾次催促，可如若五弟出征，那府裡就你們娘倆兒也太孤單了。」

姜氏如此說辭明顯是希望林夕落主動提議留下，魏青岩應該不會不答應。

林夕落自然明白姜氏話中的意思，笑著道：「這事兒我也要聽他的，我說的不算，何況他暫時沒有出征之意，待有這等心思時再議也不遲，再者，有三嫂呢，還能虧了我們母子嗎？」

林夕落這話說出卻讓姜氏不由得苦笑，她承認自己有試探她的意思，魏青羽也特意囑咐過，最好從林夕落這裡來問一問魏青岩會否出征，顯然這也是侯爺特意吩咐過。

可姜氏還能不知道她？自己話一說出口，林夕落就知道她想問什麼，繞著彎子說完，還是什麼都沒說一樣，她這是何苦呢？

對於姜氏的試探，林夕落也知道她是出於無奈，魏青羽恐怕是得了宣陽侯的吩咐，可他又不能親自去問魏青岩。曾經關係親密的兄弟兩人，如今也要為個「利」字相爭嗎？

林夕落覺得不會，魏青羽與姜氏的為人，她還是信得過的。

讓秋翠拿出昨日夫人們特意送來的好茶給姜氏沏上，妯娌兩人拋開府中事說起孩子來，氣氛才恢復自然。

下晌之時，林夕落送走了姜氏便開始思忖起聶靈素的事情來。

原本是她想得太簡單，可如今聽姜氏提起聶家，她便不得不與魏青岩商議再決定是否見此人。

魏青岩從魏青羽那裡喝茶回來，林夕落一邊逗著孩子一邊問道：「福陵王與聶家那位小姐是怎麼回事？今兒聶家小姐遞了帖子。」

魏青岩昨日不在，自當不知聶靈素與林夕落之間的事，對此倒有幾分意外，「聶家在左右搖擺不定，想跟著太子求擁立之功，覺得福陵王除卻皇寵之外什麼都沒有，福陵王暫時不會娶她。」

「那我就不見她了？」林夕落想起聶靈素那幽怨的眼神，對她更多了幾分憐憫。

魏青岩輕笑，「妳還樂得作媒婆子了！」

林夕落白他一眼，「我這也是想得太簡單了，聽齊獻王妃說起此女與福陵王的淵源，卻是沒想到現在的聶家是什麼態度。」

「無妨，妳要見也無礙，他娶不娶是他的事，妳與聶家相交是妳的事。」魏青岩如此說辭，林夕落心中有了主意，調侃道：「怎麼？你還想看聶家的笑話不成？讓聶靈素從我這兒得了好處回家與他們鬧騰？」

魏青岩冷哼一聲，「聶家自從聶懷遠老大人過世之後便玩起雞鳴狗盜之事，我麾下幾名武將被他們連番壓制，聶方啟，就是聶懷遠的嫡長子，聶靈素的父親，如今擔任戶部郎中，其弟是吏部重臣，沒少貪贓行惡，這筆帳我都記著。」

林夕落沒想到魏青岩與聶家還有如此不愉快之事，怪不得昨兒她與聶夫人相談時，她臉上的異色那麼強烈。

如若不是唐家聯姻，她們是絕對不會往魏青岩的身邊沾半點兒關係。

「我心中有數了。」林夕落這般應承，魏青岩看她那小臉心中竊笑，這丫頭還真不是個閒得住的性子，沒人來找她麻煩，她便去找別人麻煩。上一次她整治得吳家吃了大虧，如今就等著看她如何收拾聶家這群骨子裡壞出水的了……

與魏青岩親暱片刻，林夕落派人去聶府送了信兒，告知明日一早請聶靈素前來小聚。

宣陽侯府的侍衛遞上信，聶靈素甚是高興，可聶府的其他人都慌了神。

聶方啟聽到消息，即刻尋到聶夫人，聶夫人大驚，連忙道：「這都是昨兒前去參加唐大人家小姐的婚事時見到的，本不想去婆家用喜席，可你被唐大人拽去了，我們女眷自然也得跟去。」

「失策了！失策了！」聶方啟急道：「如今被這位行衍公夫人給逮住機會，靈素可別被她給矇住，不能讓靈素去，立即去信婉拒。」

「可……」聶夫人有些猶豫，「可靈素都已經準備明日赴約了。」

「她不就是惦記著嫁人嗎？待過些時日我尋太子殿下說上一說，看能否讓皇上撤旨，再給她尋一個好人家就是了！」聶方啟不停地搖扇，聶夫人則皺了眉，「皇上賜婚何時有撤旨一說？」

「可福陵王對聶家不屑，我的女兒怎能嫁她？如若靈素真的嫁了過去，太子殿下這裡怎麼辦？豈不是要我左右為難？」聶方啟見聶夫人不肯去，便道：「妳不去說，我去！」

「老爺……」聶夫人攔阻，「還是我去吧。」

聶方啟冷應一聲，聶夫人緩緩地往後院走，她的腳步沉重，不知該如何與女兒開口。

聶靈素得到林夕落的信極是高興，她倒不盼望著明日能見到福陵王，起碼從行衍公夫人這裡得到些許消息，她也是心滿意足的了。

明兒穿什麼才好呢？

聶靈素讓丫鬟們拿出衣裳來裝扮，身旁的嬤嬤臉上也露出喜色，許久都沒見過小姐如此欣喜的笑容，這可真是難得了。

未過多久，院子裡的丫鬟撩了簾子道：「小姐，夫人來了！」

聶靈素上前，「娘，您來了，您看我這身裝扮如何？」

聶夫人看她高興，心裡酸楚，拽著聶靈素坐下道：「靈素，妳父親明日有事讓妳留在家中，妳去一封信給行衍公夫人，把邀約的日子推……」

「他為何不讓我去？」聶靈素不是傻子，她如何聽不出聶夫人口中之意？

聶夫人為難，「他也是不得已。」

聶靈素面色清冷，沉聲道：「他的心裡已經沒有我這個女兒了……」

林夕落接到聶家送去的信，道是聶靈素偶感風寒不能出府，待病癒後再登門賠罪。

看到如此內容，林夕落冷笑，這顯然是聶家人覺得應恪守當太子奴才的行操，故而拒絕魏青岩與福陵王這方的拉攏。

不過是女眷小聚他們也思忖得如此之多，林夕落除卻嘲笑嘆氣之外，沒有了別的想法。

本以為這件事就此過去，孰料過了沒有十天的功夫，福陵王前來告知魏青岩他欲去西北一行，明日就走。

林夕落在一旁為兩人沏茶，心裡也很驚訝，聽到福陵王道出一堆冠冕堂皇的理由，她插嘴道：「王爺，還有一條原因，便是您想躲婚吧？」

福陵王正在慷慨地背著偉大行進目標的說辭，被林夕落這一插嘴，當場噎住，臉上湧上一股不悅之色，「不至於如此揭短吧？本王胸懷大志，怎可如尋常百姓一般兒女情長？」

「不尋思這個，您臉紅什麼……」林夕落嘀咕，可聲音說大不大，說小不小，屋中眾人全都能聽見。

福陵王的臉色由紅泛青，只得輕咳幾聲道：「不許打岔，聽本王繼續說。」

魏青岩見他神色繃緊，擺手將侍奉的丫鬟們打發出去，又讓侍衛在門口守著，「有何事，您不妨直說。」

福陵王看了一眼林夕落，見魏青岩沒有避開她的意思，只得頓了頓心神，正色道：「這一趟去西北，恐怕就不會再回來了。」

魏青岩皺了眉，林夕落也驚愕，為兩人再斟上茶後便坐在魏青岩身旁聆聽，福陵王會做出如此打算，顯然不是一時衝動，而是經過深思熟慮的。

福陵王看了兩人的表情，不由得淡笑，「何必如此緊張？放輕鬆點兒。」

「少廢話，快說！」魏青岩略有急色，福陵王壓低聲音道：「父皇的身體維持不了多久，我們要開始動了。」

皇上？

林夕落有些驚訝，她雖有幸得過一次召見，可自始至終都沒敢抬頭仔細端詳過皇上的容顏，可聽著說話的聲音倒有幾分滄桑疲憊。

魏青岩的眉頭皺得更緊，「你現在就要去？」

福陵王點了點頭，繼續道：「前兒晚上，父皇親自傳召，與本王商討西北修建行宮一事，敘話之間，他幾乎每說兩句就要輕咳一次，話語急促時就會猛咳不止，敘談兩個時辰，他始終在床上躺臥不動，猛烈咳嗽六次，陸公公為他進了三次藥，這種狀況來看，剛剛的猜測就不是妄言了。」

林夕落鮮少聽福陵王談論正事，他雖然是個不太著調的人，可每當提及正事之時，總會冒出一些不同尋常的念頭。

魏青岩也神色凝重，「有何要我做的？」

「這只是本王的猜測，不過本王要提前做好打算，太子有儲君之名，齊獻王有大將之權，而本王呢？手中除卻足夠的銀兩之外一無所有，而這一點兒銀兩在戰事面前微不足道，根本不值一提，今兒來找你，就是要問問你對未來有何打算。」

說至此，福陵王又露出自戀之態，「你與本王是一根繩子上的螞蚱，這是父皇定下的，你可不許推脫耍賴，要說實話了。」

林夕落見他嬉皮模樣，忍不住滿臉抽搐，這等時候他還笑得出來，真是奇葩……

「我就守在此地，吳棣此戰若勝，我休養生息；吳棣此戰若敗，我藉機統軍出征，收攏兵權。」魏青岩說得直白，福陵王立即點頭，「有你這句話，本王心滿意足，另外還有一件事，本王要帶走一個人，你得答應。」

「李泊言？」魏青岩疑問，福陵王立即搖頭，「不，我要帶走你的侄子，魏仲恆。」

「你帶著那孩子去作甚？他才十歲。」林夕落忍不住又插了嘴，魏仲恆本就是個未長大的孩子，讓這樣的王爺帶在身邊，還不成長畸形了？她不同意，絕對不同意！

魏青岩也有異議，「他的事我不能作主，這事兒由侯爺來定。」

「他必須要跟本王走。」福陵王甚是堅持，「一來，他已經會雕字，本王要用他在這件事上發揮作用，二來，他終究是宣陽侯府的子嗣，如若某日真的出了事，宣陽侯必須站在你這邊，不容他另有選擇，所以那個孩子必須跟本王走。」

福陵王的理由很充分，魏青岩沒有即刻回駁，林夕落也說不出話來。

如若在以前她不知道魏青岩身世真相之時，她或許會為此爭執幾句，可如今呢？她不敢篤定宣陽侯是否會在關鍵時刻拋開魏青岩。

可為了這個理由要帶走魏仲恆嗎？他還是個孩子，這般做豈不是有些殘忍？

福陵王淡笑，「你們這般作甚？他跟著本王吃香喝辣的，還能受委屈不成？本王哪裡是那般狠心的人！」

魏青岩看向林夕落，「妳找仲恆談一談，問問他自己的意思再定。」

林夕落點頭，她也是這樣想，魏青岩看向福陵王，「此事明日再給您答覆，繼續下個話題。」

聽著魏青岩與福陵王兩人細議許久，連吳棣此戰有多大的勝率、敗率都詳細分析過，這一番談話也讓林夕落有了許多新的認識。起碼，她心中能確定一件事：皇上如若不幸駕崩，太子第一件事便會奪權殺將，齊獻王、福陵王與魏青岩全都在這個行列之中。

魏青岩的身分更特殊，雖然外人不知，可他與宣陽侯之間名義上的父子情是否真能敵得過利益二字？誰都不知道。

與魏青岩一同送走了福陵王，林夕落派人去麒麟樓接魏仲恆。

眼前最重要的事便是他，想著他即將要跟隨福陵王遠赴西北，她有微微的不捨。

畢竟是經自己手而蛻變成長的孩子，她對福陵王將其視為把柄極是不忍。

林夕落心中已經做好準備，如若魏仲恆有任何猶豫，她一定會拒絕福陵王的提議，即便魏青岩有此心，她都不會答應。

下晌過後，魏仲恆才前來侯府見林夕落。

林夕落正在逗著孩子玩球，小傢伙如今不管是什麼東西都往嘴裡塞，林夕落便在搖籃上綁了一根繩子，繩子的另外一端是幾個七彩小絨球，小傢伙舉著小手來回地搆，即便搆到了，線的長度也不足以讓他拿著當吃的。

小傢伙每次摸到卻塞不進嘴裡時就會嚎啕大哭，曹嬤嬤起初還會去抱著哄，可林夕落卻不允她這般寵溺。

「就讓他哭，哭累了就不哭了，凡事一哭就有人來哄，自己一點兒都不肯出力怎麼行？嬌生慣養成個秧子，還不如早早掐死算了！」

曹嬤嬤眼睛瞪大，心裡只納罕這五奶奶實在太狠心了，這可是親兒子，如若不是曹嬤嬤當的接生嬤嬤，她都要懷疑這是後母了。

可林夕落盯著不許她哄，曹嬤嬤也無奈，小傢伙哭了兩次沒人管，還真的就不哭了，只自己揪著小球玩，好似個沒事人一樣。

魏仲恆進門時，林夕落正在看小傢伙，見他進來，擺手叫他過去：「過來看看你的小弟弟。」

「比滿月時又胖了。」魏仲恆坐在小凳子上看著他咿咿呀呀地玩著，林夕落卻看出他臉上露出的不安來，「這麼晚才到？是不是被福陵王叫去訓話了？」

魏仲恆沒想到林夕落居然猜出來是福陵王找他，怔愣之後立即點頭，「嬸娘已經知道了？」

「你想跟他走嗎？如若不願就跟嬸娘直說，無論如何，嬸娘都不會讓他逼著你去。」林夕落嘆了口氣，魏仲恆點頭，「侄兒願意跟他走。」

「你願意？」林夕落略有驚訝，魏仲恆甚是認真，「是的，侄兒願意。」

「你……你可知道他真實的目的？」林夕落忍不住說出實情，「他恐怕會把你當成把柄來威脅侯府，這樣你也願意？」

魏仲恆沒有驚訝，而是點頭道：「王爺與侄兒已經細說了，說侄兒一是會雕字，還有就是怕祖父不管五叔父背叛他們，所以要帶著侄兒走。侄兒也想明白了，跟隨王爺出去開闊眼界也能變得成熟。嬸娘，侄兒想要出去走一走，起碼能體會下什麼叫自由。」

「都被當把柄了，哪裡還來自由……」林夕落話語苦澀，也沒想到福陵王居然跟這孩子直說，本以為他會花言巧語地引誘……

魏仲恆撓頭一笑，「嬸娘，您不是說過嗎？人活著就是在籠子裡，侯府是個小牢籠，那侄兒就往更大的籠子去走走，起碼也看一看幽州城外的風景，那也是好的！」

「你這孩子！」林夕落說不出旁的話語來，「你是為了嬸娘和叔父，是嗎？」

魏仲恆怔住，隨即道：「也為了我自己……」

林夕落對魏仲恆如此堅定的想法表示驚訝，拋開福陵王欲帶他離去的事情，又與他談起生活上的事來。忽然發現，他長得很快，離開侯府之後，他的生活出現質的飛躍，果然是長大了……

沒有再讓魏仲恆離開，而是讓他在福陵王前去西北之前都居住在侯府之中，林夕落要親自在他的雕字手藝上再指點一二。對此魏青岩也甚是贊同，魏仲恆更是大喜。

對於能繼續跟隨林夕落習學雕字，魏仲恆極其開心，在他的心中，這位嬸娘在他熟識的所有人中是最願親近的人，她不僅照顧他的生活，更教會他如何選擇生活。

他雖然已經長大，可每每看到嬸娘，仍會不由自主表現出孩童般的依賴。

魏仲恆對這種情感很懵懂，並不知道自己嚮往的那個詞是母愛。

讓丫鬟們收拾好魏仲恆的住處，林夕落留魏仲恆在自己的院子用飯，更是提起雕字的竅門，讓魏仲恆動手做給她看。

林夕落在尋常的生活中對魏仲恆甚是呵護，可涉及雕藝便極其嚴格，即便是魏仲恆她也不會心軟，該批的時候依舊是叉腰開罵，魏仲恆縮了脖子之餘心裡又是欣喜。

不知為何，他喜歡看到嬸娘發火的模樣，可這種感覺他只敢壓在心底不敢對任何人表露出來。

林夕落教魏仲恆至晚上，用過飯後才讓他回院子歇下，明日再來。

魏青岩見林夕落坐在那裡嘆氣，依在門口笑著道：「妳已經訓了他一下午了。」

「我這也是擔心，怕他跟著福陵王吃虧。」林夕落說完自己都忍不住苦笑，「瞧我這擔心的都是沒用的，福陵王那心眼子，誰比得過他。」

「妳終於想明白了。」魏青岩收起調侃之心，「仲恆跟著福陵王走也好，侯府已經沒有他發揮的地方，三哥雖然對仲恆有憐憫之意，可別忘了，他還有子女，而且與仲恆之間連見面的次數都數得過來，更不用提兄弟情分，將來也是問題。」

林夕落微微頷首，魏青岩想問題更長遠，當初魏仲恆選擇不要承繼世子位，就已經意味著他不能再依靠侯府生活。

林夕落安下心來擬定了三天的教習計畫，而這三天除卻餵孩子之外，她便足不出戶地盯著魏仲恆雕字。

雖說魏仲恆喜跟林夕落習學，但這三天可把他累得小臉兒都瘦了一圈，每天睜眼就要到林夕落面前報到，手不離刀，直至晚上放他回去時，手指頭都僵硬如木頭一樣了，連做夢都在雕字。

魏仲恆熬過這三天的苦日子之後，林夕落送他走時才露出了笑容。

魏仲恆站在城門處看著林夕落也覺得不捨，林天詡上前笑著捶他一拳，「等著我去找你！」

魏仲恆露出笑嘻嘻的模樣，行至林夕落的面前道：「嬸娘，侄兒走了。」

林夕落微微頷首，囑咐道：「跟著福陵王不用害怕，有什麼短缺儘管開口，如若他不肯給，你就罷工不幹活，他也拿你沒轍。如若威脅你，你也不用怕，他不敢傷害你，因為還有你叔父和嬸娘為你撐腰，而且他也需要你幫忙，所以你儘管吃香的喝辣的，缺銀子就跟他要，一點兒都不用客氣。」

魏仲恆笑得更歡，福陵王險些從馬上摔下來，有她這麼教孩子的嗎？

魏青岩拍拍魏仲恆的肩膀，「自力更生，看你的了。」

魏仲恆應下，隨即跪在地上向他與林夕落重重地磕了三個響頭。

林夕落的眼眶中略有濕潤，魏青岩擁住她的肩膀以示安慰，福陵王則道：「行了，他跟著本王又不會吃苦，等著本王的來信。」

福陵王說罷，率眾離去。魏仲恆上了馬，跟在福陵王的身邊。

看著人越走越遠，消失在視野中，林夕落感嘆道：「最討厭送別的滋味兒，心裡不好受。」

林天詡沒心沒肺地道：「大姊，往後弟弟就跟著妳，哪兒也不去！」

林夕落拍他腦袋一巴掌，「你還想去哪兒惹禍不成？老老實實讀書，仲恆如今都能擔起一攤子事，你看看你，讀書讀得讓豎賢先生罵，習武讓你姊夫罵，我何時能聽見別人誇你兩句？」

林天詡揉著頭道：「我也不知道啊，我都挺好的啊，誰知道他們為何不誇我……」

林夕落逮著發洩的管道，揪著林天詡狠狠地訓了一頓。林天詡成了出氣筒，可他不怕，老老實實地聽著，待林夕落罵夠了便問道：「姊夫，餓了，咱去哪兒吃？」

「自是吃福鼎樓的，這地兒只記帳，不用付銀子。」魏青岩揪著他上了馬，林夕落無奈地上了馬車，心中卻在思忖日子變化得太快。

林天詡給她的第一印象還是個文弱的小書生，如今看來活脫像個土匪；魏仲恆之前是一個只會讀《論語》的傻小子，如今卻能跟著福陵王前去西北行事，自闖天涯。

小肉滾兒呢？如今是個咿咿呀呀的吃貨，再過幾年，他又會是何模樣？

未等林夕落感慨完，隊伍猛然停下。

冬荷在馬車旁回稟道：「奶奶，是聶家的小姐。」

聶靈素？她怎麼來了？

林夕落問道：「她要幹什麼？」

「她想與您見面。」

「讓她跟著去福鼎樓吧，提前派人去收拾出個小雅間來，就在那裡見。」林夕落說完，冬荷即刻與侍衛傳話。聶靈素的轎子跟在馬車之後，到了福鼎樓她率先下車至林夕落這一方等候。

魏青岩帶著林天詡先進去，沒有理聶家之事，林夕落下了馬車看著她，笑道：「今兒真巧。」

聶靈素深吸一口氣，顯然知道林夕落這是在諷刺她上一次失約，便直言相告：「上一次不是民女之意，還望夫人莫怪，今兒也是偶然聽到……所以匆匆跑出來想送他，卻仍是晚了。」

「有些事錯過，就是終身錯過，沒有回頭的機會了。」林夕落擺了手，「進去一同用飯吧。」

「願陪夫人左右。」聶靈素跟進去，她的丫鬟有意阻攔，「小姐，老爺知道會怪罪的。」

「怪罪？他怪罪我，我怪罪誰？」聶靈素略有厭煩，「妳不必跟著進去了，就在這裡等著。」

丫鬟一怔，卻見聶靈素快走幾步跟上林夕落，她咬牙欲跟上，卻被秋翠攔住，「妳家小姐的吩咐妳沒聽到嗎？就在這兒等著。」

「可小姐會用到……」

「跟著公爺夫人還能讓妳家小姐受委屈？就在這兒等著！」秋翠厲喝，丫鬟不敢多嘴，只得站在一旁，心裡則在腹誹連行衍公府的奴婢都如此無理……

林夕落讓人上了茶和小菜，聶靈素一直都在一旁站著。

「坐吧，我不守規禮的名聲妳又不是不知道。」林夕落看著聶靈素紅潤的眼睛，顯然她是剛剛哭過，看著冬荷道：「去打一盆淨水來讓聶姑娘淨一下面。」

聶靈素即刻道謝：「讓夫人笑話了。」

「笑話什麼，這種事誰都遇過。」林夕落道：「妳來找我何意？可是想問一問福陵王的事？」

聶靈素紅著臉微微搖頭，「夫人應知道民女與王爺的婚約，可他如今走了，民女路上遇見夫人也沒有什麼目的，就是……就是想聽到他的名字，也不想……不想回府。」

林夕落看著她，拄著臉，「原本我聽說妳二人之事甚是好奇，而後發現這其中牽扯的關係沒那麼簡單便不想插手，妳應該知道妳父親和叔伯等人的想法，倒是可惜了。」

聶靈素抿了抿嘴，顯然心中有怨言卻不知該如何出口，半晌才問道：「他……還會回來嗎？」

「他不回來又能去哪兒？這不過是奉皇上之命前去西北辦事。」林夕落雖然故作漫不經心，可話語卻格外謹慎。

即便是對聶靈素她也不會鬆懈半分，聶家可是他們的死對頭，如若她說福陵王不打算歸來，誰知道會不會傳到太子耳中？那就不知道會發生多少事了……

聶靈素鬆了口氣，又覺尷尬，冬荷端來了水，她淨了面，那一舉一動都透著小家碧玉的雋秀，除卻臉上帶著股幽怨之外，就是個俏麗的美人。

林夕落看著她也不由多了幾分柔和之意，「妳就打算一直等著他？」

聶靈素沒想到林夕落會忽然這麼問，「皇上賜婚，民女不等他，還能如何？」

「妳沒想過，妳父輩為何到現在都因利益二字不肯讓妳嫁福陵王嗎？」林夕落這話說出卻讓聶靈素一怔，可她還沒等回話便有人前來敲門回稟道：「奶奶，聶家派人來接聶小姐，請聶家小姐出去。」

聶家派人來……

林夕落聽著這幾個字甚是刺耳，聶靈素的臉上也多出幾分驚慌，隨後便是氣惱。

可聶靈素不是林夕落，她即便心中再有怨，也不會真的在此撒潑鬧事，忍不住憋得滿臉通紅，眼淚就在眼眶裡不停地打轉，強忍著不掉下來。

聶靈素一臉歉意，福身行禮道：「給夫人添麻煩了，民女先行告退，改日再去您府上賠罪。」

「不許走。」林夕落輕輕一句，秋翠便將聶靈素攔下，「聶姑娘，您還是稍等片刻。」

「夫人……」聶靈素有些驚，猛然明白林夕落之意，連忙解釋道：「想必是民女父親和母親派人出來尋我，而後得知與您在一起才過來相接，還望夫人不要怪罪。」

「妳賠罪的話已經說了不止一句，就不要再說了。本夫人好歹是行衍公夫人，妳父親在戶部任職，品階比不得行衍公，就這樣派個家僕連面兒都不露，只讓本夫人的人傳話過來，我就要乖乖送妳下去？」林夕落語氣漸重：「你們聶家好大的排場，好大的官威！」

聶靈素心中駭然，她兩次見到這位公爺夫人，還得她殷切相邀，不由忘了她的脾氣，雖說自己的父母此事做得不妥，但已是賠罪過，她為何還要如此揪著不放呢？

「夫人，父親和母親應該是知道我獨自出府才有些焦慮，如若夫人要怪，就怪罪民女，民女替他們賠罪。」聶靈素說罷便要跪地磕頭。

秋翠立即攔下，林夕落不再理會聶靈素，吩咐門口的侍衛道：「你去告訴聶府的人，讓他回聶府去問問他的主子，給本夫人賠罪的頭，該誰由來磕！」

侍衛離去，聶靈素不知所措，可看著林夕落沉下的面容，不知該說些什麼。她心中略有後悔，怎麼就攔下了行衍公夫人的馬車，而且還跟著她到福鼎樓來？

這若是讓父親知道了，豈不更是要大發雷霆？

聶靈素焦躁不安，林夕落與她道：「剛剛的話本夫人沒有說完，妳自己好好思忖一番妳父親為何不讓妳嫁福陵王，到底是因為福陵王不肯娶妳，還是因為妳父親不肯讓妳嫁給他。妳整日在福陵王身後一臉幽怨，可他卻不是始作俑者，妳自己不能成婚，該去找誰才對？」

聶靈素咬著嘴唇，微微點頭，林夕落的話捅破了她心中那一層親情的窗紙，讓她只覺得頭腦發脹，黯然心傷。

她雖然被禁在府中不能出嫁，可自小長在聶府，並不是大門不出二門不邁的傻丫頭，如何能不明白林夕落之言為何意？

他父親跟隨的是太子殿下，而福陵王背後一無所有，雖然有皇上的寵愛，卻沒有傲然的本錢，父親與叔父們的目光全都集於太子身上，哪怕是與旁人沾了半點兒關係都怕被太子懷疑，否則……她怎可能還獨守空閨，以淚洗面呢？

聶靈素的心中猛然湧起一個從未有過的念頭，就由著這位行衍公夫人與父親和母親爭吵一番，讓他們明白自己的苦也未嘗不可……

林夕落坐在桌案前吃著飯喝著茶，聶靈素就在一旁如同空氣般不出聲。

過了許久，有一輛馬車趕到，馬車剛停穩，便有一女眷從上面快速下來，此人正是聶夫人。

聶夫人聽了前去回稟的下人詳細說了此事，顧不得埋怨聶靈素魯莽，即刻命人綁了那兩個小廝一同帶到福鼎樓來。

林夕落是什麼人他們怎能不知？

一個下人就敢前去找行衍公夫人要人，這不是開玩笑嗎？

雖說自家老爺這些人平日裡對行衍公等武將之人不恥，但在品階官級上，他們與行衍公一家有相當大的差距。都怪老爺尋常不可一世，讓下人們也如此不分禮儀尊卑，這可惹了大麻煩了。

聶夫人派人去通稟了聶大人，而她即刻趕來福鼎樓向林夕落賠罪，只求此事安安穩穩地過去才好，千萬別出亂子。

聶夫人在下方讓侍衛通稟求見行衍公夫人，心中焦慮地等。

此時在此地候著聶靈素的丫鬟瞧見，連忙上前道：「夫人，您可來了！」

「妳怎麼沒跟著去？在此傻站著作甚？」聶夫人見聶靈素的貼身丫鬟在此，急斥幾句。

丫鬟絞著帕子皺眉道：「奴婢要跟上去，卻被行衍公夫人的丫鬟攔住，剛剛他們來找小姐，奴婢就去通傳，孰料被攆下來了，夫人，您快去找小姐吧，小姐可別受了什麼委屈才好！」

丫鬟說得慨然，聶夫人頓時火大，合著剛剛鼓動小廝去通傳讓聶靈素下來的人是這丫頭？這膽子也太大了！

「妳膽子太大了，沒有規矩，妳想害死我，害死老爺嗎？行衍公夫人那裡也是妳這等奴婢去得的？」聶夫人幾聲厲喝，讓丫鬟驚呆：「可……可夫人您不是說那行衍公夫人不是個好……」

「掌嘴！」聶夫人即刻吩咐身旁的嬤嬤，嬤嬤上前用帕子堵住這丫鬟的嘴，另一個人隨即抽著嘴巴，幾下子小丫鬟的嘴便出血，幾乎昏厥，聶夫人都沒有吩咐停手。

林夕落身旁的小丫鬟下來相邀，聶夫人鬆了口氣，往二樓行去，本是心中計量著如何與林夕落周旋才好，可一進屋卻只見到聶靈素獨自一人坐在桌案前，除了林夕落的丫鬟之外，沒有其他人的影子。

「母親來了。」聶靈素語氣平淡，聶夫人即刻道：「行衍公夫人呢？」

「行衍公就在隔壁與夫人的胞弟一同用飯，公爺夫人剛剛去了那邊，讓母親稍等，她過一會兒就回來。」聶靈素的聲音飄渺淡漠，讓聶夫人擔憂起來。

「女兒，妳這又是何苦？那位福陵王不肯娶妳，改日妳父親自當會為妳出頭去求皇上收回成命，讓妳另許他人……」聶夫人越說，聶靈素的神色越冷。

她本就心思煩躁，初次不等聶夫人話語說完便強行打斷：「娘，福陵王不肯娶，那您與父親肯讓我嫁給他嗎？」

聶靈素這話正戳了聶夫人的心窩子，直覺反應便是林夕落給聶靈素灌輸了什麼惡念頭，否則聶靈素尋常聽話的丫頭，怎會與自己頂撞起來？

聶夫人心中怨恨，臉色也沉了下來，「靈素，這話是不是行衍公夫人教妳的？我才是妳的娘，我們怎會給妳苦吃？」

「這話不是誰教的，女兒只問您，如若福陵王肯娶，你們可否答應我嫁？」聶靈素咬準這一句不鬆口，聶夫人心中一冷，她剛剛也沒多問那丫鬟幾句，可是福陵王留了什麼話不成？

「妳見到福陵王了？」聶夫人眼神中滿是試探，聶靈素卻是冷笑，轉過頭去看著茶海中的壺碗茶湯逕自出神，不再與聶夫人多說一句。

聶夫人心中冰涼，被自己日常疼愛的女兒如此對待，她這顆心哪能不傷？

可本就心虛，她能如何回答聶靈素的提問？

如若她點了頭，福陵王真的要娶她，聶家可就要被太子放棄了，難道往後跟隨福陵王顛簸流離不成？

聶夫人想到此，更加堅定，絕對不能在此事上放手，今兒回去之後便要與自家老爺好生商量一番，爭取早日把這婚約給解了，為聶靈素另擇夫婿。既不耽誤聶靈素，也消除太子始終對聶家的顧慮。

聶夫人只覺得自己的籌謀很好，這般想來便開始著急林夕落為何還不來，她還急著帶聶靈素歸府呢！

林夕落正在隔壁房中吃著點心，秋翠已告知聶夫人到了，她卻不急，只讓聶夫人在那裡等。

聶家今兒的行為的確是讓她生氣，雖說她憐憫聶靈素的遭遇，可不代表她就良善到何人都要幫，即便去幫聶靈素，也要讓聶府出點兒血，否則她憑什麼要幫？

本是在思忖著如何為聶靈素的婚事周旋一二，不料聶府的丫頭居然來請聶靈素下樓歸府。笑話！當她這行衍公夫人是擺設不成？連府中的丫鬟都如此囂張跋扈，她不出了這口氣，心裡怎能順暢得了？

聶府，她要好生地敲打這些自詡為聖人門生的酸腐文人，至於還能藉此事有何發揮，她回頭再想，起碼要先將自己這口氣出了再說。

曹嬤嬤在一旁伺候著小傢伙，林夕落沾了甜味兒的果汁輕輕抹在他的小嘴唇上。

小傢伙兒舔得甚歡，咯咯地笑個不停。

聶夫人在隔壁房中來回踱步捶手，心中怨恨著林夕落居然以這種方式冷落她，如若就這樣帶著聶靈素離去的話，她會怎樣呢？

「不等了，靈素，咱們走！」

聶夫人終歸是等不得林夕落，轉眼已經小半個時辰了，卻依舊不見她的蹤影。

這不就是特意晾著她們母女，哪裡還有半分敘談之意？

聶夫人帶著聶靈素便要出門，可丫鬟將門一開，門口卻有侍衛守著，顯然是不允她們離去。

「你們這是作甚？本夫人要離去你們還攔著不成？」聶夫人氣極之餘也有些驚慌，侍衛拱手道：「行衍公夫人請聶夫人稍等片刻。」

「還要稍等到什麼時候？」聶夫人眉頭更緊，侍衛沒有強行阻攔，反而客套得很，她也只得緩言道：「改日再來與公爺夫人相見，今日家中有急事，須先回去。」

「聶夫人稍慢，容卑職前去回稟公爺夫人再來送您歸府。」侍衛說話間便往隔壁走，聶夫人意欲阻攔卻沒能攔得住，不過一想過去通傳也好，起碼林夕落露個面，她們也能早早離去。

可聶夫人的算盤又一次落空了，林夕落在隔壁間逗著小傢伙，又看魏青岩與林天詡下棋看得津津有味，侍衛前來回稟，她只擺手道：「攔著她們繼續等，何時聶大人找上門來再說！」

侍衛離去，林天詡不管這些亂事，拄著小腦袋在琢磨棋盤該怎麼走，魏青岩看著林夕落挑眉道：「對聶家生氣了？」

「有一點兒生氣。」林夕落嘴角抽搐，斥道：「一幫指望著過世老人混日子的，還眼高於頂，誰都瞧不上，連女兒嫁給福陵王當王妃都不樂意，膽小如鼠，只知巴結逢迎東宮，有何出息？今兒就讓他們出點兒醜，也掂量一下他們聶家現在的分量。」

林夕落嘴上嘮叨著，心中同時想起的還有她的娘家林家。

當初的林家大族是多麼昌盛的百年名號，可自林忠德過世以後，最後一張顏面簾子已經在小風中被吹得殘破不堪。如若沒有她嫁給魏青岩，沒有林綺蘭嫁給齊獻王為側妃，沒有林芳懿成為太子身邊的嬪，誰還會搭理林家是何人？

雖說聶家的老太爺更為德高望重，聶家這幾位在朝堂任職的人也握點兒實權，但只依著聶家的名號能混多久？

恨鐵不成鋼，林夕落記恨林家不爭氣，連帶著聶家也一塊兒煩上了。

何況聶夫人剛剛的一言一行，侍衛早已回稟過，她倒是要看看聶家的骨頭有多硬，反正都念叨了她不是好人，她索性就壞到底。

林夕落打定這個主意，便繼續看林天詡與魏青岩下棋。

林天詡苦苦思索片刻，腦袋一動，立即落下一子，可炮攻馬的同時，他才發現自己已經輸了，正欲張口悔棋，卻見魏青岩冷冷地看著他。

「輸了就是輸了，如若這是戰場，你如此匆忙行事，死的恐怕是無數的兵卒，是無數條生命！你後悔也無用，因為你也跟著丟了腦袋！」

林天詡立即小手擺弄，棋子落下，由著魏青岩將他滿盤截殺，苦著小臉道：「再來！我就不信我贏不了一次！」

魏青岩的臉色緩和些許，林天詡重新擺棋，林夕落在一旁嬉笑。

這小子跟著魏青岩，長大應該是錯不了，可她的小肉滾兒何時長大呢？

林夕落轉頭看向已經閉眼睛睡著的小傢伙，心中暖意甚濃，看著他的小臉、小手，那一雙大眼睛，只覺得溫馨，哪怕是一直這樣守著他也不覺煩悶。

這房中氣氛溫暖，可隔壁房中卻已快成了死人棺材一般冰寒。

聶夫人得知林夕落又發話讓她們繼續等，她實在是不知該說何才好，心中一股不祥的感覺湧起，她不會是要找聶家的麻煩吧？

此時看向聶靈素，她雖然滿肚子抱怨，卻一句都埋怨不出口，她也曾年輕過，怎會體會不到少女情懷？

可自家老爺是打定主意要與福陵王劃開界限，以此表示對太子的忠誠，連聶方啟的弟弟也如此，更指名如若聶靈素嫁於福陵王為妃，他們被太子抓住的把柄恐怕都會被一一揭露出來。

頭幾次想必可以藉著老太爺的名號揭過去，可如若皇上火了呢？聶家就因為聶靈素這一個人要賠上多少人的性命？

聶夫人明白聶方啟兄弟對此事的態度，她心中仍然記得聶方啟也是不得不點頭答應。

雖然聶方啟在外的事，聶夫人鮮少知曉，可看他如此表現，想必自家老爺也是有把柄攥在太子手上了……

聶夫人心中明白，這把柄二字不過是兄弟幾人尋找的藉口罷了，他們真正的野心在於扶持東宮，不願被福陵王這個文武無能的閒散王爺給拖累了。可如此一來，最苦的就是她的女兒靈素了。

憐惘女兒，可聶夫人也顧忌著自己另外三個兒子，如此權衡之下，兒子的前程終歸要比女兒重要得多，她不得不委屈靈素，除卻安撫幾句之外，無可奈何。

聶靈素坐在一旁不聲不響，就好像沒有她這個人存在一般，即便聶夫人在屋中來回踱步地念叨著，她也不理睬，任由聶夫人自己嘮叨到無趣才閉上了嘴。

「靈素，咱們被人利用了！」聶夫人忍不住走過去坐在她旁邊，聶靈素的嘴角輕動：「那又怎樣？女兒不是一樣被你們利用？」

「妳……」聶夫人驚愕之餘便氣極斥責：「妳這孩子如何與母親說話？」

「當初福陵王來家中，您都會主動帶女兒一同去聽祖父給他講學，祖父疼惜我，父親藉此得祖父重用，成為戶部高官。二叔本就不服他，您還教女兒如何在祖父面前去說二叔的壞話，讓我帶著大哥、二哥幾人一同跟福陵王玩耍。」聶靈素的聲音透著股子傷感的飄渺，說至此處，她看向了聶夫人，輕輕問道：「娘，這些我都記得的，不是嗎？」

聶夫人有些傻，她沒想到連這等幼兒之事聶靈素會記得如此清楚。

她支支吾吾回不上話，卻聽聶靈素繼續道：「女兒這輩子既然已經被賜婚給福陵王，您與父親不允嫁，女兒就不嫁了，今日歸去以後，請母親賜女兒一處遠郊別院，女兒自行婦人之道，就在那裡終老一生了。」

聶靈素說至此時，聶夫人的心終究一酸，「妳這是何苦……」

「請母親成全。」聶靈素沒有落淚，臉上還帶著股子笑意，可越是如此，聶夫人的心裡越疼，再見聶靈素又是不聲不響地靜坐，她只覺得頭暈目眩，不知該如何是好了。

侍衛將此地母女二人所言回稟給林夕落，林夕落感嘆道：「倒是個可憐的女子。」又看向魏青岩，「福陵王與她也算得上青梅竹馬，他一點兒都不動心嗎？」

「他？」魏青岩聳了聳肩，「他自己都活得糊裡糊塗，不會成家。」

魏青岩的話像一盆冷水澆在林夕落頭上，而這一會兒，有人前來回稟：「聶方啟聶大人求見，欲接其妻女歸家。」

林夕落笑著道：「終究是忍不住找來了。」

魏青岩應道：「請聶大人上來。」

侍衛在門口道：「聶大人……不肯進來。」

「為何？」林夕落說出這一句就尋到答案，「怕跟你也沾上關係，被太子記恨？」

魏青岩攤了手，「妳覺得該怎麼辦？」

林夕落琢磨片刻，吩咐道：「再去請他一次，如若聶大人仍然不肯，就將他硬拽進來，他若掙扎，就直接綁進來。」

侍衛聽後一怔，看向魏青岩。

魏青岩擺手道：「依著奶奶的意思辦。」

侍衛領命而去，沒過多久就聽到聶方啟的怒罵，顯然是他不肯進來，被侍衛硬給綁了進來。話語越罵越難聽，連行衍公是個「亂臣賊子」都罵出口。侍衛絲毫不理，由著他破口大罵，又將其強行架到魏青岩的面前，聶方啟才住了口。

「聶大人，你這一通叫嚷可是罵夠了？」魏青岩輕聲淡語，可他所透出的淩厲氣勢卻讓聶方啟一陣心寒，卻仍然忍不住道：「行衍公，您一直扣著我的妻女不放，如今我親自前來接妻女歸府，您又不肯，您這到底是要做什麼？大周國是有王法的，容不得您如此跋扈放肆！」

「大周國的王法也沒有下官拜見公爺不肯見面行禮的說法，聶大人，你與行衍公和本夫人來講禮法之前，勞煩你先將該行的禮拜了。明知公爺與本夫人在此招待你的妻女，你卻面兒都不肯露，還大吵大嚷行衍公是亂臣賊子，這等話語也是你能隨意出口的嗎？」林夕落越說越怒：「如若公爺是亂臣賊子，皇上還封他為行衍公，難不成你比皇上更會識人？你聶方啟聶大人對此不滿嗎？」

「胡說，我沒有！」聶方啟冷哼拂袖，可心裡卻甚是驚悚。

這兩人到底要幹什麼？被他們盯上，恐怕不好脫身了！

紅霞為湛藍的天空增添幾分迷幻的浪漫，夜色偷偷湧起，幽州城內的百姓也陸續歸家。街路上燈火點亮，特別是酒樓茶肆更掛滿了明亮的燈籠來招攬賓客。

福鼎樓可謂是幽州城內最奢華的，四層的酒樓上下燈火通明，賓客人流不絕，而此時樓前停留了不少人在指指點點，熱鬧笑談，只因從樓中傳出了各種各樣犀利的吵罵之聲。

看著樓下停著的一輛馬車上的牌子標明了「聶」字，連尋常百姓也知道，這定然與聶家有關。對聶家也好，對行衍公也罷，百姓是不管誰對誰錯，他們聽的是熱鬧，且樓中某個房中不時傳出叫嚷聲，話語還文謅謅的，顯然應該是那位聶大人了。

什麼「亂臣賊子」、「跋扈囂張」、「有違禮法」、「荒唐至極」、「草莽野兵」陸續出口，讓百姓們更為興奮，這可是頭一次聽到的大八卦，聶大人罵的是誰？

眾人很快就尋到了聲音出處，那一雅間的窗戶是開著的，故而這等妄言誑語才會輕飄飄地傳出，增加了百姓們的強烈好奇，停留在此地的人越來越多。

福鼎樓的夥計和侍衛並沒有催趕百姓離去，而是維護好秩序，由著他們聽戲。

聶方啟罵了一通，魏青岩與林夕落任何反應都沒有，林天詡反倒是氣不打一處來，小拳頭已經攥得緊緊，一張小臉也憋得通紅，待聶方啟還要繼續罵，林天詡爆發了，挽起袖子上前道：「你這個人到底知不知好歹？是你的女兒先找上我大姊的，我大姊邀她一同用飯，吃飯還吃出毛病了？你跑到這裡大吵大嚷，你懂不懂規矩禮法？你是多大個官兒？敢與我姊夫如此大聲喧嘩？禍從口出，你再說我就揍你！」

「小混球，滾一邊去！」聶方啟梗著脖子仰頭道：「行衍公，您如若再不放本官走，那就莫怪本官的嘴黑，我就繼續罵，嗷……」

聶方啟最後一句落下，林天詡上去就是一拳，聶方啟終究是四旬的文人，被林天詡個小傢伙兒打了一拳只覺得半邊臉都痲木疼痛，嘴中湧出血腥味兒，待用手一抹卻看到了血，聶方啟渾身顫抖不已，指著林天詡道：「你……你是誰家的孩子？居然敢打本官！」

「我爹是太僕寺少卿林政孝，我姊夫是行衍公魏青岩，我大姊是行衍公夫人林夕落，我義兄是兵部武庫清吏司郎中李泊言，教我的先生是都察院右僉都御史林豎賢！」林天詡一手叉腰一手舉上了天，朝著聶方啟便嚷道：「小爺我叫林天詡，打你又怎麼著？打的就是你！」

聶方啟讓這小子一頓虛張聲勢給嚇了一跳，一個半大不小的孩子居然張口就這般囂張，給他的這一拳還不輕！果然都是一個窩裡混出來的人，毫無規矩，連這麼點兒的小娃子都如此跋扈，簡直欺人太甚！

他之所以在此地嚎啕怒罵就是為了讓旁人知曉他聶方啟與魏青岩不是一條道上的，否則今日他的妻女在此，他也前來，若有心之人去與太子回稟，太子豈不是會懷疑他兩面三刀？

周青揚這個人生性多疑，絕對會往心中記掛，可被一個毛頭孩子如此侮辱，聶方啟氣壞了，指著魏青岩道：「這……您不知管一管？」

「連七八歲的孩童都忍不下去出拳打你，聶大人，你覺得臉上有光是嗎？」魏青岩甚是淡定，口中抿著茶，可看向林天詡的目光則多了幾分滿意。

這小子，沒白教！

林天詡也感覺出魏青岩的默許，不容聶方啟再繼續說下去，衝上前將聶方啟推了個跟頭，騎在他身上就是一頓暴揍。

跟著魏青岩與魏海練了這麼久的拳腳功夫，他除了之前揍過林府的幾個欺負過他的兄弟外，還真沒打過外人。如今第一個挨揍的就是聶方啟這類朝堂大員，他心底沒有害怕，卻是興奮，小拳頭劈里啪啦捶下，聶方啟連反擊的機會都沒有。

直到林天詡打夠了，捶累了才從地上起來，甩了甩手腕子道：「還真是力氣活兒，又餓了！」

林夕落往他口中塞了塊點心，林天詡吃得高興。

聶方啟在地上踉蹌幾次才爬起來，看著魏青岩道：「本官……本官這就去宮裡告你，讓皇上為本官做主，魏青岩，你……你等著！」

魏青岩淡笑地朝著侍衛擺手，「將聶大人一家送回去，然後再去太醫院請一個太醫。」

「不用你的爛好心！」聶方啟嘴上如此說辭，卻渾身癱軟，由著兩名侍衛將他抬了出去。

聶夫人和聶靈素此時才被從隔壁的雅間放了出來，瞧見聶方啟如此傷勢，嚇得險些昏過去，顧不得再有什麼抱怨的說辭，急急忙忙跟著上了馬車離去。

一家三人出了福鼎樓大門，卻見門口百姓眾多，聶夫人只覺得這張臉丟大了，而再隨著百姓們指點的方向瞧去，卻正見有一個開了窗戶的屋子……

聶夫人還有何不懂的？他們這是被人給陰了！

上了馬車立即吩咐前行，聶夫人看著聶方啟滿臉開花的模樣，忍不住道：「老爺，您何必呢？來此地接妾身與女兒歸去就算了，還那麼一番怒罵，咱們中計了！」

「放屁！」聶方啟當即大吼：「都是妳們兩個女人惹出來的惡事，妳們是罪魁禍首！」

「我……」聶夫人回不上話，埋怨壓抑在心，也不敢再與聶方啟說個沒完，他嘴角裂開一個血口子，一說話就流血，聶夫人心裡哀嘆，這可怎麼辦才好呢？

魏青岩與林夕落待林天詡填飽肚子後，讓人備車準備離開。

林夕落看著兒子忍不住笑，這小子貪吃貪睡的毛病可真是無敵了，聶方啟那一通大嚷大喊他都沒醒，卻在夥計們給林天詡端來肉湯麵的時候吧嗒了幾下嘴才醒了過來。
她不會就生了個吃貨吧？
此時百姓們已經散去，魏青岩與林夕落準備送林天詡回景蘇苑，林天詡卻連連擺手，「大姊，帶我回妳那裡躲幾天吧，這若回家被父親知道了，還不得打死我……豎賢先生訓也訓昏我了，讓我躲幾天吧！」
「不行。」林夕落輕輕道出二字，林天詡的小臉苦了，「那我豈不是揍完人就要挨揍了？」
魏青岩拍他小腦袋瓜一巴掌，「我會為你說情，這件事你做得很好。」
林天詡眼睛一亮，「真的？」
魏青岩點頭，「不錯。」
「姊夫真義氣！」林天詡跳上了馬，喜氣洋洋地便往景蘇苑而去。
魏青岩與林夕落回到景蘇苑，將此事粗略告知了林政孝，便返回侯府。
路上林夕落說起這個聶方啟，不由道：「你開了窗子由著他怒罵，是想噁心太子？」
「正是。」魏青岩沒有否認，「皇上一直不滿這幾個世族，林府如今已是空架子，聶懷遠本就比妳祖父更為德高望重，而他這幾個兒子在戶部、吏部都是重要之職，還成為太子的爪牙，皇上面色不露，心中定是不滿，如今他怒斥我，他這個官兒不見得保得住，就看他是不是命夠硬了。」
林夕落點頭，她不過是看聶家不順眼，但魏青岩之所以縱容她，想必定有他的打算。
他如此一說，這件事的目的已經很清楚，只需等待，不用再多說了。
回至侯府，魏青岩叫來了魏海：「今兒他的罵辭可都傳出去了？」
「卑職安排了十人在各個酒樓茶肆傳話，如今已經近一個時辰過去，想必城內快都知道了。」
魏海笑容狡黠，「這幾個臭文官，看他們還有什麼法子狡辯！可是要去與林豎賢先生說一聲，藉此機會彈劾聶家？」

魏青岩搖了搖頭，「林豎賢不用動，如今看東宮那一位是否知曉，也看他是什麼態度了。」

「大人是覺得最近東宮那位沒了聲響？」魏海揣測魏青岩的心思，魏青岩點頭，自言自語地嘀咕道：「反常必為妖，他忽然無聲無息，這心中又在想什麼呢？」

此時皇宮之中，周青揚聽了皇衛回稟，大吃一驚，追問道：「他居然說魏青岩是亂臣賊子？」

皇衛點頭，「是，千真萬確，眾人耳聞，絕不虛假。」

「聶方啟這個老東西，都是假聰明！」周青揚大恨，他得了皇后的囑咐不與魏青岩針鋒相對，便想藉此來休養一陣，也暗自拉攏些人脈兵馬。如今最重要的就是吳棣能否在邊境大勝，可……可聶方啟個糊塗蛋居然鬧出這等荒唐事來，他如何與人交代？

此事已經宣揚開來，連街頭百姓都當熱鬧在說，可打了聶方啟的人居然是個七八歲的孩子，魏青岩一沒有罵他，二沒有打他，狡猾得好似個泥鰍，根本讓人捉不到把柄。

魏青岩……你到底想幹什麼？

聶方啟今兒算是恨透了魏青岩，他出身聶氏大族，父親是周國重臣，哪裡是宣陽侯一個草莽靠刀拚個爵位的人能比的？

魏青岩不過是數次爭功，邀寵獻媚才得皇上欣賞，當初封他為行衍公時，聶方啟等人就不同意，聯名抗議卻無功而返，如若不是唐永烈執意要求，他聶方啟怎可能去參加李泊言的喜宴？

那個行衍公夫人如同瘋子一般，不但拐走他的女兒，甚至還扣押他的夫人，林政孝之子還打了他，他一定要找回這個顏面，絕對不能讓他們看自己的笑話！

聶方啟匆匆進宮，直接奔東宮求見太子，可周青揚聽及聶方啟前來，嚇得從床上蹦了起來，大罵道：「這個混帳，他怎麼今晚就來見本宮？讓他直接去覲見父皇！」

戶部重臣受了委屈進宮找的不是皇上，而是他這位太子，被肅文帝知曉的話，他這個太子的位子更是尷尬。

多年前他隱忍不發，就是得皇后提點，肅文帝是多疑之人，特別是如今年邁，疑心更重……

太子如此下令，皇衛立即前去傳話，聶方啟聽到太子的吩咐，心中大驚。他糊裡糊塗地就進了宮，孰料腦中只尋思著如何整治魏青岩，居然忘記應該先去覲見皇上。

他怎能犯這等低級的錯誤？聽完皇衛傳話，匆匆忙忙小跑就往宣德殿行去。

周青揚好似屁股上長了釘子，怎麼都待不住了。

他必須要想個辦法，如若聶方啟這裡惹惱了皇上，他可絕不能被此人給拖下水……

想罷，周青揚立即起身更衣，心中開始焦躁不安起來。

宮中已經揭開了鍋，魏青岩與林夕落卻甚是舒坦，在家中的園子逛了片刻，才回屋睡下。

可今兒跟聶家鬧了一通，林夕落仍然想知道結果，魏青岩更是時而露出心不在焉之色，林夕落忍不住趴在他的身上問道：「想著聶家的事？」

魏青岩點頭，「聶方啟此時應該進宮了，就看皇上何時傳召我了。」

「你這時還不睡就是等著皇上召見？」林夕落略有驚訝，隨即失落地道：「還以為你是特意陪著我的……」

「把此事處理妥當，就有更多的時間陪妳了。」魏青岩大手在她的臀部上拍了幾下，林夕落扭開身子，心生狡黠之意，小手從他的衣襟下伸了進去，在他的身上來回地挑逗著。

瞇著的一雙吊稍眼兒中透著柔媚，輕咬著嘴唇露出的壞笑讓本已身下湧動的魏青岩瞬間反應過來，咬牙道：「臭丫頭，明知道我在等皇上的傳召，還來勾引我！」

「被你猜中了！」林夕落伸著小舌頭在他嘴唇上舔了一口，「就是為了氣你！」

魏青岩哭笑不得，卻摟著她一個翻身，將其壓在身下，「那便趁著傳召的消息還沒到，先讓我解了渴！」說罷，將她的衣裳全部撕去，林夕落瞪眼大驚，連連躲開，「你還來真的？」

「這不是滿足妳想要的嗎？」魏青岩口中說著，手卻不停，沒等多大會兒功夫，林夕落面色緋紅，裸身於他之下……

屋外腳步匆匆，魏海輕咳一聲，回稟道：「皇上急召。」

魏青岩剛褪去自己的褻褲，聽到這話，當即僵住。

林夕落忍不住哈哈大笑，笑容中透著勝利之意，可心中也在抱怨，什麼時候來不成，偏趕在這個時候……

魏青岩看著她溫潤的身子和她摟著自己脖頸的手臂，感覺身下堅挺無處發洩的抑鬱，立即朝外吩咐道：「先去門口備馬，我稍後就出去！」

「啊？」魏海一愣，隨即見到冬荷紅著臉從屋中出來，魏海仰頭長嘆，這位爺還真是牡丹花下死，做鬼也風流啊，連皇命都比不過女人的柔情了！

過了約大半個時辰，魏青岩才整裝離開了宣陽侯府。

上了馬，魏海道：「爺，這可過去許久了。」

「你們在宮門等我，我先走。」魏青岩話音一落，駕馬疾馳，一道黑色的影子在眾人眼前眨眼而逝。

魏海僵在原地，嘴角抽搐，只得吩咐侍衛道：「走吧，咱們宮門處等。」

聶方啟前去求見肅文帝，肅文帝正在宣德殿中批奏摺。

皇衛傳召聶方啟進去，聶方啟便跪在地上，老淚縱橫，臉上和身上那些輕傷包裹得如同粽子一般，他早已做好痛斥魏青岩毆打朝官的罪名，自然在傷勢上略有誇張。

可肅文帝始終都在批奏摺，根本不讓他開口回稟前來所為何事，更沒有讓他起身。

跪在地上一個多時辰，聶方啟只覺得腿鑽心地疼，本就一身傷，捆了渾身的棉布勒得難受，跪地許久，他快撐不住了。

「皇、皇上……」聶方啟沒忍住，只得輕喚一聲：「微臣請皇上做主啊！」

殿內無聲，半晌才響起肅文帝的聲音：「朕做主？你不是去請太子做主嗎？何必還來求朕？」

聶方啟心中一震，連忙道：「啟稟皇上，微臣剛剛被人打得頭暈目眩，體力不支，糊裡糊塗地就走錯了方向。皇上是天下之尊，微臣是要請皇上做主，並非是去尋太子殿下。」

肅文帝冷笑幾聲，「記錯了路？這倒是朕聽到最可笑的笑話了。」說罷看向一旁的陸公公，「你覺得呢？」

陸公公陪伴肅文帝許久，自是知道皇上此時已經大怒，連忙道：「奴才也是初次聽說，聶大人不知是被誰打了，居然糊塗成如此模樣。」

「都是行衍公魏青岩啊！」聶方啟看不到肅文帝臉上的戾色，聽到陸公公的話，即刻開口告狀，陸公公見他接了話，忙道：「聶大人不要再說笑了，若說旁人咱家不知道，但行衍公與咱家還頗為熟悉，如若是行衍公動的手，如今恐怕就是聶家的人來報喪了，您哪裡還能親自跑來向皇上告狀？」

聶方啟連忙道：「是他指使的！」

「那動手打你的人到底是誰？」肅文帝聲音陡然暴戾，讓聶方啟不敢再有遮掩地道：「是……是林政孝大人之子動的手。」

「那更是笑話了，林政孝大人只有一子，如今才七歲。」陸公公深知皇上之意，立即嘲諷地接過了話。

聶方啟滿臉火辣辣的燙，這種當面被諷刺的感覺實在不好受。

「七歲的娃子揍了你，你跑來找朕告狀？你這個官是怎麼當的？」肅文帝從桌上扔下一本奏摺，直砸在聶方啟的臉上，「你給朕好好看看！」

聶方啟早就驚慌不已，哆嗦著手拿起奏摺，只看了兩行就癱軟在地。

這是彈劾他行事不端、貪汙賄賂的奏摺，而且上奏之人並非是林豎賢，而是都察院的另外一名御史官員。

此時門外皇衛回稟：「啟稟皇上，行衍公到！」

肅文帝點頭，皇衛立即去傳。

魏青岩從外進來，見聶方啟正跪在地上哆嗦著，舉步上前，向肅文帝行禮請安。

肅文帝擺手，「這人告你的狀，讓朕很不高興，你說怎麼辦？」

聶方啟立即提起一顆心，看著魏青岩。

魏青岩笑道：「皇上，臣不怕被人汙玷，但聶家好歹與福陵王還有婚約在，您不妨看在福陵王的面子上，此事就算了吧。」

聶方啟大驚，他……他居然讓皇上看在福陵王的面子上？這豈不是逼著他離開太子一系？

肅文帝若有所思地看著魏青岩，「就這麼輕巧？」

「那……皇上想如何處置就如何處置，微臣只聽命便好。」魏青岩滔存一晚又急著趕來，忍不住輕咳幾聲，臉上也略有疲憊。

肅文帝忍不住輕嘆，近日裡朝堂對魏青岩的非議頗多，無非都是吳棣的幾次小戰告捷，故而魏青岩承受的輿論壓力很大，如今看他在聶方啟面前都如此隱忍不發，面上的疲憊更說明他心中不安。

朝堂對魏青岩的非議是肅文帝縱容的，如今再看魏青岩這模樣，他的心中有些不忍，「邊境之戰你有何建議？」

魏青岩並不意外，反而搖頭道：「臣無意。」

「為何？」肅文帝知道他話中更有深意，絕非是對戰事，而是對人心。

魏青岩看了一眼聶方啟，自嘲道：「外人非議微臣何言微臣都可忍，但如今已傳出微臣是亂臣賊子，是草莽野兵，微臣還是老老實實地閉上嘴，何況吳大將軍戰事告捷，微臣自無建議。」

肅文帝聽及此語，登時大惱，「這話是誰說的？」

魏青岩沒說話，此時外面有皇衛稟告：「啟稟皇上，太子殿下求見。」

肅文帝冷哼一聲，周青揚匆匆從外進來，看到肅文帝一臉的暴怒，聶方啟在地上顫抖不停，他還有何不懂的？

周青揚立即上前道：「父皇，兒臣已經問明今日在城內發生的事情經過，聶大人實在太過囂張，請父皇將其革職，莫要縱了他，寒了行衍公的心！」

魏青岩離去，林夕落躺在床上也睡不著。

儘管被他折騰得身子疲憊，心中仍惦念著魏青岩進宮後的情況。

雖說對聶家的事是她出面，魏青岩背後縱容，可孰知皇上會如何想？

她雖僅見過肅文帝一次，可他的王者霸氣讓她記憶猶新。

王者……一句話就能要了人的命，她暗自祈禱魏青岩能全身而退並達成他期望的目標。

窗外鳥啼蟲鳴，微風從窗格中偷跑進來，撫在她露出的手臂上。她昏昏沉沉，時睡時醒，直至天色漸亮，聽到冬荷跑進來回稟道：「奶奶，您醒醒！」

「怎麼了？」林夕落一下子就從床上翻身坐起，瞪著眼睛看著她。

冬荷忙道：「是景蘇苑送來了消息，皇上忽然賞賜天詡少爺一柄金弓，更是誇讚他年少英勇，乃將帥之才，要他走武舉之路，爭武狀元之名。」

林夕落甚覺奇怪，難不成林天詡揍了聶方啟一頓，皇上還大為讚賞？

「景蘇苑是誰來送的消息？」

「林老爺身邊的長隨。」冬荷回稟完，林夕落不再多問，林政孝只派了一個長隨來傳信，顯然此事已經沒什麼好說的，或許連他都在迷茫之中，只等著魏青岩從宮中回來解釋。

林夕落點了頭，讓冬荷賞了荷包給長隨，大半夜的來傳信，實在是折騰人。

可這件事不止對魏青岩重要，對林家也很重要，皇上要林天詡走武舉之路，顯然是要林家出一武將，給他們指了一條新路，只是這條路能走多遠，就無從得知了……

既然睡不著，林夕落便去隔壁廂房看孩子，曹嬤嬤正在為他換尿布，見到林夕落來了，小傢伙伸著小手咿咿呀呀地叫。林夕落將他抱進懷裡，他的小嘴就奔著「飯盒」而去，吃飽便又睡了過去。

曹嬤嬤笑著道：「小主子如今晚間醒來的次數也少了，奶奶不必跟著多操勞了。」

「沒關係，看著他這小模樣，我就不覺得累。」林夕落撫摸著他的臉蛋，小傢伙卻嘟嘟嘴很不高興，倒是把她給逗笑了。

曹嬤嬤說著為小傢伙尋奶娘的事：「……這幾天三奶奶尋了三個奶娘來，還沒讓您見，卻先讓老奴見了，老奴覺得其中一個還可以，如若您有意，改日您也見一見再定。」

「妳定了就行，改日帶來讓小肉滾兒見見，畢竟是要跟著他的，得他不討厭才行。妳也不是不知道咱這小子的臭脾氣，瞧不上的，他是不愛搭理的。」林夕落指著兒子的肉臉，忍不住笑。前些時日秋翠爭著要抱他，孰料這小子不知為何，只要秋翠一靠近他，他就咧嘴哭，而冬荷過來他就老老實實地扎在她的懷裡睡，這件事讓秋翠的小心肝很受傷。

曹嬤嬤自然明白林夕落的話，笑著道：「老奴也是這般想，所以還請奶奶幫著看一看。」

「那明兒就叫來吧，早有人幫著妳，妳也輕巧些。」林夕落說完，又問向一旁的冬荷道：「什麼時辰了？」

「已經卯時初刻了。」

「五爺也該回來了……」林夕落瞧著窗外的月光，口中呢喃地嘀咕著，而此時魏青岩正被皇上留於宮中罰站。

原因無他，而是魏青岩一口咬定自己被汙「亂臣賊子」，不對吳棣的邊境之戰出言半句。

可魏青岩的這股子倔強的勁兒讓肅文帝怒了。

他已經將聶方啟給罷官趕回家，魏青岩卻還記著他說的這四個字不放，讓他這個皇上怎麼辦？哪怕魏青岩只說一句，不也是讓他下臺階順口氣嗎？

可魏青岩就是不肯說，連周青揚這會兒都巴不得他趕緊隨意說一句讓皇上消了氣，他們也早點兒各回各地兒，否則他這一雙腿都跟著站瘸了。

魏青岩是武將出身，鋼筋鐵骨，周青揚卻是文弱身子，本就是病病殃殃的小身板，陪他這樣的人站一宿，不累死也被委屈死了，他這是招誰惹誰了？

看著皇上眼中血絲濃密，卻仍與魏青岩對峙。魏青岩高大的身軀恭恭敬敬地站在原地，目視前方，嘴唇閉得極嚴，根本沒有開口之意。

周青揚無奈地嘆了氣，心中只琢磨著如何能將此事圓過去，此時皇后於祈仁宮中剛起身，身旁的嬤嬤立即上前回稟此事。

皇后嚇得「嗷」了一聲，連忙道：「還站著？熬一宿？」

嬤嬤點頭，「是陸公公派小太監送來的消息。」

「怎麼不早叫本宮起身？」皇后略有些惱，宮女進來道：「娘娘，已經放好淨身的溫水。」

「來不及了，就用溫水淨一下面，本宮要為皇上的身體著想，這就要去覲見皇上。」皇后說罷，腦中開始盤算此事如何辦才妥當。

此時齊獻王的母妃德貴妃也聽到了這個消息，可聽罷之後卻是笑了，「太子的小身板兒跟著熬一宿？這倒是有趣了。」

「奴才也是聽了宣德殿的公公們說的，這才馬上來回稟娘娘，娘娘，您看是否要去？」小太監立即提議，德貴妃卻搖頭，「宣德殿是皇后娘娘才能去的，本宮……」停頓片刻，隨即吩咐身旁的人：「本宮沐浴更衣，然後去覲見太后她老人家，侍奉太后用早膳。」

陸之章◆戰雲詭譎添筆墨

肅文帝很生氣。

如若換作另一個人，他早就下令攆出去革職查辦了，可對魏青岩，他就是開不了這個口。這個孩子是他的骨肉，連身上的痣都一模一樣，他文武全才、聰穎過人，可惜他名義上的出身太差，落得如今這個尷尬的境地，也是他沒有安排好。

可這孩子的脾氣太倔強，不過是一句服軟的話而已，他就是不肯說……

對於外人斥罵他亂臣賊子，肅文帝也很生氣，手心手背都是肉，聶家名義上還與福陵王訂了親，否則他早一聲令下，剁了聶方啟的人頭。

如今這事兒怎麼辦呢？他就不會點頭認個錯，讓他這位九五之尊有個臺階下？

肅文帝的目光複雜，熬了一宿，他的身體也有些吃不消。

陸公公又遞上來一碗藥，魏青岩親自上前伺候著肅文帝服下，可儘管如此，他依舊不對戰事說上一句，讓肅文帝哭笑不得。

「算了，你不肯說，朕也不勉強你了。」

肅文帝這話一出，周青揚當即就咬了舌頭。

什麼？就這樣算了？熬了一宿，魏青岩上前餵了兩勺藥就拉倒了？

他這父皇跋扈暴戾了一輩子，怎麼對魏青岩這小子就如此呵護？而且連他的母后都要求不許對魏青岩再針鋒相對。

周青揚懵了，他徹底懵了。

肅文帝先開了口，魏青岩繼續侍奉他服藥，「微臣不願被人詬病，如若國遇危機，微臣願為皇上以命搏命，不是現在的紙上談兵。」

肅文帝點頭，只覺得這小子能說出這話，連藥都成了甜的。

「你有此心，朕甚是欣慰。」肅文帝看著一旁呆傻的周青揚，冷哼一聲道：「那聶家的人你打算怎麼辦？」

「啊？」周青揚陡然被問，嚇了一跳，「他……他實在過分，還請父皇降罪處置。」

「你早有此心，他們聶家就不會如此猖狂！」肅文帝這話著實嚇壞了周青揚，他心中明白，這是肅文帝對他拉攏聶家不滿了。

「兒臣有罪！」周青揚額頭滲出了汗，他終於明白肅文帝讓他陪著站一宿的原因了。這是在罰他逾越之責，他哪裡還敢有半句反駁之詞？

肅文帝冷哼不語，此時陸公公前來回稟：「皇上，皇后娘娘求見。」

「來看她兒子？」肅文帝的神色更冷，「讓她進來，帶著她的好兒子走吧。」

陸公公小心翼翼地出去傳話，皇后得知此消息心中冰涼，看到周青揚面色晦暗地走出來，她一句怨言都說不出口，正欲帶著周青揚回去問個究竟，卻見太后宮中的小太監匆匆跑來。

「德貴妃娘娘在陪著太后用早膳，太后得知皇上熬了一宿，特意吩咐奴才過來請皇上過去一同用膳。」

皇后面色陰沉無比，德貴妃……她已經算計到了骨子裡！

魏青岩回到宣陽侯府已經臨近午時，熬了一宿，他的鬍渣都顯露出來，臉上掛滿的疲憊讓林夕落甚是心疼，忙遞上棉巾為他擦著臉。

「丫頭……」魏青岩將她圈在懷中，頭埋在她柔軟的雙峰之間，林夕落看出他心中的失落和彷徨，撫著他的腦袋道：「你還有我。」

魏青岩一笑，拍了她的屁股幾巴掌，隨後叫出薛一道：「將吳夫人被夕落敲詐擠兌的事盡可能誇張地傳入吳棣軍中，要他大怒大惱，刺激他一下！」

「是！」

周青揚一直在心中想著今晨與皇后的對話。

他跟著皇后出門，腦中仍然印著魏青岩上前侍奉肅文帝喝藥的情景，孰料他還未從這震驚中緩過神來，皇后便道：「你為何又要讓聶家的人去找魏青岩的麻煩？本宮與你說的話，你都當成耳旁風不成？」

周青揚更是一震，還未等解釋，就聽皇后氣急敗壞地道：「無論魏青岩做什麼，你現在都要忍耐，待本宮將此事弄明之前，不允你再鬧出任何事，否則本宮再也不幫你！」

皇后說罷便朝向太后宮中而去，可周青揚這一路歸來都在想著皇后的話，想著魏青岩給皇上餵藥，他抓亂了自己的頭髮，眼中陰狠無比。

這魏青岩到底多什麼？他到底多什麼？

憑什麼他這堂堂的太子都要讓著他？到底誰才是太子？誰才是肅文帝的兒子？

周青揚正在暴躁發火，林芳懿卻領著太子的庶子前來求見。

此子之母是一不起眼的宮女，重病過世，此子由太子妃作主交由林芳懿撫養。

周青揚心中一動，立即吩咐林芳懿來見，他不能動魏青岩，還不可以上趕著拉攏？無論是敵是友，他總能端詳出一二……

魏青岩讓薛一傳出的消息很快便傳至邊境。

謠言八卦比傳信的鷹隼飛翔的速度還快，如同邊境的沙土塵暴，很快便席捲整個軍中。

吳棣的下屬聽說此事，不由得皺了眉前來見吳棣，而此時吳棣正在與幕僚商議是否要追攻咸池國的殘餘部隊。

下屬將消息悄悄回稟，吳棣當即一震，「你是從何處聽來的？」

「軍中不知何人收到家信中提及了此事。」

吳棣臉色陰沉，未過多久，門外的信令兵前來送信，「回稟大將軍，您的家信。」

家信？吳棣疾步過去取來打開一看，正是吳夫人寫來的，其上詳細地說了吳家在幽州城所吃的虧，還說了鄒僉的夫人前去巴結行衍公夫人等事。

雖說其詳述的事情沒有下屬回稟得那麼誇張，可在吳棣的心中，這封信像是一巴掌，狠狠地抽在他的臉上。他在此地拚生拚死，妻子居然還被魏青岩這個混蛋的女人看輕，他的小妾居然還被他們弄死。

那可是他的寵妾，是他最喜歡的女人！

他吳棣如若不闖出一份戰功來回去踩死他，他就不姓吳！

吳棣將信撕得稀碎，隨後一揮刀，「起軍，繼續打，給老子打到咸池國的老家去！」

「大將軍，小心有詐！」

「放屁！再有詐又如何？區區小國，比得了我二十餘萬大軍？開拔！」

過了兩日，魏青岩帶著林夕落和兒子去了景蘇苑，自那日從皇宮歸來，這還是頭一次出門。

他需要在侯府裡靜上兩天，將思路全部理順再做籌畫。

而今日第一件事是要見林政孝，皇上對林天詡的讚賞不假，但也涉及到林家下一代的走向。

林政孝已經等了兩日，今天一早得知魏青岩與林夕落會來，急忙將林政辛也給叫了過來。

林政辛如今是林家家主，雖說林政齊與林政肅等人對他不滿，可有林政孝與林豎賢撐著，他們也不敢有太大的動作。

畢竟林忠德過世不到一年，他們還丁憂在家，鬧出事來，誰都甭想有好日子過。

喬錦娘如今也有了身孕，可林政辛擔心她獨自在家不妥，便帶著一同前來景蘇苑，眾女湊在一起也是個伴兒，連李泊言的妻子唐鳳蘭也在，你一言我一語的，好不熱鬧。

林政孝與林政辛、李泊言、林豎賢與魏青岩只能一邊聽著女人嬉笑，一邊談著林天詡的事。

「這小子當日忍不住聶方啟指著我與他大姊怒罵，便上去將聶方啟一頓打，雖說他才七歲，但這身子板可比聶方啟個酒色掏空的文人強多了。那日皇上得知，又想起林老太爺過世不足一年，不免對他略有想念，於是提點了天詡，希望他能考武舉，若中武狀元的話，憑藉林家的顏面與我，應能直提正六品武將，但前提是這小子考得上。」

魏青岩說著，大手在林天詡的腦袋上揉著。

林天詡甚是興奮，自從他見了魏青岩，被逼著練武騎射，就覺得比讀「子曰」有趣多了。

可惜魏青岩那時不允許他放棄習文，他的先生還是林豎賢，這就讓林天詡個小傢伙兒吃透了苦頭，儘管無人誇他，可其實多方培養，這小子別看才年僅七歲，他於武已能敵十一二歲孩童，行文上考個秀才應該沒什麼問題了。

林豎賢聽魏青岩這般說，再看林政孝與林政辛興奮的表情，心裡很不是滋味兒。

林夕落是他的學生，被魏青岩搶了；林天詡也是他的學生，也被魏青岩搶了。

他的腦中蹦出了林夕落的小肉滾兒，這胖小子長大不會有人跟他搶了吧？

看來要對此子年幼開教，他就不信教不出個堂堂正正的文豪來。

林豎賢咬牙切齒地尋思著小肉滾兒，此時喬錦娘與唐鳳蘭正看著小肉滾兒玩得正高興。

喬錦娘是即將當母親的，看著小肉滾兒心裡極是歡喜，也想沾沾他的喜氣，給林家生個男娃子出來。唐鳳蘭是特喜歡小肉滾兒的眼睛和胖乎乎的小臉，看著就想笑。

林夕落在一旁嘀咕著這小子現在的好吃懶做，更是與胡氏說著林天詡的事。

「娘，有青岩在，您就放心將天詡交給他，即便他不從武而改行文，他也不是那塊料了，想當初年幼之時在林府整日之乎者也的，還不是被人欺負。」林夕落認認真真地與胡氏商談。

他們家中只有林天詡與自己姊弟二人，行武必要上戰場，而上了戰場就容易丟了這條命，胡氏怎能不擔心？

自從那日皇上傳話來，胡氏已經兩宿沒能安安穩穩地睡覺了……

「可……可娘只有你們姊弟二人了，他可別再出什麼差錯。」胡氏的眉頭擰緊，林夕落道：「那您就想讓天詡在您身邊長大，然後娶親生子，事業上一事無成？」

林夕落說到此，苦笑道：「祖父過世之後，咱們家算是與文臣斷了聯繫，青岩能幫天詡的也只是在武徑一途，如今您要麼就讓他行武將來從軍，要麼就讓他在家過日子，什麼都別想。文官之途已經不適合他，即便硬闖，丟命恐丟得比上戰場還快。」

「豎賢不是也在？」胡氏提起林豎賢：「他如今的日子過得豈不很好？」

「他之前險些被齊獻王綁架、又被迷暈了扔至城外，幾次涉險都是青岩將他解救出來，怎麼，您把這些事忘了嗎？」林夕落的語氣帶了點兒硬氣，胡氏猛然想起，心中也是害怕，「那……那天詡就沒有別的選擇了？」

林夕落點頭，「有，在家混吃等死。」

胡氏無奈，沉默不語。

一旁的喬錦娘和唐鳳蘭逗著小肉滾兒，也在看著這方母女兩人私談。

雖說沒有避開她們，可唐鳳蘭和喬錦娘都是識趣的，一方喜歡小肉滾兒逗他玩，另外一方也是躲開避嫌。

林夕落起身伸伸胳膊腿兒，讓胡氏靜思片刻，走過來與這兩人敘話，談的自然是喬錦娘的養胎，還有唐鳳蘭為何還沒能有孕，要如何調理。

魏青岩與林政孝等人除卻談論林天詡之外，也對皇上的心思仔細析解。

眾人一致認為這是皇上有意拆解豪門大族，林家此時已不用提，聶家已成為肅文帝的眼中釘，太子昨日自行前去與聶家劃清界限一事，恐怕也會引起他手下其他文官的不滿和自危。

「……這件事是否要再擴大一分？」李泊言忍不住提議：「聶方啟已經被罷官，他心中對太子再不滿也不敢對外說了，否則豈不是自找苦吃？但可以宣揚出去，讓太子也噁心幾天。」

魏青岩搖了搖頭，「昨日就皇上、太子、聶方啟與我四人在場，傳出的話，都會認定是我做的手腳。」魏青岩頓了下，「吳棣那一方可有消息傳來？」

「三場大捷，他欲趁勝追擊。」

魏青岩輕嘆，「那就等吧，看他這一條路是否走得順。」

眾人一同在景蘇苑用了飯，魏青岩便帶著林夕落與兒子回府。晚間，薛一傳信來告知魏青岩，吳棣已經對咸池國大舉進攻，欲一戰全剿。魏青岩聽到後只隨意點了點頭就陪著林夕落睡去。

翌日清晨，林夕落醒來還未等用早飯，門口的丫鬟便前來通傳道：「奶奶，有一位鄒夫人求見，她說有重要的消息要回稟給您！」

鄒氏？林夕落想起昨日魏青岩與薛一的對話，問道：「五爺呢？」

「跟侯爺與三爺在前書房議事。」

林夕落斟酌片刻應道：「請鄒夫人至前廳等候，我稍後就到！」

鄒氏今日得到鄒僉在前方傳來的消息，頓時頭腦發脹，不知所措。

戰場上謠傳吳大將軍家出事的消息，已經將他們給捲了進去。

儘管鄒僉已經跪地一再發誓他誓死忠於吳大將軍，但這一場仗他依舊被派為先鋒將軍，說白了就是兩字：送死。

鄒僉臨行之前去信給鄒氏，鄒氏接到消息便立即前來投奔魏青岩，鄒僉的信中已經表明，吳棣就是要弄死他，但他可以用吳棣一軍的消息與魏青岩換家中父母妻兒安康，讓鄒氏立即來找行衍公。

鄒氏看到信後只覺得頭快炸了，她一早便匆匆跑來找林夕落，得到林夕落通傳後，便坐在正廳裡眼淚不止。

之前鄒僉跟隨吳棣她心中抱怨很多，不平不忿，可如今鄒僉已經以命換他們老少的命，她這眼淚兒就止不住地往下掉，心裡慌亂不安，只恨不得鄒僉若能安全歸來，讓她做什麼都成。

男人是家中的頂樑柱，鄒僉如若戰死沙場，她們這些老少活得哪裡能安穩？

等待的時間總是漫長，不過一炷香的功夫，鄒氏好似過了一個時辰，見到林夕落在門口出現，她立即上前跪在地上，「求公爺夫人救命了！」

林夕落一怔，隨即使了眼色給秋翠，秋翠上前去扶鄒氏，鄒氏卻一扭身子繼續道：「求夫人救命，否則我寧可跪死在此地，還望夫人成全！」

「那妳就在此跪著吧。」林夕落面色冷淡，「吩咐人每日三餐送飯來即可，本夫人還有事，先告辭了……」

「夫人！」鄒氏立即上前抱住林夕落的腿，林夕落躲開道：「有什麼事就說，我與妳一不沾親，二無情分，我為何要救妳的命？我又憑什麼救妳的命？」

「吳夫人給吳大將軍送信說了芊氏的死，還說了公爺夫人欺壓訛詐吳家的事，吳大將軍將此事賴在了我家老爺身上，如今已經命我家老爺率軍打急先鋒，就是去送死，夫人，您行行好，您救救我們一家！」

鄒氏邊說邊跪在地上磕頭，林夕落一怔，使了眼色給冬荷，讓她出去即刻派人告知魏青岩此事，她則尋了地方坐下，緩緩地道：「秋翠，扶著鄒夫人坐下慢慢說，再打盆水來請她淨面。」

秋翠應下前去扶鄒氏，鄒氏起身，淨面之後便看著林夕落。

林夕落的語速很慢，緩緩地道：「鄒參將跟隨吳大將軍出征乃是為大周國前去立功，吳大將軍派他打急先鋒也是信任他，怎能說是故意的呢？這話說出去豈不是讓人笑話妳不懂事？更不會有人信的，妳說是嗎？」

鄒氏聽後眼中又湧起了淚，只得將鄒僉吩咐的事原原本本地說出，不敢再有半點兒隱瞞：「我家老爺也說了，這件事他即便送死也要率軍前去，只期望公爺夫人能照應鄒家老少，無論讓他做什麼他都會答應。如若公爺需要他透露什麼消息，他也一定照辦，絕不失言，只求公爺能護衛鄒家，莫等吳大將軍歸來後……鄒家老少一條命都留不下了。」

鄒氏說得甚是淒慘，忍不住哽咽道：「我家老爺跟隨吳大將軍已有多年，這麼多年出生入死，一點兒好處都沒有，即便多次賣命也不過是一參將之職，他家中逢年過節也都重禮送上，都不用想著去送什麼，直接就會告知這一節日要拿多少銀子、備什麼禮。鄒家這麼多年住的仍是祖宅，就靠著微薄的俸祿緊張度日，不怕夫人笑話，我……我前陣子為了讓芊氏給老爺說幾句好話能晉升官職，可是把嫁妝銀子都搭上了……」

林夕落聽著她如此訴苦，心中開始盤算著是否要插手，如若插手該怎麼做，她眼下一句話都不說，也是要等魏青岩是何態度。

林夕落不說話，鄒氏彷若是打開了話匣子，喋喋不休地將鄒家老老少少說個遍，將鄒僉跟隨吳棣這些年所受的苦也嘮叨個遍，如若她所言屬實，這個吳棣還真是張狂跋扈，不知收斂了。

「夫人，您是個好心人，求您行行好助鄒家一把，也可憐可憐我們這些老少等死的人，您一家老少都有好報！」鄒氏越來越囉嗦，到最後可能連她自己口中說的是什麼都不知道了。

林夕落忍不住皺眉道：「行了行了，妳這嘴消停些吧，好似我如若不幫妳，全家不得好死似的……我呸！」

鄒氏一聽連忙擺手，「沒有這個意思，絕對沒有這個意思，夫人您誤會了……」

「閉嘴！」林夕落輕哼一聲，鄒氏仍喋喋不休，林夕落只得道：「再說就給我滾！」

鄒氏聽後立即將嘴巴閉上，可那一雙可憐兮兮的眼睛讓林夕落看得發慌，心中略有焦慮，看向門外，魏青岩依舊沒有消息傳回來，這事兒怎麼辦呢？

林夕落沉嘆口氣，安慰道：「事兒妳也說清楚了，但也得容我有點兒時間想一想，妳說個不停，我的腦子都亂了。妳先在一旁歇一歇，待妳靜下來之後，我再問妳幾個問題，好生商議一番。」

林夕落如此說辭，鄒氏連連點頭，她也覺得自己剛剛的狀態略有誇張，抿了幾口秋翠送上的好茶，可如今喝入口中都覺得如苦藥湯子那般難以下嚥。

人總在瀕臨絕境之時才能想起過往的好，殊不知這世上最滿足的事就是活著了。

林夕落思慮片刻，冬荷過來道：「奶奶，小主子醒了，曹嬤嬤請您過去一趟。」

林夕落起身前去，鄒氏立即起身欲跟著，秋翠也不顧什麼規禮，上前阻攔道：「鄒夫人，您這是做什麼去？」

「公爺夫人這是去哪兒？」鄒氏著急，生怕林夕落扔下她不管。

秋翠道：「夫人去探小主子，您稍等片刻她就會歸來。」

「你們小主子還需要公爺夫人親自照看？」鄒氏滿臉懷疑，秋翠冷面道：「小主子都是要夫人親自去餵的，我們夫人與尋常的夫人不一樣，您還是在此等著吧。」

鄒氏一怔，也知道自己來求人不能咄咄逼人，只得坐在一旁等候。

曹嬤嬤尋林夕落的確是等著她餵孩子，而此地魏青岩也在。

林夕落也沒什麼顧忌，一邊餵著小傢伙一邊與魏青岩說起鄒氏的來意：「……這鄒僉你打算用嗎？保他們一家又有何用？如今我被她念叨得腦子凌亂，沒了主意了。」

看著兒子吭哧吭哧地吃著母乳，魏青岩上前捏他嘴巴子一下，神色平淡，「鄒僉跟隨吳棣多年，也不是無用之人，但就怕他沒有那麼大的膽子。」

「那怎麼辦？鄒家如今除卻鄒僉之外，老老少少還有一十二口，那吳棣真的會讓屬下送死，歸來還要弄死他的家人嗎？會不會有詐？」

魏青岩甚是篤定，「他會滅口的。」

「這是為何？」林夕落只覺此人竟然如此狠辣。

魏青岩道：「鄒僉還有兒女，吳棣不會留下隱患，讓鄒僉的兒女長大再尋他報仇，即便這個幾率很小，他都不會留下這個把柄，否則他夜不能寐。」

「簡直就是個畜生！」林夕落怒罵一句，看著魏青岩，「那如今你想怎麼辦？」

「我會派人去直接聯繫鄒僉，妳讓鄒氏回家等消息，如若鄒僉做到承諾我的事，那麼鄒家的命我保，但如若鄒僉做不到或出賣了我，我會在吳棣下手之前滅鄒家的口。」

魏青岩如此說辭讓林夕落嚇了一跳，滿臉狐疑地看著魏青岩。

「嚇到了？」魏青岩輕問。

林夕落點頭，「如若鄒僉出賣了你，你會那麼做嗎？」

魏青岩肯定地點頭道：「會，為了鄒家不握住我的把柄，為難我的家人妻女。」

「怪不得旁人都稱你是個閻王。」林夕落不願多想，他們在生死場上拚搏的人似乎早已將命看得極輕。

魏青岩安撫地拍了拍她的肩膀道：「希望妳能理解我。」

「有什麼不理解的？人不為己天誅地滅，他若出賣了你，我與兒子也無活路了，還管得著他人生死？」林夕落嘆了口氣，「不過這話我與鄒氏說不出口，你還是請旁人去傳好了。」

魏青岩點頭，找來一名侍衛去傳話，隨即將鄒氏送了回去。

林夕落餵過兒子，魏青岩便陪著她在屋中看書行字，窗外略有聲響，林夕落知道是薛一到。

魏青岩擺手讓薛一進門，薛一回稟道：「鄒氏所言屬實，大人要如何與鄒僉談？」

「告訴鄒僉，他的家人我保了，前提是他必須要殺掉吳棣。此戰若勝，吳棣要死；此戰若敗，吳棣也要死。」魏青岩說罷，薛一則道：「可在前方的暗衛稱鄒僉任急先鋒，他恐等不到看戰勝還是戰敗。」

「放心，他總會有辦法的。」魏青岩淡撇嘴角，「我等他的消息。」

太陽朝升暮落，鳥兒晨起夜歸巢，時間匆匆而過，轉眼已是農曆七月，小肉滾兒百天了。

自聶方啟被皇上革職之後，幽州城內的官員們甚是安靜，沒有人再對此事發表議論，而是兢兢業業上差，等候著邊境大戰的消息。

魏青岩每隔幾日就去看一看修建的行衍公府，其餘時間就陪著林夕落和孩子。

林夕落知道，他明面上雖然沒有動作，可薛一不見了。

暗潮湧動，魏青岩面上輕鬆得很，私下裡卻一點兒都沒閒著。

小肉滾兒百天的日子沒有邀約外人，而是宣陽侯府中的人一同慶賀吃了頓飯。

林夕落也在今日才又見到侯夫人，她已經老邁得連走路都費力，與林夕落最早看見的那位侯夫人判若兩人。

齊氏還有兩個月也快生了，可魏青山執意要求，她便也帶著孩子們一同到郁林閣用飯。

這一頓飯男人們談朝事，女人們低頭用飯話都不說，只有孩子們那一席才偶爾冒出點兒笑聲，但又怕被大人們斥罵，連忙捂著嘴低頭悶笑，不敢發出聲來。

或許也看出氣氛太僵硬，侯夫人擦了擦嘴，率先開口與姜氏道：「文擎已經百日，老四家的又馬上要生了，府中的麻煩事都要歸在妳的身上，妳承受得住嗎？」

姜氏點了頭，隨口回道：「如今府中的人都能賣力幹活兒，五弟妹也答應了，待四弟妹要生時，請曹嬤嬤過去幫襯著，另外已經聯繫了兩個產婆子，下半個月就來府中候著了。」

聽及林夕落派了她身邊的曹嬤嬤過去幫忙，侯夫人心中沒什麼感激，而是複雜得很。

她的身邊已經動用了宮中的產嬤，她這位侯夫人都做不到的事，這丫頭輕而易舉一句話，侯夫人心中冰冷，這丫頭的命怎麼就這樣好呢？世道亂了……

侯夫人終究尋出四個字來自我安慰，林夕落才不管她到底怎麼想，看著齊氏在一旁悶聲不語，便開口道：「明兒請喬醫正來為四嫂診一次脈，瞧著妳臉色不對，可是不舒服？」

「吃什麼吐什麼，還差兩個月就生了還是如此……」齊氏的臉色枯黃，打不起精神來。

侯夫人瞪她一眼，「吐了也得往嘴裡塞，妳這是為了孩子，不是為了妳自個兒。」

齊氏微微點頭，便不再說話，自從方太姨娘被處置後，她就在自己院子裡不出門，也是魏青山不允許她到處亂走，怕她惹麻煩。可齊氏心裡怎能高興得了？她當初那番爭搶還不是為了魏青山嗎？孰料事到臨頭，她成了惡人了……

心中沉嘆一聲，齊氏拿起筷子又往嘴裡送了點兒吃的，味同嚼蠟，難以下嚥。

林夕落與姜氏對視一眼，兩人都看出對方想即刻把這頓飯結束，目的是為了讓侯夫人早些回去歇著。有她在，再熱鬧的場面都會冷下來，看著她那一張臉就讓人發憷。

席面草草結束，侯夫人先行離去，由花嬤嬤陪著回了筱福居，林夕落與姜氏齊聲嘆了口氣，齊氏的目光在兩人之間徘徊，忍不住道：「不行……我還要吐……」

丫鬟婆子們跟著一同忙乎，魏青山等人往這方看來，忍不住嘀咕道：「女人就是麻煩！」

宣陽侯瞪他一眼，看向魏青岩，「吳棣接連大勝，如今已打入咸池國境內，你有什麼打算？」

「他征戰在外，我能有何打算？」魏青岩舉著魏青羽的扇子，打開來玩弄著，「如此乘涼品茶飲酒，豈不挺好的？」

魏青羽連忙將扇子搶過，一來，他這把扇子是已過世的大文豪親自題字的，他捨不得讓魏青岩糟蹋；二來，魏青岩一個冷面之人拿著扇子搖，沒有分毫秀雅之氣，就跟拿著刀似的，實在入不得眼。

宣陽侯聽他這話，鬍子險些氣歪，魏青岩雖然如此說辭，可他心中如何不知魏青岩是在隱藏著？父子離心，已經不是第一天了……

「你愛說不說，但本侯可告訴你，如若他能安安穩穩地歸來，你就等著被彈劾吧，你行衍公的位子也坐不了多久了。」宣陽侯的語氣甚狠，魏青岩攤手道：「那就看是吳棣的命硬，還是我的福分大了。」

魏青羽心中一動，魏青山則問起魏青岩軍械一事，將此話題給帶了過去，可沒等說太多，齊氏身體不適，姜氏便讓魏青山先帶她回去。

魏青山滿臉的不情願卻也沒有辦法，百日席就這麼草草散了，宣陽侯與魏青羽一同離去，只有姜氏在此幫襯著林夕落將院中的事理完，再隨她母子一同回了後花園的小院才離去。

哄著兒子睡著，林夕落與魏青岩在花園中散步，這陣子孩子有了奶娘，林夕落能吃的東西也增加了些，可她卻刻意少吃，讓過於豐腴的小腹瘦下去不少，起碼現在能看出是腰了……

邊走邊扭，林夕落大踏步地運動著，魏青岩看她這模樣，笑得更甚，他哪裡見過這樣大手大腳的女子？

「胖乎乎的多可愛，偏要自己瘦下去！」魏青岩看她額頭是汗，拿著她手中的帕子替她擦著，林夕落卻道：「太胖了不好。」

「女為悅己者容，我喜歡就好。」魏青岩如此說倒讓林夕落一愣，看他臉上表情好像理所應當，可她終究不是這時代的女子，對這話還沒深刻得進入到心裡。

「我自個兒也得瞧著順眼才行吧？」林夕落拍著自己仍豐碩的肚腩，「誰不喜歡楊柳細腰？」

魏青岩摸著她的屁股，「這兒就不用往下瘦了……」

林夕落立即躲開，夫妻兩人在花園中嬉鬧片刻，遠處忽然有鷹隼啼鳴，魏青岩手入口中嗚哨幾聲，鷹隼翱翔衝下，魏青岩從其爪上取下一個木條，其上還有一封信。

木條遞給了林夕落，林夕落取下身上帶著的水晶片探去，心中大喜，這是魏仲恆送來的信，而且是他親自雕的字。

雖說其上的字跡雜亂無章，大大小小錯落，但起碼已經有個模樣了，林夕落甚是開心。

魏青岩看著信，其實信上的內容與林夕落得到的木片上內容一樣，是福陵王怕魏仲恆這東西弄得誰都看不懂，所以特意手書一封附帶木條一起送到。

「他們已經到靈州了。」魏青岩也很高興，「再過幾日便到西北，一個月的路程他兩個月到，顯然一路風花雪月的沒少玩樂。」

林夕落瞪眼，「他不會把仲恆給帶壞吧？」

「什麼叫帶壞？」魏青岩這一問，林夕落啞口無言，好色對於男人來說好像不算壞事……

再見魏青岩一臉狡黠地忍著笑，林夕落才明白這是故意逗她，小拳頭輕捶他幾下，魏青岩才笑了出來，「福陵王到西北，等候的便是吳棣的戰果了。」

林夕落也平靜下來，她知道魏青岩所指並非是吳棣邊境之戰的勝敗，而是吳棣的死活。

「鄒家這些時日沒有動靜兒，都極少出門了。」林夕落想起鄒夫人當日倉皇離去的模樣，她心裡卻沒有喜悲，這世道何人不是棋子？

即便是肅文帝，也是老天爺手中的棋，只是有人是兵，有人是帥，分工不同，命運就不同了。

魏青岩點頭，「不急，聶家人這些時日沒來尋妳嗎？」

林夕落搖頭，「沒有，但聶靈素已經離開聶家單獨住了出去，特意送了消息給我，我不知福陵王與你是什麼意思，所以暫時沒有答覆她，也沒有約她來見，想必她還是念著福陵王。」

「福陵王不是我，聶靈素也不是妳，各自有拋不開的利益，青梅竹馬的感情早就淡了。」魏青岩的感慨讓林夕落吃驚，一臉不可置信地看著他，「你居然有如此詩意的時候？」

「那我該如何？」魏青岩心中很受傷，摸摸自己的臉，「這也受歧視嗎？」

林夕落溫婉一笑，主動撲在他的懷裡，「我喜歡，你多說幾句。」

魏青岩大手一扛，往屋中走去，邊走邊道：「說這麼多作甚？還不如直接行動更實在……」

一盆涼水澆下，林夕落有些憂傷，指望這位閻王玩點兒浪漫看來是沒什麼戲了，可也別如此打擊人啊！

「放我下來！」

「不許亂動……」

夫妻兩人纏膩了許久，林夕落癱軟在床上不願起身，冬荷早已將晚間的飯席擺上了桌，魏青岩執意拽她，她才不得不起來吃上一頓。

渾身痠疼得，她實在不想動……

魏青岩正欲開口逗她，門外魏海匆匆跑了過來，回稟道：「剛剛接到一封信，沒有署名，吳棣前一仗損失八萬人，可執意要進攻咸池國屬地，監軍勸阻，被他下手殺了，可是現在眾將大舉行進，吳棣卻失蹤了！」

吳棣失蹤了！

這件事雖然沒有被公開，可一封莫名的信件傳來，這消息恐怕十之八九無錯。

魏青岩沒有遲疑，即刻吩咐道：「吩咐十名侍衛去鄒僉家裡，護衛他的家人悄悄離開幽州，帶去西北交給福陵王，不能留下出城的痕跡。」

「可城門處要怎麼辦？讓他們跟隨李泊言的軍械出城？還是尋什麼辦法？」

魏海略有迷茫，魏青岩道：「去尋時康，讓他想辦法。」

魏青岩提及時康，魏海立即應下，時康自從上一次吳家鬧出了事之後便投靠了魏青岩，魏青岩在官員之中對此人也頗有讚賞提拔，時康藉此得了不少好處。

如今正是用到他的時候，就看這人是否真的聽命行事了。

魏海離去，林夕落見魏青岩在低頭靜思，也沒有再去打擾，而是去側房看兒子。

小肉滾兒已經百天，胖成個圓球不提，個兒也高點兒，每天小手亂動，小腳丫亂踢，必須要看著林夕落把玩一會兒雕刀才行，否則就會不停地大喊，脾氣大得很。

曹嬤嬤拿小主子沒轍，每天由著他看一會兒林夕落雕物件，便會尋理由把他的注意力轉走。

新來的奶娘名為玉棠，自家男人是魏海手下的一名侍衛，因傷殘疾，玉棠有了身孕後，孩子未能活過一個月，故而前來求個差事，給小肉滾兒當奶娘。

林夕落的身子不管怎麼補都不足以餵飽小肉滾兒這吃貨，玉棠前來正好足夠奶孩子，讓曹嬤嬤也放下了心。

看到林夕落進了屋，玉棠立即起身行禮，軍戶出身，她也不懂侯門大宅的規矩，只是行禮不知該怎麼問安。

「坐下吧，不用這般客套。」林夕落走到兒子的搖籃前，看著他眨著大眼睛看著自己，小手亂舞，好似在求林夕落抱他。

林夕落伸手將他抱進懷裡，小傢伙就開始揪她的衣裳扣子，林夕落笑著拍他小手，「你個貪吃的，又不是沒吃著飯。」

曹嬤嬤笑著道：「小主子這是跟您親。」

「玉棠帶他累嗎？這小子可是個淘氣性子，不像以前那般睡個不停，醒的時候可鬧人。」林夕落看著玉棠，玉棠連忙擺手，「不鬧不鬧，奴婢能帶得好。」

林夕落看向曹嬤嬤，曹嬤嬤微微頷首，示意玉棠做得還可以。

「妳家中的事曹嬤嬤也與我說了，回頭讓妳男人去找糧倉的人報到，在那裡尋個差事。妳的月例銀子每月二兩，衣食用度與院子中的僕婦們一樣，如若有什麼需要的就與曹嬤嬤說，由曹嬤嬤為妳作主。」

林夕落這是將人給了曹嬤嬤，曹嬤嬤驚喜，福身道：「謝過夫人，老奴定當帶好。」

玉棠也是感激，當即跪地磕頭，林夕落三番四次地讓她起身才算罷了……

玉棠只是孩子的奶娘，本不敢多話，林夕落逼著她聊起家中的事，聊得久了，她才熟絡起來，說起娘家曾在幽州城內開過小鋪子，經營什麼樣的買賣，話題一多，曹嬤嬤便不願讓她絮叨。

林夕落使了眼色給曹嬤嬤，待兒子睏了，讓玉棠帶著他去睡下，林夕落與曹嬤嬤談起話來。

「……這個玉棠看著是個實在人，她如若願意說話就由著她，不必讓她當個啞巴似的。」

「公爺要求在軍戶家中尋找奶娘，才尋到她，她說話的口音很重，也不懂得規矩，老奴怕她帶壞了小主子。」曹嬤嬤終究是出身宮中，一舉一動都要求著規禮。

「這事兒妳就甭操心了，這小子妳也看見了，他無論是像我還是像咱們五爺，不可能是個老老實實守規矩的人，而且五爺早已有心讓他自幼習武，磨練騎射。對於孩子，一家有一家的養法，否則五爺也不會要求從軍戶家中找伺候他的人了。」

林夕落這般說，曹嬤嬤瞪了眼睛，「自幼就習武？」

「從能走就開始。」林夕落想著當初魏青岩親口說出這樣的話，她心中也有點兒心疼，而後一想自幼學著打人，總好過挨打，誰知道這府裡將來是什麼樣子？

若魏青岩的身世爆出來，他們能不能安穩地活著都不一定了。

曹嬤嬤臉色不豫，可她是奴，這些人是主，她也只得應下。

晚間時分，魏青岩得到薛一的回報，隨即穿上衣裳出門，見林夕落從外面進來，他拿過披風護在她的身上，「陪我出去走走？」

「出府？」林夕落探問，魏青岩點頭，「對，出府。」

「鄒家？」林夕落想到他下晌吩咐魏海派人送鄒家走……

魏青岩輕刮她的小鼻子，「我們是去戲樓聽戲而已。」

林夕落知道他是在打啞謎，也不再多問，整理好衣衫便跟著魏青岩溜達到侯府門口，隨後便去了戲園子。

今兒仍然是碧波娘子的重頭戲，整個戲樓上上下下熱鬧非凡。

魏青岩早已派侍衛前來告知準備雅間，待他帶著林夕落進去之後，戲樓的老闆連忙過來請安，而後便是碧波娘子求見。

林夕落看著魏青岩的臉色不屑，不由得笑道：「這可是你要帶我來看他的戲的。」

魏青岩隨意擺手，「妳見，我去後面的房間歇一會兒。」

林夕落點頭，魏青岩起身離去，那後方有一個隱蔽的內間，從角落的窗中探去，可以看到遠處的幽州城門。

魏青岩關上了門，林夕落讓人請碧波娘子進來，似是早先得知行衍公也在，碧波娘子進門沒有抬頭，而是先跪地磕頭請安，可起身之後卻發現只有行衍公夫人一人。

「起來吧，這頭是白磕了。」林夕落意有所指地看了後方內間一眼，碧波娘子心中明瞭，立即起身退至一旁，「得知夫人來此，奴家特來拜見。」

「不是外人了，何必如此客套？」林夕落讓人搬了個小杌子給他，「坐吧，稍後還有一場大戲，你可別累著了。」

「謝夫人。」碧波娘子坐下，臉上笑意甚濃，問起林夕落道：「不知夫人今日欲聽何戲？」

「忽然來此就不壞規矩了，今兒既然戲牌子都掛了出去，因為我特意改動，難免招嫌。」林夕落這般說辭，碧波娘子卻是搖了搖頭，「今兒定是要改戲的，不如夫人先挑選一齣。」

「哦？這是為何？」林夕落見碧波娘子的神色似意有所指，心中起疑。

碧波娘子看向她身邊的冬荷與秋翠，自是探問這兩人是否可靠，林夕落點了點頭，碧波娘子才開口道：「剛剛接了消息，齊獻王爺也要來聽戲。」

林夕落眉頭微皺，笑著道：「他不是時常都來給你捧場？」

碧波娘子輕輕搖頭，「自從林側妃有了身孕之後，除卻在各府宴席上見過齊獻王爺之外，王爺從未來過戲樓中捧場。」

林夕落心中一沉，難不成齊獻王來此有什麼原因？不會是發現魏青岩的動作吧？

見林夕落神色微暗，碧波娘子連忙道：「所以還請夫人先挑選一齣戲，奴家先還了您前來捧場的情兒，待王爺到時，恐怕不能來陪夫人了。」

「倒是讓你為難了。」林夕落隨手點了一齣，「那就來你最拿手的《玉簪記》好了。」

「多謝夫人，奴家這就去換裝，吩咐鑼鼓板子換曲，先行告退了。」碧波娘子起了身，林夕落吩咐秋翠道：「去換點兒金錁子，回頭給碧波娘子捧場用。」

秋翠應下便去，碧波娘子又是鞠躬道謝，直至時間上快來不及才退了下去。

他一出門，魏青岩從內間出來，林夕落轉身問道：「齊獻王忽然來，是否跟你的事有關？」

「很有可能。」魏青岩點頭，「他現在除了在家等著孩子出世之外，也在關注著吳棣的事，難保吳棣軍中沒有他的人。」

林夕落嘆口氣，「真是麻煩！」

「那《玉簪記》可是好聽？」魏青岩忽然問起，林夕落怔愣片刻點頭，「你想怎樣？」

「陪妳看戲。」魏青岩甚是淡然，「不過在此之前我要先出去一趟，妳等我。」

林夕落點了點頭，可再抬頭時，魏青岩已經閃至戲樓後面的窗戶處，林夕落看著他，「你要從這裡出去？」

魏青岩微微頷首，跳了下去。林夕落跑了幾步過去再看，只見一個人影很快就消失在黑暗處，不見了蹤影。

這人怎能這樣快？林夕落嚇了一跳，心中嘀咕著，而此時，還沒等她的心平靜下來，門外有人前來回稟道：「夫人，碧波娘子的戲開場了。」

林夕落點了頭，吩咐人將簾子掀開，而正值此時，門外有侍衛匆匆來報：「齊獻王到！」

齊獻王緩步進來，戲樓本已開場的鑼鼓點兒也停了下來。

眾人齊齊叩拜，齊獻王的目光卻往二樓以上的雅間探去，待見到侯府的侍衛時，他的目光才停留下來。

林夕落聽到齊獻王到的消息時就已經讓侍衛將簾子撂下，在門口吩咐道：「齊獻王如若要進來，想辦法攔住他。」

「這怎能攔住？」

「就說爺與我在內間休息，未給他請安許是睡著了！」林夕落想不出什麼更好的辦法，讓冬荷與秋翠在內間的門口守著，她則匆匆進了內間，在窗戶處張望。

齊獻王府的侍衛已將整個戲樓包圍起來，密不透風，林夕落有些擔憂，魏青岩怎麼回來？

戲班子的鑼鼓點兒開場，林夕落的心猛跳不止，忽然聽到急促的腳步聲，有人在門口請行衍公與行衍公夫人前去見齊獻王，侍衛搪塞幾句，那方卻道：「怎麼？連王爺前來都不肯起身嗎？」

「公爺吩咐，無論何事都不允卑職打擾，自不敢貿然前去。」

「放肆！」

王府的侍衛怒喝，卻讓樓下的賓客好奇地抬頭看來。

齊獻王也朝樓上探去，他每次前來聽戲都要坐在一層中間的正位，距離碧波娘子最近才看得清楚，剛剛來此就見宣陽侯府的車駕在門口停著，可又沒有見到魏青岩的影子，這才派侍衛前去請他，孰料侍衛不去通傳，這小子搞什麼鬼？

齊獻王緊蹙眉頭，林夕落早已叮囑侍衛無論何事都不允別人闖進，故而兩方侍衛對峙起來，誰都不肯先讓一步。

戲園子中的賓客議論紛紛，目光更是在齊獻王與樓上的雅間來回徘徊，可這等看熱鬧的心思卻讓齊獻王大惱，他好心好意地去請魏青岩，還他媽的裝上犢子了？

「侍衛前去魏崽子不肯下來，本王親自去請！」齊獻王嚎了一聲便起身往上走。

林夕落在屋中貼耳聽見，心裡頭更是著急起來，這位王爺上來了，她可怎麼辦？

侯府的侍衛也有些焦急，如若說是侍衛還罷，可王爺親自前來，他以什麼藉口阻攔？

齊獻王冷哼地快步上來，走至雅間門口，大嚷一聲：「魏崽子，我進來了！」

「別進來！」林夕落在內間大呼，齊獻王一怔，還未等他再開口，林夕落焦躁的聲音從房中傳出：「冬荷快把衣裳幫我清洗下，這怎麼見人？」

「頭髮、頭髮快幫我梳一下……」

秋翠呆愣，冬荷最先反應過來，即刻配合地道：「奶奶，梳子忘記帶出來了，您別急……」

「先去為爺更衣，別讓王爺久等，否則他還不闖進來！」

「丟死人了，怎麼在這時候來……」

腳步聲、女人的叫嚷和嘰哩咕嚕的磕碰聲從內間傳出，齊獻王站在門口呆滯片刻，附耳貼在門上輕輕地聽著，卻沒有聽到魏青岩的聲音。

齊獻王有些不信，可再一想，如若魏青岩不在，林夕落那女人會幹出這等事來？

雖說這女人不簡單，可她不至於這樣豁得出去吧？

聯想到魏青岩居然飢不擇食，在戲園子裡就要開這等風流韻事，明日傳出去豈不是個大笑話？

齊獻王輕笑，可依舊問王府的皇衛道：「城門處可有什麼消息？」

皇衛回稟：「沒有音訊。」

「難不成傳給老子的是假消息？」齊獻王摸著下巴，卻不敢真的闖進去，否則真見著林夕落這女人衣冠不整，那丟人的可就是他了。

齊獻王思索片刻，終究先下樓去聽戲，但還是不時問身邊的人事情進展……

林夕落拍了拍胸口，可算是把齊獻王給糊弄走了，可她這張臉丟大了，往後豈不是見著一次得被嘲笑一次？再一想魏青岩音訊全無，也顧不得想這許多，如若齊獻王真的闖進來見到魏青岩不在，那就麻煩了。

一齣《玉簪記》開場，眾人的目光轉回碧波娘子身上，齊獻王笑意盈盈，露出淫邪模樣，可心中卻在掐算著時間，只等他派出去的人傳回圓滿的結果。

時間過得很快，林夕落焦躁地看向窗外，除卻繁星增多、月光綻亮，根本沒有魏青岩的身影。

這怎麼辦？她與魏青岩如若再不出現，齊獻王定會生疑，若再闖上來的話，她可想不出別的辦法攔住他了。

正在林夕落躊躇不安之時，戲園子的鑼鼓點兒乍停，《玉簪記》唱完，要接下一齣戲了。

「妳去給碧波娘子送賞，告訴他，請他幫我纏住齊獻王，千萬不能讓他上來。」林夕落吩咐秋翠：「如若碧波娘子辦成此事，我自有重賞。」

「可他若不答應呢？」秋翠心中也焦急，林夕落臉色陰沉地道：「他不答應，那我就閹了他送宮裡當太監！」

秋翠一縮脖子，連忙拿了小金錁子去辦事，冬荷也有些慌亂，「奶奶，樓下如此多的皇衛，五爺如何回得來？」

林夕落嘆氣道：「我也不知道，只能走一步看一步了！」

秋翠打賞完碧波娘子金錁子，將林夕落的原話告知他，隨後道：「夫人之意你應該明白的，如若你這次幫了夫人，少了你的好處，如若你做不到，小心進宮裡當太監，或者……或者讓你伺候齊獻王一輩子！」

碧波娘子的面上毫無反應，只是微微點頭，「我只能盡力，如若做不到，望夫人莫怪罪。」

「你必須做到！」秋翠臉上帶著些許威脅之色，碧波娘子薄唇輕挑，「不要強人所難。」

秋翠不再多說，只看著碧波娘子褪去身上的衣襟換上尋常的便服，可他褪去衣物時露出身上堅實柔滑的肌膚卻讓秋翠嚇得轉過頭去，「無恥！」

「妳不是要閹了我當太監嗎？還怕看這個？」碧波娘子略帶挑釁，可等秋翠轉過身欲罵他時，卻見碧波娘子已經穿好衣衫，拿了戲牌子離開此地。

秋翠從角落離去，見碧波娘子正在請齊獻王點戲，更在一旁端茶倒水，微笑逢迎。

齊獻王正納悶魏青岩還不下來，心中起疑時，碧波娘子前來請他點戲，看著他眼中略帶幽幽的埋怨，也知最近沒來捧場，心中多了幾分愧疚。

「你喜歡唱什麼本王就聽什麼……」齊獻王喚來身旁的人道：「給碧波娘子賞銀五百兩，另外前陣子送來的裘皮狐皮也抬來一箱子。」

「奴家謝過王爺。」碧波娘子說話間，餘光朝向林夕落的雅間一掃，連忙與齊獻王道：「奴家今兒有了一齣新戲，王爺不如陪著奴家講一講戲如何？」

「今兒……」齊獻王有些猶豫，「今兒本王有事。」

幽怨的目光投來，碧波娘子憂鬱地福了福身便欲走，齊獻王連忙道：「何處去？」

「王爺還有要事在身，奴家怎能驚擾？」嘴上如此說辭，可碧波娘子的眼眶卻紅潤起來，齊獻王禁不住這繞指柔，忙道：「本王聽，這就聽，什麼事能比碧波娘子更重要？來，說！」

碧波娘子臉上堆笑，便坐下身與齊獻王款款談了起來。齊獻王初次覺得碧波娘子如此能說，而後一想，他之前也常來捧場，如今許久沒來，想必是得佳人思念……

如此心思，齊獻王甚是高興，樓上的林夕落卻心急火燎，就快如沖天炮仗點火就著了。

她已經不知道還能怎麼拖延，秋翠前來回稟碧波娘子的話，林夕落也知道這是有些難為人，可魏青岩還不回來，她能怎麼辦？

林夕落的身子快探出了窗外，如若再往前點兒就掉下去了。

正值此時，遠處一個黑點兒急速靠近，林夕落卻根本無法看清，忽然一個人影閃至面前，將她撲進了屋內，林夕落嚇得驚叫一聲。

魏青岩見她小臉刷白，笑著道：「嚇壞了？」

林夕落見是他，小拳頭一頓亂捶，「嚇死我了！你怎麼如此久才回來？齊獻王已到，我可是豁出去這一張臉了！」說著便將剛剛阻攔齊獻王進雅間和逼著碧波娘子前去纏住齊獻王的話道出。

魏青岩看她赤紅的臉，忍不住笑道：「別白費如此心思，不如先溫存一番？」

林夕落臉紅成桃，將他推開，「你還是先露個面為妙。」

「好。」魏青岩用棉布擦掉身上的塵土，收拾好便帶著林夕落出雅間朝齊獻王那方行去。

齊獻王聽著碧波娘子說戲的功夫，餘光瞥見魏青岩與林夕落走來，心中正起意要嘲諷這兩人幾句，孰料一旁的皇衛匆匆趕來，湊至齊獻王的耳邊輕聲回稟。

齊獻王的臉色驟然大變，看著魏青岩的神情甚是冰冷，「臭小子，你又搶了本王的人，鄒家人是你救走的？」

齊獻王陡然大惱，讓所有人都驚嚇得呆滯原地。

林夕落理一理鬢間髮絲，目光中露出迷茫之色，配合著魏青岩否認此事。

這並不是林夕落擅自所為，魏青岩如若要告知齊獻王此事，就不用那麼瞞著了。

魏青岩搖頭，「鄒家人？哪一個鄒家？幽州城內不知有多少姓鄒的人，王爺不如說出此人名姓，我也好聽個清楚。」

齊獻王冷哼一聲，見周圍賓客都看著自己，不由嚎啕道：「看什麼看？都看戲！」隨即若有所思地打量著魏青岩與林夕落，嘀咕道：「你們隨本王來！」

齊獻王將最近一個雅間裡的人給攆了出去，魏青岩與林夕落緩步進門，齊獻王便迫不及待地問：「本王說的鄒家人就是吳棣手下的參軍鄒僉，他家人是不是你給送出幽州城的？」

「不過是參將，我怎會認識？何況關起門來說話，那是太子麾下的人，我連這等人都知曉得清楚，王爺，您這是怪我的手伸得太長了嗎？」魏青岩自嘲，「我都被罵成亂臣賊子了，如今悶頭過小日子都不成了？」

「少在此地跟本王裝良民，你如若是心裡沒鬼，本王的名字倒著寫！」齊獻王臉上寫滿了不信，不過看魏青岩滿不在乎的模樣，他撂下暴躁之氣，無奈地道：「我說魏崽子，你何必跟本王藏著掖著？如今本王不怕你笑話，就在等著女人肚子裡能不能生出個兒子了，否則本王也是案板上的豬肉！你與本王應是一條線上的螞蚱，何必總是與本王作對？」

齊獻王看魏青岩臉上沒什麼表情，繼續道：「如若以前東宮那位護著你，你也在他麾下為其做事，本王自當不提，可如今他恨不得你跟你爹早點兒讓土埋了，你何苦還不跟本王聯手？不求做出多麼大的功績，起碼別讓人拿刀宰了就行啊！」

「王爺說笑，一位是東宮之主，一位是尊貴親王，我這等草魚爛蝦哪裡敢與王爺站於一條線上？」魏青岩的神色平淡，「普天之下莫非王土，率土之濱莫非王臣，我只有為皇上盡力之責，侍奉王爺之心。」

「你——少來這套！」齊獻王重拍桌子，「這可是本王給你的機會，認認真真地與你談，你別在這兒與本王玩花樣！之前幾次與你語重心長，你還當自個兒真是塊好膏藥了？你答應，本王與你客客氣氣；不答應，本王就逼著你也得答應，你信不信？」
魏青岩沒有正面回答，攥著林夕落的手，輕聲道：「王爺，您何必與我這等人糾纏沒完呢？或許很快就有不用您糾結焦慮的消息了。」
「何事？」齊獻王眼睛放光，魏青岩挑眉道：「您做出來的事，您能不知道？」
「你不說本王怎會知道？」
「吳棣失蹤了……」
「關本王屁事！」齊獻王聽完立即從凳子上蹦了起來，疑竇甚濃地看著魏青岩，「不是你小子做的，想賴在本王身上吧？這屎盆子本王不能端！」
魏青岩翻了個白眼，卻不回答。齊獻王摸著下顎，他在吳棣軍中肯定沒那般乾淨，但這事兒他怎麼不知道？可別真的陰差陽錯讓他遭了罪，皇上這次甚是看重與咸池國和烏梁國一戰，如若從中發現有人作梗，這脖子就甭想要了！
齊獻王看著魏青岩，肥胖成胡蘿蔔的手指直指他道：「不管是不是你這小子往本王身上賴，本王記你一人情！」
齊獻王說罷，率眾離去，也顧不得再與碧波娘子風花雪月，連忙回府清查收尾，起碼別留破綻被人利用了。
林夕落跟著魏青岩這半晌是一句話都沒說出來。
齊獻王咄咄逼人，她心跳不停，可見魏青岩反咬一口，讓齊獻王略有慌亂，不由奇怪地道：「齊獻王的人不會發現是你動了手腳吧？」
「即便知道也無所謂，共同的目的達到了，而且我也告知他此消息讓他抓緊收尾，何況他也不敢一口咬定吳棣的失蹤與他的人毫無關係，如今我們要等的就是看吳棣失蹤是否真與鄒僉有關了。」

魏青岩如此說辭讓林夕落平靜下來，她實在搞不懂這其中的利益糾葛，好似沒有永遠的敵人，也沒有永遠的盟友。亂，實在是太亂了……

今日碧波娘子出了力，林夕落派人再將他請來致謝。

「……今兒你幫了我的忙，多謝了，不知碧波娘子如今有何需我出手幫忙的，盡可直言。」

「奴家不過是名戲子，唯一的牽掛便是奴家的爹，如今他也在奴家身邊，便沒有任何牽掛了，謝夫人體恤。」碧波娘子雖是男子，可行步間卻帶著股子柔媚之氣。

林夕落點頭，「齊獻王捧你，你在眾人眼中自是無人敢招惹，但改日齊獻王無心再為你撐腰，你可想到有多少人會嫉妒你如今的名聲，做出些人神共憤的事來？不過真有這等事情出現，你自可去尋我，起碼留一條後路吧。」

林夕落說得很實在，碧波娘子的眼中湧現的不止是驚喜，他只是一個草班戲子，說是技藝高超也不過是有齊獻王等眾人捧場罷了，一齣《玉簪記》誰唱不是唱？

這戲樓之中看戲之人，有幾個是真懂戲而不是附庸風雅的？

這等人能追捧出最紅的戲子，也能在此人不得動貴寵愛時第一個踩上腳來羞辱。

碧波娘子對此等事情比任何人都明白，林夕落主動提出讓他又尋了一條生路。這些時日齊獻王許久未到，他已經有點兒岌岌可危，被人羞辱諷刺的事情開始發生了……

「奴家謝過夫人，願為夫人出力！」碧波娘子跪地磕頭，林夕落讓秋翠去扶他起身，秋翠帶著點兒小厭惡，可依舊得去。碧波娘子感激之意溢於言表，林夕落讓他送自己出去，直至門口上了馬車。

有齊獻王的出現，再有魏青岩與林夕落與他相談甚歡，戲樓中人自都看在眼中。

這是何地？幽州城內各家大戶的耳目聚集之地，眼睛都賊得很，卻無人知道今日齊獻王與魏青岩不約而同出現在戲樓，會被眾人作何猜想了……

跟著魏青岩上了馬車往侯府回去，林夕落看著魏青岩繃緊的小臉，忍不住笑。

這明擺著是看她與碧波娘子笑談著離開戲樓而心生不悅了……

「今兒你離開，我特意威逼他去纏住王爺，這個忙總不能讓人家白幫，要給點兒甜頭才行。」林夕落解釋著，魏青岩嘴唇微動，「男不男，女不女……」

「這你也怪不得我，誰讓你臨走時那般匆忙，根本不告訴我應該怎麼辦！」林夕落冷哼一聲，魏青岩也不再繃著，將她抱入懷中，嘀咕道：「辛苦妳了。」

「的確辛苦，嚇得我這小心臟還沒能緩和下來，跳得很快……」林夕落拍著胸口，仍心有餘悸，今兒的事如若沒能順利度過，被齊獻王抓到魏青岩不在戲樓，那可就不是他求著魏青岩跟他綁在一條線上，而是魏青岩不答應都不行了。

魏青岩大手伸向她的胸前，「幫妳按摩……」

「你按錯地方了！」

「我手大，妳身子小，沒有辦法。」

「那裡不是心臟！」

「手大，真的沒有辦法。」

「……」

農曆七月的天氣有些沉悶、炎熱，連花兒草兒都提不起精神，被曬蔫兒了。

屋內儘管擺了冰晶盆子，可烏雲蓋在天上卻一滴雨不下，這種陰霾的感覺實在讓人煩悶，林夕落早上醒來看著外面的天色就想繼續睡，不想起身。

冬荷已經備了洗漱的溫水，看到林夕落賴在床上，笑著道：「奶奶，您不是說早上要起身去……去運動，這怎麼又賴著不動了。」

「運動」二字是林夕落的口頭禪，時間一久，冬荷也跟著學會了。

林夕落哀嘆，「壞丫頭，戳我傷疤！」拍拍自己的小肚腩，肥肉倒是下去些了，可仍有巴掌厚的肉，怎麼看都不順眼。

「起來，這就起來了。」林夕落嘀咕著，卻趴在床上賴了半晌才起身，原地伸著胳膊腿兒，隨即又是一套瘦腰的運動，之後便去淨房沐浴，待她折騰完，兒子都已經又睡一覺起來，正嘰嘰喳喳地吵嚷了。

林夕落過去陪同他玩了半晌，才三個多月就胖了二十來斤，加上被他四腿兒亂蹬，連踢帶踹的，抱了沒有一炷香的功夫，她的胳膊都開始酸疼了。

「淘死了，這要是會滿地跑，還不整天出去惹禍！」林夕落將他放了床上，嘴上笑罵著。

曹嬤嬤認同地笑，而這一會兒功夫，秋紅從外拿了帖子進來，燙金紅面兒甚是好看。

「誰送來的？」林夕落一邊嘀咕著一邊打開看，又是林芳懿？她晚上要來侯府，這是打了什麼鬼主意？

林芳懿自從自導自演了流產而被封為康嬪之後，林夕落便沒有再見過她。

如今看到她送來的帖子，林夕落只覺得後脊樑骨發冷。

這個女人如今變得可怕，她不想再見到她，可林芳懿如此明目張膽地出宮，十之八九又是得了周青揚的吩咐，她如若拒絕與林芳懿見面，恐會惹出事端。

何況齊獻王與魏青岩兩人先後出現在戲樓中，這件事雖然沒有人提，但太子不見得不上心，如今讓林芳懿見自己，應有別的目的。

「康嬪來見咱們不能拒絕，就應下吧，另外吩咐人去將郁林閣收拾好，再派人去侯夫人與三奶奶處通稟，讓她們也做好準備。大廚房備上一桌席面，再派侍衛按照時辰在門口相請。」

林夕落吩咐完，冬荷有點兒發懵，尋常林芳懿前來，奶奶可沒這麼折騰過，這次難不成有什麼別的打算？

看出冬荷臉上的迷茫，林夕落苦笑道：「人家如今是康嬪了，總不能再像以前那般不在意？何況我單獨見她心裡冷得慌，索性拽著侯夫人和三嫂相陪，人多熱鬧，她總不能追著我一個人說個沒完沒了了。」

冬荷點頭，林夕落說出「冷得慌」時，她腦中也想起上次她在小主子滿月宴上小產之事，她當日一直跟在林夕落身邊，怎會不懂林芳懿的話？這種陰狠的女人，誰尋思起來能不害怕？

冬荷搓了搓身上起的雞皮疙瘩，到門口去尋人傳信兒。

林夕落琢磨半晌，這個難纏的女人，不知她能否為自己提供點兒什麼消息？

得知林芳懿要來，侯夫人的眉頭緊蹙，在她的心裡自當不知道林夕落多麼厭惡林芳懿，而是覺得林芳懿主動遞帖子來侯府是要為林夕落撐腰，故意在她這位侯夫人面前顯擺。

故而侯夫人得知後神色冷漠得很，告知傳信的丫鬟道：「身子不適，告知行衍公夫人，我就不陪同康嬪了。」

花嬤嬤嘆了口氣，送傳信丫鬟到門口，又悉心囑咐了幾句才回來，侯夫人冷哼地斥罵著：「她的這位姊姊不過是太子身邊一個上不了檯面的人罷了，至於每次都來探望她？因為流產升了一個嬪位而已，這次來還特意告知我去迎接，她……她太過分了！」

侯夫人許久不管侯府的事，花嬤嬤多少還會問一問，「聽說五奶奶與這位康嬪的關係不好。」

「那她還來作甚？」侯夫人問完之後陡然一愣，「妳是說……」

「老奴也是聽人說起胡亂猜想，五奶奶應該是請您去幫忙，而不是什麼姊妹情深。」花嬤嬤說完，侯夫人沉了片刻，「我幫她？幫了她，我心裡怎麼對得起青石和青煥？還有仲良那個孩子……」

侯夫人說著就又要哭，花嬤嬤趕緊轉移話題才將此事揭了過去。

林夕落聽鶯兒說侯夫人身子不適不肯來，便問道：「她是真不適，還是不願來？」鶯兒甚是認真，「奴婢覺得是不願來，臨走時花嬤嬤還送奴婢到門口，特意囑咐說侯夫人這兩天有些傷風，讓奴婢跟五奶奶好生解釋一番，別鬧得家事不和。」

林夕落聽了花嬤嬤的名字便笑了，「無妨，不來更好。」她本是尋思讓侯夫人的冷面把林芳懿擠兌走，可這老婆子不來，她還真得想想別的辦法了。

下晌的功夫，林芳懿的行駕來到，如今晉升為康嬪，她出行的儀仗也比以往增加許多人。身旁除卻一直跟隨她的宮女之外，另有八名伺候的小宮女和一位小公公隨行，在她進門之前便先將各種物件安置好，林芳懿才下了馬車。

她珠光寶氣、富貴逼人，雖然身上的衣衫珠飾都不違規制，可林芳懿本就是一張妖媚的臉，如今這等豪奢物件掛了一身，更突顯出她的奢靡。

俗！

忒俗！

林夕落心裡嘲諷，上前相迎。眾人見過了禮，林芳懿主動挽著林夕落的手臂道：「今兒特意來見妳的，瞧見妳如今更有風韻，姊姊也放下心了。」

林芳懿滿臉的笑意更讓林夕落發冷，可身邊人數眾多，她不能如尋常兩人單獨敘話那般直白，

「姊姊如今也富貴得很了，只是身子虛弱要多養一養，這等物件掛了一身不嫌沉得慌？」

林芳懿掩嘴笑道：「就知道妳會這般嘲諷我，我不記妳的仇，妳不跟我鬥兩句嘴，我還覺得不舒坦呢！」

「變態！」林夕落無聲動嘴。

眾人進了屋，丫鬟們倒了茶，姜氏也在此陪著。林芳懿朝她笑了笑，與林夕落道：「我的大外甥呢？不抱出來讓我瞧瞧？上次滿月的時候沒能看清楚，今兒來探妳，但更多是為了他。」

林夕落讓秋翠去請曹嬤嬤出來。

曹嬤嬤抱著孩子出來，這小子正睡著，林芳懿上前看了幾眼，笑道：「如今我也不是一個人了，太子殿下把他的四子賞給了我，要我幫襯著養大，可惜此子人小病弱，今兒才沒帶他出來。」

林夕落一怔，目光望向林芳懿的肚子，林芳懿挑了眉，「看什麼？當宮中是妳這一畝三分地？當妹夫一樣只有妳一個女人？一年能得兩次寵幸已是不易了，多少女人連太子什麼模樣都見不到，又能怨得了誰？」

「訴苦也甭來我這兒說，別的女人進宮是被逼無奈，妳……就不算了吧。」林夕落攏了攏髮鬢，讓曹嬤嬤將孩子抱了回去。姜氏聽這姊妹兩人針鋒相對，尷尬不已，忙轉了話題道：「不知康嬪是否留此用膳？可有何忌口之物？」

林芳懿搖了搖頭，「留此用膳是定了的，不過莫要有太大的動作了，只需兩碗麵，我與妹妹一人一碗，也回想一下當初共同在林家習學的光景，其實這才多久，卻覺得過去許多年一般。」

林芳懿苦笑，「瞧我，說這些作甚，讓妳笑話了。」

姜氏笑得更為尷尬，兩碗麵？這明擺著是林芳懿在攆她了……

她看向林夕落，林夕落也無奈，「妳想這般用飯恐是沒這機會了，如今妳貴為康嬪，若被外人知道來我這裡只給妳一碗麵，我們這府裡甭想過好了。」

「妳們都不許說出去。」林芳懿即刻吩咐身邊的太監宮女，眾人儘管稱是，林夕落依舊不從，「妳也說了，如今很多事情非得已，席面也罷了，其上再備兩碗麵，妳想吃什麼是妳的事，我們若不預備上，那就是我們的問題了。」

林芳懿笑著應下，姜氏出去吩咐人做事，就趁著如此功夫，林芳懿將身邊的人攆了出去，與林夕落單獨敘話。

怕什麼來什麼，林夕落心中腹誹，看著她道：「來此何事？躲都躲不了妳。」

「兩件事，第一件事是想請十三叔的岳丈幫我探一探脈，第二件事是太子殿下吩咐的，讓我來看看妳這裡有什麼與眾不同。」林芳懿絲毫不遮掩，反而笑得更燦，「妹妹，妳與妹夫又做了什麼事讓殿下上心了？」

「第一件事，妳直接找十三叔去，別來找我，第二件事，我怎會知道？誰知道你們又抽什麼風，見不得人過得舒坦怎麼著？」林夕落陰陽怪氣，將話給頂了回去。

林芳懿搖頭道：「我如若直接尋十三叔管用，何必來找妳開口？」

「成，這事兒我幫，但有什麼好處？」林夕落試探道，林芳懿反倒輕鬆，「妳想知道什麼？」

「第二件事，太子為何忽然讓妳來？」林夕落直接問了，林芳懿斟酌了下道：「殿下只吩咐我在妳這裡隨意聊天，回去原原本本地告訴他即可，但前兒我聽了個消息，殿下最近很苦悶，是因為皇后娘娘不允他找妹夫麻煩，而聶家上一次跟你們有衝突，皇后將殿下好一通訓斥，殿下獨自在宮裡發了一通火。」

林芳懿說完，神神祕祕地道：「話我可說了，信不信由妳。」

林夕落看著她，朝門外喊來了冬荷：「去一趟林府，請喬太醫過來，就說我身子不舒服，別讓他走正門，從花園角門來。」
冬荷點頭離去，林芳懿滿意地點了點頭，「還是咱們姊妹合心，不似那位側王妃，一副苦大仇深的模樣！她老子都瘋了，還在那裡擺一副嫡長孫女的架勢，誰稀罕看！」
林夕落沒有接話，她雖然對林綺蘭不滿，但這段日子齊獻王與魏青岩走得很近，誰知他們是否有合作的可能……
未過多久，席面擺了上來，姜氏特意又開了一桌上等的席面，請宮中的隨行宮女下人們一同用飯。場面其樂融融，林芳懿的臉面上也過得去。
林夕落行去淨房的功夫，吩咐秋翠道：「去攔著喬高升不允他帶任何藥進來，開方子也只許口述不許落筆一個字！」
喬高升未等進門就聽到秋翠在其耳邊將林夕落的囑咐告知一遍。
「不許帶藥？也不許落筆？這可讓老夫怎麼辦？」
喬高升的臉都快皺起來，那位好歹是康嬪，藥物是好搪塞，何況這等人也怕被下了假藥，多數愛自行準備，可如若硬逼著他下筆寫方子，這事兒怎麼辦？
喬高升臉快皺成茄子，這位好歹是林政辛的岳丈，秋翠也敬著，便提議道：「喬太醫，您不如將手纏住，就說是傷了？」
「兩隻手？」喬高升滿臉苦澀，「誰都知老夫左右手都能行字，這也是在幽州城傳揚的一絕，右手傷了，左手怎麼辦？何況兩隻手都傷了，我還來此為康嬪探脈作甚？這豈不是笑話嘛！」
秋翠吐了舌頭，也覺得有點兒異想天開，「索性將右手包上，至於是否讓您左手留字，自有我們奶奶呢！」
「五奶奶能受得住這位康嬪的威脅嗎？」喬高升略有懷疑，秋翠冷笑道：「看來您還是不懂我們奶奶的厲害！」

不能再拖延，秋翠立即尋來了棉布等物將喬高升的右手包上，她用勁兒過猛，將喬高升的右手狠狠地勒住，讓喬高升的手血流不暢，還真是快傷了。

「奶奶，喬醫正到了，正在外求見。」

「快請。」

秋翠這一聲回稟讓林夕落鬆了口氣。

她雖與林芳懿在交易，可她受不了此人的家長裡短，她發自內心的抵觸，好在喬高升來了，探完脈，林芳懿也就該走了。

喬高升腳步蹣跚地進了屋，滿面愁容，還要哼唧幾聲作出病弱的姿態，半晌才走到林夕落面前，「給夫人請安了。」

「這位是康嬪，怎麼先給我行上禮了？」林夕落一指林芳懿，喬高升臉上立即露出驚愕的表情，慌忙又行禮道：「微臣給康嬪娘娘請安，有眼不識泰山，老眼昏花，還望康嬪娘娘恕罪！」

「都是自家親眷，何必如此客套？」林芳懿寒暄著，林夕落即刻接話道：「喬太醫，你這是怎麼了？這手怎麼傷了？」林夕落把話題接了過來，喬高升一臉苦笑地道：「昨兒晚上在林府與姑爺一同喝酒，結果喝得有點兒多，早間得知您找我來，還以為您有什麼急事，這起身趕緊跑來，卻沒注意地上不平，摔了一跤，將手給傷了，不過好在左手無礙，探脈是沒有問題的。」

喬高升隻字不提給林芳懿診脈，好似完全不知一樣，林夕落心中竊笑，這老傢伙兒心眼兒多，故意裝作不知道，往後真有什麼為難的事自可以拿「不知」二字來搪塞。

而林芳懿出宮一次極為不便，哪裡能如他們這些人自由方便？

林夕落心中想著，面上笑著道：「這倒是我的不是了，忘記告訴前去請您來的侍衛是給康嬪探脈的，不是我。」林夕落吩咐冬荷道：「準備點兒好的補品和藥物，再備一百兩銀子，算是我補償給喬太醫的。」

「這哪裡使得……」喬高升嘴上推辭，心中暗喜，林夕落瞪他一眼，朝向林芳懿道：「妳自己與喬太醫說。」

林芳懿頷首，「妹妹把話也都說得差不多了，我還有何可說的？」說罷，看向喬高升，「就請喬太醫來探一下脈，有什麼不妥當該調理的，都靠您了。」

喬高升道：「微臣盡力。」

林芳懿的宮女在其手腕上鋪了帕子，喬高升低頭上前，伸出左手探脈，又問了幾個問題，低頭思索，半晌才道：「恕微臣莽言，您的身子如今虧空得厲害，還需要用心調養許久。」

林芳懿哀嘆，「何時能行？」

「這就要看天意了。」喬高升無奈一笑，連忙道：「這不是微臣妄言，而是環境有別，不似微臣能隨時來探望行衍公夫人這般方便。太子宮中是有固定的太醫診病，不允外人靠近，故而微臣也無能為力。」

林芳懿沒有表情，這種事情她如何不知？太子的身子常年不癒，而且他只用那一名太醫，其餘的人休想靠近東宮半步，可事雖如此，她仍要為自己想轍，沉思半晌則道：「您開方子……」隨即看向喬高升的左手，林芳懿還有何不懂的，淡笑著朝其身後的宮女擺了下手，「喬太醫說，妳來記。」

宮女福身應下，喬高升才鬆了口氣，退到隔壁的書房去。

林夕落看著林芳懿臉上的落寞，忍不住挖苦道：「妳這麼個心狠手辣的，哪個孩子投胎到妳肚子裡也是個倒楣的。」

「何必如此挖苦？我過得不好妳能高興？妳可不是我與林綺蘭這種見不得別人好的人，否則妳也不至於還顧著林家了。」林芳懿嘴角輕撇，諷刺著林綺蘭道：「也只有那個傻女人才會做損人不利己的事，如若不是秦素雲不能生育，她也沒資格為齊獻王懷胎生子……就不知道她生的會不會是兒子了！」

林夕落沒有正面回答，而是轉了話題：「妳有空還是勸一勸三叔父，別無事就想著奪林家家主的位子，老太爺丁憂期過，他能安穩入仕都算不錯了。」

「我一宮中之人，哪裡管得著他們的事？」林芳懿漫不經心地道：「我也就偶爾想想罷了，在宮裡頭，想給祖父和二姨太太燒個紙都做不到，保住我自個兒就不易了。」

「二姨太太？二姨太太過世了？」林夕落微感驚訝，這事兒她怎麼不知道？

林芳懿看著她，「她早死了，妳不知道？」

林夕落搖頭，「無人跟我說。」她的心裡或許早已將這個人給忘至腦後，如今得知她陪葬，心裡說不出的滋味兒。

「她給咱們老太爺陪葬了，不過那時妳在生孩子，與妳說這麼多作甚。」林芳懿的貼身宮女記下方子回來，將紙張遞給林芳懿看了半晌。

「可能備好藥？」林芳懿小聲問著，宮女點了點頭，「都是能尋得到的。」

林芳懿露出了笑容，搭著宮女的手起身，「咱們走吧，改日再來探望我的小外甥。」

「沒事兒就好生養身子，不用常來探望我和我兒子，我們過得比妳好。」林夕落話語平淡，反倒讓林芳懿忍不住笑出聲來，「如今看慣了身邊人的逢迎虛偽，看到妳這麼惡狠狠地刺我，我這心裡反倒輕鬆。」

「變態！」林夕落又是嘀咕了口形未出聲音，林芳懿心滿意足地笑著離去。

送走了林芳懿，林夕落才無奈地搖了搖頭，這個女人真是難纏……

姜氏沒能幫得上林夕落，自覺尷尬，林夕落挽著她勸慰道：「這事兒怪不得三嫂，這女人瘋子一個，連我都推脫不開。」

「唉，這宮中待久了的女人，身上都有一股陰冷之氣，與她們在一起就覺得不舒服。」姜氏感慨著，林夕落也是心有戚戚焉。

想起上一次進宮見皇后，她至今還心有餘悸，總覺得發生了點兒她不知道的事。

姜氏也沒有待得太久便先回了。

喬高升正在拆卸掉手上的棉布，整個手掌已被勒得青紫，半天才有知覺。秋翠也知道自己包紮的時候下手過狠，主動幫喬高升舒緩著胳膊。

「哎喲，這條老胳膊差點兒就被勒得廢了！」喬高升感慨著，見林夕落來到書房，立即舉著道：「這回不用裝傷，是真傷了。」

「奴婢這不是在幫您按著嘛。」秋翠吐了吐舌頭，林夕落坐在一旁看著冬荷道：「給那宮女用的什麼墨？」

「她們自己備的，連紙張都不是咱們府上的。」冬荷回完，林夕落點頭，林芳懿越發謹慎了。

喬高升見林夕落低頭沉思，不由得開口道：「有一件事不知與您說是否合適，但這件事您還是知道為好。」

「何事？不妨直說。」林夕落看著喬高升，喬高升道：「她的身子再孕的可能性不足一成。」

林夕落皺了眉，「這麼嚴重？」

喬高升點了頭，低聲道：「雖說她也是林家人，可我剛剛沒敢直言相告，只是開了尋常藥補的方子，作用不大，除非老天爺憐憫她，否則這輩子恐怕不能再育。」

林夕落心底咯噔一下，「之前她為了名譽自己摔掉了孩子鬧的小產，如今連生育都不能，這難道就是報應？」

「這事兒並不稀奇，宮裡有多少女人都不能生育，不是她們自己身子的問題，而是……」喬高升手指朝上指了指，「您懂的。」

「那裡果真就是個籠子！」林夕落嘀咕道：「進去能保住一條命就不錯了。」

喬高升冷笑一聲，一邊由秋翠為其按摩，另一隻手理著鬍子道：「這有何奇怪？如今林家大房的那一位側妃也在惦記著肚子裡的孩子，前陣子邀了錦娘去王府，回來更是有意讓我告知其腹中是男是女，我就是咬緊了牙沒說。」

「林綺蘭也在琢磨此事？」林夕落她並不奇怪，齊獻王等的就是她誕下子嗣，如若生不出個男丁來，她也就沒有價值了……

齊獻王府中。

林家的大夫人許氏正在此地探望林綺蘭。

林綺蘭如今已有孕五個多月，妊娠反應極重，整個人無精打采，臉上沒有半分的精氣神。

許氏看著她，不由得心疼道：「丫頭，苦了妳了……」

「行了，說這些又有何用？」林綺蘭撫著胸口，滿臉不耐，「別來看我就說這些無用的，只要生了兒子，我做什麼不成？」

許氏連忙點頭，又將林綺蘭身邊的丫鬟都打發下去。

林綺蘭急道：「母親有何事？」

許氏道：「丫頭，妳不考慮一下這腹中的孩子怎麼樣才能是個兒子？」

「所有的太醫都不肯說，我能有什麼辦法！」林綺蘭聽及此事，臉上全是怨恨，「連王爺親自去問他們都不肯說，好似商量好一般，本尋思請了林政辛的媳婦兒來王府遊玩，讓她爹告知實情，可惜那女人也不識抬舉，不肯領情，一心跟著林夕落那個死丫頭，不肯幫我的忙！」

許氏拍了她的手，「生男生女又能如何？即便生個女兒，換成個男嬰不就成了？」

林綺蘭眼睛一亮，可又心中膽怯，「如若被王爺知道，豈不是要弄死我……」

「他現在是不是急於要有個子嗣？」許氏拍著她的胳膊，林綺蘭連連點頭。

「那不就得了？這種事黑不提白不提，先弄來一個男嬰穩定了王爺如今的困境，往後妳還有很多機會再生。如若自己誕下一子，再讓這換來的糊裡糊塗死了不就得了？」

「娘，這樣做行嗎？」林綺蘭仍有擔憂，許氏露出陰險的笑，拍著她的手道：「妳如今要做的事是要找好接生嬤嬤，將此事瞞住，其餘的事都包在娘的身上！」

許氏走後，林綺蘭派去送行的丫鬟往回走的路上遇見一個前來送飯的丫鬟，兩人互相福了福身，擦肩而過之時，手指微微輕動……

秦素雲在屋中聽著剛剛去送飯的丫鬟前來回稟，看著其遞上來的紙條冷笑。

她們的膽子真不小，也開始揣測王爺的心思了……

秦素雲猛然想起林夕落的告誡，看來這個惡人還真得讓她們來當，自己只要看著就好了！

柒之章◆請旨出征任咂摸

初秋的季節是林夕落最喜歡的時節。

清涼的天氣、如畫的美景，連湖中的游魚都在水中歡實地蹦跳，不似炎夏時倦怠得連餵食都不願浮上來吃一口。

林夕落坐在院子裡看著園子中丫鬟婆子們清掃飄下來的樹葉，兒子在她的腿上趴著，小手撐著身子，腦袋四處亂看，一雙大眼睛好似瞧不過來四處的風景，小嘴嘰嘰喳喳亂嚷，卻還說不出一個正經的字來，小手不停地四處亂指，想往下爬，可林夕落的腿架著，他下不去，只是張嘴流著口水蹭在林夕落身上。

魏青岩在一旁與林豎賢商議著近期朝堂的動向，臉上時不時露出不屑的冷笑。

林夕落朝著那方擺手道：「商議什麼呢？還躲得那麼遠，不能讓我聽到？」

魏青岩聽見，朝她這方走來，林豎賢無奈地跟在其後，出言道：「在說吳棣在軍中失蹤還杳無音訊，這一場大仗雖然贏了，可清算的摺子遞給皇上，讓皇上雷霆大怒，下旨要徹底清查損失，殉職的士兵一個都不許落下，兵器和糧草損失的數量統計不許超過十套的偏差。」

說完，林豎賢又補了一句：「皇上是真的怒了！」

「不是贏了嗎？」林夕落疑惑，魏青岩摸著兒子的肉臉蛋，嘴上道：「怎能不怒？二十萬大軍橫掃咸池國與烏梁國，但凡是稱得上軍將之人都不應該是這個結果，等著具體的損失數額出來吧，看皇上如何處置這些人。」

林夕落笑出了聲，林豎賢投來奇異的目光，林夕落面現尷尬道：「並非是幸災樂禍，而是在想造了這麼大的孽，到底誰來承擔這個責任？想像著朝堂的那些官員們來回推脫彈劾，就像是一群鬥嘴的雞，分毫不去想如何撫恤陣亡的士兵，豈不是跟畜生一樣？」

林夕落說完，小傢伙嘰哩咕嚕地往前搆著魏青岩，險些從林夕落的腿上掉下去。

魏青岩一把將兒子接住，抱在懷裡扔著玩，曹嬤嬤和玉棠嚇得連忙過去阻攔，硬是把孩子給搶下來才鬆了心。可兒子惦記著爹，被曹嬤嬤抱走反倒是哭嚷起來。

這孩子一鬧，所有人的注意力全都跟著牽動過去，林豎賢搖頭感慨，心中想著林夕落剛剛的話，鬥雞？想著尋常上朝時候的模樣，形容得還真是貼切。

可鬥雞……他彈劾旁人的時候，不也是如此？

林豎賢自諷地苦笑，他本來還有意與魏青岩商議彈劾哪幾個朝官，可林夕落這般一說，無人談陣亡士兵的撫恤就是畜生，他這心思也壓了下去不再出口，還是依照魏青岩最初的意思，只聽皇上如何安排好了。

安撫好了孩子，眾人不再談論朝事話題，一同用飯之時，林豎賢說起了聶方啟，不屑地道：

「自從聶方啟被皇上下旨革職，他便屢屢碰壁，如今送帖子給其他官員都會被拒絕，不但聶方啟如此，聶家其他幾人也是如此，雖未被駁官，情況也沒比聶方啟好到哪兒去，聶家這回是徹底完了。」

「先生倒有幸災樂禍的心思，不過這事兒的確聽著讓人高興。」林夕落也忍不住笑，可嘴裡還有東西沒嚼完，只好捂著嘴扭過身子。

魏青岩跟著笑，他倒不是聽聶家倒楣興致高，而是林夕落這模樣逗人。

「聶家本來就勢頭太高還不知收斂，皇上派兵攻打咸池國與烏梁國，本就是重武之時，雖說吳棣是太子一系，可終究也是武將出身，他一句草莽野兵罵的可不止我一個，所有武職之人都包含在內，這種時候挑撥文武相爭，根本是找死。」魏青岩說罷，看向林豎賢，「你不會要對聶家下手吧？」

林豎賢搖頭，「沒有，只是當樂子說一說而已，何況聶方啟還有一個機會，也是其他官員未對他下手的原因。」

「您說福陵王？」林夕落忽然提及此人，林豎賢驚愕於她反應如此快，遲鈍地點了點頭，「的確如此，福陵王與他的女兒有婚約，皇上還沒下旨駁了此事，所以聶家還有一線生機。」

「當初皇上賜婚就為了讓聶家扶持福陵王，可惜聶家卻力挺太子，厭棄福陵王身家不厚，如今擺出如此姿態，就看聶方啟是否拉得下來這張老臉了。」魏青岩說著起了興致，「改天應該去信問一問，如若真的如此，他是娶還是不娶？」

「你倒是有這份閒心思。」林夕落嗔怪地一瞪，魏青岩立即為她夾菜。

夫妻兩人親暱無比，羨煞旁人，起碼林豎賢的臉色就很難看，咳嗽幾聲，悶頭吃飯。

林夕落自然知道魏青岩是故意的，他每次邀約林豎賢談事都會直接來自己的院子，吃飯也故作親暱，明擺著就是氣林豎賢，這種惡意的腹黑心思實在太壞了。

可林夕落還沒辦法回絕，只能裝作看不見林豎賢的苦哀之色。

眾人一邊用飯一邊調侃著聶家，事情談完，林豎賢準備回到他的府邸，如今他孤身一人，無處可去，府中都是下人，與他沒有共同語言，而景蘇苑呢？自從李泊言成了親，他也不方便經常登門。

雖然林政孝總派人去叫他，但林豎賢每次去都不知該議何事為好，只能教習林天詡行字習文，可這小子如今被皇上欽定要走武舉之路，習文一事要置於後，他這心裡怎麼都不舒坦。

果真是天下無君子容身之地，何處是書生之家呢？林豎賢心中感慨著，一步一步地往門口行去，可還未等走出林夕落的小院子，就見門口有侍衛跑來傳信：「回公爺、五奶奶，聶家送來帖子，聶家人在門外等著不肯走。」

聶家？林豎賢起了興致，步子又邁回，等著魏青岩拆開信件。

魏青岩看完便扔給林夕落，「是給妳的。」

「給我？」林夕落接過來一看，是聶夫人求見。

三人思忖片刻，林夕落一笑，「不會真讓咱們三人說中了吧？聶家想從我這裡來問問福陵王的事，轉而投靠福陵王尋找出路？」

林夕落想著聶靈素，湧起同情之心，「聶家的女兒倒是個溫柔賢慧的女子，生在這樣的家中實在可惜了。」

「妳見一見，看聶家是什麼反應。」魏青岩說罷，看向林豎賢，「不急著走了，一同下棋？」

「樂意奉陪。」林豎賢拱手，兩人奔著書房關上小門故作不在。

林夕落嘆了口氣，吩咐道：「讓她在門口等上半個時辰再請進來，如若不願等就攆走。」

聶夫人被告知行衍公夫人在忙著接待外客，請她在此稍等，她只覺得臉上火辣辣的燙燒，可依舊咬牙忍了。

想起上一次在福鼎樓，她壓根兒都沒能見到這位行衍公夫人的面兒，就被晾在原地，可那時還有骨氣罵罵咧咧，要與行衍公劃清界限，如今呢？

看著自己這一身清淡素衣，自聶方啟被削為平民，她連錦衣綢緞都不敢再上身，否則再被某些人瞧不順眼彈劾，聶家就再無翻身之日了。

如今聶方啟就好似街上的癩蛤蟆，雖未人人喊打，卻人人躲得遠遠的，誰都不肯搭理，連聶家的其他人遇見他也都斥責其猖狂，行衍公雖沒有出征，但依舊是皇上獨寵的臣子，那般張揚怒罵，怎能不惹惱皇上？

而後聶家眾人在一起仔細地分析如今的情況才發覺他們忽略了最大的一個問題，那便是在皇上出兵征討邊境小國之時鬧出詆毀武將之事，這才是皇上的大忌。

眾人得出如此結論不免脊樑骨冒冷汗，怪不得太子一腳就將聶家給踹得遠遠的，其餘朝官連面兒都不肯見，這是觸怒天威了，可事已至此又能如何？

聶方啟思忖許久，想起了聶靈素，他之所以保住了命，也是因魏青岩在皇上面前提起了福陵王，那如今可否藉著福陵王的勢頭讓聶家東山再起？

想起當日皇上斥罵他時的種種情形，聶方啟越發覺得這個方向是對了，可福陵王已經遠去西北，這件事直接找上門也實在丟臉，只得藉著給行衍公道歉的由頭前去打探，故而才有聶夫人前來求見林夕落一事。

想著府中近日裡出現的種種狀況，聶夫人這顆心早已碎成了渣滓，女兒已經離開聶家，可聶家還要藉著她討回榮耀，不然又能怎麼辦呢？

為了聶家的子嗣後代，她只得豁出去這張臉了。

林夕落在院子裡並沒有閒著，而是在琢磨聶夫人來此時應該如何對待。

聶靈素已離開聶家，聶夫人這次來見自己並沒有帶著聶靈素同來，顯然她欲談之事聶靈素要麼是不認同，要麼就是不知道……

被當成一顆棋子隨意指揮的滋味兒不好受，林夕落並不認為聶靈素會老老實實聽聶夫人的安排，否則她也不會獨自離開家門了。

約過了半個時辰，侍衛才允聶夫人進入侯府。

林夕落依舊坐在院子裡的躺椅上，聶夫人前來就見院中的丫鬟們在嬉笑閒聊，不似剛剛有人離去要收拾院中雜物，她心裡頓時涼了半截，等了大半個時辰，不會是這位行衍公夫人故意晾她吧？

雖然這般想，可聶夫人仍是朝著林夕落走去。

林夕落坐在躺椅上紋絲未動，就這樣平靜地看著她，臉上也未有任何表情。

聶夫人行至離林夕落不遠處停下腳步，福身行禮道：「給公爺夫人請安了，今日得見夫人，甚是榮幸……」

林夕落看她半晌，才開口道：「榮幸嗎？聶夫人，不知妳今兒來見我所為何事？本不想將妳晾在侯府側門的，而後我一想妳如今已為平民，不再是官夫人，如若請妳進來，剛剛前來此地做客的夫人恐怕會覺得我辱沒了她們。原本我是直性子，不會想這多雜亂之事，可自上一次我將靈素帶去用飯被妳與聶大人……哦，不對，如今被罷官了，不能再稱大人，被妳與聶方啟斥到了骨子裡，我不得不多思忖一二，免得再被人責怪，妳不會介意吧？」

林夕落這話是明擺著抽了聶夫人一巴掌，而且極是狠辣。

聶夫人只覺得臉如火燒，恨不得尋個地縫兒鑽進去。

如若是以往，她早就站起來走人，可如今呢？莫說是聶家倒楣，就連她的娘家都來信斥責，告訴她近些時日莫要回去，以免娘家遭受連累。

這種窮極萬人踩的滋味兒讓人難受，林夕落的嘲諷與此相比也的確算不得什麼了。

聶夫人將心中怨氣吞了肚子裡，臉上硬擠出笑來回話道：「怎麼會怪罪夫人？如今您是公爺夫人，我只是個普通百姓，您能答應見我都是我的造化了。」

「今兒見妳主要是為了靈素，她還好嗎？」林夕落忽然問及聶靈素，聶夫人即刻道：「她如今已經搬出聶府，在遠郊一小院子……」

「這我知道，她已經來了消息給我，怎麼，難道妳一直都沒去探望過她？」林夕落這一問卻讓聶夫人怔住，她萬萬沒有想到聶靈素會單獨與林夕落聯繫，繞開了聶家……

那如若福陵王遵照聖旨娶了聶靈素，聶家也跟著沾不上什麼光了？

狹隘之人總有狹隘的心思，林夕落是壓根兒沒想到自己的一句話會讓聶夫人聯想至此，反倒是聽著聶夫人後續的話讓她也吃驚。

「……靈素是我的好女兒，也苦了她，可惜福陵王不肯娶她，如今她單獨搬出聶府也是自行妻禮，即便福陵王這輩子都不肯娶，她也要在外獨自一人過日子了。我是萬萬捨不下她的，正準備前去與她同居小院，照料她一輩子，我苦命的女兒啊……」

林夕落忍不住翻了白眼，絲毫不搭理聶夫人的抽泣。

聶夫人一邊裝著哭，眼角餘光一邊看著林夕落，卻見她分毫反應都沒有，也知道這戲做得太過了，故作抹了抹眼淚兒，「如今我前來就是想請夫人作主，為靈素討個公道。」

「這事兒妳可找錯人了，福陵王之事我作主？妳當我是誰了？我又不是他娘，我管得著嗎？」林夕落冷眼橫她，語氣也多了幾分不悅，「今兒也甭在這裡跟我繞圈子了，你們聶家如今人人喊打，卻還端著一副臭架子放不下身段來，還跑到這兒來裝豪門大戶？也甭拿著皇上賜婚之事來威脅福陵王，這話有本事你們自己去西北跟王爺談，想讓我當傳信的？沒門！」

「絕沒有威脅之意，絕對沒有！」聶夫人有些急，知道剛剛話語中的套沒能成功。

本尋思拿賜婚之事威逼一下，讓福陵王不得不從，聶家不也能藉此就起來了？

孰知這心思被行衍公夫人一語捅破，絲毫臉面都不留……

眼見林夕落不再說話，聶夫人也知道林夕落就是在等著自己投靠，「此事還請夫人看在靈素的顏面上，幫她一把。若有聶家需出力的事，您也盡可以提，什麼事都好商量。」

「你們聶家出力？」林夕落冷笑，「還能出什麼力？妳不如說出來讓我聽聽。」

聶夫人啞口無言，苦澀地道：「我……這事兒我也說不清楚，都聽夫人的。」

林夕落嘆了口氣，語氣緩和些道：「靈素我是看好她的，可你們聶家人我很煩，這件事妳也不用再與我說，改日我會去探望靈素，然後再與福陵王說及此事，至於王爺是否願搭理你們聶家，那是他的事，我管不著。」

「多謝夫人，今日天還早，不如今兒就去……」聶夫人踩著桿子就往上爬，可抬頭見到林夕落在瞪她，聲音越來越弱，不敢再說。

「妳走吧，不留妳用飯了。」林夕落從躺椅上直接站起身來，陰陽怪氣地道：「我也坐累了，今兒的事就談到此，妳回去也好好想想，聶家還有什麼價值能讓福陵王心動，何況這等事讓女人來談？聶家的男人都死絕了嗎？耀武揚威的時候才出面，丟人的時候全都躲起來，還是不是個爺們兒了？」

這話直刺聶夫人心底，引起她強烈的共鳴，她沒有把林夕落的話當成故意擠兌，反倒聽成了對她的同情話語，聶家可不就是如此？

前來磕頭丟人的事都要女人出面，聶方啟如今就在背後躲著出謀劃策，只會動心眼兒想主意，出去求爺爺告奶奶的事全都讓她一人做，這等男人哪裡還是個爺們兒？

聶夫人臉上的憤慨甚是明顯，林夕落看在眼裡只心中竊笑，聶家亂去吧，只有亂翻了天才能認分跟著福陵王和魏青岩。如今看聶夫人言談之中還耍心眼兒，就真覺得豪門大族出來的人都比別人多長幾個心眼兒了。

林夕落極是不屑，起身之後就要小丫鬟送聶夫人出門。

尋常的夫人都是冬荷與秋翠迎來送往，如今送聶夫人的不過是院子裡的三等丫鬟，這細節是聶夫人這等人最看重的規矩，可如今換成她自己，這顆心冰涼至谷底，更恨聶方啟這個不中用的男人了。

將聶夫人送走之後，林夕落行去書房看林豎賢與魏青岩下棋。

林豎賢此時對著棋盤在認真思索，魏青岩臉上調侃之意甚濃，嘀咕著：「等得爺都餓了，你到底還走不走？認輸算了！」

林豎賢破天荒地惱火，死拉硬拽著魏青岩下棋硬磕一宿。

口中說是以文人之身於棋盤之上體驗兵法磅礴，其實無非二字：不服。

林夕落回了屋中獨自睡去，壓根兒不再理睬兩人的棋局拚殺，而這一晚並非只有魏青岩與林豎賢無眠。

皇宮之中，肅文帝看到兵部投遞上來這一戰損失資料的詳單，臉上滄桑的褶皺顫抖不已，散發出的冰寒氣勢讓跪於地上的官員們額頭冒汗，從心底向外滲透著冷意。

莫說是肅文帝，連他們真正統計出資料看入眼中時都是大驚。

二十萬大軍、萬萬兩的軍費開銷居然死傷得只剩下三萬軍士，而且還包含傷病殘將在內。

大周國疆土遼闊，只是攻打兩個邊遠小國居然付出如此大的代價，肅文帝怎能不大怒？

並非是大周國不夠強盛，而是用人有誤，其中幾名存下來的副將與參將等人已經聯名上摺，將這一場大戰中吳棣的罪名列舉得清清楚楚，即便是不懂兵法的人聽到這種做法都會覺得出乎意料。

一味地用兵強攻，一味地用人海戰術，分毫不顧軍士的疲勞和計謀策略，這怎會是精明將領做出的事？眾人不敢置信，可這事情確確實實發生了，誰的罪？

太子周青揚！

因為吳棣為征討大軍之將乃是他推舉的，如今吳棣失蹤不在，他必須要負起這個責任。

周青揚此時也跪在地上發抖，心裡巴不得吳棣死了，可惜吳棣的死訊始終沒有傳來，不但如此，跟隨他失蹤的還有一千軍士，這豈不是雪上加霜？

吳棣一味地讓大周國兵將送死，結果他自己率眾失蹤，肅文帝怎能不想吳棣是有意而為？或是被咸池國與烏梁國買通叛離？這並非是周青揚心裡陰暗，而是已有彈劾的摺子擺在肅文帝的案上。

殿中氣氛極冷，儘管才是初秋時節，晚間的暖風溫煦舒暢，可吹在眾臣的身上都如刀刮一般。

只要肅文帝一開口，他們恐怕就要掉了這顆腦袋。

此時想起尋常在城內眾官面前耀武揚威的模樣，想起收受賄賂所得的金燦燦的銀子，想起歌舞青樓中的曼妙女子，哪裡比得上性命重要？

皇比天大，他們要珍惜這條命了……

肅文帝神色冰冷，掃一眼跪在地上的周青揚，餘光看向陸公公道：「帶太子回去吧，他身體弱不禁風，不要在此著涼受寒，那個太醫是怎麼回事？這麼多年連太子的身子都調養不好，他到底是太醫院的太醫，還是草野郎中？哼！」

「謝父皇體恤，此事乃兒臣識人不清，兒臣願領責罰……」周青揚連忙磕頭認罪，心中卻更為顫抖。

肅文帝突然在此時提起他身子弱不禁風，不就是在告知所有人，太子要被禁錮一段時間，讓他好生反省？

終究是有東宮之名，肅文帝不可能直接下旨批他，而是要找另外的替罪羊，可這種冷待更讓周青揚恐懼，發自內心的恐懼。

肅文帝的眉頭蹙緊，朝著陸公公擺了手，陸公公嘆了口氣，隨即喚來皇衛送太子回宮。

陸公公如何不明白？皇上親自吩咐他送太子回宮，這就是要軟禁了……

周青揚哀嘆一聲，也知道如今這個狀況他不能再開口辯解，只得跟著離去，可行至宣德殿正門處，肅文帝的聲音陡然傳來：「去，把魏青岩給朕找來，他如若敢推辭，就把他給朕綁來！」

周青揚咬牙切齒，魏青岩，又是魏青岩！

魏青岩與林豎賢棋戰一宿，兩人全成了熊貓眼不說，各自身心疲憊，眼睛乾澀，待林豎賢最後一步行完，直接將棋子輕輕放於棋盤之上，嘆了口氣道：「我認輸了。」

「哦？」魏青岩眉看他，「還以為你要與我對棋到明日天亮。」

林豎賢閉目搖頭，「不可不可，我必須認輸了。」

「說說理由。」魏青岩起身伸展著筋骨，關節伸展時發出清脆響動，好似瞬間便恢復了精神，林豎賢睜眼看他道：「體力、耐力我都輸了，書生體格比不過武將，這是輸的第一個原因。開頭幾盤你故意讓著我，而後慢慢讓我落於下風，讓我從沾沾自喜跌至谷底，心態被挑唆得毫不淡定，亂了方寸，這是輸的第二個原因。第三個原因就是我的腦子已經渾了，腹中空空也餓了，所以我認輸了。」

魏青岩哈哈大笑，行至門口吩咐丫鬟們準備早飯，嘲諷林豎賢道：「武將時常諷刺書生無用，雖有偏激，可你這體格也該鍛煉鍛煉了，鍛煉的不只是體力，還有耐力和心態，書生誤國，誤的就是心態！」

林豎賢嘴角抽搐，可他又能反駁什麼呢？勝者為王敗者為寇，他無權反駁。

「那個誰，冬荷，給我來一碗魚翅粥。」林豎賢朝著門口喊這一嗓子，臉上狡黠地存著報復。

魏青岩出門至院中揮拳鍛煉筋骨，這是每日清晨必修的功課，林豎賢坐在一旁一碗接一碗地喝，他可是個清官，雖然家中也有廚子，但這等魚翅粥點尋常可是不捨得吃的，心靈受了極大創傷，總要把損失補回來。

林豎賢口中喝著，忽然對自己有了如此念頭甚是吃驚。

他以前可是不占人便宜的性子，怎麼如今也會有這般無恥的念頭？

驚愕之餘，林豎賢看著拳拳生風的魏青岩，難不成是被這腹黑的兩口子給傳染了？

僵滯半晌，林豎賢端著碗道：「再來一碗，對了，換個口味，燕窩粥有嗎？」

林夕落此時也已起身，洗漱過後便與魏青岩、林豎賢一同用早飯，得知兩人下棋對戰一宿，林夕落不知翻了多少個白眼。

早飯過後，林豎賢準備去都察院上職，可未等出門的功夫，就見門口有侍衛前來回稟：「回公爺，皇上傳您即刻入宮，如今已有大批皇衛在門口等候，而且親傳皇上口諭，您如若不肯去就綁了您也得去！」

林豎賢嘴角抽搐，林夕落心頭一驚，「這怎麼回事？」

魏青岩安撫地握住她的小手，問向侍衛道：「是何人前來？」

「是皇衛統領。」

「請進來。」魏青岩使了個眼色給林豎賢，示意他不必焦急前去都察院。

侍衛前去請人進門，林豎賢也皺了眉，「或許是昨晚宮中發生了什麼事情……不會是清算戰損的詳單出來，皇上大怒了吧？」

「很有可能。」魏青岩沉思片刻，「或許我要出征了。」

林夕落一驚，「不會這麼快吧？」雖說魏青岩早就有這個打算，但這也太快了，她有些不知該如何接受。小手反握住他的大手，林夕落心中湧起不捨。

魏青岩將其摟入懷中安慰道：「又不是第一次見我出征？不必如此傷感，何況我們也是猜測，妳不必心慌。」

林豎賢此時也無心吃這等飛醋，一心都在朝事上，「如若皇上要公爺出征，恐怕會軟禁太子以示懲戒，齊獻王會藉這個勢頭奪人脈，公爺的壓力很大，宣陽侯府的壓力也很大！」

魏青岩點了點頭，「無妨，早已做好這個準備了。」

林豎賢即刻道：「可有要我做的事情？」

魏青岩沉思片刻，點頭，「如若出征，只要求你做一件事。」

「何事？」

「每隔五天你將朝中之事列明交給夕落，由夕落親自雕信與我。」魏青岩說完，林豎賢點頭，「還有呢？」

「僅此一件。」

「必定辦到！」林豎賢甚是認真，「如今就隨公爺一同進宮吧。」

魏青岩回到屋中換上正服，林夕落親自為他繫著衣扣，魏青岩攥著她的手，看著她可憐兮兮的小臉道：「別這樣，即便要出征也不會馬上就走，還有籌備的時間。」

「別安慰我了，我自己想明白就好了。」林夕落嘀咕著，可其神色透出的傷感，讓魏青岩更為心疼，緊緊地將她抱在懷中。

無聲勝有聲，林夕落扎在他的懷裡感受著厚實胸膛帶來的安穩，生怕她一鬆手，這種感覺便永遠不在。

上一次他率軍出征，那時她還未成為他的妻，有惦記，有牽掛；而如今，他是她的男人，她孩子的父親，除卻惦記和牽掛之外，還有著懼怕。

戰場不是尋常之地，生死由天不由己，誰知未來會如何？

縱使魏青岩告訴她一萬遍會活著回來，她這顆心也放不下來。

兩人依偎許久，侍衛催促幾次，魏青岩才放開她，帶著林豎賢一同進宮。

而此時，齊獻王得知太子被禁、皇上急召魏青岩的消息，大為驚喜，「本王的機會來了，來了！快備馬，本王也要進宮！」

「王爺，皇上不會同意您率軍出征……」

「放屁！本王才不走，父皇任命魏青岩出征，本王就以命來保他全家平安，為其當好後盾！」齊獻王嘿嘿奸笑，「等魏青岩回來時，他就逃不開本王的這條繩子了！」

魏青岩與林豎賢進了宮，林夕落也沒有心思再去做別的事，安安穩穩地在院子裡等著。

可她想安穩，卻不見得別人也樂意，還不過兩刻鐘的功夫，齊氏便挺著大肚子由婆子們抬著過來，一張臉上滿是哀苦焦慮，雖然身子因有孕肥潤許多，可臉上蠟黃、嘴唇灰白，都這副模樣了，還跑來作甚？

林夕落看著齊氏，弄不明白她這是要做什麼，如若以往，她還有心猜測，可今兒得知魏青岩可能要出征的消息，她懶得再動腦子了。

「弟妹……」齊氏從轎子上慢慢地下來，林夕落即刻道：「四嫂，您過來也沒派人提前說一聲，我也準備些吃食粥點。」

「我不是來園子這邊閒談著玩的，弟妹，嫂子求妳一件事情，不知道妳能不能答應？」

齊氏小心翼翼，一臉苦楚，好似林夕落要是不答應，她就活不下去了似的。

林夕落聽及她這般說辭，還親自前來與自己商議，她不得不重視起來，「四嫂這話說得見外了，如若能幫得上的，哪裡還用您說個『求』字？這說出來不是臊我的嘛！」

齊氏臉色緩和些許，隨後道：「不怕弟妹笑話，之前嫂子是做過許多對不起妳的事，可那也是因妳這四哥實在是……如今嫂子求妳的事，也就是為了妳四哥，剛剛侯爺派人前來將他找去，說是五弟要率軍出征，他要跟隨同去，可我如今這副模樣，他出征走了，我若有個三長兩短的，孩子們可怎麼辦？」

「雖說三嫂定不會不管我們，可她如今一人管整個侯府已經夠忙的了……」齊氏頓了頓，開口道：「我只想請弟妹跟五弟商議一二，這次出征就不要讓你們四哥跟著去，行嗎？」

林夕落聽了齊氏這話，揉了揉腦袋，其一猶豫的是侯爺的心思，魏青岩進宮，他得知消息後立即便召了魏青山去，魏青羽此時恐怕也在，侯爺會否希望這兄弟兩人誰跟隨出征？

魏青羽如今是世子，應是要留在侯府的，那就只有魏青山，可魏青山跟魏青岩一同沙場作戰，對魏青岩會有什麼影響嗎？

如若是以前，林夕落不會考慮得這麼多，可她心底是知道魏青岩與宣陽侯無分毫血緣關係，宣陽侯如今也擔心魏青岩把攥軍權，不容他一手獨握。就好像最早魏青岩手中的糧、鹽、錢莊和賭場一般，其中都有人插手搗亂，而侯爺根本不管，更縱容他們鬧事。

這無非是不願魏青岩一人獨霸，即便不是兄弟幾人占去，也要讓他麾下的軍將跟著鬧事，完全不管這會否牽扯到魏青岩的利益。

不是親父子就不會一條心，何況，誰知道宣陽侯是否有利用魏青岩的時候？

似也覺出思維跳躍得太遠，林夕落看著齊氏，緩了片刻才道：「四嫂說的事我也明白，可咱們都是女人，哪裡管得著男人的事？若依您這般說，我還不願青岩出征呢，不說丟不丟命的事，分開多久都不知道。人這一生才能活多少年，我只想兩廂廝守不分離，可天不遂人願。」

齊氏初次見林夕落的話語中少了以往的潑辣，多了幾分女人的憂傷，附和著道：「就是如此，儘管四爺對我不能像五弟對五弟妹這樣悉心呵護，可……可我也不想他離開。」

「四嫂，這事兒我也不妨與您說明白，您來找我，我能明白您的心情，可這件事您實在是找錯人了。」林夕落見齊氏臉上滿是不解，便繼續道：「青岩入宮，皇上沒有召侯爺同去，而侯爺如今請四哥去談此事，您說如若四哥跟著出征，會是青岩硬拽著，還是侯爺對四爺的吩咐？」

齊氏也不是傻子，腦袋反應極快，耳聽林夕落這般說辭，不由瞪大了眼睛，「對啊，這件事……這件事五弟還真是沒轍，可……可五弟不能硬不讓四爺跟著嗎？」

林夕落很篤定地搖了搖頭，「不可能。」

齊氏頷首，「我也明白，那恐怕會傷了他們之間的兄弟情分，四爺非常想出征以命搏戰功。」

「您自己都能想明白，也就不用我說了，四嫂，凡事都不是咱們能作主的，您還是踏踏實實地養胎，等著生個小侄子出來為好，您的身子比什麼都重要。」林夕落轉了話題，齊氏只得跟著抱怨幾句，將念頭打消。

在此地又敘談片刻，齊氏有心要吐，林夕落卻吩咐婆子們快送她回院子歇著，這件事算了了，可林夕落仍沒等落座歇一會兒的功夫，便又有人找了來，這一回來的人是春桃。

春桃自從為魏海誕下一子後便開始幫林夕落忙碌雕木鋪子的事情，如今的錢莊也歸她管，林夕落甚是放心，除卻數錢之外，不用她多問一句。

而春桃也許久沒有直接來院子裡找林夕落，今兒忽然來此，倒讓林夕落有些納悶。

主僕兩人也沒有多寒暄客套，進了小屋把門一關，讓冬荷與秋翠在門口守著，春桃便開口道：「剛剛魏海派人傳回消息，讓我過來跟您說一聲，公爺進宮之前曾經吩咐過，說如若他兩個時辰還未傳出消息，就讓魏海派人回來將您和小主子接去麒麟樓居住，不要留在侯府。我瞧著時辰也差不多，就先來您這裡等著，若魏海來了信兒，您與小主子不如就先去，我帶著婆子們在此收攏東西，然後再搬運過去。」

林夕落不知道魏青岩這樣吩咐過，不過對於春桃她是信任的，「就依妳，不過這會兒先坐下喝喝茶，也不急著走。」

春桃笑著應了，兩人說起近期糧行與鹽行、錢莊的事：「魏海曾經與奴婢說過，如若公爺出征，糧行要跟著出一份大力，這事兒就由不得奴婢按照尋常的慣例去管，只能聽公爺的了。鹽行自從侯府的二爺與二奶奶鬧出事之後，連帶著二奶奶的娘家都受了牽連，如今換上了新官，應是公爺的人，對咱們反而客客氣氣的，沒有半分的刁難苛刻。」

「這些事都有妳來管著，我還有什麼不放心的？」林夕落笑道：「不過也別忘了錢莊的事分給林家十三叔一份小股，他如今在林家頂個家主之名也是坐吃山空，林府的事，錦娘一時還搶不過來，也別讓他們在銀錢上有難處。」

春桃點頭，將此事記下，想到冬荷與秋翠，便道：「這些丫鬟可都省心？用不用再挑選幾個？」

「都是實心人，按說依照慣例，身邊應該有四個大丫鬟，可我不願再添了，麻煩。」林夕落想著這件事也嫌麻煩，可若行衍公府建成，她不得不再操這份心。且如今一門心思都扎在魏青岩出征的事情上，她更是無心了。

春桃見林夕落心不在焉的模樣，也不再說這等無聊事。這一會兒，曹嬤嬤抱著孩子過來，林夕落讓他們進來，曹嬤嬤將小傢伙遞到林夕落懷裡：「剛剛哭鬧了許久，可一沒有拉尿，二也不是餓了，昨兒喬太醫才來看過，沒有著涼和小病，健康得很，卻不知這會兒為何忽然鬧著哭了。」

林夕落將兒子抱在懷裡，瞧他哽咽抽泣的模樣，心裡也跟著發酸：「怎麼著？知道你爹要出征，心裡也捨不得他了？」

嘴上嘀咕著，林夕落拿起一旁的雕刀和小蘿蔔，一點兒一點兒地雕起來，小傢伙的大眼珠就跟隨著雕刀移動，不一會兒看到一個蘿蔔花，不再抽泣，反而咧嘴大笑，林夕落驚訝道：「喲，長牙了！」

「早上老奴還沒看到呢？」曹嬤嬤湊了過來，仔細探看之間，果真是有一個小白印。

「怪不得哭鬧了，合著是覺得長牙不舒服了。」林夕落拍著他的小肉臉蛋，忍不住高興。能夠一天一天地看著孩子成長，她心滿意足了，可要是孩子的父親不用出征該有多好？

又過了一個時辰，已是臨近午時要用午飯了。

午飯擺上，林夕落正要帶著春桃用飯，一個雜院的小廝前來回稟事，春桃即刻出門，過了半晌才趕回來道：「奶奶，魏海傳信兒來了，咱們該走了。」

林夕落也無心用飯，吩咐侍衛備車，冬荷與秋翠、曹嬤嬤跟著，其餘的人則收拾箱籠，準備稍後再搬去麒麟樓。而正是這一會兒，姜氏從外進來，見到林夕落要出門，納悶道：「弟妹，妳這是要出去？」

林夕落點頭，「青岩不在，我帶著孩子回娘家去看一看。」

姜氏面露疑惑，隨即小聲道：「妳恐怕走不了。」

「為何？」

「侯爺吩咐過，今天所有的家眷都不允出門，妳怎麼辦？」

侯爺不允家眷出門？林夕落的眉頭緊蹙，春桃看著她，也沒想到侯爺會下這樣的令，魏海派人前來傳信，難道被侯爺知道了？可魏海派來的是心腹之人，春桃得了消息就趕來後花園尋林夕落，不會懷疑是魏海透消息給侯爺吧？

春桃心中的擔憂林夕落自當不知，她也未曾那麼想過。

魏青岩一走，宣陽侯即刻叫去了魏青山等人，想必他早就做了魏青岩出征的後續打算，絕對不能讓魏青岩將軍功和兵權捲走，那自然要將她和孩子留在侯府之中。

成了人質了？林夕落自嘲一笑，看著姜氏，神色淡定下來，「三嫂，三哥也在侯爺那裡嗎？」

姜氏微微點頭，臉上有些歉意地道：「弟妹，這事兒嫂子也說不明白，可妳真的出去要想一想是否比侯府更安心，畢竟妳還帶著個孩子。」

林夕落明白姜氏話中之意，她還是希望自己能留在侯府，起碼對魏青羽來說，一來，與宣陽侯好交代，二來，他也能沾到魏青岩的光。

林夕落笑著道：「哎喲，我說三嫂，你們這都是怎麼了？侯爺不讓出去就算了，怎麼您這話說得讓我開始心慌了呢？青岩進宮去還不知道是否出征呢，即便他出征了，難道誰還會對我下毒手不成？說得怪嚇人的。」

林夕落面露奇色，姜氏也覺出話語頗重，「都是嫂子胡亂擔心，妳別往心裡去。」

「這倒不是往心裡去的事，只是覺得奇怪，一早四嫂就來找我，如今您也來了，這一天我是沒了清閒功夫，讓妳們都把我給說糊塗了。」

林夕落提及齊氏，姜氏一怔，「她來？她來做什麼？」

「說是怕青岩偏要帶著四哥出征，萬一四哥出了事，她們這孤兒寡母的怎麼辦。事未定，人也未定，她先想著喪事了，嫂子，您得去勸一勸她，這眼瞅著沒多久就快生了的人，別這時候鬧出點兒什麼病來，何況她本來就一直反應大，整個人臉都蠟黃的。」

林夕落這麼一說讓姜氏急了，跳腳埋怨道：「這什麼事啊，讓四弟知道，還不得跟她急，純粹是胡鬧，我這就去說說她！」

姜氏欲走，林夕落也不留她，兩人來往許久也都是聰明人，姜氏之所以來也不過是客套的過場，如若林夕落真的要走，她也不會硬行阻攔。

林夕落送她出了院子，春桃急問道：「這怎麼辦？侯爺不讓出去。」

「這事兒應是早間皇上派人來找五爺的時候，侯爺就吩咐下去了，怪不得你們。」林夕落見春桃臉上滿是歉意，拽著她安撫道：「春桃，妳是我最信任的人，如同姊妹一樣，妳可別亂尋思。」

「奴婢才沒有！」春桃嘴上說著，臉上則露出羞赧，「這事兒要不要奴婢回去派人告訴魏海一聲，起碼讓公爺心裡有數？」

「要說一聲，起碼侯爺這方有動作，讓他們也知道。」

林夕落說完，春桃也顧不得多留，急忙就走，冬荷上前道：「那物件還要不要收攏起來了？」

林夕落點頭，「讓她們繼續收拾，說不定是咱們未走，物件要先走。」

冬荷應下，去告訴丫鬟婆子們繼續收拾，林夕落回了屋中去看兒子，曹嬤嬤看到院子裡人來人往的，而且她就在側間，隱隱約約也聽得到冬荷與丫鬟們的對話，見林夕落進來，便問道：「咱們可是要搬走了？」

林夕落坐下道：「不知道走不走得成。」

曹嬤嬤反倒笑了，「您放心，只要公爺出征並傳捷報，您在這幽州城內橫著走都無人敢管。」

「哦？嬤嬤為何如此說？」林夕落苦笑，「我如今腦子是亂了，您得為我細細講解一番。」

曹嬤嬤搖頭，「老奴也不是聰明人，只是覺得皇上能對行衍公委以重任，怎會虧待他的妻兒？何況前兒個行衍公不肯出征就是為了您和小主子，如今要率軍征討那兩個小國去，若您和小主子受了委屈……皇上是一言九鼎，天下之主，誰敢這時候冒著風險來找您的麻煩？那不是跟皇上過不去？」

曹嬤嬤一語中的，如若外人聽起來會覺得她不識時務，只對肅文帝加以吹捧著狐假虎威，可林夕落聽入耳中，卻是得到很多消息。

魏青岩出征，的確會有很多人盯著她，不但是宣陽侯，恐怕也有太子和齊獻王的人，更會有皇上的人，可這些都不重要，重要的是林夕落習以為常，依舊要如尋常一般潑辣，或更加潑辣得不可理喻，帶著點兒怨懟之氣，這樣反而更讓皇上放心。

女人是男人的一面鏡子，當魏青岩的身上讓人猜不透時，她林夕落就會成為眾人的目標了。

林夕落想了清楚，起身對曹嬤嬤福了福身，「嬤嬤的提點如醍醐灌頂，我這顆心也算是放下了，還用顧忌什麼？想去何處就去何處，想怎麼樣就怎麼樣，自家男人就是個無人能看透的閻王了，我這裡如若再躲起來，不讓眾人瞧個清楚，難保他們不往多了想，再冤枉了咱們公爺。」

曹嬤嬤見林夕落這般快將她話中之意想明白，驚訝之餘也有喜色，「夫人聰明，老奴佩服。」

「都是妳的功勞。」林夕落說著抱起兒子，這小子在床上趴著，整天撅個肉乎乎的小屁股四處看，滴溜圓的大眼睛看誰都笑，倒是誰見誰都喜歡。

「臭小子，等你爹回來的時候，你會不會已經能走了？」林夕落嘀咕著。

魏青岩此時在宮中正在聽肅文帝囑咐。

宣德殿中的朝臣已經被肅文帝攆走，連在殿中侍奉的下人也只有陸公公一人。

魏青岩一早進宮，未等進宣德殿宮門就已跪地請旨，請求出征掃平咸池國與烏梁國兩地，為大周國爭輝。

肅文帝聽了侍衛前來回報，當即拍案叫好，即刻封魏青岩為大將軍，軍中五品以下軍將可自行令封，所有朝官均為此次一戰聽其令下，如若有違者，斬立決。

這道旨意一下，所有朝臣心中都咯噔一下，魏青岩的主動請旨讓肅文帝轉怒為喜，誰敢在此時刻再多言多語，那不是不要這顆腦袋了？

何況連太子都已被禁，他們這些人還敢說什麼？

故而魏青岩受封之後，即刻點名選出幾位副將、參將，肅文帝當即應允，定於十日後出征。

一番請戰、封賞過後，肅文帝以疲累為由將朝官們攆走，將魏青岩單獨留下會談。

宣德殿大門一關，肅文帝臉上的喜意也淡去了些，冷哼一聲，拍案道：「你這小子心眼兒太多，知道朕派人去綁你，居然先主動請旨出征，反倒在戰前落個美名，讓朕不得不對你此次出征全力支持，你的膽子也越來越大了，連朕都算計進去了！」

「皇上英明，可微臣沒有心思算計皇上，只是心中戀家。」魏青岩頓了一刻，「微臣自從娶妻，有了兒子之後，才真正體會到什麼是家。」

魏青岩話語清淡，卻讓肅文帝心中湧起了愧疚之感。

這是他無法相認的兒子，自得知這是自己的兒子之後，肅文帝也派人私下調查過他的經歷，聽到其自幼受過的罪，他怎能不傷感？

故而他對宣陽侯是又氣又恨而又無可奈何，所以他要讓魏青岩把持宣陽侯的軍權，天下都是他肅文帝的，何況區區之兵？

肅文帝並不知道魏青岩已經知道自己的身世，只當他與自己甚親才當面感慨，便安撫著道：「放心，如若你戰勝歸來，朕定當好生對你進行封賞，絕對不讓你心裡虧得慌。」

「臣不要封賞，只請皇上應微臣一事。」魏青岩說罷，肅文帝挑眉道：「何事？」

「微臣希望能安然無恙地看到妻兒前來接我歸城。」魏青岩的話語說完，肅文帝本是要即刻答應，可陸公公在後輕咳一聲，肅文帝怔刻之餘才想起來剛剛齊獻王還跑來說要照料好他側妃的妹妹和小外甥，也就是魏青岩的妻兒了。

肅文帝嘆了口氣，點頭道：「朕答應你。」

「多謝皇上恩典。」魏青岩露出笑，肅文帝也高興，高興之餘又道：「朕還有一事要你辦。」

「微臣定當盡心竭力。」

「去給朕把吳棣找出來，能要活口儘量就留活口，如若不成，人頭也要帶回來，朕倒要看看他為何忽然失蹤，到底是誰在背後搞鬼！」

肅文帝咬牙切齒，魏青岩心中深吸口氣，這件事他還沒有確定到底是否與鄒僉有關，而鄒僉此時也杳無音訊，在失蹤的行列之中，可肅文帝如此吩咐，魏青岩只得拱手應道：「臣遵旨！」

離開宣德殿，魏青岩出了宮門便見魏海上前道：「侯爺下令不允任何親眷出門，夫人沒能帶小主子走成，怎麼辦？」

魏青岩皺眉道：「此事不急，先查吳棣的下落，盯緊他的家眷！」

吳棣失蹤，戰事雖告捷，可太子養病不見任何人，皇上更是親封魏青岩為大將軍再次征討咸池國與烏梁國，這等消息傳至吳家，讓吳夫人大驚失色，自家老爺這是怎麼了？果真出事了嗎？

吳夫人已經多少天都茶飯不思，想要尋人去問一問此事的因果，可無論送帖子至何人府上都閉門不見，而後得知眾副將聯名彈劾吳棣濫殺參軍副將、軍事上錯漏百出時，吳夫人的心底只湧起一個念頭，那就是跑。

可未等跑掉，吳府就被皇衛圍上大肆搜查。

吳棣如今是罪臣，儘管他此戰險勝，那也是罪臣，故而吳府從裡到外被翻了底朝天，連女眷的屋子都沒有落空。

遍地狼藉，吳夫人險些氣昏了過去，吳家人都在心驚膽顫皇上是否下旨治罪，可就這樣膽顫地等了許久都沒有消息，就好像吳府是幽州城內一個幻影般的存在，連走在門口的行人都不往這裡多看一眼。

怎麼會這樣？

吳夫人無奈，只得等著吳棣的消息。

可等消息，不就等同於等死？這股懾人的滋味兒實在難受。

星空繁耀，月映蒼穹，吳府遠處的角落中，盯守此地的人換了崗，被換下的人迅速離去，穿越幾條街道行進一個偏僻的屋子。

回稟消息之後，則由另外的人再次傳送消息，而這一次傳送的位置是宣陽侯府。

魏青岩從宮中歸來，都沒能去花園後側院見上林夕落一面，就被宣陽侯給拽到書房，父子兩人密談起來。

「你帶青山一同出征，本侯已經讓他去收拾準備，另外還有兩名副將跟隨，他們都有多年的軍事經驗，曾參加過開國之初的那一場與烏梁國的大戰，對你能有不小的幫助。」

宣陽侯開門見山，魏青岩則道：「這兩個副將我可收下，四哥不能與我一同出征。」

魏青岩如此說辭，宣陽侯並沒有感到驚訝，似是早已經預料到，「不行，他必須跟你去。」

「為何？」魏青岩站起身，「您說出一個讓我心服口服的理由。」

「哪來的什麼理由？本侯的決定，你不肯接受嗎？」宣陽侯冷哼，手拍桌案，「還親自請戰，之前與本侯連商量都未有，你的膽子也太大了！」

「皇上都已經派皇衛來綁我進宮，這事兒還用說？您嫌我的膽子大，您為何不主動請戰出征？您請戰皇上為何不答應？如今您讓四哥跟隨我一同去，這又是為何？此次幾位重要將領皇上已經任命，四哥的位置如若這時候填充進去何其尷尬，您難道就不想一想？」

魏青岩略有激動，聲音未有平時那般淡定，清楚地傳至書房之外。

此地的人都已經被宣陽侯攆了出去，由齊呈親自把守，可齊呈看著面前的人實在不知如何開口攆，因為這正是書房中父子兩人爭議的對象：魏青山。

宣陽侯吩咐魏青山去籌備參軍之事，魏青山高興地去了，歸來之時聽聞魏青岩已經歸府，自是興沖沖地來此聽他講一講宮中之事，也問一下出征的事宜，可未曾想，他剛進書房的院子就聽到宣陽侯與魏青岩的呼喊，特別是魏青岩口中的「尷尬」二字說出，讓魏青山的臉上如火燒一般的燙。

尷尬？這是魏青岩不願帶自己出征嗎？

魏青山略有凌亂，他沒有邁步進去，而是等著宣陽侯的回答。

「他有何尷尬？不過是隨同你一起出征罷了。皇上已經下令，五品以下將官都由你自行分配，怎麼，分給你兄弟一個軍職就這樣難嗎？」

宣陽侯沒有壓抑，而是大怒咆哮，他無論如何都要與魏青岩將此事談個清楚，否則軍權被他獨握，皇上再命他脫離宣陽侯府，那他還有何留給子女之物？

「五品以下軍將你要四哥去任？你難道不顧忌他的死活嗎？不顧忌他的想法嗎？」魏青岩冷哼一聲，「這件事我不同意，我是將軍，我就是不同意！」

「你……你想氣死本侯嗎？」宣陽侯沒想到魏青岩如此油鹽不進，「你不如直接說出是你想獨攬兵權，不肯讓你四哥插手，怕他得了消息傳回給本侯，壞了你的妙計！」

「笑話！」魏青岩說罷就要走，宣陽侯當即嚷道：「不讓青山跟隨出征也可，你的妻子和孩子不允許離開宣陽侯府！」

「由不得你！」魏青岩說罷踹門而出，可出門就見魏青山瞪眼看著他。

魏青岩一怔，嘴微張，卻未出聲音，見魏青山雙拳緊攥，雙眼充血，表情甚是複雜，魏青岩也不知該說些什麼，嘆了口氣便闊步離去，待走遠時，聽到魏青山在院中仰頭怒吼。

林夕落正在院中看著丫鬟們收拾東西，她已經知道魏青岩十日後要出征的消息，瞧見遠處魁梧的身影緩緩走來，卻在門口停住不動，林夕落反而朝著他走去，笑著道：「怎麼不進院子？」

魏青岩臉上苦澀，「不知該如何與妳說。」

「還說什麼？我早就知道了。」林夕落看著他，「我跟兒子都等你回來。」

魏青岩心中酸澀，抱她在懷中輕聲道：「家裡都靠妳了，要注意侯爺。」

「放心，你如若走了，他惹不起我。」林夕落自從與曹嬤嬤談過之後，心中篤定，她跋扈了又怎樣？她潑辣了又如何？魏青岩不是吳棣，她林夕落也不是吳夫人，縱使靠著自家男人出征而耀武揚威，也不是她們吳府能比的。

魏青岩聽她說出這話，心裡鬆快些許，握著她的手在院子裡靜靜地踱步，「還有十天出征，我用三天安排好軍將之事，剩餘七天陪妳，想去哪裡？」

「能有七天陪我？」林夕落聽了這話倒是驚訝，她本以為魏青岩這十天鮮少能歸家。

魏青岩點了頭，「已經算好的了，想去何地都可以，但往返行程不得超過七天。」說至最後，魏青岩的臉上略有歉意，「等此戰歸來，我再陪妳遠遊。」

「行了，走得太遠你樂意，你兒子恐怕還不樂意呢，怎可能將他放在家中獨自出遊？可如若帶著他，哪裡還有夫妻兩人的暢快？」林夕落嘟著嘴，魏青岩笑了，「別急，等他長大了就好。」

說至兒子，魏青岩忽然提起了林天詡，「我想把這個孩子帶走，妳覺得如何？」

「天詡？他才不到八歲的年紀，怎能從軍打仗？」林夕落震驚之餘，心裡也有排斥，雖然皇上親口要林天詡走武官之途，可這麼小就跟著出征，他哪裡受得了？

「妳覺得我會死嗎？」魏青岩忽然問出這一句，林夕落即刻搖頭，「別胡說。」

「讓他在我身邊幫著記些隨軍之事罷了，不會允他上戰場，我不死，他就死不了，戰勝歸來他能得點兒賞賜，起碼在皇上心裡掛個號，也在林家這一輩人中出了頭，否則林家如今所有人都丁憂未過，將來想出仕不容易。」

魏青岩分析得很透徹，林夕落卻仍然不太願意，「這事兒要與父親與母親商議一下，怕他們二老捨不得。」

「軍職越高，死的可能性就越小，跟著我先出征掛個職，以免將來去其他邊境之地吃苦，那才更容易丟了命。」魏青岩說到此也不再多說，林夕落知道他是好意，可這件事她說的不算，要去景蘇苑探問才成。

魏青岩在花園的湖邊的石階上坐了下來，林夕落窩在他的懷中，聽他細細說著去宮中的事及朝中現在的態勢：「……剛剛與侯爺爭吵，他怕我獨攬軍權，可這件事旁人不知，妳卻要知道，這一次我的確會把他手中的軍權搶過來，不會再給他留任何餘地。」

林夕落心驚地看著他，她原本以為是侯爺多疑，卻沒想到魏青岩真的有此打算。

「我不得不動手了。」魏青岩話語很冷，「我不搶，皇上也會由著其他人搶，而好歹我現在還姓這個魏字。」

林夕落雖然不明白其中細節，可魏青岩有這份心思，她就會在一旁支持著，「你做什麼我都不管，只要你安全回來。」

「哦？這麼篤定？」魏青岩調侃地逗她，林夕落點頭，「自是如此。」

魏青岩續問：「如若我做的是壞事呢？」

「那我也跟著當壞人。」林夕落看他，「誰讓你是我男人？何況你以為你現在是好人不成？」

魏青岩哈哈大笑，猛拍了林夕落的屁股幾巴掌，林夕落揉著屁股，捶他幾拳頭。夫妻兩人在此旖旎浪漫，卻誰都不再提即將分開的憂傷。

兩人在園中依偎，魏青羽的院子裡，魏青山正在獨自飲酒，魏青羽在一旁聽。

「父親說，如若軍權被青岩獨占，咱們二人怎麼辦？他不是要捨掉我的命，而是不得已！」魏青山自嘲一笑，喃喃地道：「父親他為何如此不信五弟？他到底做錯了什麼？」
魏青羽哀嘆一聲，卻無從回答，只斟了一杯酒灌入口中，他們就只剩兄弟三人了……

魏青岩這幾日一直忙碌著籌備出征的各項事宜，林夕落也在收拾家中物件，可並不是她仍要離開侯府，而是搬回郁林閣居住。
這倒不是她自己願意回來，實在是近日裡來訪的人太多，與其兩個院子來回地折騰，不如搬回郁林閣。魏青岩如若離去，她自可兩個院子都占著，不讓侯府中的人對她盯得太緊。
看著丫鬟們來回忙碌，林夕落坐在院子裡逗著兒子。
這小子貪吃，營養倒是好，如今已經會爬，小手胖成了球卻極有力，能緊緊抓著林夕落的衣襟不鬆手，眼睛骨碌亂轉，而且不似以前那麼愛睡，不愛在屋中靜靜待著，只要醒來，就要曹嬤嬤和奶娘抱著在院子裡走，兩人被他如此折騰實在受不了，連冬荷和秋翠也跟著幫忙。
時間久了，小傢伙見了秋翠倒是不再哭鬧，秋翠心底歡喜，也愛整天抱著他在院子裡逛。
可有曹嬤嬤叮囑著，秋翠也只能當個供體力的，但凡是點兒奇怪的物件都不允小傢伙碰，看得極為嚴實。
林夕落並非沒有提醒過不必如此拘著孩子，可曹嬤嬤所說也有道理，如今魏青岩就要出征，小傢伙就是眾人的眼中釘，誰知會不會做點兒什麼手腳？
即便是想讓孩子自行成長，也要等魏青岩戰勝歸來。
曹嬤嬤這番話自不會如林夕落想的這麼簡單，絮絮叨叨了一個多時辰才把事說完，林夕落為了保護耳朵也不得不從，幸而有秋翠等人幫著看管，她也算省了不少心。
三天過去，魏青岩所提的三日後便陪林夕落七天已經到了日子，早上兩人約定好晚間出去用飯，林夕落下晌便開始打扮。

自從生了孩子之後，她還沒有如此上心裝扮過，即便是兒子洗三、滿月，她都未如此上心。並非是穿著的衣飾和所用的首飾精貴了，而是她的心……分別之前的惺惺相惜和不捨，才是最珍貴的。

可魏青岩還未等到，門口卻有侍衛前來回稟：「回五奶奶，聶夫人求見。」

這時候來攪和什麼？林夕落臉色不豫，可她有些惦記著聶靈素，便吩咐秋翠道：「妳去問一問聶夫人前來何事？如若不急，讓她七日後再來。」

秋翠應下便去，可未過一會兒急忙回來，「聶夫人是帶著聶小姐同來的，您要不要見？」

聶靈素居然也來了？林夕落驚訝之餘吩咐道：「請她們進來吧，衝著福陵王的顏面，還不能不理聶家。聶夫人倒是聰明，知道把聶靈素當成敲門磚了。」

冬荷也笑，「那也是您曾經提點過。」

「那丫頭也是個苦命的，卻不知道福陵王是否有意了。」林夕落嘆了口氣，「自家男人都要出征了，我這兒還想著給別人當紅娘，哪來的心思？」

「還不都是您良善。」冬荷笑著扶她起身，兩人一同往正院裡去。

聶夫人與聶靈素到了前廳之中，見丫鬟們上了好茶和果點，不由豔羨道：「上一次我自己前來求見，連杯茶都未有……」

聶靈素嘴角微動，出言道：「這也不是女兒有顏面，而是看在福陵王的分上。說一句母親不愛聽的，就上一次在福鼎樓鬧出的事來看，沒有福陵王的話，行衍公夫人恐怕早就翻臉了，怎還會允聶家人登門？」

聶靈素的話語不冷不熱，讓聶夫人臉上火辣燒燙，「女兒，這事兒都是妳父親糊塗。」

「糊塗有什麼用？得罪了王爺，單純糊塗二字就能被原諒嗎？」聶靈素早已將此事看了明白，也不會再如同之前那樣對聶家唯命是從。

聶夫人一句話都回不上，今兒她特意先去接聶靈素才趕來此地，而聶靈素也說了，她只來這一次，如若所求之事不成，就讓聶夫人不要再為聶家的事去找她。

聶夫人無奈答應，可她心裡不安的原因更多是為福陵王的態度，聶家此時巴不得他答應成婚。這等事聶家人自不會出面，還是得來求行衍公夫人。前幾日魏青岩得皇上讚賞，又準備率兵征戰邊境小國，這次的聲勢比前一次吳棣出征更為浩大，無人敢在將領的人選上有半分異議。

行衍公的地位逐漸升高，聶家便越來越不安，上一次當面得罪了行衍公及其夫人，他們不會趁機報復吧？

殊不知魏青岩與林夕落早忘了聶家的存在，有空只忙著卿卿我我，哪會搭理這等自詡為豪門大戶的破落人家？

聶夫人也無話多說，只在屋中焦慮地等候林夕落到來。

林夕落在正廳的角落中看著聶夫人與聶靈素，沒有即刻進去，她要端詳這母女二人的狀態。聶靈素瘦了，也更清秀了，可臉上依舊是那副幽怨之色，看得連林夕落忍不住又心生憐憫，可她身旁還有聶夫人這急功近利的母親在，讓她的同情瞬間消去。

輕咳了兩聲，林夕落才緩緩踱步進屋，聶夫人瞧見林夕落出現，即刻上前道：「給夫人請安，多日未見，您的精神更好了。」

林夕落沒什麼反應，而是直接看向聶靈素，聶靈素臉上的表情清淡得很，起身行了一個大禮，「夫人安，今日冒昧求見，還望夫人不要怪罪。上一次與夫人分開之後，靈素想了許多，還望夫人能夠給予指引，讓靈素脫離苦海。」

林夕落笑著拉起她的手，看著眼前這個清秀的人兒半晌，「這年頭誰都指引不了誰，都是要靠自己。上一次妳送來的信我收到了，可不巧的是侯府中事情多，公爺也忙碌得很，還未能尋出時間去探望妳，沒想到妳會與聶夫人一同前來，也正好藉此機會看一看妳。」

「夫人體恤，靈素感激。」聶靈素說著又要福身，卻被林夕落攔住，「可看妳如今這模樣，我並不高興。妳可是聶家大宅出來的嫡小姐，怎麼如此清素？如若被福陵王知曉，豈不是要心疼了？」

林夕落的調侃讓聶靈素臉色刷的通紅，目光中有著期待和盼望，可也生怕林夕落給出的答案傷了她的心，局促、矛盾，臉色不知變了多少。

林夕落轉身坐在主位上，冬荷遞上茶，林夕落見聶夫人在一旁欲言又止，幾次想要說話都沒開得了口，不由道：「聶夫人今兒倒是有空去探望靈素，還陪同她一起來看望我，多謝了。」

聶夫人聽後一怔，探望靈素、陪同前來，這如若再開口說有事相求，豈不是很尷尬？這話無非是要逼著她把口中所求嚥回肚子裡不成？

「夫人能見我們已是不易，之前多有得罪，夫人大人不計小人過。人走茶涼，如今我們是真體會到了，可越是如此越能想到行衍公與夫人的好，如今得知行衍公要出征，特意前來問詢下夫人是否有需要幫助的事，聶家願意效勞……」

聶夫人越說聲音越小，到最後已經快聽不見了。

林夕落端著茶杯看她道：「聶家會幫我？」

「樂意之至。」

林夕落搖頭，「我們爺不過是草莽野兵，好在皇上不信他是大逆不道的亂臣賊子，否則也不會封他為大將軍再次出征，為大周國討回顏面了。」

聶夫人臉色通紅，「都是我家老爺魯莽……」

「聶夫人，上一次我好似說過，聶家的事為何總要女眷出面？今兒不但是妳來，還帶著靈素，怎麼，我瞧著妳坐立不安，聶家可是又給妳派了什麼任務不成？」林夕落說罷便是冷笑，「聶大人手下這麼窮了，要女人出面逢迎攀交？這在之前的聶家不是最瞧不起的事嗎？」

聶夫人被臊得恨不得尋個地縫兒鑽進去，聶靈素有些聽不入耳，「夫人，今兒民女與母親前來是為了探望夫人，二來，得知行衍公要出征，身邊還缺一個筆吏跟隨，不知可否讓民女的弟弟跟著出征……」

聶靈素這話說得直白。

「五品以下的軍將之人，我們公爺是可以自行任命的，可妳說妳這位兄長他不是武將出身，又是五品以下，這官兒也太小了吧？怎麼攀得上聶家的身分？」

林夕落話語帶刺，聶靈素抿了抿嘴唇道：「哪裡還有什麼委屈？如今民女之父已被罷官在家，聶家其餘的幾位叔父連理都不理我們，更是埋怨聶家受牽連。民女知道夫人是最良善的人，看在福陵王的顏面上，您一定會答應。」

「妳既然已經知道我能請妳母女二人進門是為了給福陵王面子，可妳也要知道自己的身分有多重。」林夕落看著她，「不要拿福陵王的顏面來與我談條件，聶家不夠格！」

林夕落的冷言冷語，聶夫人豈能不明白她是何意？

上一次她前來見林夕落就已經有了答案，如若聶家想單憑藉與福陵王的婚約行事恐怕是不成了，連行衍公這方都過不去，何況福陵王？

瘦死的駱駝比馬大，那好歹也是一位王爺……

聶夫人臉上的肉忍不住抽動幾許，聶靈素又開了口：「母親，夫人的話您也聽見了，聶家能做什麼，您如若還要藏著掖著不肯說，那今兒也是白來了。」

聶靈素將這一層布給掀了，讓聶夫人尷尬不已，雖氣惱聶靈素胳膊肘不知拐了何處去，但見到林夕落臉上的不耐之色，也不敢再有耽擱，即刻道：「夫人教訓得是，聶家的確不該再拿著福陵王的面子來說事，咱們都是女人，女人自有女人的苦，我這也是沒辦法……」

聶夫人用帕子抹了抹眼角道：「我們老爺雖然被駁了官，但皇上至今沒有下旨貶為庶民，靈素的幾位叔父仍在戶部與吏部擔任要職，吏部自不用提，乃是六部之首，其中關係甚是複雜，而戶部遍布大周各地，其中的門道太深，我們老爺不敢說他都清楚，福陵王如今遠在西北，若能有幫襯的，定當知無不言……」

聶夫人見林夕落仍無表情，繼續道：「即便是老爺們想幫忙也是沒轍，畢竟人在幽州城內，遠處的官他們也指使不動，只能把這其中的關係幫著王爺和公爺理清。聶家的老太爺過世這些年仍有餘威在，敬仰他老人家的官員甚多也遍布各地，何況公爺如今在軍中一呼百應，但朝堂之間的貓膩兒不還是文官們張嘴？」

「要說為公爺與福陵王歌功頌德自用不上聶家人，但要尋點兒實惠的門路，聶家自能貢獻出微薄之力……」聶夫人說完，見林夕落依舊沒有反應，有些著急，「夫人，您也是林家大族出來的人，自當知道大族之中盤根錯節，即便我家老爺是嫡長，也不可能一呼百應，好歹也要我家老爺能再重新上職任官，才能一步一步地幫上更多忙，如今已經是十成之力了！」

林夕落聽完長舒口氣，臉上表情淡漠，可心裡卻甚是驚訝。

魏青岩總提聶家大族，但她並沒有對大族二字有如此深的體會。

聶家的老太爺比之林府的林忠德要高出幾等也並不是妄言，起碼他在各地留下的學生就比林忠德要多，這也是因曾任官職不同的緣故，或許他們真的用得上聶家。

林夕落靜思片刻才開口道：「這些事我明白不重要，前提要福陵王心裡容得下。」林夕落看了一眼聶靈素，「當著靈素的面兒，我不好說聶家之前的做法太囂張，縱使聶家的譜再大，人脈再廣，不也都要聽皇上的？拿著大族逼迫皇上收回賜婚之命，不覺得有點兒太過分了？」

林夕落的話讓聶靈素低頭咬唇，也湧起一股對聶家的不滿，聶夫人連忙道：「您說的是，都是聶家不自量力。」

林夕落沉了沉，嘀咕著：「這事兒還得等一等，妳也知道公爺就要出征了，福陵王那方的消息我就不知道了，待我告知公爺妳今兒說的話，看公爺是否願意插手福陵王的事吧。畢竟那是王爺，我們與福陵王關係再好，也是低下一等，不能逾越了去，妳們說呢？」

林夕落的話讓聶夫人無法反駁，誰不知福陵王與魏青岩兩人關係更親？不是說不上話，而是讓聶家再繼續等罷了。

聶夫人看向聶靈素，聶靈素無奈地微微搖頭，開口道：「如若夫人向王爺那方去信的話，可否替靈素帶上一封？」

林夕落笑了，「旁的事我不能答應，但這件事我應了！」說罷，叫來侍衛，「替聶家小姐傳一封信給福陵王，加急！」

侍衛應下，聶靈素連忙把一張疊好的信交到侍衛手中。

聶夫人見侍衛離去，心中驚詫，林夕落本是說著管不得福陵王的事，可侍衛都能隨意地傳信，而且還有「加急」一說，顯然他們之間的聯繫甚是緊密。

這一張一弛、一鬆一緊，讓聶夫人心力交瘁。

她知道林夕落這番做法是表明她對聶家還不滿意，可聶夫人也無奈，他們聶家如今還能給什麼？他們這位老爺啊，惹誰不好，偏偏惹上行衍公……

信已傳走，自無事可再談，聶夫人帶著聶靈素離去，聶靈素上了馬車仍然堅持要回荒郊小院，不肯回聶家。

聶夫人這次是發自內心地勸說：「女兒，跟娘回去吧。娘不好，不該委屈了妳……」

「不要！」聶靈素極為堅定，「行衍公夫人剛剛說得無錯，之前我一直都覺得是福陵王躲著我，我怨懟，我傷心，可如今我才真正覺得是我配不上他！」

聶靈素說到此，看著聶夫人道：「因為我的心不純，不是單純地敬仰他，怎能要求他接納這樣的我？母親，讓女兒靜思一段時日吧。」

聶夫人無奈，只得吩咐車夫前行，而林夕落聽著侍衛回稟聶家馬車的去向，不由感慨道：「這丫頭倒是個聰明人，可惜沒有膽量……」

未過多久，魏青岩從外趕回，看到林夕落正在妝奩檯前裝扮，便靠在門口靜靜地看。

從鏡中看到了他的影子，林夕落會心一笑，逗著道：「冬荷，門口怎麼有一隻野貓？哪兒來的？快趕走，一身臭味兒……」

冬荷本是在為林夕落整理衣裝，聽林夕落這麼一說，便往門口看去，卻見哪是什麼野貓，明明是自家的爺，納罕之間卻發現是林夕落故意調侃，忍不住噗哧一笑，「奴婢膽小，這事兒還得您自己來。」

林夕落也忍不住笑，轉身看著魏青岩，嗔怪地道：「還知道回來？天都快黑了！」

魏青岩站在門口不動，靜靜地看著她，也不說話，倒是把林夕落看得有些納罕，不由起身看了看自己，衣裝周整沒有亂處，再對著鏡子看看臉，妝容妥當沒有花哨，那他看什麼呢？

林夕落忍不住走過去，問他道：「你在看什麼呢？哪兒出錯了？」

魏青岩抿嘴狡黠一笑，單手摟過她的腰，將其攬入懷中，「我在看妳什麼時候過來。」

「討厭！」林夕落小拳頭使勁兒一捶，魏青岩笑容更燦，「妳知不知道妳哪裡最吸引人？」

「哪裡？」林夕落也好奇，她始終不知道自己何處能吸引這個活閻王如此疼愛。

魏青岩傾吐道：「不隱藏，真實。」

「難道你虛假？」林夕落面容俏紅，反問。

「對妳，我從來不虛假，我身上何處妳還沒見過？」魏青岩這話讓林夕落臉色通紅，「丫鬟們還在，你胡說什麼，沒羞沒臊的！」

「冬荷早跑了！」魏青岩說完，林夕落轉頭看，屋中果真空無一人，讓她也忍不住笑，「這丫頭也學會悄無聲息地走路了！」

魏青岩親她一口，拽著她進屋坐下喝茶，林夕落便把聶夫人今日前來的事說了：「……她所提的這些事我沒有一口回絕，也沒有即刻答應，就看福陵王與你怎麼想了，不過我個人認為，不如先試探一下，畢竟皇上還沒有徹底對聶家翻臉，你看呢？」

「妳這丫頭心眼兒是越來越多了！」魏青岩說完就又挨了一記白眼，林夕落不滿地道：「怎麼是心眼兒多？這不也是為你著想？」

「我這是褒，而非貶。」魏青岩思忖片刻，喚來侍衛：「去把聶方啟的兒子調查資料拿來。」

侍衛迅速取來，遞給魏青岩，魏青岩看了片刻，選出一人，「告訴魏海，在率軍出征那天，讓他帶上十個侍衛去聶家把此人帶走，之前不要有半點兒風聲透露出去。」

「遵命。」

侍衛離去，林夕落悶頭在笑，魏青岩這心思也太黑了，直接把人綁走？這就是在使勁兒地抽聶方啟的臉吧？

兩人對此不再多談，而是商議著去何處玩。

林夕落想著魏青岩要帶林天詡走，擔憂道：「不如先去與父親和母親將此事說一說，看他二老是否同意？」如若父母有半點兒不願，她是定當會阻攔……

魏青岩點頭，「我也正有此意，就請他們一同去福鼎樓用飯，再談此事。」

林夕落應下，兩人出門上了馬車，自然也是帶了兒子，奔著景蘇苑而去。

見了面，用了飯，眾人正用著飯後果點之時，魏青岩忽然說道：「這一次出征，我欲帶天詡同去，不知岳父大人何意？」

林政孝正抿著茶，聽見此話，怔愣呆滯，林天詡反應極快，當即起身蹦了凳子上，「姊夫，我要去，帶我去！」

胡氏一口茶嗆在嗓子眼兒裡，臉上滿是驚駭，可看著林政孝面露猶豫沒有一口回絕，她傻在當場，不會吧？才七歲就要去送死，她就這麼一個兒子啊！

胡氏堅決不同意魏青岩帶著林天詡出征，但當魏青岩將此事的利弊說清之後，林政孝點了頭，胡氏只得無奈默認。

誰讓林天詡是魏青岩的小舅子？誰讓他得了皇上欽點走武將之路？

林家這幾位曾在老太爺麾下耀武揚威的人都在丁憂期，皇上挽留幾句就不了了之，只有一個林豎賢，可他雖然姓林，又稱林政孝一聲表叔父，卻與林家血緣太遠，若非是林忠德在林家大族的邊緣之地將其提拔上來，他恐怕真與幽州城的林家沾不上半點兒邊兒。

胡氏不是傻子，自是聽明白魏青岩所說之意，既然林家大族這一輩皇上不願再提拔，林天詡縱使是文狀元也無用，可當娘的終歸惦記兒子的安危。旁日裡無論遇到何事，她向來是聽魏青岩這姑爺的，可涉及到林天詡，她破天荒地抓著魏青岩嘮叨了一個時辰。

林夕落在一旁忍不住笑，林政孝早已經尋了藉口去外方辦事，魏青岩淡定如常地坐在那裡看著對面的岳母大人不停說著，手指偶爾輪番輕敲手背，偶爾附和兩句，任由著胡氏說不停。

直至丫鬟們來通稟是否擺席面用飯，胡氏才想起來問一下時辰，待得知她跟姑爺嘮叨了如此之久，不由露出幾分尷尬之色，緩言道：「天翊年紀太小，要勞煩姑爺照應著了，我也知道這是姑爺對他好，可當娘的難免擔心……」

「岳母大人放心，我既然敢帶他出去，定會安安穩穩帶他回來，除非連我也戰死。」魏青岩這話一說，胡氏連忙呸了兩下，瞪著他道：「這種話姑爺還是莫要隨意亂說，你是夕落的男人，也是我們的親人，總不能讓你帶著天翊出息，還賴著你要保他一輩子！人各有命，就看老天爺是否憐憫這孩子，這道理我明白！」

胡氏雖然絮叨，卻是通情達理之人，魏青岩臉色鬆快半分，「有岳母大人如此體恤之言，我也放心了。我如若離開幽州城，夕落這方還要勞煩岳母大人多多照應。」

「這話還需你多說？她是我女兒，我自當要看得牢牢的。」胡氏看著一旁偷笑的林夕落道：「絕對不會讓她出差錯。」

林夕落吐了下舌頭，魏青岩寵溺地看著她，胡氏只覺得自己礙事，也不打什麼招呼，默默地離開了屋子。

林夕落呵呵一笑，看著魏青岩，他一個冷面之人，居然能忍耐著聽岳母嘮叨這麼久。

「可是體會到母親的厲害了？沒有嚴詞厲色，沒有喝斥怒罵，但就是能讓你說不出話來！」

林夕落幸災樂禍，魏青岩拍她腦袋一巴掌，「傻丫頭，子欲養而親不待，妳不懂！」

林夕落揉著腦袋心中腹誹，她哪裡不懂？她當初體會到胡氏的母愛時，不也做了一系列的張狂之事？子欲養而親不待，她哪裡是不懂？

可這等話她無法與魏青岩說，只得淡笑著讓他感慨一番。

與林政孝、胡氏和林天詡一同用了飯之後，林天詡巴不得現在就跟魏青岩走，林夕落一巴掌拍了他的小腦袋，喝斥道：「先在家伺候爹和娘幾天，你個野孩子，就想著跑出去沒人管你是吧？」

林天詡揉著腦袋，縮著脖子念叨著：「才不是，弟弟也是聽魏統領和豎賢先生說起外面的廣闊，心中嚮往，哪裡是不孝順爹娘？大姊就會冤枉人！」

「你還在這裡狡辯上了？你姊夫要七日後才走，你現在跟著去作甚？」林夕落臉色更冷，嚇得林天詡不敢再梗著脖子頂嘴，只得笑嘻嘻地道：「弟弟這不是想跟著大姊嗎？聽說姊夫要帶妳出去玩……」

林夕落翻了白眼，合著這小子是聽魏青岩說要帶她出城玩上幾日，動心了！

可他們兩人是打算連兒子都不帶的，哪裡還會帶林天詡這個拖油瓶？

「不行，要先孝敬爹娘！有你出去遊樂的時候，但不是現在！」

林夕落說完就走，林天詡糊裡糊塗地嘆氣，可一轉身就看到胡氏滿臉落寞地站在他身後，還沒等開口，就被胡氏拎上了耳朵，念叨著：「你個小白眼兒狼，現在就想拋棄娘……」

「娘，饒命！」

「沒門！」

「大姊，救命！」

林夕落只當沒聽見，跟著魏青岩離開景蘇苑。

兩人先送兒子與曹嬤嬤等人回侯府，兩人才騎馬悄悄離開，奔向城外而去。

離開幽州城，回首看著那威嚴高聳的城門，林夕落忽然想起當初來此地時的驚訝與茫然。

而如今呢？她已為人妻為人母，短短的時間內，變化極大，讓她如今跳開城內的圈子還有些不敢相信。若非魏青岩站在她身邊，她都覺得這是一場夢，她怎麼能成為這個活閻王的妻子？

當初第一次見他時，就覺得這個人目光灼人……

見林夕落回頭看城門，魏青岩不明白她心中有如此多的感慨，便問道：「想什麼呢？」

「在想這籠子。」

林夕落的回答讓魏青岩勒馬轉身，兩人一同遠望，「我喜歡出征打仗，可每一次戰勝歸來並沒有喜悅之情，只覺得邁入此地就像進入籠中的鳥兒，隨時等著被人屠殺……可如今我卻不願走出這個籠子，因為籠中有妳。」

「可我和你在一起，還是惦記。」林夕落嘀咕，魏青岩輕笑，「是，因為還有個小的。」

林夕落調侃道：「要不……我們帶著他一起跑吧？」

「慢慢來，還有時間。」魏青岩這話讓林夕落嚇了一跳，抬頭看向他時，他已駕馬而行，林夕落連忙抱緊他的腰身，心中驚愕。

難道他已經有意離開？

可……有那麼容易嗎？

離別之前的相聚可掠去所有雜念，魏青岩這幾日帶她四處遊玩，也走過兩人邂逅之地，互訴初見時的感覺，甜蜜溫馨。時間一分一秒過去，兩人更是難捨難分。

林夕落臉上雖帶笑，可魏青岩看得出她心中的憂傷，只緊緊攥著她的手，讓她也感覺到自己的不捨。

兩人相依相偎度過了六個白天與夜晚，明日魏青岩要出征，這一夜，他二人在福鼎樓中的一個小雅間內對坐喝酒。

從一人一盅到一人一罈，林夕落知道魏青岩不願見到她看著他離別遠去的場面，所以要在這一夜將她灌醉，可她本人對酒精不敏感，一罈又一罈酒下去，如同喝水，越發清醒，除卻臉色漲紅如桃之外，沒有分毫醉意。

魏青岩又打開一罈酒，苦笑著道：「妳就應該托生成男人！」

「怎麼，女人就不能飲酒？只許你們男人有酒量不成？」

林夕落微醉，心中也想醉，卻睡不著，看著魏青岩，心中極其不捨。

魏青岩見她捧著一罈子酒飲下，明白她心中的苦悶，不由起身將她抱入懷中，卻感覺到一股溫熱的水珠滴落在他的胸膛上。

「丫頭，我會平安歸來。」魏青岩承諾。

林夕落點頭，沒有開口。

兩人依偎著，卻不知何時睡去，待天亮之時，魏青岩靜悄悄地起身，至隔壁房間換上戎裝，往城門而去。

林夕落聽見離開的腳步聲，眼角淌下淚水，她害怕離別，很怕……

捌之章◆敲鑼捐銀扮破落

天色大亮，城門外數萬精兵列隊，綿延數里，浩浩蕩蕩，大周旗幟飄揚空中，氣勢澎湃。

魏青岩周身三千近衛軍甲冑齊身，如同三千虎狼般雄赳赳氣昂昂，而魏青岩坐於一匹高頭棕馬上，身著將袍、金盔軟甲，英姿挺拔、體格雄壯，目光直視前方，掃視眾將，等候肅文帝親自前來城門處送大軍出征。

而其身旁一匹小矮馬上，還有個身著軟甲的小子，便是林天詡。他也目視前方，可眼中卻含著淚水，其中不僅有激動，還有對父母的依戀。

雖然經常叫嚷著要出去開闊眼界，可真見到這大軍的陣仗，林天詡忍不住害怕了，怕的不是出征，而是怕資歷太淺，被人瞧不起。

「將軍。」林天詡此時也改了稱呼，「大姊怎麼不來送你？」

魏青岩沒有回答，可他微皺的眉頭卻顯示不滿，清晨離別之時的痛苦還未能消去，這小子又提了起來……

魏海在一旁輕咳兩聲，示意林天詡閉嘴，可林天詡只是七歲孩童，不懂兒女情事，嘟著嘴嘀咕道：「大姊也真是的，我還以為她能看到我這一身軟甲的模樣，這可是特意做的！」

「閉嘴！」魏青岩忍不住喝了一句，此時遠處聖駕鑼鼓之聲已近，肅文帝率眾臣緩緩而來。

林天詡耷拉著小臉四處瞧看，看向城樓時眼睛瞬間瞪大，本想出口，卻又想起魏青岩讓他閉嘴，只得支支吾吾地指著那方不說話。

林夕落見林天詡指著自己，忍不住心中罵道：這臭小子把她出賣了！

林天詡的小手一揮，所有人都不約而同朝向城樓上看去。

魏青岩站在最前方，自然看不到身後人的目光，可他感覺有一道溫熱的目光瞧著自己，無意識回頭，就見遠處有條纖纖倩影正抱著孩子在朝著他揮手。

夕落……

魏青岩手中長槍瞬間掉在地上。

身後大軍無人敢出聲，只默默看著，看著他們這位大將軍愕然，看著他從未有過的失措，順著他的目光看去，不正是行衍公夫人？

聖駕馬上就到，大軍跪地迎接，連站在城樓上的林夕落也俯首，魏青岩分毫猶豫未有，駕馬朝向城樓奔去。遠處先行前來的陸公公瞧見此狀，嚇得險些從馬上掉下來。

皇上來送行，這位大將軍怎麼跑了？居然就為了個女人和孩子？

縱使你再愛家人，也不能做出這等荒唐之事，這豈不是不給皇上面子？

聖駕緩緩而至，將軍沒了……

所有人不由驚慌，肅文帝看向遠處眾人都望向城樓之上，也跟著看去。

「停！」肅文帝忽然開口，皇衛們立即停下，諸位大臣齊齊止步，跪地迎候肅文帝。

「這魏崽子太荒唐了，這時候跑去抱媳婦兒孩子，這個沒出息的！」齊獻王率先開口，眾臣看他一眼，都默不作聲。

誰不知道這是齊獻王故意給魏青岩找臺階下？如若他不開口，明日就有彈劾的摺子遞上了。

肅文帝點頭，嘲笑道：「是沒出息，堂堂的大將軍還如此離不開女人，哈哈哈，朕就在這裡看著，等著笑話他！」

大臣們都驚愕得嘴巴快比得上蛤蟆……

旁人可是連頂撞一句都有可能掉腦袋，魏青岩何德何能，讓肅文帝如此看重？

連撇下皇上去見媳婦兒孩子都能被肅文帝笑待，這可超越了大臣們的認知，恨不得抽自己幾巴掌，看是否在做夢了。

城樓之上，林夕落早已抱著兒子被魏青岩摟在懷中，林夕落滿面通紅，羞愧地道：「這麼多人看著呢，你快放手。」

「不放！」魏青岩語氣堅定，不容林夕落扭捏。

「我等你回來！」林夕落柔聲呢喃。

魏青岩輕應一聲，餘光瞥見皇上與眾臣於城下盯著，索性披風一揮，以背示人，低頭深吻。

小傢伙「咯咯」幾聲，卻不是跟魏青岩惜別，而是被父母兩人擠得快喘不過氣來。

見魏青岩上演這一幕吻別大戲，連肅文帝瞠目結舌了。

摟著媳婦兒孩子告別一番便罷，還當著眾人的面，當著他這皇上的面親吻？

這……這成何體統？

肅文帝有些呆滯，皇衛統領見狀，上前道：「皇上，此距離可以將魏大將軍射下……」

肅文帝的眉頭一皺，陸公公連忙斥責道：「混帳！魏大將軍乃是皇上親封之大將軍，其疼惜妻子、愛護兒子，哪裡是你們這群冷血之人懂得的？還不自行掌嘴！」

肅文帝冷哼，此人立即跪地自行掌嘴，這一個馬屁算是拍錯了地方，可誰能想到向來嗜血的肅文帝會有如此寬容的一面，而且這寬容還是對著一個與其毫無瓜葛之人？

魏青岩的確是在與林夕落吻別，可親吻過後，在她耳邊輕聲囑咐道：「我讓薛一扮作小廝陪護於妳左右，之後，皇上也會派人在妳身旁，多加注意！」

「我懂，快走吧，免得讓人非議。」林夕落忍不住掉了淚，魏青岩輕語：「就是要讓眾臣非議，我愛妳！」

輕吻過後，魏青岩披風垂下，轉身離去。林夕落看著他快步離開的背影，忍不住落淚。

魏青岩離開城樓後，上馬奔向肅文帝跟前，「向皇上請罪。」

「朕是笑話你！」肅文帝沒有了剛剛的驚惱，反而一臉笑意。

魏青岩昂首挺胸，絲毫羞意都未有，「只有此妻此子，無側室偏妾，我自不會有羞意。」

「這麼說來，朕賞賜給你的女人，你也不會要了？」肅文帝故作隨口一問，魏青岩當即道：「不要！」

「為何？」

「無嫡庶之分，自無兄弟爭權奪利出現，」魏青岩拱手道：「還望皇上體諒。」

肅文帝沉嘆一聲，胸中似有千言萬語說不出來，陸公公立即遞上酒，揭過此事。

肅文帝親自舉杯，魏青岩跪地接過，高舉頭頂，朝眾將示意，而後一飲而盡，仰頭大喝：「定踏平咸池與烏梁小國，為大周國開疆擴土！」

「殺！」

眾將齊呼，傳出千里，肅文帝擺手，陸公公下詔，魏青岩上馬轉身率先狂奔，而後隊伍合攏，迅速離去。

林夕落站在城樓上，看著魏青岩離開幽州城，成為一個黑點，淡出所有人的視線……

過了半晌，陸公公親自上來城樓請林夕落下去，「行衍公已離去，皇上要見您。」

「讓陸公公笑話了。」林夕落抱著兒子福了福身，一臉的羞澀之外，還有些許難堪，「這樣去見皇上怎好？皇上不會怪罪青岩吧？」

「哪裡，皇上體恤行衍公還來不及，何況齊獻王爺剛剛也說了笑，皇上很高興。」陸公公這番話是給了提醒，齊獻王也在，還當笑話看，難不成他真的是在幫魏青岩？

林夕落想致謝，可身無一物，不知該用什麼當成謝禮贈送給陸公公。陸公公瞧出林夕落之意，連忙推脫：「都不是外人，夫人不必如此客氣！」

林夕落也知道陸公公與魏青岩關係近，不再多寒暄，抱著兒子就往下快步地走。

陸公公雖然說得客套，可畢竟是皇上召見，她不敢有半點兒耽擱。

林夕落下了城樓，已有侍衛備了小轎，林夕落抱著兒子上去，很快就抬到了肅文帝跟前。

「臣妾給皇上請安，皇上萬歲萬歲萬萬歲！」

林夕落下了轎，被陸公公引到肅文帝跟前行禮。

肅文帝半晌都未開口，而是看著她懷中的小傢伙，吩咐陸公公道：「把孩子抱給朕看看。」

陸公公應下，林夕落將孩子遞過去，心中忐忑不安起來。

如若是上一次她不知道肅文帝與魏青岩之間的關係，肅文帝要見兒子她不會有什麼太大的感覺，可如今她已知道真相，只覺得祖父要見自己的孫子，卻要用異樣的方式，讓人極其彆扭。

林夕落悶頭不語，只豎起耳朵聽著近處的聲音。小傢伙咿咿呀呀地發出著聲音，胖乎乎的小手揮舞著。

陸公公抱了過去，肅文帝逗他幾下，被小傢伙抓著手指不放，嘰哩咕嚕好似在說話，讓肅文帝的臉上多了幾分慈愛，比看他的皇孫都和藹幾分。

齊獻王在一旁看得甚是驚訝。

本來要脫口而出的話，硬生生地嚥回肚子裡沒敢說出來，動了半晌的嘴才開口道：「這小子長得倒不像魏崽子那麼冷漠，看著喜慶！父皇，魏崽子只是臣子，他兒子您都給起名了，兒臣之子您也要給起個名字！」

「你就知道自己會為朕生皇孫了？」肅文帝沒有轉頭，只看著小傢伙，語氣甚是平淡。

「自當是皇孫！」齊獻王滿心篤定，倒是讓肅文帝看他一眼，「那就等你真的誕下男丁再說，朕不許諾。」

齊獻王沒了話說，而是看向跪在地上的林夕落，又看了看肅文帝，這不會是怪罪她擅自登上城樓與魏青岩相見吧？齊獻王如此想，林夕落卻沒有這想法，她只期望肅文帝快些讓她離去。

昨晚跟著魏青岩熬了一宿，又喝了那麼多的酒，已有疲累不堪，閉上眼睛就能睡過去。

可她這樣想，肅文帝卻沒有讓她如願，過了好半晌才吩咐她起身：「抬起頭讓朕瞧瞧，到底妳有什麼好，讓魏大將軍如此憐愛，連朕都不顧，也要去與妳告別。」

肅文帝的聲音極為平淡，林夕落的心跳得很快，緩緩抬頭。

肅文帝看著她，而她也能看到肅文帝。

像！魏青岩面部的輪廓與肅文帝真像！

林夕落心中驚訝，卻壓抑著不敢說出半個字來，但驚詫之色儘管一閃而過，肅文帝還是看在眼裡，也落入了齊獻王眼底。

齊獻王沒敢問出口，肅文帝則問道：「妳看朕為何有如此驚訝？朕就這樣嚇人嗎？」

林夕落被這忽然一問，有些心虛，可她的猶豫讓肅文帝不喜，「回答朕的話！」

肅文帝的冷漠讓一旁的陸公公都嚇了一跳。

按說肅文帝對魏青岩甚是看重，不會苛待他的家人，可為何會對其夫人不喜，連他這位陪伴肅文帝多年的人都想不明白。

齊獻王在一旁沒有出聲，而是靜靜地陪著，也是在靜靜地觀察著眾人的神色。

林夕落害怕，可她與其他女人不同之處，便是沒有將高低貴賤、等級之分烙入骨子裡。

這是一把雙刃劍，有可能讓她為此丟命，也有可能讓她與眾不同……

「回稟皇上，恕臣妾直言，陛下乃九五之尊，更有人稱陛下霸氣，可臣妾上一次在皇后宮中只能體會到陛下的威嚴，而今陛下要見臣妾，臣妾得見龍顏，不知為何心中湧起親切之感，與以往所聽的印象不盡相同，所以才有驚訝之意。」

林夕落不驚不慌地將這些話說出口，目光沒有躲閃。

肅文帝看著她，半晌沒有說話。陸公公不敢出聲，雖有心幫一把，可他更明白這時候無論誰開口都會惹惱皇上，反而對行衍公夫人不利。

「妳很有膽色。」

約半炷香的功夫，肅文帝才如此評了一句。

「臣妾也怕，皇上是天，您一句話臣妾便沒了命，沒了命就無法照料兒子，若行衍公續弦之妻為人良善還罷，如若不是良善之人，兒子豈不是要受苦？所以臣妾很怕。」

林夕落這一句吹捧倒是讓肅文帝笑了，「一張能言善辯的嘴。」

「謝皇上誇讚。」林夕落行了大禮，小傢伙卻以為林夕落在逗他，咿咿呀呀地揮著小手笑，讓肅文帝消除心中疑慮，看著他問道：「這是想你娘了？」

「咯咯。」

「是朕好，還是你爹娘好？」

「咿呀……」

「留在朕的身邊可好？哎喲……」肅文帝的長鬚被小傢伙一把抓掉兩根，肅文帝無奈笑嘆：「這小子的膽子不小，朕再見你幾次，鬍子都要被你揪光了！」

「這也是小公爺與皇上親近。」陸公公接了話，肅文帝點頭，讓林夕落上前抱回孩子，沉吟半天才道：「回吧，朕累了，改日想這孩子再宣召見他。」

「謝皇上！恭送皇上！」林夕落跪地叩拜，肅文帝上了龍輦，御駕回宮。

林夕落跪在地上嘆了口氣，而此時齊獻王心中納罕地看著林夕落懷中的孩子，這孩子……就這麼招皇上喜歡？這太古怪了！

他要回宮細細與德貴妃商談此事了……

林夕落抱著兒子出門，薛一已駕車等候在旁，以前他是一身黑衣黑布蒙面，如今扮成小廝倒讓林夕落見到他的真顏。

是個帥氣男子，但右臉的額頭至下巴有一道很長的疤，幾縷黑髮遮擋。如若沒有這道疤，看起來就很年輕，猶如十幾歲的孩童。

長了一張娃娃臉的殺手？

林夕落想起這個就忍不住笑，可薛一終究是殺手，看誰都像仇人，見到林夕落笑，一張臉沉如黑墨，可即便如此，也讓人覺察不出他的嗜血。

殺手？根本沾不上邊兒啊！

「薛一。」林夕落與其擦肩之餘，心生調侃，悄聲道：「你用黑布遮住臉，是不是怕別人看到你心無懼意，反而想伸手捏一把？」

「我當殺手就是因為繼母喜歡捏我的臉。」薛一的聲音很冷，「所以我剁了她的手，割破她的喉嚨，在她的臉上劃了二百八十八刀。」

林夕落聽了反而大笑，「這般嚇唬我也無用，我自從跟了公爺以後，膽子越來越大了，有什麼好怕的？」林夕落上了馬車，薛一呆了片刻，嘀咕著：「我真的割破了她的喉嚨，劃了二百八十八刀，不可怕嗎？」

薛一不再糾結，如今他的角色是小廝兼車夫，駕馬車帶著林夕落往侯府回去。

宣陽侯今日並沒有跟著前去送魏青岩出征，而是聽魏青山去過之後來回稟此事，可說及林夕落帶著孩子在城樓與魏青岩相見，肅文帝沒有大怒時，宣陽侯的臉上肌肉抽搐。

魏青山納悶地道：「五弟太魯莽了，又不是初次出征，居然這般兒女情長，皇上也竟然一點兒都不生氣，還與群臣誇讚五弟重情義，父親，您不知道當時有多少大臣快驚掉了下巴！」

宣陽侯冷哼，魏青山又道：「父親，上一次您說五弟會獨攬兵權，我回去想了許久，他把兵權拿過去不也是咱魏家人嗎？三哥繼承世子之位，五弟手握重權，我知道您是體恤我，怕我被孤立，雖說不能征戰沙場我的確心中苦，可想明白您的心意，兒子知足了！」

「放你娘的狗屁，滾！」宣陽侯斥罵，魏青山嚇了一跳，錯愕地看著宣陽侯。

難不成他是會錯了意？他那一晚獨自喝醉之後才想明白這個道理，也體會到父親與弟弟對他的好，可今兒剛想表示一番，讓侯爺心裡舒暢些許，上演一齣父子親情大戲，孰料是他自己搞錯了？

魏青山很受傷，灰溜溜地離去，宣陽侯確實很心傷，他恨不得仰頭狂嘯，他上輩子到底做錯了什麼？到底做錯了什麼？為什麼會有這樣的結果？

魏青岩是肅文帝的血脈，本尋思肅文帝壓根兒忘記此事，就將這小子當自己的兒子養活，給一口飯吃，孰料自己誕下的四子沒有一個比得過他，這是誰的錯？

這股滋味兒無法對人傾吐，憋悶得讓宣陽侯找不到發洩的出口……

林夕落回到郁林閣，看著空蕩蕩的屋子，心裡仍然有幾分傷感。

想著魏青岩臨走時的背影，忍不住眼圈又紅了，可哭有用嗎？沒用！林夕落抹了一把眼睛，冬荷立即打了水讓她淨面，曹嬤嬤從西廂過來回稟這幾日的瑣事：「您不在的這幾天，三奶奶與四奶奶都來過，只是問一問小主子，沒有別的事。」

「那就好，咱們公爺特意派了小廝護衛小肉滾兒，回頭妳也見一見，有什麼事盡可吩咐他去做。」林夕落說著，讓冬荷去叫薛一。

薛一從外進門，向曹嬤嬤行了禮。曹嬤嬤左右打量半晌，只囑咐幾句便罷。林夕落讓冬荷去幫著薛一準備些雜物，曹嬤嬤納罕地道：「這是公爺派來的人？」

林夕落點頭，「是啊，他是軍戶家中之人，會點兒拳腳功夫。」

「怎麼看著這麼奇怪呢？」曹嬤嬤嘀咕著，林夕落嚇了一跳，「哪裡奇怪？」

「說不清楚，就是看著奇怪，不過既然是公爺吩咐的，留下便罷，可您要多注意，公爺雖然照料著軍戶的遺孤，可不能太過寵溺他們了，何況對公爺忠心與對您忠心可是兩碼事，能不能照料好小公爺，您可要好好地看一看才行。」

曹嬤嬤嘮叨半晌，林夕落心中腹誹：薛一一個殺手出身的人裝小廝，怎麼可能不奇怪？可她又有什麼辦法？見曹嬤嬤說個沒完，只得道：「妳放心，那是我兒子，我怎能不盯著？不過妳也知道我這裡人多事雜，公爺離開我更忙，這等重任就交給妳了。」

「老奴定不負夫人期望，一定盯好！」曹嬤嬤就等著林夕落這句話，說完就抱著孩子回了側間去睡了。

林夕落嘆口氣，無奈地笑。秋翠也不知薛一為何人，在一旁問道：「奶奶，這人是有點兒奇怪，從來了就與冬荷說話，奴婢上前他都不理。」

「爺吩咐來的人定是有用處的，好歹有個人能與他說上話，就由冬荷管著吧。」林夕落隨口應道，也沒多想。秋翠儘管納悶，可她心思沒那麼細，更沒有往細處想，索性袖手，反正在這些丫鬟之中，冬荷的人緣比她要好得多。誰讓她們是軍戶出來的丫鬟，沒冬荷那麼規矩懂事。

此時薛一正在看冬荷為他準備著日常所需之物，忽然道：「妳怎麼不看我一眼？」

「嗯？」冬荷一怔，看他？冬荷下意識地抬頭，這不就是一張娃娃臉。

薛一變了神色，沒了裝出來的漫不經心，而是格外鎮定的冷漠……

冬荷看到他那一雙眼睛時，愣了一下，隨即大驚，險些喊出聲。

薛一滿足地牽動嘴角，抱著物件往廂房而去。

冬荷面紅耳赤，靠在牆上用手不停地拍著胸口緩了好半晌，心跳得厲害，他……他的那雙眼睛，就是……就是夜晚曾出現過的人。

怎麼會是他？

宣陽侯府很平靜，但皇宮中卻不寧。

齊獻王自送魏青岩出征後便匆忙趕入宮中與德貴妃商談所見之事，德貴妃也是驚愕，可兩人最終仍堅持了上一次談論的結果，繼續支持魏青岩。

起碼站在齊獻王如今的位子上，多一盟友與多一敵人相差甚大，德貴妃堅決要求林綺蘭這一胎必須生個男丁出來，辦法讓齊獻王自己去想。

齊獻王撓著頭離開皇宮，而周青揚聽完今日肅文帝親自送魏青岩出征時發生的事，雷霆大怒。

吳棣如今杳無音訊，魏青岩出征，為何肅文帝對他如此厚愛？魏青岩無論如何張揚他都笑著包容，縱使魏青岩是文武全才之將，可堂堂的大周國除了魏青岩之外，沒有別人了嗎？

周青揚憤恨不已，此時太子妃哭著來求見，是為了皇后召宮中妃嬪前去陪伴學繡，居然叫去了林芳懿，把她這位太子妃給落下了。

太子妃心中委屈，想來尋周青揚訴苦，卻不知這位太子爺還不知道尋誰訴苦，兩人相見沒有同病相憐，太子妃反而成了周青揚的出氣筒。

「哭哭哭，妳哭什麼哭？本宮早晚讓妳給哭死！」

周青揚大嚷，太子妃怔愣，眼淚掉得更凶了，「她不過是等級最低的嬪罷了，太子殿下不覺得寵她太過？將四子給她養便罷了，她屢次出宮為太子殿下辦事，如今在宮中耀武揚威……」

「她是在幫本宮做事！」周青揚恨不得一巴掌將她抽出去，太子妃也不知哪兒來了脾氣，硬氣道：「她幫太子殿下去宣陽侯府探消息，這臣妾自當知道，可您也不能太寵她，宮中有等級之分，您看看她現在的模樣……」

她說到此處忽然停了，不對啊，林芳懿去宣陽侯府她是知道的，每次都有太子親自簽的令，林芳懿都來尋她稟告之後才會出宮，可去宣陽侯府是單純打探消息嗎？

林芳懿可是林夕落的姊姊，而林夕落孩子脖頸上的黑痣與太子的一模一樣，太子妃驚了，她怎麼把這事給忘了？上次與皇后回稟過此事後，皇后隻字不提，那不就是在縱容著太子？

合著林夕落這個死女人是幫太子生了野兒子，有私情！

太子妃獨自亂猜，險些氣吐了血，指著周青揚便道：「臣妾哪裡是小肚雞腸之人？殿下居然連臣妾都不信任，讓那個女人去幫您圓場平事！殿下做出這等事來都不肯告訴臣妾，臣妾才是您的正室，才是太子妃！」

「圓場？平事？這什麼跟什麼？」周青揚不耐煩地擺手，「妳先出去，本宮今日有要事……」

「什麼要事？您是太子殿下，是皇儲，居然……居然跟大臣的女人有染，您是否要顧忌名聲！」太子妃這話一出，周青揚一巴掌抽了過去，「放屁！妳再滿嘴胡沁，本宮殺了妳！」

「臣妾怎是滿嘴胡沁，林夕落的兒子脖頸上的黑痣與您的一樣，殿下還想狡辯嗎？」太子妃嚷出此話，周青揚之後一巴掌還未等落到她的臉上便瞬間呆滯，瞪眼道：「妳……妳說什麼？」

太子妃一把扯下太子的衣領，指著鎖骨之處的黑痣道：「一模一樣！」

周青揚呆若木雞，一屁股坐在了地上……

魏青岩率軍出征，卻沒有留給林夕落黯然神傷的空閒，自她回了侯府，便有外府夫人陸續送來邀約聽戲飲茶的帖子，也有欲前來拜訪的帖子。

林夕落挨張看了一遍，除卻武將府邸之外，倒也有幾位文官重臣的家眷，看來肅文帝親自送魏青岩出征這件事，引起了朝堂中不少人蠢蠢欲動。

這種事她不懂，自要前去問一問林政孝和林豎賢，待聽他們道明這些官員的來歷，推敲他們邀約的目的再做回答。

故而一連兩日，她都帶著孩子前去景蘇苑。宣陽侯派了二十名護衛隨侍，而薛一扮成小廝兼馬夫，自不會引起太多人的注意。

林夕落一下馬車，胡氏就湊上來抱走孩子，林天詡被魏青岩帶走之後，胡氏所有的精力都放在這唯一的外孫身上，小傢伙似也覺出胡氏的好，每次看到她都咧嘴笑。

小傢伙越笑，胡氏越樂，壓根兒不理林夕落。林夕落讓曹嬤嬤跟著，自己帶著薛一與冬荷前去書房見林政孝與林豎賢。

「今日有多少人暗中跟隨？」林夕落一邊散步一邊問，薛一道：「五人是百姓，三人是擺攤的，還有四人尾隨，但看他們的裝扮和目光交流，應該不是同一夥人。」

冬荷錯後一步避嫌，可薛一卻故意放大聲音，讓她也能清清楚楚地聽到。冬荷很窩火，薛一很滿足。

林夕落自不知身後兩人的動作，嘆了氣道：「這才兩日而已便這麼多人跟著，那咱們如若傳信出去的話，是否會被攔截？」

「不知，不如夫人傳一封試試，看他們這些人誰能搶到手。」薛一說著故意停頓一下腳步，冬荷本是低頭走著，薛一一停，她險些撞到他身上。

冬荷嗔怒地瞪他一眼，薛一又是滿意地一笑，繼續前行。

這個人太可惡了！

冬荷性情溫和，鮮少有這種心思出現，可雖惱怒，卻也微羞，忙躲了林夕落身邊去，不允他再戲弄。

林夕落贊同薛一的提議，腦中只想著邀約她的這幾戶人家，沒有注意到冬荷的羞澀氣惱，直接進入書房。

冬荷守在門外，薛一在一旁靜候，誰也不開口說話，即便薛一望過去，冬荷也不搭理。無趣！薛一感嘆一聲，眨眼消失在書房門前。冬荷驚愕地抬頭尋覓半晌都沒有看到他，便坐在門前拿出隨身攜帶的繡筐，繼續繡著鞋面。

林夕落見到林政孝與林豎賢，將薛一回稟之事說了：「……說是一共兩撥人尾隨，加上侯爺派來的侍衛，一共三撥，看來他們還真是重視青岩，這才出征兩天就如此大動干戈，至於嗎？」

「那是妳不清楚皇上親自送姑爺出征所引起的朝動。」林政孝頗引以為傲，「這是從未有過的事，何況妳與他在城樓……若按照眾人尋常對皇上脾性的認知，皇上定當是大怒的，孰料只簡單地逗他幾句，沒有分毫的怒意和懲戒。」

「那父親與先生不妨推敲一二，這兩撥人會是何人派來的？」林夕落看著林豎賢，他沉思片刻回道：「應該有皇上派來的，但不會多，頂多一兩個人罷了，其餘的人我不敢斷定，或許是太子與齊獻王所派之人。」

「別忘了還有福陵王。」林政孝忽然道：「他雖離開幽州城，可不見得他的勢力不在。」

提及福陵王，林夕落想起聶靈素，這件事讓她略有惱火，不如試探一二，看他們有何動作。

「傳一封信吧，看看去截獲的人有多少。」

林夕落取了筆墨，隨意寫了幾行字，又叫來了侯府的侍衛，讓他們取鷹隼傳信給魏青岩。

這一封信傳出，帶動了許多等候此地的人。

侍衛傳信之前已經將內容先行送去給宣陽侯過目，宣陽侯看完此信面紅耳赤，冷哼拍案道：「混帳！這等書信送來作甚？」

侍衛行禮告罪，魏青羽取來看了一眼，其上都是卿卿我我，傾訴思念之言，卻是林夕落寫的一封情書，可侍衛怎會知道所送之信是什麼內容？

魏青羽將信件遞給侍衛，吩咐道：「去傳吧。」

「傳什麼傳，這等信件豈不是擾亂那小子的心！」宣陽侯怒斥，魏青羽搖頭道：「父親，咱們現在是擅自拆信來看，您怎不知五弟妹是故意傳信訴情，還是擾亂她身邊盯梢的人？」

宣陽侯沉默下來，朝著侍衛擺了擺手，「那丫頭的心眼子多，往後這件事就交由你來盯著，如若遇上重要事再來向本侯回報！」

魏青羽沒想到宣陽侯會將此事交給他，吃驚之餘不得不應下。

可想起與魏青岩之間的兄弟之情，魏青羽只覺得此事實在難做，一方是父親，一方是感情最好的兄弟，他該怎麼辦？

信件送出，鷹隼高飛，沒有多久便被逮住。

還未等這一撥人將信送回，便有另外一撥人前來爭奪。

兩方爭鬥，各有死傷，而信件被輾轉多次送入宮中之後，肅文帝取過來看了兩眼，遞給了陸公公，「這丫頭的鬼心眼比誰都多，明明會雕字傳信，卻直接弄一封情書糊弄。告訴下面的人，只跟著她即可，不必再有其他動作。」

「皇上，派去的人有死傷。」陸公公稟報，肅文帝皺了眉，靜思許久……

儘管林夕落這封信由眾人傳開並出現人員死傷，可信件依舊傳到了魏青岩手中。

魏青岩看到紙上的情話，心中溫暖之外，也明白林夕落的用意。

看來真有人盯上他們了！

魏青岩敢百分之百篤定有皇上的人跟著，並沒有太擔憂，閒暇之餘，還回了一封長信由侍衛八百里加急送到，而林夕落拿來看時，忍不住噗哧一笑。

這百頁百字的「愛」，恐怕只有魏青岩做得出來。

他的目的已經不是試探，而是警告了，警告跟蹤林夕落的人，手不要伸得太長。

果然，自這一次傳信事件之後，薛一也說跟著林夕落的人減少了，也就有三五個喬裝的人罷了，看他們的眼神與行動、手勢，應是皇衛出身，不是殺手一系，這讓林夕落的心逐漸放了下來。

事情辦完，林夕落依舊要對邀約的帖子給予回覆，姜氏也在郁林閣陪著，看林夕落拿了帖子舉棋不定，不由建言道：「要不在侯府辦一場宴會，將這些人都邀來，也省得妳猶豫不決。這些人家我也知道，都不是小門小戶，妳去誰家、不去誰家，都會被記恨上。」

林夕落搖了搖頭，「跟三嫂我自不會隱瞞，如若是侯府請，有侯夫人在，咱們不管做什麼都束手束腳，而且她還不肯來幫忙，即便出來了，再做出點兒不容人的事，豈不更是得罪人？」

姜氏沉嘆口氣，「說得也是。」

「何況青岩剛走，侯府便大張旗鼓地宴請，被有心人逮住會被說嘴，再說句不中聽的，侯爺請戰出征，皇上未允，侯爺讓四哥跟著出征，青岩不肯，我如若在這裡大擺筵席，豈不是找麻煩？」

林夕落說完，姜氏提起魏青山來：「青山是個直性子，妳三哥也掰開了揉碎了跟他講了明白，皇上駁了侯爺請戰，單獨點了青岩為大將軍，那是不希望他帶著侯府的人，否則戰勝歸來，這等軍功是給還是不給？侯爺想讓青山任小兵，這確是傷人心。起初四弟是不懂，但後來也明白過來。弟妹對他不用心存歉意，青岩的確是為了他好。

「好在三哥三嫂是明白人，否則青岩就只能當個罪人了。」林夕落說笑著，與姜氏商議一番，終究是選了幾戶不得不去敷衍的人家，其中便有一家是德貴妃的娘家襄勇公大壽。

侯府自也收到了請帖，林夕落與姜氏約定那一日同去，姜氏自當樂意，有林夕落相伴，她們無論走到何處都是宣陽侯府的人，臉上也有光。

孰料兩人還沒等細細盤算，有下人傳來消息，稱侯夫人得知襄勇公大壽，要與宣陽侯一同出席，請姜氏備好當日所需的物件，再請錦繡緞莊的掌櫃與繡娘來此為她量身裁衣。

姜氏瞪眼，林夕落也吐了舌頭，「行了，咱們也甭尋思去優哉游哉地玩樂了，陪著吧！」

「綠葉配紅花，她即便出席了，也是自找憋屈。五弟出征，弟妹才是如今的紅人，她搶不去這個風頭，何必呢？」姜氏嘮叨著，林夕落卻笑了，「三嫂，有些話還是不說出來好，否則這不是給侯夫人心裡添堵？」

「也就跟妳嘮叨嘮叨，出了這個門，還得規規矩矩的，連妳三哥那裡我都不抱怨。」姜氏說完，林夕落大笑，她知道這是姜氏有意與她交好，妯娌之間拉近了情分，何況兄弟了？

兩人又絮叨半晌，姜氏便去準備侯夫人出行的瑣事，雖是四日之後，可侯夫人又要裁製出行的新裝，時間上也怕來不及。

「奶奶，您不打算做新衣嗎？眼瞧著也快入深秋，換季了。」冬荷在一旁詢問，林夕落搖了搖頭，「咱們就不湊這個熱鬧了，咱們爺在外有面子，縱使穿一身乞丐的打扮，他們也得捧著。男人如若在外沒有本事，全身披上金子寶石又有何用？」

林夕落的說法讓冬荷一怔，可她跟了林夕落許久，也甚少吃驚了，只笑著道：「您說的對，是奴婢心思狹隘了。」

「我可以不裝扮，但妳與秋翠、薛一都要腰板硬氣點兒，回頭三奶奶請錦繡緞莊的人來，你們與曹嬤嬤、玉棠也都置辦幾身得體的衣裳，咱們可能要經常出去。」

「是，奴婢這就去與曹嬤嬤商量。」冬荷說著便往側間而去，這幾日薛一的跟隨讓她快精神分裂，他常不知從何處冒出來嚇她一跳，待見到她驚慌之後，便心滿意足地走了。

薛一滿意了，冬荷卻快神經衰弱了，連晚間陪著林夕落守夜都睡不安穩，眼睛快成了熊貓眼。

走路之餘，冬荷東看看，西瞧瞧，林夕落尋常沒注意，可這一會兒正是閒著的時候，便發現了冬荷的異常。

「秋翠。」林夕落叫來門口正在訓丫鬟的秋翠，秋翠跑了進來，「奶奶，怎麼了？」

「冬荷這幾天是不是歇不好？可有什麼心事？」林夕落知道冬荷是個性子溫的，即便心中有事也不會與她說，怕麻煩她。

秋翠搖頭，「奴婢也不知道，可她好像在躲薛一，那個薛一也很奇怪，總神出鬼沒的，奴婢都瞧不見他的影子。」

薛一？林夕落嘆氣，他一個殺手出身的人縱使裝小廝也不像，可冬荷躲著薛一做什麼？

林夕落想不明白，只覺得是薛一欺負了冬荷，回頭遇見薛一要好生說教一番，這可是她身邊的丫鬟，容不得他欺負。

心中想著事，手中仍拿帖子在看，待看到聶府送來的請見帖子，便又想到了聶靈素，也是時候去看一看她了，聶夫人送帖子顯然是要問魏青岩帶走了聶家子弟之事，可林夕落不想見聶夫人，她有意與聶靈素相談。

魏青岩想如何用聶家，她是管不著的，可與聶家何人相交，卻是她能作得了主的。

如此想好，林夕落與秋翠道：「去告訴三奶奶一聲，明日咱們出府，去城郊探望聶靈素。」

「可需要備什麼禮品？」

「備一些日用之物，她獨自居住，不需要金釵玉器。」林夕落說著嘆了口氣，福陵王這個情種，還真遇上個好姑娘，就怕他不懂得珍惜……

翌日一早，林夕落只帶著冬荷、秋翠與薛一去城郊，原本曹嬤嬤也要帶著孩子一同前去，可清晨就被胡氏攔截，將孩子接到了景蘇苑，讓林夕落回來時再到景蘇苑接。

林夕落細想之餘也覺得如此甚好，畢竟是要去城郊，誰知會出什麼差錯？跟蹤自己的人估計會分成兩夥，在肅文帝眼中，孩子比她重要得多，定不會有危險。

侍衛提前到聶靈素所居之地通稟行衍公夫人即將到來，故而這偏僻的小院被收拾了乾淨，荒郊野外卻是綠草野花香，秋季葉黃，反而多姿多彩，甚是好看。

聶靈素在門口相迎，一身清素的裝扮，見到林夕落的馬車停下，便上前道：「恭迎夫人。」

林夕落看著她，秋翠與冬荷將物件往屋中拿，聶靈素欲推脫，林夕落卻道：「都是日常用品，沒有貴重物件，今兒是特意來看妳，就不用與我客套了。」

聶靈素覺出林夕落今日態度不同，心中也有幾分喜意，即刻福身道：「都聽夫人的。」

林夕落進了院子，院子雖簡陋，但也是二進的格局，前方有一個會客的廳堂，後方是一個寢居與書房、丫鬟婆子所居的側屋。

「人少，收拾得倒是規整，這些時日可還好？」林夕落問起，聶靈素笑著讓丫鬟上了茶，沒有回答，卻是反問道：「王爺可有信件回來？」

林夕落搖頭，聶靈素苦笑，「夫人也是幫了我，這件事我也不多想了，只怨自己沒有夫人的膽氣，能拋開林家大族對女眷的束縛，就尋著與行衍公之間的情分而去，我做不到。」

「這事兒怨不得妳，一個巴掌拍不響，妳樂意，福陵王不見得樂意。」林夕落頓了下，說起魏青岩帶走了聶家之子：「公爺臨走之時特意去聶家帶走了妳的那位長兄，擔任何職我不知道，妳也算為聶家盡了力了。」

「啊？」聶靈素驚愕，出征之時才帶走，那便是聶家之前根本毫無所知。

聶靈素忍不住笑出了聲，林夕落拍著她的手道：「妳也該過幾天隨心所欲的日子了，跳開那個圈子，或許妳才能尋得到妳想要的。」

「我有心，可就怕聶家不肯放手。」聶靈素說到此，臉上也有幾分怯意，「以前她們是不允我嫁，如今是逼著我嫁，我就像是個無人要的小草，被拋來拋去的，我能怎麼辦？」

聶靈素並沒有隱藏心事，卻是讓林夕落略有驚訝。

聶靈素所言非虛，她佩服林夕落的勇氣，起碼在她認識和聽過的女眷中，從未有人能超越。

林夕落笑著道：「妳這丫頭，外柔內剛，性子倔強起來也不是一般人能安撫得住。」

聶靈素也笑著調侃：「這也是自從結識了您才有的膽子，如若放在之前，連想都不敢想。」

「喲，這合著還成了我的錯？」林夕落雖是瞪著眼，可這模樣更招聶靈素笑，「這怎能是錯？這是好！」

兩人拋開府中事不談，反倒更為輕鬆，林夕落覺得聶靈素笑起來更靈動，與此地田園香草野花相襯，猶如溫婉的仙子，連她這等女人都忍不住讚賞。

可她始終姓聶，即使遠居郊外，真能離得開世俗的紛爭嗎？

林夕落搖了搖頭，心中不免腹誹著福陵王還不來消息，他到底想拖到什麼時候？

與聶靈素一同用過飯，林夕落回到景蘇苑，胡氏與曹嬤嬤正帶著孩子在院中乘涼，小傢伙兒光著屁股趴在胡氏的腿上晃晃悠悠地看著周圍的景致。

丫鬟們都圍著，手裡拿著各種小玩意兒逗他，小傢伙笑盈盈地看著，甚是興奮，連林夕落從外進門喊他，他都沒回頭。

林夕落很受傷，這小子將來不會好色到不認娘吧？

一把將他從胡氏的腿上抱起，小傢伙才愣著轉頭看她，待見到是林夕落，又往她的懷裡拱，口水蹭了林夕落一臉一身。

「這小子，從小就憋著一肚子的壞，也不知像你們兩個的誰！」胡氏拿著一支碎裂的金釵步搖給林夕落看，「瞧見沒有？都是妳兒子弄的！」

「活該！都是你們縱容他，他這麼大點兒懂什麼？還不是給什麼玩什麼？誰讓娘拿這麼好的物件給他玩？」林夕落歪理邪說，胡氏氣得瞪眼，朝著她的屁股就拍一巴掌道：「臭丫頭，開始跟娘頂嘴了，得了便宜還賣乖，這孩子就像妳！」

「我生的兒子當然像我，不然像誰？」林夕落抱著小傢伙，在他臉上吧嗒親了一口，小傢伙笑咪咪的，晃悠著腦袋也往林夕落的臉上吧嗒一口，母子兩人甚是歡樂，連周圍的丫鬟們也忍不住笑起來。

曹嬷嬷在一旁滿臉無奈，原本她還想作這位小主子的教習嬷嬷，可看著小主子的這位娘親，她還教習什麼？堂堂的行衍公夫人是花樣百變，但在她母親面前依舊如同孩子般撒嬌。

雖說不合禮教的等級規矩，可這股子歡樂勁兒，她於宮中和其他府邸從未體驗過，如今看入眼中實在豔羡，還教什麼？

她所學的那些規矩，不適合教給這等歡樂祥和之家……

因怕天色太晚，林夕落也沒有在景蘇苑耽擱太久，便帶著孩子回了宣陽侯府。

剛回到郁林閣，便有人前去回稟給宣陽侯，此時侯夫人正在與宣陽侯對坐用晚飯，待聽到林夕落回到府邸後，侯夫人道：「雖說如今她成為行衍公夫人，比我尊貴，不用她在身邊晨昏定省，可侯爺也要說一說，老五不在，她整日隨意出入侯府，實在不成規矩！」

侯夫人嘆了口氣，「襄勇公大壽的帖子送來侯府，如今也是一送兩份，她卻連招呼都不來與我說一聲，翅膀硬了！」

宣陽侯撂下碗筷，臉色陰沉起來，侯夫人一怔，連忙道：「算了，我也不過抱怨兩句，還有什麼可爭的？」

「妳要爭！」宣陽侯忽然開口：「妳要把侯府夫人的身分重新立起來，更要表現出青岩是妳的兒子！」

「我……」侯夫人臉色複雜難言，「我做不到！」

「如果妳還想保住這條命，保住妳侯夫人的名聲，妳就要做到！」宣陽侯也無心用飯，「妳娘家人過些時日要來幽州城，到時候妳接待一下。」

「他們？」侯夫人驚了，她的娘家人遠在西北，父母早已不在，與幾位兄弟沒什麼走動，不過是通上一二封互報平安的信件罷了，怎麼……怎麼會突然來幽州城？

侯夫人定神想了想，開口問道：「可是皇上召見？」

宣陽侯搖頭，「打著來探望妳的名義，到時妳就知道了。」

侯夫人心神不寧，無意識地點頭，瞧著宣陽侯的神色，她如何猜度不出這並不是什麼好事？可……可讓她厚著臉皮去當魏青岩的母親，她怎能做得出來？

林夕落自當不知宣陽侯與侯夫人的對話，帶著兒子回來後便歇下了。

看著床邊空蕩蕩的位置，她有些睡不踏實，可人已不在，溫暖也不在，她又能怎樣呢？

林夕落起身悄悄下地，把窗前椅子上的靠枕拿來，裹上幾層被子放入被窩裡，起碼邊上不是平的，鼓鼓囊囊就似有個人在，自欺一次吧！

林夕落渾渾噩噩，也不知多久才睡了過去，待翌日天亮，曹嬤嬤已經抱著孩子來向她請安。

將小傢伙放在床上，他趴累了就躺著，如今不愛睡，但仍舊愛聞香，哪裡香味兒濃他就往哪裡伸腦袋，林夕落不願兒子成為採花高手，索性拿起雕刀雕件逗他，轉移他的注意力，否則將來成為一個只知道拿手帕不知道舉刀的紈褲子弟怎麼辦？

曹嬤嬤每次見到林夕落這般糾結，就忍不住辯駁幾句：「小主子如今才多大，坐都坐不穩當，您拿著這種利器在他眼前晃悠怎麼行？老奴知道您的心思，可也別操之過急啊！」

「公爺可說了，會走路那天就開始教習功夫，如今就玩這帶香氣的手絹之物怎麼行？何況養出個好色的性子更糟！」林夕落的話讓曹嬤嬤抑鬱了，急忙道：「好色有何不可？為您多生孫子還不好？」

林夕落愕然，眨了半天的眼睛，實在說不出一夫一妻的道理，「您還不知道咱們公爺的心思？他最恨的便是嫡庶之別，這話曹嬤嬤可莫要當著公爺的面兒說，否則他會惱的。」

曹嬤嬤忽然想明白宣陽侯府如今的狀況，即刻點了點頭。林夕落鬆了心，看來這等事往魏青岩這冷面閻王的身上推還真有效果。

一連過了三天，明日便要去向德貴妃的父親襄勇公賀壽。

前幾日侯夫人派人叫來了錦繡緞莊的繡娘，連帶著冬荷、秋翠與薛一、曹嬤嬤等人都做了幾套合身的裝扮，今日送來，一院子的人都喜氣洋洋地在試新衣。

薛一在一旁紋絲不動，對他來說，怎麼試不都是小廝的衣裳？毫無分別。

冬荷穿上一件淡青色的小裙，看起來甚是秀氣。秋翠性子張揚，衣著顏色也大膽了些，與秋紅互相地比量著，姊妹兩人可互相換著穿。

林夕落看著冬荷抿嘴羞笑的喜悅，挑著妝奩匣子中的步搖簪子，「這個青石的適合妳，拿去戴上看看。」

「不要，太貴重了！」冬荷連連擺手，她整日裡跟著林夕落，自當知道這青石簪子是什麼來歷，這可是從麒麟樓拿出來的物件，如今麒麟樓中最便宜的物件都要幾十兩銀子，哪裡能是她這等丫鬟用的？

林夕落嘟嘴，「這丫頭，送物件還敢不要，咱們倆誰是主子？」

冬荷也抿嘴，「奴婢不能逾越，嚇唬奴婢也不從您。」

「戴上。」薛一突然開口，讓林夕落與冬荷都嚇了一跳。

「出去，奶奶的屋子你怎能隨便進來？」冬荷細柔的聲音輕斥，可身子卻往後閃躲。

薛一不動，仍是道：「戴上。」

冬荷嗔怒地道：「快出去！」

林夕落看了看這兩人，納罕地道：「薛一，你不會是喜歡冬荷吧？」

冬荷一怔，臉上通紅，尷尬得不得了，手足無措，索性跑了出去……

薛一看著她，回答道：「她很有意思。」

「你如若只是覺得有趣，就離她遠點兒。冬荷與我親如姊妹，我不容你欺負她，但如若你有心求娶，我也不攔著，就看冬荷自己是否樂意。」

薛一沉默不語，只邁了幾個步子便消失在林夕落眼前。

林夕落早習慣了他這樣，只得無奈嘆氣，可轉過頭來看著桌案，青石簪子怎麼沒了？

估計是被薛一拿走了，這個人……

林夕落心中念叨著，他一個殺手出身之人，能娶得了親嗎？

冬荷跟了他能有福氣？

林夕落心中忍不住嘀咕，而冬荷已去門外跟著大家一同比量身上的新裝，秋翠看到她，喜道：

「冬荷姊，奶奶把這簪子賞妳了？真好！」

冬荷一怔，隨手摸去，卻發現那青石簪子不知何時已插在她的頭上……

襄勇公雖然也是一位公爺，可在品級上高魏青岩一品，是一等公。

但無論是高是低，他真正能拿出來讓眾人膽寒的並非是爵位，而是襄勇公乃齊獻王的母妃德貴妃的父親。

七旬已是不易，故而每一年都張羅著過大壽，今年雖然不是初次向宣陽侯府下帖子，但林夕落卻是初次參加。

派人去問過林政辛，林家今年沒有收到帖子，反而是林政孝獨自收到，林政齊與林政肅兩人都沒有拿到邀約請柬。

林夕落聽著侍衛的回稟，嘆了口氣，林政齊是林芳懿的父親，襄勇公府自不會請與太子有關的人，林政肅更不用提，凡事都以林政齊唯馬首是瞻，兩人被劃到了一處。

可林政辛這位家主未收到請柬，林夕落還是有些不悅，縱使林政辛人微言輕，可如今也是林家家主，單純捧她這一房，卻將林家其餘之人全部拋開？

她不覺得這是安了什麼好心，如若別人是林家家主也就罷了，林政辛可是魏青岩親自推舉上去的，這麼一來，豈不是落了魏青岩的顏面？

林家雖然自林忠德過世後勢頭嚴重跌下，幾位伯父與她的父親也在丁憂期未能入仕，但這並不代表林家就此殞滅，連一份話語權和一份請柬都得不到。

林夕落將此事前思後想了許久，而後吩咐人送信給林豎賢，讓他來此地商議。

林豎賢得到林夕落的消息，略有尷尬。

尋常他前去宣陽侯府是因魏青岩召喚，心中覺得沒有什麼牽絆，可如今魏青岩出征，他單獨地去侯府見林夕落，豈不會讓外人詬病？

可林夕落派人來找，顯然是有事要商議，這可怎麼辦是好？

林豎賢一時想不出妥當的辦法，也知道事涉明日襄勇公大壽，他不能耽擱，糾結半晌，還是起身往宣陽侯府而去，待行至門口，卻是魏青羽在門口相迎。

兩人互相見了禮，魏青羽笑道：「五弟妹剛剛派人去通知我，讓我來此地迎候林大人。」

林豎賢一怔，隨即道：「有勞世子，您高抬微臣了。」

「又不是外人，不必如此客套，這也是五弟妹怕林大人顧念著規矩，所以才派人將我也請去作陪。」魏青羽說到此，苦笑一聲，「都是親眷，又是師生，林大人何必如此介懷？」

林豎賢被魏青羽這話說得通紅，卻啞口無言。

他能說什麼？他的確是在府中糾結了半晌，待見時辰不早拖不得了才趕來，孰料……孰料林夕落早已有所準備，而且還指明了是怕他顧忌著規矩。

這一巴掌抽得可真是響，讓林豎賢臉上火辣辣的燙，直至跟隨魏青羽一同到了郁林閣都沒能緩過神來。

林夕落讓丫鬟們上了茶，看到林豎賢心不在焉的模樣，便道：「先生這是怎麼了？今日太過忙碌了？怎麼瞧著沒有精神，是否要去請喬太醫為您診脈，開上兩副藥？」

林豎賢立即道：「沒有沒有，只是……只是心中在想著明日襄勇公大壽之事。」

林夕落看他這副模樣，也不多說，與魏青羽道：「明日襄勇公大壽，三哥也要到場吧？」

魏青羽點頭，「侯爺與侯夫人出席，我與妳三嫂自當要去。」

「今兒我請二位來一同商議，其實是為了林家的事。拋開我是頂了五爺的名號之外，襄勇公送給林家人的帖子只有我父親與豎賢先生，再無他人，可我覺得十三叔如今是林家家主，如若是因丁憂期，這事兒也說不過去，帖子也該送到，十三叔再回帖子婉拒便罷，不該不聲不響，好似拿林家不當回事了？我不知此事是我想得狹隘，還是襄勇公府的確對林家毫不在意？」

林夕落說到此頓了下，又問道：「不知二位對此如何看？」

魏青羽沉默了，他並不知道今日林夕落請他來此的目的是為了林家。

林豎賢倒是知道林夕落讓他來此是為了襄勇公大壽，請他商議自當脫離不開幾件事，其中之一就是林家，所以聽林夕落說過後便道：「這事兒路上我也有想過，我更傾向於襄勇公對林家的名號已不在意，如若怪罪起來，自當可以說老太爺丁憂期未過搪塞，但實則還是對林政辛的家主之位不當回事，但這不單是針對十三叔，而是針對整個林家。」

「這我倒是同意，如今除了您以外，朝堂上沒一個姓林的官。」林夕落嘀咕著：「可林綺蘭是齊獻王側妃，他們為何不捧林家？這才是我奇怪的原因。我之前已經去信問過十三叔，連大伯母都未收到請柬。」

林豎賢沒開口，魏青羽已道：「如若是別的事我或許不知，但涉及到你們林家這位齊獻王側妃，我略有耳聞。當初齊獻王娶她時，德貴妃娘娘並不同意也不看好，時至今日都未召她進宮過，都是齊獻王妃主動帶著去才得召見，如今這位側妃有孕，所以齊獻王不會帶她，在襄勇公府的眼中，妳那位長姊可比不得妳這位行衍公夫人。」

林夕落略有吃驚，「竟是這樣？」

林豎賢點頭，「的確如此，妳莫把林家人看得太重，論豪門大族，林家比不得聶家，妳看如今聶家的情形，再回過頭來見林家？何況如今大伯父已經瘋了，對齊獻王來說沒了利用價值，除卻林綺蘭懷有身孕這件事能拿得上檯面之外，還有什麼？所以妳莫把事情想得狹隘了。」

「合著是我心眼小了，把女人的位子看得太重。」林夕落輕嘆，林豎賢輕咳幾聲，勸道：「如今行衍公出征在外，妳一人風頭夠了便罷，林家如若想出頭，還要等行衍公歸來，妳不知他有何打算，不必為林家的位子操心。我來之前，表叔父已經給了我消息，明日他與伯母並不會去襄勇公府慶壽，以老太爺丁憂期之事推掉了。」

林夕落點頭，「是我操之過急了，但這事兒就這麼算了？捧著他們，我還得悶著林家被小瞧的氣，若有人問起來，我該如何回答？」

林豎賢沉吟，魏青羽擺手道：「這種事莫問我，我向來是沒什麼主意的，要是五弟在就好了，他的主意最多。」

林夕落知道魏青羽這是往後退縮，他哪裡是沒主意？是不願意摻和林家的事罷了，畢竟林夕落今日請他來也就是為與林豎賢見面作個見證，並不是真心要與他商議。

林豎賢斟酌片刻，試探地道：「若想表示不滿也並非不成，依照妳的脾性，誰能不知是潑辣的？就看妳是否願意撒這份不滿了。」

林夕落一怔，「合著還得我撒潑打滾地鬧？」

「並非如此，只需讓人傳出這樣的消息……」林豎賢怕她不悅，連忙道：「這也是個餿主意，但妳也知道如今盯著妳的人不少，藉此也可試探一下，那些整日尾隨於妳的人有誰。」林豎賢指了指天，「何況那一位對林家是什麼意思，妳也可以試探一下。」

林夕落不由得沉思。

兩人談及這等話題，讓魏青羽自覺尷尬，他是宣陽侯府的人，更居世子之位，兩人如此堂而皇之地討論肅文帝和尾隨林夕落的人，讓他如何是好？

跟隨林夕落的人就有宣陽侯派去的，但涉及到林家，他是一句話都不能輕易出口，無論是建言還是逆言，都不得出口，否則就罔顧魏青岩與林夕落對他的信任了……

林夕落思忖之時，林豎賢正襟而坐，魏青羽見他發呆，有些不自在，兩人索性談起詩書詞畫，反倒添了幾分雅興。

魏青羽是宣陽侯府中最為風雅的，林豎賢驚訝於他知識的淵博，沒有文人的酸腐，也無武將的冷酷，著實是大智之人。

兩人你一言我一語說得熱烈，林夕落則藉機悄悄去叫來薛一。

「你覺得這件事傳出去靠譜嗎？」林夕落這般問起，薛一卻搖頭，「不知道。」

「你知道什麼？」林夕落也並非是真要徵求他的意見，只是想多問幾人，看看他們的反應。

薛一道：「只懂殺人之術。」

「冷血！」林夕落道了句，立即走到一旁。薛一忍不住撓頭，他的確只懂殺人，否則還當什麼殺手？

斟酌片刻，林夕落寫一封信，吩咐秋翠道：「將信交給侍衛送去糧倉給方一柱，明日去襄勇公府賀壽之前，我要先去糧倉一趟，另外派人去林府，告訴林政辛明天怎麼窮怎麼穿，越窮越好！」

秋翠立即離去傳信，林夕落吩咐冬荷道：「準備最素的粗布衣裳，明日我要演一場好戲！」

林政辛正在家中焦慮地來回踱步，明日是襄勇公大壽，往日每年林家家主都能收到請柬，可老太爺過世，他升任家主的頭一年，莫說是請柬，就連派人來說上兩句客套話都未有，他這個家主當得實在窩囊。

可這又能怎麼辦？他年紀小，身分低，在朝中無一官半職，連錢莊都不能去，讓他甚是惱火。

他明白他應該尋找一個契機當切入點，起碼融入到上層的圈子中，本想藉著襄勇公大壽的時機行動，孰料人家壓根兒不請他。

這可怎麼辦？難不成林家就這麼栽了？

家中小廝傳回消息，道是林政孝接到請柬卻不去，林政辛略有欣慰，起碼自己這位七叔父心中還有老太爺，還有林家在。

林政辛正猶豫之間，林大總管匆匆來報：「十三爺，九姑奶奶派人來了，您是否要見一見？」

「快傳！」林政辛剛想到魏青岩與林夕落，林夕落便派人來，他林政辛活這麼大沒幹什麼好事，唯獨與這位九侄女有點兒情分，這時候他也正想尋林夕落拿主意。

侍衛前來遞上了信件，林政辛看過後皺了眉，問侍衛道：「你們行衍公夫人還有何吩咐？」

「夫人吩咐，請林家家主明日衣著怎麼窮怎麼穿。」

侍衛說完，林政辛愣了，「窮？」

「是的，是夫人特意吩咐的，讓您必須要這樣著裝。」侍衛說罷，林政辛嘆了口氣，仔細琢磨了片刻，不由得笑了，「她的心眼兒真夠多的！」

「林大總管。」林政辛朝著林大總管擺手示意，林大總管立即遞上銀兩並送侍衛離去。

林政辛坐在桌前仔細地想著此事，林大總管送走侍衛後即刻回轉，「十三爺，可是九姑奶奶出了主意？」

「是。」林政辛將信遞給了林大總管，「你怎麼看？」

林大總管看過信後，差點將信給扔了，「這可是要耗費不少銀子，咱們作不了主啊！」

「銀庫的鑰匙是不是在咱們這裡？」林政辛直接問，林大總管點頭：「在，不過……」

「不過什麼，在咱們這裡就行，明天這事兒辦完了，再讓他們來找我，何況如今林家什麼狀況，那些人能不知道？有個出頭的機會還不把握好，那他們自己去想主意。」林政辛大手一揮，「就這麼辦了，就算是為老太爺積德了。」

林大總管嘆了口氣，猶豫是否要先去與林政齊與林政肅這二位爺商議一下？

林政辛看出他的猶豫，冷言道：「群叔，你別忘了，如今的家主是我。」

「老奴知道了。」林大總管心驚，隨後馬上就走。

林政辛看著他離去，起身回了自己的院子，喬錦娘見到他，立即上前道：「夫君回來了。」

「咱們家有粗布衣裳嗎？」林政辛劈頭就問，喬錦娘愣了，「夫君這是要作甚？怎麼要起了粗布衣裳？」

「趕緊弄一件來，明天我要穿。」林政辛這般吩咐，喬錦娘滿心奇怪，找到院中的婆子，吩咐道：「還有粗布料子嗎？準備些，連夜給爺做一套衣裳……」

翌日清晨天色微亮，林夕落就起身開始著裝。

一身素蘭花衣裳，手腕上尋常佩戴的飾品一樣都沒掛上，只在髮髻上插了那根銀針素簪，如今身子瘦下些許，卻仍比未生孩子之前要豐腴幾分。

門口的青布馬車已備好，今天連小肉滾兒與曹嬤嬤都一身素布衣裳，曹嬤嬤追問了許久，林夕落也沒告訴她到底要幹什麼。曹嬤嬤心中焦慮，可也不得不跟著，臨上馬車時還皺著眉頭。

林夕落上了馬車，沒有吩咐前行，半晌，一輛小轎從後方趕來，其上下來一人，正是春桃。

春桃下了轎子便上了林夕落的馬車，「給夫人請安了。」
「別說這麼多了，事兒安排得怎麼樣了？」林夕落待春桃更親，春桃即刻道：「您昨晚才派人來吩咐，有點兒倉促，但該準備的都準備了，就怕不夠精細。」
「無妨，今兒的正主是林家，跟咱們挨不上邊兒。」林夕落嘆了口氣，吩咐道：「啟程。」
車隊朝著糧行行去，林夕落走得倉促，只求快，待車駕快到糧行，宣陽侯這方才知道消息，立即瞪眼道：「這時候她幹什麼去了？」
「五奶奶稱稍後就回，她自行去向襄勇公賀壽，讓侯爺不必等候她母子二人了。」侍衛稟完，宣陽侯更惱，「不與侯府一同出行？自己去？反了天了！趕緊派人去，將她給本侯找回來！」
「侯爺，來不及了，五奶奶已經走了大半個時辰了。」齊呈匆匆趕來，滿臉苦澀，湊至宣陽侯耳邊小聲嘀咕了一陣，宣陽侯瞪眼，而後嘆氣道：「這丫頭的鬼心思還真不少……本侯也去。」
「那稍後去向襄勇公賀壽怎麼辦？侯夫人在等您。」齊呈沒等說完，宣陽侯已經步出了屋子，吩咐道：「讓她帶著老三一家子去。」
宣陽侯說罷，駕馬追去，而林夕落這時已經到了糧行。
如今糧行由方一柱與嚴老頭把守倒是紅紅火火，這一次魏青岩又率軍出征，兩人也做好了再次招收殘兵的打算。
昨晚得知林夕落今天要帶著小公子來，兩人便把欲做之事商議明白，只等著林夕落今天來拿個主意。
林夕落到了糧行，並沒有馬上下車，而是讓侍衛去請方一柱和嚴老頭過來。兩人頗為驚奇，難道這位今兒來是有別的打算不成？
方一柱自然不會先開口，嚴老頭最先忍不住，問道：「夫人今日前來是否有其他打算？不單單是來探望眾人？」

「讓您猜中了。」林夕落見方一柱在馬車下不肯上來，「怎麼不來？」

「太胖，怕把您的馬車壓塌了，您說，我就站著聽。」方一柱拍拍自己的大肚腩，林夕落笑著道：「今兒是來給糧行送銀子的，你們稍後得幫我個忙。」

「送錢？」方一柱與嚴老頭眼睛一亮，嚴老頭嘴快：「我二人還在商量著這一次大人出征歸來以後，傷兵定有不少，糧倉如今用不了如此多人，是否請公爺與夫人再出面購地種糧食，或再弄點兒別的差事讓他們有口飯吃，不知這送銀子……是否與此有關？」

林夕落點頭，「的確與此有關，也是為林家揚名。」

揚名？方一柱的鬼心眼兒最多，比嚴老頭先想了明白，「懂了！夫人放心，定要把這件事宣傳到犄角旮旯兒，連狗聽了林家的名號都得搖上兩下尾巴！」

「瞧你說的，這是罵誰呢？」林夕落見兩人仍掛念傷兵殘將，心裡也欣慰，等候林政辛的功夫，便與兩人商議起為戰場供糧的事宜。

這件事有皇上的聖旨在，沒有人敢在其中做手腳，可糧行中的隱祕之事不免暴露些許。

林夕落聽著兩人的說辭，點頭道：「說白了，這次如若不是公爺率軍出征，咱們或許也沒這麼惹人惦記。皇上欽點了糧倉供糧，咱們就照著辦，但該留的心眼兒要留，那些個吃人不吐骨頭的，不能讓他們將糧倉看個底朝天。」

「夫人放心，這等事都由老頭子豁出去這張臉來擋，諒他們也不敢過度張揚。」嚴老頭拍著胸脯把此事應下，林夕落也放心得很，糧倉是這些人的飯碗，他們比任何人都盯得緊。

林夕落又讓曹嬤嬤抱著孩子來見一見方一柱和嚴老頭。

這孩子一下車可是讓糧行熱鬧起來，眾爺們兒你看一眼我看一眼，都對小傢伙甚是上心，什麼話誇讚的都有。

嚴老頭咧嘴一笑，可笑容中若有所思，林夕落看在眼中，可人多事雜，她沒有開口相問，小傢伙也不嫌棄，被這個拍一把，那個抱一下的，樂得甚歡。

曹嬤嬤一個頭比兩個大，巴不得把孩子搶回來，只埋怨林夕落不顧忌等級之分，哪能讓小公爺被這些人摟抱？一個個粗手粗腳的，傷著怎麼辦？

林夕落不管，曹嬤嬤也不敢開口，最終是嚴老頭將孩子抱回遞到林夕落懷中，「這是位小貴人，夫人可要照顧好了。」

「倒是個淘氣的。」林夕落笑著抱過，曹嬤嬤一把搶去，急忙鑽了馬車上。

而這時，遠處浩浩蕩蕩地行來一列很長很長的馬車隊伍，走在最前方的便是林政辛。

一身粗布青衫，腳上一雙黑布鞋，腰間一條草繩子，頭頂一個布帽子，可仰頭挺胸的走路架勢就知他是裝窮的。

林夕落忍不住側頭朝後面堆滿箱子的馬車望去，一共有十三輛，每一輛馬車上都放有七八個大箱子，他不會是把林家的家底全抬來了吧？

林夕落正納罕，方一柱已在一旁扯嗓子喊道：「林家家主送銀子來啦！」

方一柱的大嗓門一喊，糧行內的人都跑了出來。

送銀子人人樂意，咧著嘴湊在此處朝遠處望著，更有好事的登上房頂翹腳瞧看。

林夕落遠遠望去，看著林政辛的模樣，忍不住噗哧一笑，說讓他往窮裡穿，他還真不含糊，可衣裳極新，看得出是新做的，就不知昨日說的事他能豁出來多少。

方一柱尋了身邊幾個人小聲叮囑，將林夕落的意思傳達下去，而這一會兒，林政辛搖搖晃晃地走來，方一柱即刻迎上前，言道：「聽聞林家家主前來慰問傷兵，實在感激不盡啊！」

林政辛望向林夕落，隨後一笑，出言道：「這是為民的本分，林家老太爺雖已過世，但我承繼家主之位，一無能為皇上出謀獻策，二未能行武從軍出征打仗，只能捐出些家財銀兩。這些銀錢一部分是犒勞昔日的殘兵傷員，還有一部分也想與你們商議一番，是否要再為這一次大戰留下來的傷員做些準備？」

林政辛嗓門兒大，拍著胸脯道：「林家願傾盡家財，祝大周國開疆擴土，銀錢的事好辦！」

方一柱感激涕零，一部分是裝出來的，可還有一部分是真心實意。

他就是從戰場上退下來的傷員，如若沒有宣陽侯與魏青岩，他在哪兒喝西北風還不知道，哪能如現在這般風光？

不提周圍有口飯吃的人，單是跟隨其他將軍出征歸來的，有多少身死街路無人管的？

他們是征戰歸來的兵，不是街頭流竄的耗子……

林政辛這番話語雖有作秀之意，可方一柱的確感動了，看著身後馬車上的箱子，連忙道：「林家家主的心意我等千恩萬謝，銀錢不管有多少，您有這份心意，比天……比什麼都足了！」

方一柱本想說一句比天大，可一尋思這話若被傳出去，難免落個蔑視皇上之罪，急忙嚥回肚子裡，換了一句補上。

林政辛指了指自己的衣裳道：「丁憂之期，林家所有人都在守孝，可即便丁憂期過，只要戰事不停，林家便會出資幫助殘兵傷將及家屬，不過銀兩有限。林家如今一改往日奢華之風，樸素行事，積攢下的銀錢，還望你們能物盡其用。」

「全都跪下，替未到此地吃上飯的爺們兒們謝過林家家主！」嚴老頭粗啞的嗓子一喊，所有人齊齊下跪，向林政辛磕頭。

林政辛嚇了一跳，急忙躲開，他昨日得了林夕落的吩咐要這樣做事，孰料還受人磕頭？這……

這讓他的心裡有點兒虛，不敢接這份恩謝。

林夕落在一旁看著，「今兒林家家主特意出面送銀子，我身為林家的九姑奶奶，自也要有一些表示。」朝著春桃一擺手，春桃立即吩咐侍衛抬上箱子來，又取了一份文書送上。林夕落接過道：「這是皇上賞給行衍公的封地，因府邸尚未建好，所以公爺與我也沒有派人去管。封地中有百畝良田雖有農民耕種，但人手不夠，這是官府文契，如今就交給你們了，將糧行的生意做大做好。」

嚴老頭哆嗦著雙手接過，欲跪地叩謝，卻被林夕落一把扶住，「嚴師傅，這等禮就罷了，你我二人也不陌生，何必呢？」

林夕落一笑一行，讓嚴老頭不由想起她未嫁魏青岩之前的少女模樣，一晃眼才多久，居然已成了行衍公夫人。

當初他就覺得這個女人不簡單，而這「不簡單」三字並非指她多有心計，而是她真實從容，即便如今身居誥命夫人之位，也能與他們平和相談。他們是何人？是連朝廷都不要的渣滓。

這份大氣在其他官邸女眷中無人能比。

他們這些傷兵都是心思敏感之人，手下人命無數，誰還看不出來這情義的真假？

林政辛剛剛的行事，帶了幾分誇張虛偽，他們都明白，行衍公夫人也明確說了，就是為了林家揚名，他們自當要配合，但林夕落這份官府文書送上，他們只有心中感激，再無話可說。

眾人默默地跪在地上，向林夕落磕了個頭便退下去幹活。林夕落苦笑，鬧了半天，還是把林政辛的風頭給搶了。

使了眼色給方一柱，方一柱自當明白事偏了，即刻找人來抬林政辛送的箱子。

這幾十口大箱子奪了眾人眼球，眾人上前擠著看，林政辛見林夕落也一臉好奇，忍不住露出狡黠的笑容，吩咐身旁的小廝道：「打開！」

小廝略有膽怯，看著糧行這些雜役們身上散出的殺氣和期待，有點兒束手束腳，不敢妄動。

嚴老頭略有不悅，小聲嘀咕著：「我們這些沙場上存活下來的人，都是靠殺的人多才活下來的，身上難免帶點兒匪氣，以前是讓人當英雄供著，現在……呵呵。」

林夕落瞪了那小廝一眼，林政辛一腳將其踹走，「孬種，開個箱子都不會，要你作甚？」說罷，他親自上前，將箱子一個接一個地打開。

金燦燦銀燦燦的光芒透射出來，讓所有人都驚了。

原本以為這幾十口大箱子充其量是點兒銅錢和衣物罷了，孰料這……這全都是金銀首飾、金元寶銀元寶、古董把件，什麼都有。

嚴老頭也嚇了一跳，他原本以為是一般俗物還這樣遮遮掩掩，沒想到是金銀器物，那還不得趕緊派人在這裡守住了？

未等眾人緩過神來，林夕落朝薛一擺手，薛一立即讓侯府的侍衛在周圍把守，隔開雜役們。

嚴老頭拍拍胸口，連忙朝林政辛致歉，「剛剛話語多有得罪，林家主不要……」

林政辛也沒有推脫，而是受了嚴老頭這一禮，隨即才道：「也是我事先沒有說清楚，不過話說在前面為好，這些物件還要嚴師傅派人儘快收攏統計分配好，別丟失……人多心雜，您懂我的意思吧？」

「懂！您放心，有老頭子在，絕對不會讓人偷了一個銅子兒，也絕不會讓人貪一個銅子兒，這些都是人命啊！」嚴老頭說罷，不再客套，即刻上前朝著那些糧行做活計的人吼道：「都在這裡看什麼看？高興個屁！這些銀錢是什麼？這些是填補即將從沙場上退下來傷兵的血肉、斷腿，買來的是口飯，不是金縷玉衣！都想想你們自個兒身上缺的，有人好意思朝這些銀子打主意？老子如若發現，剁了畜生餵狗！」

嚴老頭話語甚糙，林夕落聽了半晌都覺得有些無法入耳，只得與方一柱到一旁仔細叮囑：「嚴師傅雖然如此告誡，但還是要命人將這些銀錢看護住，另外開始把關係近的往公爺封地之處轉一些，連帶著家眷一起搬。」

方一柱點頭，「夫人不說，我也有這個意思！」

「你聰明！」林夕落豎起拇指，方一柱嘿嘿一笑，他當初能得林夕落賞識，提為糧行的大管事，不就是因為心眼兒多，為人圓滑嗎？

可這小心眼兒有，該辦的事也要辦妥……

方一柱可不像嚴老頭那樣慨然大義，他明白這些人私下的小心眼兒。笑話，如此多的真金白銀偷上一箱子走，誰還在此地給你當雜役？那不是吃飽了撐的！

這等話方一柱不會與外人說，自己心裡明白即可。

林夕落將事情交代完畢，嚴老頭也訓話完畢。

「夫人，這些物件裡有女人的首飾，不知怎麼辦？總不能拿了當鋪去兌換。」嚴老頭急性子，巴不得這些東西全都是銀子，不是些七零八碎的物件。

林夕落撓頭，「我也不知道他送來的物件種類如此多，春桃。」

春桃走過來，林夕落囑咐道：「去錢莊將這些物件全兌換成銀子，物件咱們錢莊留下，一樣一樣地記好，能兌換成銅錢就不兌換成銀子，他們往後好往各家分發分送，也不容易遭賊。」

「這事兒奴婢一人恐怕不成，抬都抬不動。」春桃笑著回話，林夕落道：「我讓侍衛幫忙。」

春桃應下，嚴老頭笑得牙齒露出更多，一張消瘦褶皺老臉已看不到眼睛了。

林夕落見林政辛在那裡忙活著，忍不住過去拽他，問道：「十三叔，您這到底送來了多少銀子？嚇了我一跳！」

林夕落的確是嚇到了，她昨晚信中是寫著箱子多些，才好引人注目，但物件可以斟酌，孰料他今天送來的全是金銀財寶。

林政辛正了正神色，言道：「我把林家的銀庫搬空了一半。」

「啊？」林夕落瞠目結舌，他這不是瘋了吧？

（未完待續）

作　　者	琴律
封面繪圖	若若秋
責任編輯	施雅棠
副總編輯	林秀梅
編輯總監	劉麗真
總 經 理	陳逸瑛
發 行 人	凃玉雲
出　　版	麥田出版 城邦文化事業股份有限公司 104台北市中山區民生東路二段141號5樓 電話：（886）2-25007696　傳真：（886）2-25001966
發　　行	英屬蓋曼群島商家庭傳媒股份有限公司城邦分公司 104台北市中山區民生東路二段141號2樓 客服服務專線：（886）2-25007718；25007719 24小時傳真專線：（886）2-25001990；25001991 服務時間：週一至週五上午09:00~12:00；下午13:00~17:00 劃撥帳號：19863813；戶名：書虫股份有限公司 讀者服務信箱：service@readingclub.com.tw
麥田部落格	http://blog.pixnet.net/ryefield
香港發行所	城邦（香港）出版集團有限公司 香港灣仔駱克道193號東超商業中心1樓 電話：852-25086231　傳真：852-25789337 E-mail：hkcite@biznetvigator.com
馬新發行所	城邦（馬新）出版集團【Cite (M) Sdn Bhd】 41, Jalan Radin Anum, Bandar Baru Sri Petaling, 57000 Kuala Lumpur, Malaysia. 電話：(603) 90578822　傳真：(603) 90576622 Email：cite@cite.com.my
美術設計	洸譜創意設計股份有限公司
印　　刷	鴻霖印刷傳媒股份有限公司
初版一刷	2013年9月5日
定　　價	250元
I S B N	978-986-173-975-5

漾小說 99

喜嫁 陸

國家圖書館出版品預行編目資料

喜嫁 / 琴律著. -- 初版. -- 臺北市 :
麥田, 城邦文化出版 : 家庭傳媒城邦分公司發行,
2013.09
冊； 公分. --（漾小說 ; 99）
ISBN 978-986-173-975-5（第6冊：平裝）

857.7　　102009921